使命

"兵支书"投身乡村振兴
电视文学剧本

曾羽　詹凤合　曾晓婧　著

中国戏剧出版社
CHINA THEATRE PRESS

图书在版编目（CIP）数据

使命："兵支书"投身乡村振兴电视文学剧本 /
曾羽，詹凤合，曾晓婧著 . — 北京：中国戏剧出版社，
2022.12
ISBN 978-7-104-05280-7

Ⅰ . ①使… Ⅱ . ①曾… ②詹… ③曾… Ⅲ . ①电视文
学剧本—中国—当代 Ⅳ . ① I235.2

中国版本图书馆 CIP 数据核字（2022）第 173314 号

使命——"兵支书"投身乡村振兴电视文学剧本

责任编辑：齐　钰
责任印制：冯志强

出版发行：中国戏剧出版社
出版人：樊国宾
社　　址：北京市西城区天宁寺前街 2 号国家音乐产业基地 L 座
邮　　编：100055
网　　址：www.theatrebook.cn
电　　话：010-63385980（总编室）　010-63381560（发行部）
传　　真：010-63381560

读者服务：010-63381560
邮购地址：北京市西城区天宁寺前街 2 号国家音乐产业基地 L 座

印　　刷：北京九州迅驰传媒文化有限公司
开　　本：787mm×1092mm　1/16
印　　张：25.5
字　　数：375 千字
版　　次：2022 年 12 月　北京第 1 版第 1 次印刷
书　　号：ISBN 978-7-104-05280-7
定　　价：258.00 元

版权专有，违者必究；如有质量问题，请与出版社联系调换。

前言

2020年12月18日，央视新闻客户端（中央广播电视总台新闻媒体中心官方客户端）中一篇题为《军魂不朽，荣光永驻，2020年度"最美退役军人"震撼发布！》的新闻震撼了众多读者的心；同年12月18日、19日，中央广播电视总台综合频道、国防军事频道、科教频道、社会与法频道播出了专题节目——《闪亮的名字——2020年度最美退役军人发布仪式》，让广大观众走近这些闪亮的名字，感受他们赤诚的中国军魂。这些"闪亮的名字"，是由中国共产党中央委员会宣传部（简称"中共中央宣传部"）、中华人民共和国退役军人事务部（简称"退役军人事务部"）、中国共产党中央军事委员会政治工作部评选出的20位（组）年度"最美退役军人"个人或集体，他们年龄不同、性别不同、岗位不同、地域不同，却有着一个共同的特点——虽已离开军营，脱下军装，却仍然保持着军人本色。无论是在决胜全面建成小康社会、决战脱贫攻坚的火热战场，还是在应对新型冠状病毒感染肺炎疫情、抢险救灾等危急关头，只要是在国家需要、人民需要的时刻，他们始终冲锋在前，用行动践行着"退役不褪色，建功新时代"的铮铮誓言。

在这些"闪亮的名字"当中，有一个特殊的群体——贵州安顺"兵支书"脱贫攻坚代表队，这是身为贵州人的我们所特别关注的。其实，他们并不是贵州省首次获此殊荣的人，自从2018

使命
—— "兵支书"投身乡村振兴电视文学剧本

年9月中共中央宣传部、退役军人事务部组织开展"最美退役军人"评选活动以来，2018年、2019年，贵州省都有退役军人光荣上榜。我们之所以特别关注他们，不仅仅因为他们来自贵州，还因为他们是一群我们"熟悉的人"，更因为他们都是"兵支书"。而"兵支书"一词，不只是一个简单的称谓，已经成为一种现象，成为一种可推广、可复制的工作方法。

一次，与友人聊到影视创作，友人诚挚推荐了"兵支书"的题材，并为我们讲述了自己关于"兵支书"的所知所想所感，深聊之后，大家一拍即合，认为这个题材"有戏"，值得挖掘。彼时，2020年度"最美退役军人"候选对象正处于公示阶段，于是，我们趁热打铁，于2020年11月20日前往贵州省安顺市平坝区白云镇平元村，见到了贵州安顺"兵支书"脱贫攻坚代表队的部分成员：平元村党支部书记、村委会主任肖正强等几名"兵支书"，听他们讲述自己在军营内外那些看似平凡却又不那么平凡的故事，感受他们从穿上军装到脱下军装的成长历练和心路历程。这一次"零距离"的交流，标志着我们此次创作的正式起步。

贵州是全国率先在农村推开"兵支书"工作方法的省（市区）。贵州省是全国劳动力输出大省，但农村人才资源匮乏。退役军人经过党和军队的培塑，政治素质高、组织观念强、群众信得过，有建设农村、改变家乡面貌的内在动力。在党委、政府的关怀下，经过遴选，优秀的退役军人可以担任村"两委"成员，并成为"兵支书"，从而为基层组织注入新鲜血液。2018年，安顺市整合军地资源，创建了全国首个"新时代军地实践中心"，在当地农村推动"兵支书"队伍建设。随后，退役军人事务部组成调研组到贵州围绕"兵支书"做法组织专题调研，并向全国推广贵州遴选优秀退役军人担任"兵支书"的经验。2020年9月，退役军人事务部会同中央农村工作领导小组、国务院扶贫开发领导小组办公室在安顺召开全国退役军人村干部决战脱贫攻坚和推进乡村振兴现场交流会，自此，"兵支书"工作方法在全国各地全面推开。挖掘"兵支书"队伍的先进典型，创作"兵支书"题材的文艺作品，正当其时。

前言

党的十八大以来，以习近平同志为核心的党中央高度重视退役军人工作，习近平总书记从党和国家事业发展全局的战略高度，亲自谋划组建退役军人管理保障机构，就退役军人工作作出一系列重要论述，为新时代退役军人事业发展指明了前进方向、提供了根本遵循。组织开展"最美退役军人"评选，就是为了深入贯彻习近平总书记关于退役军人工作的重要指示精神，落实全国宣传思想工作会议部署要求，讲好优秀退役军人故事，发挥先进典型示范引领作用，激励和引导广大退役军人不忘初心、牢记使命，不断增强自豪感、荣誉感、责任感，积极投身全面建设社会主义现代化强国新征程。这也正是我们创作的目的和意义所在。2020年度"最美退役军人"发布，让我们更加坚定了创作"兵支书"投身脱贫攻坚和乡村振兴题材的电视文学剧本《使命》的决心。

为更多了解、更好展现"兵支书"这一特殊群体，我们查阅了大量资料和新闻报道，并与相关部门的同志进行多次交流，将视线放大到贵州省全省范围，先后实地采访和收集了十多位"兵支书"的工作和生活素材，汇总提炼他们身上所展现出的军人的共同特质，将他们各自的酸甜苦辣、喜怒哀乐融汇于剧中人物身上。经过1年3个月的多次修改和完善，最终成稿。

据了解，在我们成稿之时，在贵州各地共有"兵支书"9000多名。他们分布在全省7107个村，从打赢脱贫攻坚战到实施乡村振兴，卸下戎装初心不改，扎根基层再建新功。近年来，贵州省共有8名"兵支书"荣获"全国脱贫攻坚先进个人"称号，有30名"兵支书"荣获"全省脱贫攻坚先进个人"称号。

我们谨以此作品，以在贵州脱贫攻坚和乡村振兴战场上建功立业的退役军人为缩影，致敬奋战在全国各条战线上的退役军人们！

前　言 ·· 01

主要人物 ·· 001

故事梗概 ·· 003

剧　本 ·· 006

　　第一集 ··· 006
　　第二集 ··· 021
　　第三集 ··· 039
　　第四集 ··· 055
　　第五集 ··· 070
　　第六集 ··· 085
　　第七集 ··· 101
　　第八集 ··· 117
　　第九集 ··· 133
　　第十集 ··· 151

第十一集 ··· 167

第十二集 ··· 184

第十三集 ··· 202

第十四集 ··· 218

第十五集 ··· 236

第十六集 ··· 252

第十七集 ··· 268

第十八集 ··· 282

第十九集 ··· 297

第二十集 ··· 313

第二十一集 ··· 329

第二十二集 ··· 347

第二十三集 ··· 365

第二十四集 ··· 380

后　　记 ··· **398**

主要人物

李永胜，男，35岁，退役军人，秀水市崇山县高山镇石旮旯村党支部书记。

王萤，女，35岁，退役军人，秀水市委宣传部干部，被组织派往石旮旯村任驻村第一书记。

李九伯，男，65岁，李永胜的父亲，石旮旯村党支部原支部书记。

张桐花，女，34岁，石旮旯村人，李永胜的妻子。

张梨花，女，32岁，石旮旯村人，张桐花的妹妹。

肖翔，男，47岁，退役军人，崇山县副县长。

张兴黔，男，37岁，退役军人，高山镇党委书记。

朱三娃，男，35岁，石旮旯村人，村委会成员。

三嫂，女，33岁，朱三娃的妻子，村委会成员。

吴银子，男，35岁，李永胜中学同学，从事建筑业。

江虹，女，32岁，秀水市派驻石旮旯村精准识别工作组组长。

穆欢欢，女，28岁，秀水市派驻红旗村精准识别工作组成员。

老焉，男，35岁，石旮旯村人，村委会成员。

小山猫，男，12岁，石旮旯村人。

小五妹，女，15岁，小山猫的姐姐。

腊梅花，女，38岁，石旮旯村人，蜡染能手。

故事梗概

党的十八大以来,以习近平同志为核心的党中央接过历史的接力棒,把脱贫攻坚作为实现第一个百年奋斗目标的底线任务和标志性指标,举全党全国之力向绝对贫困宣战,向深度贫困堡垒、向难啃的"硬骨头"发起总攻。在决战决胜脱贫攻坚的主战场上,一直活跃着退伍军人的身影,他们虽然脱下军装,但不改军人本色,用忠诚和汗水书写责任担当。本剧所讲述的就是他们中的一个群体——"兵支书"的故事。

李永胜是空军某机场的一名退伍军人,他的家乡是秀水市高山镇石旮旯村,一个多年不通公路、条件落后的极贫村,他的父亲李九伯是村支书,一直苦苦支撑着村里的工作。2003年离家参军的李永胜有一个梦想,也曾许下一个承诺——待自己开阔眼界、增强本领后,一定回乡带领石旮旯村村民,打通出路,走出新路,摆脱贫困,走向富裕。李永胜在部队大熔炉里锤炼,屡立战功,得到成长,这为他回乡建功立业打下了良好基础。

由于妻子独自在家乡即将生产,父母逐渐年迈且身体状况欠佳,家里条件状况堪忧,李永胜考虑退伍回乡。2008年,正当李永胜向部队提出退伍申请之时,其妻张桐花难产,由于石旮旯村不通公路,面临生命危险;而与此同时,汶川地震发生,李永胜所在部队接到转运救援物资的重任。一边是家事,一边是国事,李永胜面临艰难的抉择。危难面前,李永胜坚决地选择了舍小家为大家，毅然留在部队参加抢险救灾，因表现突出，再立战功，被破格从代理排长提拔为排长，退伍之事推迟。机缘巧合，他的妻子张桐花幸得王晶医生的救助，安然脱险，产下一对龙凤双胞胎。多年前，王晶医生的父亲老王医生被毒蛇咬伤，曾得到李九伯和李永胜的救助保住了性命。但祸不单行，张桐花身体复原回到石旮旯村一段时间后，由于村里不通自来水，需要到山下的河沟去挑水，她在挑水途中严重摔伤，虽然再次得到王晶的救助，但能够重新站起来的概率很小。生活的压力和对妻子的愧疚及责任促使李永胜无奈退伍并选择到深圳创业，当年许下的回乡承诺未能兑现，但靠着自己的能力和打拼，李永胜在深圳发展得不错。

全国上下脱贫攻坚战热火朝天，全省上下积极行动，但脱贫攻坚战面临着很多硬骨头，石旮旯村就是崇山县最难啃的硬骨头之一，多年了，石旮旯村的公路依旧没修通，贫困的面貌依旧没有改变。啃硬骨头，需要过硬的带头人，几经研究，秀水市将目光聚焦到退役军人身上，决定选拔优秀的退役军人，充实到基层村、支两委，构建"兵支书模式"。

2016年，李永胜的战友、原来的部下、退伍军人张兴黔任高山镇党委书记，他深知老排长李永胜想要助力家乡脱贫致富的愿望以及李永胜的工作能力，但也理解他当初选择到深圳创业的无奈。而李九伯年纪大了身体差了，内心也盼望着儿子能回来，挑起带领石旮旯村村民脱贫致富的重担。为响应党中央的脱贫致富战略，不让石旮旯村掉队，让村民们能够脱贫致富过上好日子，张兴黔与李九伯"合谋"，将李永胜"骗"回了石旮旯村。一边是全体村民对未来的期盼，一边是身残的妻子和一双儿女在深圳的等待，李永胜再次面临艰难的抉择！最终，他再次舍弃小家，留在家乡带领村民打通石旮旯村多年的"肠梗阻"，建成了通村公路。但不幸的是，他的父亲李九伯在修路过程中受伤。李九伯期盼儿子能够接过村支书的担子，县里、镇里和村民们都期盼李永胜能够留下来带领村民。经过几番思想的挣扎，李永胜最终选择了留在家乡兑现当年的承诺，成为一名"兵支书"。

老王医生一家人始终不忘当年李九伯的救命之恩，一直想尽力为石旮旯村做些事。老王医生还有一个女儿王萤，与李永胜同年参军入伍，是部队的一名宣传干事，退伍后在秀水市市委宣传部工作。因参与脱贫攻坚的相关调研工作，王萤再次与石旮旯村结缘，后毛遂自荐，担当了石旮旯村驻村第一书记，也成为一名"兵支书"。一方面是为了脱贫攻坚的伟大事业，另一方面是为了回报李九伯对父亲的救命之恩，王萤发扬军人敢打敢拼的作风，与李永胜携手努力，誓要带石旮旯村走出一片新天地。由于工作原因，王萤与李永胜在一起的时间很多，有时甚至可以说是形影不离，张桐花的身体状况本就特殊，加之李永胜一心扑在工作上，有时难免关心问候不到位，引起了张桐花的猜疑，家庭危机暗流涌动。

  张桐花的妹妹张梨花是一个能干的女孩，在深圳打工，逐渐打拼出自己的一方天地，拥有了自己的公司。她虽然离开家乡多年，但一直有着深深的家乡情怀，想为家乡石旮旯村脱贫致富尽自己的一份力。她不仅个人捐助了十万元帮助石旮旯村修建公路，而且在张兴黔的建议下，组织在深圳的石旮旯村人捐款为村里修建自来水工程。李永胜回到石旮旯村后，张梨花一直帮姐夫在深圳照顾姐姐，她十分担心姐姐的身体状况和家庭情况，但是鉴于她对姐夫为人的了解，以及对姐夫在石旮旯村工作情况的了解，她一直努力打消姐姐的疑虑，尽力维护他们家庭的稳定。

  李永胜和王萤两位"兵支书"退伍不褪色、退役不退志，积极发动并组织村里的退伍军人组成"特战队"，齐心协力，想方设法，攻坚克难，形成了一支敢打敢拼的"兵支书"团队。大家齐心协力，在打通阻隔石旮旯村和外界交流的七公里"梗阻路"的基础上，解决了饮水难问题，带领村民们发展韭菜种植、灰鹅养殖、林下养蜂等产业，组建建筑队、乡村旅游等村级合作社，搭建电商平台。其间经历了产业缺乏资金、技术支撑，产品销售难，自然灾害等重重困难，还有情感方面的误解，最终获得成功，使石旮旯村的农产品走出大山，乡亲们多了致富路径，日子日渐红火。石旮旯村也因此成为全国脱贫攻坚的典型，李永胜、王萤两位"兵支书"分别受到表彰。

剧本

第一集

1. 成都 / 某军用机场 / 日 外

狂风大作,暴雨倾盆而下,飞机跑道笔直延伸。

闪电中,哨位上一张张年轻、执着、刚毅、充满自信的脸。任凭狂风肆虐,他们仍旧保持着一动不动的军姿,目光炯炯,直视前方。

2.【多镜头场景】

镜头一　天空阴沉,大地震动,道路撕裂,一栋栋房屋倾塌,变成一堆堆瓦砾。

镜头二　街道上、村庄里,惊慌失措的人们奔跑躲避,哭天抢地。

镜头三　巨大的石块从山上滚落下来,砸向房屋,砸向人群。

镜头四(特写)　某媒体实时播报　北京时间2008年5月12日14时28分4秒,四川省汶川县发生7.8级地震。

3. 贵州 / 秀水市 / 高山镇 / 石旮旯村 / 山路 / 日 外

同样是狂风暴雨,十几个村民抬着一张门板,一步一步走在泥泞的、凹凸不平的山路上,门板上躺着孕妇张桐花。

第一集

  人们举着各式各样的雨伞,有尼龙的、塑料的,也有油布的,有完好的,也有断了伞骨塌着一角的,都尽力为张桐花遮挡着倾盆大雨。

  张桐花躺在门板上,疼痛难忍,大声地哭喊着。

  张桐花 痛,好痛啊,真的受不了啦!求你们放下我,让我去死吧!

  守在儿媳身边的老村支书李九伯,一边用双手尽可能稳住晃来晃去的门板,一边极力安抚着张桐花,脸上亦是掩饰不住的焦急。

  李九伯 桐花,你再忍忍,爸知道你痛,知道你不好受,这山路太烂,又下着雨,让你遭罪了。十月怀胎不容易,你真的舍得肚里的孩子?

  张桐花 我是舍不得,但我真的不行了!

  李九伯 你一定要坚持住,走出这七里地,就上大路了。镇长已经派车来接我们,很快就能到镇医院,到了镇医院,一切都会好起来。大家都跟你在一起,你不会有事的,千万不要泄气,要不永胜肯定会不安心。

  张桐花 对啊,爸,永胜呢?永胜怎么还没回来?快给永胜打电话,让他快点回来,他要是再不回来,怕就再也见不到我,还有这未出世的孩子了。

  张桐花疼痛难忍。

  李九伯脸上露出一丝为难,顿了一下,还是开了口。

  李九伯 昨天打了电话,永胜答应说赶回来,可今天再打,就怎么也打不通了。电视里说,四川汶川地震了,路不通,电不通,电话不通。他们部队距离汶川很近,永胜……怕是回不来了。

  张桐花一听这话,更是号啕大哭起来。

  张桐花 什……什么,地震!永胜,永胜他是不是出事了?!永胜,李永胜,你要是有个三长两短,我留在这世上,还有什么意义?这孩子如果一生下来就没了爸,会多可怜……

  李九伯见媳妇误解,赶紧解释。

  李九伯 桐花,你别瞎想,不是永胜出事,而是汶川出事,受地震影响,那边的电话打不通了。

  张桐花稍微平静了些。

李九伯 桐花，你先安心到医院，把孩子平安生下来。我们会随时关注汶川那边的情况，只要通信恢复，就能得到永胜的消息。但……你也要有思想准备，军人以服从命令为天职，灾难当前，永胜有可能已经去抗震抢险了。你一定要坚强些，你和孩子都要好好的，这样永胜才能安心。

4. 成都 / 某军用机场 / 日 外

受地震影响，大地似乎还在摇晃，电闪雷鸣，风雨交加，站在哨位上的士兵依旧岿然不动。

代理排长李永胜带着一名班长，冒着风雨在查岗。

虽然披着雨衣，但两人的下半身已经湿透，一阵狂风，李永胜打了一个寒战。

班长 排长，这风雨交加的，现在又不是规定的查岗时间，要不先回营房，等查岗时间到了，雨小一点儿再出来。

李永胜 不能等！越是这种恶劣的天气，越是要小心，只有把每个点都走到，才能做到心中有数。

班长 排长，我……听说您想退伍？

李永胜 消息还挺灵通的嘛，不过这也没什么可保密的，是有这个想法，家里情况越来越难，我现在回去还能帮上忙！

班长 那你还有必要这么拼吗？

李永胜 说这话，我可真要批评你了。正所谓"在其位，就要谋其政"，申请是申请，但只要上级一天没有批准，我一天还没脱下军装，就必须守好阵地站好岗，因为我是一名中国军人，是人民子弟兵！

5. 贵州 / 秀水市 / 高山镇 / 镇政府 / 日 内

镇长王秋明正在通话，面露焦虑。

王秋明 什么，四川汶川地震了？7.8级大地震！难怪，我们高山镇也是瓢泼大雨，风雨交加……支援地震灾区啊，没有问题，有钱出钱，有力出力，一方有难八方支援嘛。不过，我这里也有个紧急问题正在处理，石旮旯村老支书李九伯您是知道的吧……他儿媳妇难产，正在来镇里的路上，不及时救治可能会出人命……是啊，老支书是老革命，他儿子在四川，部队上，因为汶川地震，回不来，绝不能让他家里出事。我已经派人去县里接医生，也安排人去接产妇了。

  电话那头 情况紧急，哪边都耽误不得，不多说了，你抓紧安排吧！

  王秋明 （挂断电话，转身问镇政府秘书小李）小李，接人的车派去了吗？

  小李 已经走了20分钟了。

  王秋明 那行，小李，你现在通知镇里的干部来开会，研究支援汶川地震灾区的事。

6. 成都 / 某军用机场 / 日 外

  李永胜和那名班长继续在风雨中查岗，他们前方不远处的哨位上，站立着战士张兴黔。

  透过雨雾，李永胜隐约觉得张兴黔的身体晃动了两下，但看不清表情。

  这时，风雨中传来军人整齐、坚定的步伐声，换岗的战友来了。

7. 成都 / 某团部会议室 / 日 内

  团部正在召开紧急会议，因担心有余震，会议室是一个临时搭起来的帐篷。

  帐篷里气氛凝重，副团长肖翔正在做抗震救灾动员。

  肖翔 师部紧急指令，汶川地震，各地支援灾区抢险救灾的物资将陆续到达，要求我们务必守好机场阵地，确保抗震救灾物资运输通畅、安全！请各位迅速将师部命令传达到位，各方面做好准备，不惜一切代价，全力保障全国各地的救灾物资顺利到达我们机场，并及时转运到灾区。机场就是战场，绝不能出任何差错，大家明白吗？

众军官　明白！

肖翔　战士方面有什么困难吗？

参谋长　有，而且还很具体。

8. 成都／某军用机场／日 外

换岗的双方相互敬礼，张兴黔走下哨位，脸色难看，表情痛苦，伸手按着右腹部，身体不由自主地向一边倒去。

正向哨位走来的李永胜反应极快，一个箭步冲到张兴黔身边，将他扶住，才使张兴黔没有摔倒下去。

虽然隔着衣服，李永胜仍能感觉到张兴黔的体温异常，他伸手摸了一下张兴黔的额头，手竟被烫得下意识地缩了一下。

李永胜　快，吴班长，我们必须尽快把兴黔送去医院，看他现在这个情形，极有可能是阑尾炎急性发作。

李永胜边说边准备将张兴黔背起。

班长　排长，我来背吧！

李永胜　别争了！他这阑尾炎已经发作过好几次，每次他都怕耽误工作，吃点药不痛就不管了，这病越拖越严重。

班长　是啊，医生警告过他，不彻底治疗，一旦急性发作，阑尾穿孔，是会要命的。但他总是说"轻伤不下火线"，只要忍得住就不肯耽误任何一次的任务，这次肯定又是强忍着不肯说出来，坚持站岗。

说话间，李永胜已经将张兴黔背起。

班长　排长，你有旧伤，还是我来背吧。

李永胜没再搭话，背着张兴黔向机场医院奔去，吴班长只能迅速跟上。

9.【闪回】成都／某军用机场／日 外

【字幕】3年前

一批新兵到达，各班正在点名。

李永胜　（二排一班班长）张兴黔！

张兴黔　（出列，用家乡话答）到！

休息时间，李永胜与张兴黔交谈。

李永胜　你是哪里人？

张兴黔　贵州秀水市崇山县高山镇人。

李永胜　难怪，听你口音就觉得我们应该是同乡。我也是高山镇人，石旮旯村的。

张兴黔　太好了，我是红旗村的，没想到班长竟然是老乡。听说班长你在我们连都是数得上的"排头兵"，我可要跟你好好学习，跟着你好好干！

【闪回结束】

10. 贵州／秀水市／高山镇／石旮旯村／山路／日 外

山路和公路交会处，一辆中型卡车停在路边。

李九伯一行终于来到公路边，门板上的张桐花已经痛得脸色煞白，嘴里不停地低声呻吟着。

雨终于停了，抬着张桐花的人们以及李九伯身上的衣服却已湿透，分不清是被雨水淋湿，还是被汗水浸湿。

张桐花满头是汗，李九伯用手帕帮她擦了擦额头上的汗。

李九伯　桐花，我们到公路上了。你看，镇长派车来接我们了，我们很快就能到镇医院，你和孩子都会没事的。

张桐花咬着嘴唇，虚弱地点了一下头。

乡亲们把张桐花送上汽车，汽车疾驰而去。

李九伯护在张桐花身旁，看了看已被痛苦折磨得脱了形的儿媳，又看了看前方的路，右手抚住自己的胸口。

【李九伯内心独白】永胜，我们已经上车了，马上就能到医院了，希望他们母子平安，千万不能再发生多年前的悲剧。

11.【闪回】石旮旯村 / 李九伯家 / 夜 内

屋外风雨交加，李九伯和妻子已上床休息。

忽然，一阵急促的敲门声响起，伴随着一个姑娘（盼弟）焦急的声音。

盼弟　不好了，九伯叔，我妈难产，流了好多血，产婆也没有办法了，您是村支书，求求您想想办法，救救我妈吧！

李九伯起身，迅速穿上衣服，出门，与门外的盼弟一起跑向雨雾深处。

12. 石旮旯村 / 山路 / 夜 外

李九伯以及几名男子抬着一块门板，门板上躺着盼弟的妈妈，盖着被子，被子上面用一些大大小小的塑料布遮着雨。

盼弟撑着一把油布伞，遮住妈妈的上半身，她的妈妈看上去已经奄奄一息。

盼弟　（带着哭腔不停地喊着）妈，你千万不能睡，不能睡！

突然，盼弟妈妈的头一歪。

盼弟　（发出一声凄惨的呼叫）妈！妈！

悲凉的哭声刺破夜空。

【闪回结束】

13. 成都 / 某团部会议室 / 日 内

肖翔　（问参谋长）有什么困难和问题？

参谋长　有一批老兵，因为家庭困难等原因，已经提出转业或者退伍的申请，在这节骨眼上，怕他们……

肖翔　这算什么困难，只要一天没有脱下军装，他们就还是人民解放军的一员，就必须服从命令、听指挥，就应该在战场上！我们应该相信我们的同志们、战友们！当然，思想政治工作还是要做的。说来听听，这批老兵里都有谁？

参谋长　比如说，2006年参加青藏公路抢险，立了二等功，但腿部受过伤的李永胜。

肖翔　李永胜……是那个贵州来的李永胜？

这时，一位参谋前来报告　刚刚得报，一营二连的战士张兴黔昏倒在哨位上，已经送医院抢救。

14. 高山镇医院 / 抢救室 / 日　内

高山镇医院条件简陋，急急忙忙的人们把张桐花推进抢救室，镇医院的医生进行了一些必要的紧急处理。

镇长一边打着电话，一边走进医院。

镇长　什么？路上有交通事故，堵车了，正等着清障，大约要四五十分钟才能到，真是急死人了，这产妇可不一定等得了四五十分钟。这样等下去不是办法，这样，你们骑摩托去，务必在20分钟左右把县里的医生接到镇医院！

李九伯迎上前来，正好听到了镇长的话。

李九伯　（十分焦急又十分感激）唉，这个关口上，怎么偏偏又遇上堵车！镇长，真的太谢谢你，让你这么费心，我实在是过意不去啊！

镇长　老支书，别客气！您不要太担心，我已经让他们骑摩托去接了，会没事的。永胜联系上了吗？

李九伯　（摇头叹了一口气）还是无法接通。

15. 成都 / 机场医院 / 日　内

张兴黔躺在抢救室的病床上，医生在做检查。

李永胜焦急地守在抢救室外。

过了一阵，医生走到门口。

医生　是你送病人来的吗？

李永胜　是的，医生。请问有什么吩咐？

医生　病人阑尾穿孔，需要急诊手术，按规定需要患者本人同意或家属同意并签字，或是患者授权人签字。但目前病人昏迷，通信中断……

　　李永胜　医生，我是病人张兴黔的排长，我来签字可以吗？！

16. 成都 / 某团部会议室 / 日 内

　　参谋长　团长您说得没错，就是贵州来的那个李永胜。

　　肖翔　这个李永胜，我记得很清楚，5年前，是我从贵州秀水市一个叫石旮旯村的地方把他接到部队的。

　　【肖翔画外音 + 石旮旯村当时的面貌场景】当时他们那里可真叫一个穷，吃不饱、穿不暖，不通公路、没有电灯、也没有自来水，地道的穷山沟。也不知这几年有没有变好些。

17.【闪回】贵州 / 秀水市 / 高山镇 / 石旮旯村 / 山路 / 日 内

　　一辆军用吉普车行驶在山间道路上，山高路险，山路崎岖，路面凹凸不平。

　　时任营长肖翔坐在车内，被颠簸得头撞上车篷。

　　肖翔　（感叹）这哪是人走的路啊！

18. 秀水市 / 石旮旯村外的小河旁 / 日 外

　　张桐花拉着李永胜的手，依依不舍。

　　李永胜深情地望着张桐花的眼睛。

　　李永胜　桐花，我也舍不得离开你，但咱们石旮旯村太偏僻、太穷了，我不想你嫁给我以后，跟着我在这穷山沟里过穷日子。我选择当兵，就是想出去开开眼界，长长见识，学点本领，将来回来建设家乡，改变石旮旯村贫穷的面貌，让你和我们的孩子能过上好日子，让乡亲们能过上好日子。

　　张桐花　你说得倒是好听，等你到大城市当了兵，见到了外面的花花世界，哪里还瞧得起我这个农村姑娘，你还会回来？

张桐花说着，眼泪竟掉了下来，急得李永胜赶紧伸手去擦，边擦边安慰。

　　李永胜　我向你保证，将来我一定回来，不仅要让你过上好日子，还要让村里的乡亲们也过上好日子，走上小康路。你别哭嘛，我给你写保证书行不行？保证我一定回来，一定娶你。

　　张桐花终于被逗笑了。

　　张桐花　谁说要嫁给你了！

　　李九伯正好领着肖翔来找李永胜，肖翔看到这一幕，故意打趣两个年轻人，脸上却装着一本正经。

　　肖翔　李永胜啊李永胜，没想到你还是个多情种子，这还没到部队，先在这里上演儿女情长了，真能折腾。（**肖翔转向身后的战士**）小王，给我把李永胜"绑"到部队去！

　　张桐花被肖翔的一本正经吓坏了。

　　张桐花　（**着急地说**）首长，这不怪李永胜，他是被我"骗"到这里来的，他不知情。我们，我们真的没做什么，不……不会影响到他参军吧？是我不懂事，你们千万不要……不要绑他……

　　众人大笑。

　　【闪回结束】

19. 成都／某团部会议室／日　内

　　肖翔　时间过得真快啊，转眼就已经5年了。人民解放军这个大熔炉，已经把李永胜炼成了一块好钢。

　　参谋长　是啊，这个李永胜各方面表现不错，已经当上了代理排长。

　　肖翔　参谋长，李永胜为什么要申请退伍？

　　参谋长　我记得他申请的理由是家庭原因：他们家就他一个孩子，父母都已经六十多了，还有一个奶奶，主要靠媳妇照顾。现在媳妇就要生娃，今后，上有老，下有小，家里的生活压力更大，家庭太困难。

肖翔　这样啊。

参谋长　（笑了笑）当然，听你刚才这么一说，或许他也是为了兑现当初对女朋友许下的回乡的诺言？

肖翔若有所思。

20. 秀水市 / 公路上 / 日 外

一辆摩托车来到交通事故现场附近，骑车人一面艰难地在拥堵的车辆、行人中穿行，一面与县城来的王晶医生通着电话。终于，骑车人看到了背着医药箱的王晶，来到她面前。

王晶看到眼前的摩托车，有些哭笑不得。

骑车人　您就是王晶医生吧，对不住，只能委屈您……

王晶　别说了，我知道，现在堵车严重，也只有靠摩托车了。

王晶顾不上许多，赶紧跨上摩托车后座，催促骑车人。

王晶　师傅，快走吧，时间不等人！

骑车人　（边说边出发）王医生，您千万坐稳、抓紧！

王晶　（感叹）这一路好难啊，去高山镇真不容易。

骑车人　村里比这里更难啊，多亏大伙儿出力，才总算把桐花从村里送到了镇里，但您要是赶不到镇里，还不知道结果能怎样。

王晶　快！

摩托车疾驰而去。

21. 成都 / 机场医院手术室 / 日 内

手术室内，医生正在为张兴黔做阑尾切除手术。

手术室外，李永胜焦急地在走廊里走来走去。

李永胜走到护士站旁，电视机里播放的汶川地震的新闻吸引了他的注意力。新闻里传来好消息，受地震影响的大部分地区的通信已经恢复，但抢险救灾的形势十分严峻。

李永胜越看越着急，拳头攥紧，表情严肃。

李永胜　（自言自语）不行，我现在绝不能离开部队。我要请战！

22. 空军某师 / 师部会议室 / 日 内

师部正在召开紧急会议，部署抗震救灾相关工作。

首长　……机场全体要做好救援物资的转动工作，保障"空中生命线"畅通！要做好人员组织，根据抗震救灾需要，随时奔赴救灾一线……

各相关人员分别领命，准备投入紧张的抗震救灾工作。

女兵王萤站起身来。

王萤　报告首长，我是宣传科的干事王萤，我也想为抗震救灾出力！

首长　好样的！你的任务就是深入一线做好宣传报道，为抗震救灾加油、鼓劲！

王萤　是，保证完成任务！

23. 高山镇医院 / 日 外

镇长、镇医院院长、李九伯等人焦急地等候在镇医院门口，医院里不时传来产妇张桐花痛苦的呻吟。

李九伯掏出手机，犹豫了一下，还是拨了出去，手机屏幕显示的联系人是李永胜。

电话居然通了，李九伯有些兴奋，随即又是失望的表情，因为电话没人接。李九伯心里明白，他和儿子有约定，只要李永胜不接电话，就是有任务在身。

【李永胜画外音】爸，如果电话通了没人接，您千万别着急，部队工作特殊，随时可能有任务，如果我没接电话，就说明我在执行任务……

载着王晶医生的摩托车到达。

镇长王秋明迎上前去。

王秋明　可把您盼来了，王医生！

简单地握手致意。

王晶　产妇在哪里？快带我去！

众人把王晶让进医院。

24. 成都 / 某团部会议室 / 日 内

肖翔　部队通常在年底接受申请退伍事宜，李永胜突然申请退伍，不合常理，应该不仅仅是家庭的原因。他的家乡石旮旯村的穷困和封闭，给我的印象太深刻了，如果没有穷则思变的勇气和精神，没有好的带头人，没有上下的支持，想要拔穷根，谈何容易。我想，李永胜申请退伍，应该是想回家乡大干一场吧！

参谋长　如果是这样，他是想回去参加脱贫致富的工作，我们还是应该支持的。

肖翔　是啊，党中央高度重视脱贫致富工作，我们当然要支持，不过，部队有部队的规矩，不能破规矩。目前，抗震救灾形势严峻，必须全力以赴，部队必须紧急动员，官兵们必须坚守自己的战斗岗位，军心不得有丝毫的动摇。灾情就是命令！

参谋长　是！时间就是生命，灾情就是命令！

25. 成都 / 机场医院 / 日 内

李永胜心急如焚，一方面，张兴黔躺在病床上做手术，另一方面，他心里担心着临产的张桐花，还担心受灾后部队的去向。

【李永胜内心独白＋李永胜与张桐花结婚时的场景】桐花，你怎么样？我们的孩子出世了没？对不起，地震了，通信断了，我没能联系你们，你千万不能有事，要不我怎么对得起你和孩子。还有……我已经向部队递交了退伍申请，回来照顾你和孩子，回来照顾爸妈和奶奶，回来和乡亲们一起打拼，改变石旮旯村的面貌。但现在汶川地震，抢险救灾任务繁重，我在部队上锻炼了五年，这个时候决不能当逃兵。我知道你不容易，知道家里很难，但我……

　　李永胜停住自己的思绪，从背包里拿出纸笔，眼前浮现出在部队生活、学习的片段。

26.【闪回】成都/空军某部训练营/日 外

　　李永胜等一批新兵正在接受政治教育，训话的是新兵营营长肖翔。

　　肖翔　同志们，从今天开始，你们将作为解放军战士接受最严格、最务实的训练，你们将在中国人民解放军这个大熔炉里百炼成钢！当然，能否成钢，不仅取决于外因，内因更重要。你们要有成为好钢的内生动力，要政治坚定，思想过硬，作风扎实，技能优秀。当兵就要打胜仗，你们做得到吗？

　　众新兵　做得到！做得到！

　　新兵的声音震天响。

　　镜头里出现李永胜稚嫩而坚毅的脸……

27. 成都/空军某部训练营/日 外

　　训练营在进行负重野营拉练，战士们背负着全副装备，已经累得满头大汗，一些战士眼看已经有些支持不住。

　　李永胜的脚步也显得沉重，但他依旧咬牙坚持着，他的耳边响起肖翔营长的训话。

　　【肖翔画外音】我们是解放大西南的"硬骨头连"，从未打过败仗。在"硬骨头连"的字典里，只有"胜"，只有"赢"。你们三个新兵连，谁第一个完成30公里急行军，登上"1956高地"，谁就是"英雄连"！

　　李永胜挺直腰杆，扶住身旁险些摔倒的战友张兴黔，为战友们加油鼓劲。

　　李永胜　战友们，快，再加把劲！英雄连，我们一定要争当打不倒的英雄连！

28. 成都 / 空军某部训练营 / 日 内

训练营会议室，战士们正聆听教官讲课。

教官 我们是光荣的中国人民解放军。作为一名军人，一定要有崇高的理想，一定要有信仰，要有坚定正确的政治方向，心中一定要有一盏明亮的灯，心中有党，心中有国，心中有民！要积极向党组织靠拢，通过自己的努力，成为一名光荣的中国共产党员！

29. 成都 / 空军某部会议室 / 日 内

党旗下，李永胜和一批战友一起，举起右手。

李永胜和战友 （面向党旗宣誓）我志愿加入中国共产党……

【闪回结束】

30. 成都 / 机场医院 / 日 内

回忆往事，李永胜心潮澎湃，提笔用力地在纸上写下"请战书"三个字。

第二集

1. 高山镇医院 / 日 内

病房里，王晶的到来，让张桐花平静了些。

王晶仔细检查并询问张桐花的情况，经过诊断，王晶果断做出剖宫产手术的决定。

医生和护士们立刻投入紧张的术前准备。

李九伯在病房外焦急等待，得到决定剖宫产的消息，独自走到一旁，拿起手机，犹豫再三，再次拨通李永胜的电话，依然没人接。

李九伯只好编写了一条短信：桐花难产，已经送到镇医院，请来了县里很好的医生，决定给她做剖宫产手术。这么大的事，我想还是应该告诉你。

2. 成都 / 机场营房 / 日 内

一名战士路过李永胜的房间，听到李永胜的手机铃响，手机铃声停止后，又听到有短信提醒声，显示的联系人是"父亲"。

战士　（心想）排长刚才去查岗了，没带手机，会不会是有什么急事？

战士犹豫了一下，走进房间，拿起李永胜的手机，看到了李九伯发来的短信。

3. 成都 / 机场医院 / 日 内

李永胜坐在手术室外长廊边的椅子上写着"请战书"，写完后，郑重地签上自己的名字。

一阵急促的脚步声传来，李永胜抬头，看见肖翔带着通讯员正快步走来。

李永胜　（放下手中的纸笔，起身敬礼）肖副团长好！

肖翔给李永胜还了一个军礼。

肖翔　张兴黔病情如何？

李永胜　报告团长，手术还在继续，情况不明。

肖翔　你赶紧回营地去安排工作，这里我会让人盯着。

肖翔示意了一下身边的通讯员，通讯员敬礼领命。

肖翔　（接着对李永胜说）地震灾情十分严重，党中央、国务院非常重视，调集了大量人员、物资抢险救灾。今天下午，就有大批物资进入我们机场，我们一定要全力以赴，保证这条生命线的畅通、安全！

李永胜　是，保证完成任务！

李永胜正准备离开，那名战士拿着他的手机跑来。

战士　排长，总算找到你了！报告排长，你家人来短信，说你妻子难产，要你赶回去！

李永胜　（瞪大了双眼）什么，难产？！

李永胜下意识地看了肖翔一眼。

肖翔　怎么了，家里遇到困难了，需要部队帮助就提出来。

李永胜接过战士手中的手机，迅速浏览了一眼短信，默默地把手机放进包里，郑重地向肖翔敬礼。

李永胜　团长请放心，我马上回机场，回战场，保证打赢这场保障空中物资运送畅通的战斗！

4. 高山镇医院 / 日　内

李九伯等人焦急地等待着。

村里一名年轻人也陪着李九伯的老伴李伯母赶来。

李伯母　（抓住李九伯的手急切地问）怎么样，生了没？桐花和娃都好不？

李九伯无奈地向楼道尽头的手术室望了一望，轻轻摇头。

李伯母急了,双手合十,一个劲儿地嘀咕着。

李伯母　老天爷保佑,老天爷保佑。

楼道里一片寂静,空气都仿佛凝固了。

突然,"哇"的一声婴儿啼哭声划破寂静。

李九伯　(抓住老伴的手)孩子出生了,孩子出生了!

焦急等待的人们暂时松了一口气。

李伯母　(按捺不住内心的激动)永胜呢?快给永胜打电话,他怎么还不回来啊!

李九伯　打什么电话啊,现在大人、小孩的情况都还不清楚,不能乱说,更不能添乱!

手术室的门打开,王晶走了出来。

李九伯　医生,他们母子都平安吗?

王晶　手术顺利,母子平安,您老可以放心了!恭喜您老,产妇生了一对龙凤胎。

李九伯老两口激动得老泪纵横。

李伯母　谢天谢地!谢天谢地!

5. 成都 / 某军用机场 / 日 外

一架架大型运输机满载着救援物资,陆续降落在机场跑道上。

时间紧迫,任务繁重,机场官兵全体动员,机械装卸和人工装卸一齐上阵,战士们排成一条条长龙装卸着物资,机场内气氛紧张,但有条不紊。

李永胜逐一巡查每一个哨位的站岗情况,机场物资运输关系着震区救援和灾区民众的生命安危,必须保证绝对安全,不能有一丝一毫的差池。

李永胜仰头看着呼啸而来的战鹰,脸上充满自信和坚定。

一名战士　(过来报告)排长,雨势不减,风又太大,两个风口处堆放的救灾物资挡雨篷布固定不住,可能会导致物资较大受损!

李永胜　(大喊)一班、二班继续加强哨位警戒,三班跟我来!

李永胜率领三班战士向堆放物资的方向奔去。

6. 石旮旯村 / 李九伯家 / 日 内

焦急等待的人们终于从电话里听到了张桐花母子平安的好消息。

李九伯的母亲脸上笑着，嘴里却又叹着气。

三嫂 （对李九伯的母亲说）恭喜老太太，当祖祖了！还是一对双双——两个小子呢。

老太太 不是两个小子，是龙凤胎，一个重孙子，一个重孙女！不过，恭个什么喜，我还发愁呢，一下子多了两张嘴，就我们这穷户人家，怎么养得起啊！

这时，张桐花的妹妹张梨花火急火燎地拖着行李箱冲进屋来。

张梨花 （气都没喘匀，就问）我姐呢，怎么样了？

突然闯进个人来，屋里的人们吓了一跳，定睛一看，才发现是张梨花。

老太太 梨花丫头，你不是在深圳打工吗，怎么也回来了。

张梨花 （走到老太太跟前）老奶奶，你又不是不知道，我就这么一个亲姐姐，她生孩子这么大的事儿，我能不回来看看吗？我好不容易进了寨子，刚到村里就听人说，我姐难产，被送到镇医院去了。我姐怎么样了，她没事吧？

张梨花急得说话声都有些哽了。

老太太 （抚摸着张梨花的头）没事了，丫头，放心吧，你姐平安生了，一男一女呢。

张梨花听到这个消息，脸上瞬间笑开了花。

三嫂 老太太，你还担心养不起那两个臭小子，不不，龙凤胎，现在不用担心了，这不，"摇钱树"都回来了！

老太太特别喜欢张梨花，看见张梨花，心中十分欢喜。

7. 高山镇医院 / 日 内

张桐花和两个孩子已经被安顿在病房，张桐花感激地拉着王晶医生的手。

张桐花 王大夫，感谢你救了我们母子，你真是送子观音，是我们家的大恩人！我真的不知道该怎样谢谢你。

王晶 桐花妹子，不要客气，治病救人本来就是我们做医生的职责，况且，石旮旯村还与我们家有缘，20年前，我父亲行医到村里遇险，还多亏村民救他一命呢！

张桐花 真的吗？这么巧啊！

8. 成都 / 某军用机场 / 日 外

李永胜带领战士们迅速赶到堆放在风口处的救灾物资旁，指挥战友们为物资挡雨。

李永胜和10名战士一起，紧紧地拽着篷布的角和边，篷布仍被强劲的风吹得鼓起来。

李永胜 风太大，光拽着不行。这样，拉着4个角的战友和拉着我左右两个边的战友继续尽力拽着篷布，其余4名战友和我爬上去，就算用身体压，也要把篷布压住！

李永胜率先爬上盖着物资的篷布，张开手臂和腿，紧紧压在篷布上，其余4名战士也迅速爬上去压住，尽管狂风依旧鼓动着篷布，使李永胜等压在上面的同志晃动不已，但在11名军人的齐心协力下，篷布终于较好地护住了救灾物资。

雨势终于减缓，风也小了许多，李永胜他们守护着的这堆物资准备搬运上机，送往灾区。

李永胜和三班的战士们整队，准备返回哨位继续警戒，这时，连部通讯员来到他的面前。

通讯员 报告李排长，接团部命令，机场路 3425 号路段被洪水冲毁，命令你排组织救险，30 分钟后到位。

李永胜知道，他们排距离 3425 号路段最近，他迅速安排好守卫机场的站岗人员，带领其他战友，赶往 3425 号路段。

9. 高山镇医院 / 日 外

李九伯和老伴的心情终于平静下来。李九伯与镇长说起了王晶。

李九伯 镇长，你跟王医生很熟吗？我总觉得她看起来很眼熟。

镇长 哈哈，这世间上的人千千万万，长得像的人不少，看起来眼熟也不奇怪。

李九伯 镇长，我的直觉告诉我，真的是很面熟。

镇长 哦？你是不是看到她，想起谁来了？

李九伯 可能吧！

这时，李九伯的手机响起短信提醒音。

李永胜发来消息：爸，部队有紧急救险任务，我回不来了！

李九伯脸上闪过一丝失望，他努力平复情绪。

李九伯 （给李永胜回了一条信息）爸知道，军令如山，你安心工作吧！桐花他们母子平安，给你添了一儿一女。

10. 成都 / 机场高速公路 / 日 外

李永胜收起手机，带领战士们拿着工具，朝被毁路段奔去。

【李永胜内心独白】 桐花，对不起，我赶不回来陪你，你受苦了！孩子们，爸爸对不起你们，没能守护着你们降落人世。爸爸只能出色地完成任务，作为送给你们的第一份礼物。

李永胜带领战友们赶到被毁路段现场，迅速投入疏通、平整工作。

被毁路段是一段沿河的公路，公路一侧临水，一侧靠山，临水的一侧无法疏散车和人，靠山的一侧也只有不大的空间，而且由于暴雨和地震影响，随时会有滑坡、滚石的危险，因此人和车都聚集在路面上，道路拥挤不堪，杂乱一片。

11. 石旮旯村 / 李九伯家 / 日 内

　　张梨花　奶奶，您看我给您带什么礼物来了，贵阳的刘老四烤鸡，您最喜欢吃的！奶奶，您说这两个小家伙你们养不起呀，那送给我好了，我带到深圳去养，20年后，还给你们两个大学生！就怕您老舍不得呢。

　　张梨花一直说个不停，哄着老太太开心。

　　张梨花　我姐夫呢，怎么还不回来？汶川地震了，是不是只想到立军功去了？我姐还在镇医院是不是，我得马上去看她。

12. 成都 / 机场高速公路被毁路段 / 日 外

　　被毁路段一面临河，一面靠山，给抢险工作增添了很大难度。

　　抢险的人们，观看的人们，被堵住的车辆，混成一片。

　　李永胜首先指挥战士们疏散人员和车辆，好不容易，部队终于可以开始施工了，但由于施工条件不足，队伍不专业，工作进度很慢。

　　李永胜　同志们，部队首长命令我们必须保证在30分钟后可以半幅通车，我们一定要完成任务！30分钟后，专业施工队伍就可以赶到，就能够尽快恢复全面通车。我们虽然不是专业的施工队伍，但我们是人民的子弟兵，决不能丢了解放军的脸。同志们，加油干啊！

　　众人　加油干！加油干！

　　路边一位群众拿出手机，播放着歌曲《毛主席的战士最听党的话》，又走来一位群众，又走来一位……他们同样拿出手机，播放着同一首歌曲。

　　李永胜感激地看了他们一眼，这一眼，充满着感激和信任。

13. 高山镇医院 / 病房 / 日 内

　　王晶　桐花，你太累了，需要好好休息，先别说话，有些事你身体恢复了再告诉你。

张桐花乖乖地躺着，不说话了。

王晶站起身来，朝门外走去。

王晶　（思绪万千，感慨万千）十五年了，这里的贫穷仍未曾改变啊。

14.【闪回】秀水市军分区 / 老王医生家 / 日 内

老王医生急匆匆地拿起医药箱准备出门，他的两个女儿王晶和王萤坐在桌边做作业。

老王医生　晶儿、萤儿，石旮旯村有个村民得了急性病，我得赶过去救治，你们乖乖在家做作业，吃饭时间自己去食堂打饭吃哈。晶儿，你是姐姐，要带好妹妹。

王晶　好的，爸爸。石旮旯村在哪里啊？

老王医生　高山镇的一个很贫穷的山村。

王晶　哦，是不是比较远啊？爸爸你路上小心，早点回来。

15. 石旮旯村 / 山路 / 日 外

老王医生心急如焚，快步行走在山路上，丝毫没有注意道路两边的情形。当他走过一片树林之时，路边草丛中突然窜出一条毒蛇，一口咬在老王医生的大腿上。

老王医生猝不及防，下意识想伸手去抓住毒蛇的七寸，却恍惚看见一人手起刀落，毒蛇被砍成两截。

老王医生定下神来发现，面前站着一位跟自己年纪相仿的村里人，手里提着一把柴刀。

老王感到头有些晕晕的，低头一看，被毒蛇咬伤处渗出黑血。老王身体一晃，感觉到自己被眼前的那人伸手扶住。

16. 秀水市军分区 / 老王医生家 / 日 内

王晶在屋里心神不宁地走来走去，妹妹王萤觉得奇怪。

王萤　姐，你怎么了，一直走来走去干什么呀。

王晶　我也不知道怎么了，就是感觉心里很慌，总觉得今天会出什么事儿。

王萤　我俩好好地在家里待着，爸爸就是去石旮旯村看个病人，能出什么事儿嘛，你别疑神疑鬼了，快坐下来，晃得我头晕。

王晶勉强坐了下来。

17. 石旮旯村 / 山路 / 日 外

那人将老王医生扶到路边一块大石头上坐下，看见老王医生背着的医药箱上印有"秀水市军分区"的字样。

那人　（忙问）您就是军分区的王大夫吧？

老王医生点头，才发现，那人身后还站着一名十岁左右的男孩子。

那人　王大夫好！我叫李九伯，是石旮旯村的，这孩子是我儿子——李永胜。

老王医生的脸色慢慢变紫，嘴唇慢慢变黑，中毒很深了。

李九伯　（对男孩子说）永胜，我们村不通公路，这里离白云村比较近，你赶快跑到他们村去找村支书，他们村部有电话，请他们给镇长打电话报告这里的情况，我会想办法将王大夫带到公路边，然后再坐车去镇医院。

李永胜应声飞快跑去。

李九伯扑下身子就要用嘴给老王医生吸蛇毒。

老王医生用力想把李九伯推开，但力不从心。他深知，如果李九伯不小心把毒血吞进肚子，也会有危险。

李九伯顾不上许多，一口一口吸出老王医生伤口里的毒血。

李九伯的苦心没有白费，老王医生的脸色有了一些好转，李九伯知道这只是暂时的，他背起老王医生，朝着公路的方向走去。

18. 秀水市军分区 / 老王医生家 / 日 内

王晶正在那里坐立不安，一阵敲门声突然响起，王晶像被从座椅上弹起来一样，一下子就蹦到门边打开门。

来人是军分区医院传达室的老刘，两姐妹都认得。

王晶　刘伯伯，您怎么来了，找我爸吗？他不在家。

老刘　小晶、小莹，不好了，你爸爸在去石旮旯村的路上被毒蛇咬伤了。高山镇已经派人去接他到镇卫生院，镇里又把情况告诉军区首长，军区首长已经安排医生赶过去，一会儿会派车来接你们姐妹俩去高山镇。

19. 高山镇卫生院 / 日 内

老王医生躺在病床上，已经脱离了危险，李九伯守在病床旁。

老王医生　（向李九伯道谢）谢谢你啊，九伯同志，是你救了我的命！

李九伯　王大夫，您这一声谢我受之有愧啊，要不是为了给我们石旮旯村的病人治病，您也不会遇上这样的危险！

老王医生　唉，病人没治到，我自己却躺在病床上了。对了，那个病人怎么样了？

李九伯　王医生，您放心，我们把他也送到了镇卫生院，就住在您的隔壁，他已经没事了。

老王医生　让我去看看！

20. 秀水市军分区 / 老王医生家 / 日 外

一辆北京吉普停在王家门口，王晶、王莹两姐妹拉开车门，跳了上去。

王晶　去高山镇，快点！

王莹　叔叔，注意安全，别忙中出错。

司机　（笑了笑，心想）真是一母生两女，两女两个样啊……

21. 高山镇卫生院 / 日 内

老王医生跟李九伯交谈着，李永胜站在一旁，王晶、王莹风一般冲进病房，扑到病床跟前。

王晶、王莹 （流着眼泪）爸爸，爸爸，你怎么样了？你可别吓我们！

老王医生 小晶，小莹，军人的孩子可别轻易流眼泪，你们看，爸爸不是好好的吗！

两个姑娘一本正经地拉着老王医生的手，看看这里，看看那里，见老王医生已无大碍，终于止住了眼泪。

老王医生 （指着李九伯和李永胜，告诉两姐妹）小晶，小莹，就是这位李九伯——李叔叔，还有他的儿子李永胜，救了爸爸的命，还不赶紧谢谢救命恩人。

王晶、王莹 谢谢李叔叔！

【闪回结束】

22. 高山镇医院 / 日 外

王晶一边回忆，一边走在走道上，心情有些沉重。

【王晶画外音】这次算是我及时赶到，张桐花母子得以平安，捡回了三条人命，但下一次如果还有王桐花、赵桐花出现这样的情况，又该怎么办？石旮旯村的路不修好，问题就解决不了，穷根就拔不掉。这么多年了，怎么就没有人修路呢？

王晶朝着走道上的人群走去，这时听到一个声音在喊："李九伯，李支书，镇里让你去开会，给汶川灾区捐款。"

王晶 （一怔）李九伯？不正是爸爸的救命恩人吗！

李九伯 （从王晶面前一闪而过，嘴里还应着）好的，这就去！

王晶 （望着李九伯离去的背影，自言自语）这个连自己儿媳妇的医疗费都付不起的石旮旯村村支书，还有钱给灾区捐款吗？

23. 成都 / 机场高速公路被毁路段 / 日 外

高速公路抢险现场，几位民众手机里播放的《毛主席的战士最听党的话》变成了战士们口中的歌声，战士们斗志昂扬。

身处现场的许多民众也跟着唱起来，并且自愿加入了抢险行列。

李永胜带领的队伍的主要任务是用枕木把水毁的凹陷大坑填起来，所以搬运枕木是首要任务。由于地滑、木重，稍不小心，枕木就可能砸伤人。

李永胜指挥有方，现场井然有序。

抢险的战士和民众 （发出号子声）嘿哟，嘿哟。

通讯员不知道李永胜已得知张桐花平安生产的消息，兴冲冲跑来报喜。

通讯员 （大声喊道）排长，嫂子生了，是一对双双，龙凤胎。排长，恭喜你，当爸爸了！

战士们 （听到这个喜讯也十分高兴）恭喜你了，排长，当爸爸了！

周围的民众听到这个喜讯，纷纷鼓掌表示祝贺。

李永胜 （冲着大家敬了一个标准的军礼）感谢大家，谢谢战友们！当爸爸了更应该做好表率，加油抢险，快干活吧！

24. 石旮旯村 / 李九伯家 / 日 外

【张梨花走出房门，脸上的笑容被沉重的心情所取代，心想】如果仅仅是养活这两个孩子，靠着姐夫在部队的工资，确实可以维持，但要让他们学习文化，将来能有出息，不用再过这样的苦日子，却真的难啊！

张梨花第一次认认真真环顾着眼前的石旮旯村，第一次认认真真思考关于这个村以及孩子们的未来。

【张梨花内心独白】这就是真实的石旮旯村，典型的穷山沟，真的没有其他词更适合形容它了。两个刚刚出生的孩子，难道真的就要在这穷山沟里过一辈子穷日子吗？又或者是跟着我这个小姨外出打工，成为打工二代？

屋里传来老太太的声音："梨花，你不是要去镇医院看你姐吗？也替奶奶好好看看桐花哈。"

　　张梨花　（自言自语）算了，光想也没用，走一步看一步吧。

　　张梨花　好的，奶奶，我一定帮您老好好看看孙媳妇和两个可爱的重孙子、重孙女。奶奶，我走了，去看我姐去了。

　　说完，张梨花一阵风似的跑了。

25. 高山镇／镇政府会议室／日　内

　　镇长王秋明正主持召开专题会议，部署为汶川灾区捐款事宜。每个参会人员都露出了极富责任感的表情。

　　镇长　同志们，地震无情人有情，济困扶危，弘扬善举，是我们中华民族的传统美德。千万滴水珠可以汇成江河，只要我们人人都献出一点爱，抗震救灾就能多一份力量，多一些温暖。

　　参会人员纷纷点头表示赞同。

　　镇长　捐款的意义我就不再多说，现在的关键是落实捐款数，每个村要有表示，当然，是自愿捐款，你们大致报一下。

　　各村支书、村长你三千、他五千地报着本村的计划。

　　李九伯起身走出会议室，给李永胜打电话。李九伯心里十分清楚，如果李永胜不汇钱回来，他的确无力捐款，他作为村支书的带头作用自然也无从谈起，这些年来，他能在村支书的位置上撑住，全靠永胜帮着。

　　电话依然没有人接，李九伯只能无奈地回到会议室。

　　镇长　九伯支书，各村都已登记完毕，就差你们村没有表态了。

　　李九伯　（下了很大的决心）一方有难，八方支援，这善款我们石旮旯村再穷也要捐！我先表态个人捐1000元，但我们村的情况大家也知道，请容我一点时间，让我回去跟村里人合计合计再报。

　　镇长表示理解地点头同意。

　　李九伯说这话时其实心里真没有一点底气。

　　【李九伯内心独白】永胜啊，爸这回真的只能靠你撑腰了，你一定不要让爸丢脸啊!

26. 成都/机场公路旁/日 外

抢险中的李永胜突然意识到什么,他叫来通讯员。

李永胜 小熊,我这卡里还有2000元钱,我告诉你密码,麻烦你帮我给家里汇去,你嫂子生小孩得用钱。

小熊 排长,你这2000元够吗?

李永胜 2000元不够吗?

一个声音传来:"哈哈,永胜,2000元哪够生小孩?你是有多久不问世事了。"

李永胜抬头一看,竟然是自己中学的同学吴银子。

他乡遇故人,两人都感到十分亲切,更何况是在这抢险救灾的特殊关头,两人上前拥抱。

李永胜 吴银子,怎么会是你?你怎么会在这里?

吴银子 是啊,真是太巧了!只知道你参军到了成都,在部队表现不错,却没想到今天会在这里碰到你,看来咱们同学缘分不浅啊。

27. 高山镇医院/日 内

张桐花、张梨花两姐妹终于见面了,张梨花心疼地看着面色憔悴的张桐花。

张梨花 姐,你受苦了!

张桐花见妹妹来了,赶紧指着身边的两个孩子让张梨花看。

张桐花 梨花,你快看,两个孩子是不是很可爱。看到他俩这么乖,我就觉得苦点也值了。

张桐花一脸的幸福。

张梨花 (忍不住打趣姐姐)哎哟哟,真不愧是伟大的母亲啊!可我怎么听说有人当时要死要活的,还说孩子也不想生了呢,这有了孩子态度就变了！

张桐花笑着想打妹妹的屁股，张梨花扮个鬼脸躲开。

张梨花 （一本正经起来）我早就给你说过，嫁人一定不要嫁军人，你就是不信。你自己看吧，关键时刻，我姐夫到哪里去了？连个影子都见不着。

张桐花 梨花，这不怪你姐夫，是遇上汶川地震了，情况特殊，没办法嘛，否则，他也应该到家了。

张梨花 是，我承认，这次是碰上汶川地震，是特殊情况，但为什么特殊情况总被他碰上！上次妈妈病重，他也特殊，去了青藏公路抢险，立了二等功，但连妈妈最后一眼也没能见到；这次你生小孩，他又特殊，抗震救灾，差点连老婆孩子最后一眼都看不到了！还是赶紧让他退伍算了，要不啊，还不知道会有多少次特殊呢。

这时，一名护士走进来。

护士 张桐花的家属，麻烦去把手术费交一下。

张桐花 多少？

护士 4000。

张桐花 4000，要这么多钱啊？

护士 4000元确实不是小数目，但你真的是很幸运！不是谁都能请到县里最好的医生，过得了难产这个坎的。

张桐花还想说什么，被张梨花拦住。

张梨花 什么也别说了，姐，我先去交钱应急，这钱回头让姐夫还给我就好。

28. 成都 / 某团会议室 / 日 内

肖翔手里拿着李永胜的《请战书》，一字一句读着，他不停点头，目光里满是赞许和肯定。

肖翔 （自言自语）李永胜，不枉组织对你的培养！

参谋 （走进会议室）报告团长，李永胜媳妇生了一对龙凤胎，李永胜说他文化有限，想请团长给两个孩子起名字。

肖翔明白，李永胜请他取名字是虚，套近乎是实。

肖翔 （笑了笑）请我取名字，李永胜这小子可能是醉翁之意不在酒吧！哈哈！不过，既然人家有请，却之不恭，我就取一个吧。

肖翔 （认真思索了一会儿）有了！男孩叫震生，女孩就叫雨生吧。

参谋不明白团长口中的"醉翁之意不在酒"是什么意思，只是觉得这两个名字真心不错。

参谋 （赞道）太好了，团长，这两个名字取得真好，李永胜一定喜欢。

这时，肖翔的电话响了，电话的另一头传来一位女同志的声音。

王萤 肖团长，您好！我叫王萤，您还记得我吗？那年您到秀水市接兵，我们见过面。

肖翔 王萤？好像……有点印象。

王萤 有印象就很不错了。但我知道，如果我说出一个人的名字，您肯定就知道我是谁了。

肖翔 是吗？谁？

王萤 我姐，王晶！

肖翔 （表情有些不自然）王晶啊，你是她妹妹王萤。是是，当时是见过面，但后来……好久没见了。你姐最近还好吧？

王萤 想起来了吧，肖团长！今天不谈我姐，谈点公事，汶川抗震救灾，我想来当志愿者，欢迎吗？

肖翔 当然欢迎！

29. 高山镇医院 / 日 内

张桐花伸手想拉张梨花没拉住，张梨花差点撞上走进病房的王晶。

张梨花 （忙说）对不起。

张桐花 梨花，这位就是给我做剖宫产手术的王晶医生，多亏请到她才保住了我们母子，快谢谢王医生。

张梨花向王晶行礼感谢。

王晶 桐花，这就是你说的在深圳打工的妹妹吧，这么急匆匆要去干啥呀？

张桐花 准备去帮我交手术费呢。

王晶 你们别管了。

姐妹两个感到诧异。

王晶 本来呢，手术是我做的，按理可以不收钱，但医院有医院的规矩，所以该交还得交，这钱我去交。

张桐花、张梨花 （异口同声）这怎么行！

30. 高山镇镇政府会议室外／日 外

会议散了，李九伯心事重重地走出会议室，自己承诺个人捐款的1000元还没有着落，他得抓紧联系李永胜，然后还要回村跟村里商量筹钱，支援灾区。

李九伯一个个数字地按响李永胜的电话，手指有些颤抖，李永胜依然没有接电话。李九伯只能再发短信：永胜，我们要捐款支援汶川灾区，速汇人民币……

31. 成都／机场高速公路／日 外

李永胜和吴银子一边干着活，一边说着话。

李永胜 吴银子，你现在在哪里高就啊，怎么会来这里？

吴银子 高什么就啊，就是自己搞了个建筑公司，虽说找不到大钱，但发展还算不错，在周边省份也拓展了一些业务。这次恰好准备到汶川谈个项目的，谁知发生了地震。这路被毁了，汶川也去不成了，反正在这儿暂时也走不了，正好跟着李排长抢险救灾。

雨势更大了，李永胜提醒吴银子、战友们，还有民众们，注意安全。一边指挥战友们加紧抢险，一边组织民众向较为安全的地段疏散。

民众顶着风雨艰难地向较为安全的地段转移着，李永胜和战友们却扛着枕木等物资逆向而行进行抢修。就在李永胜与走在最后的两个民众擦身而过之时，李永胜突然感觉到脚下本就已经被损毁的路面开始塌陷。两人惊慌失措，说时迟那时快，李永胜抛下肩上扛着的枕木，一个急转身，将两人推向安全的方向。

两人踉跄向前，扑倒在地，终于安全了，但路面却瞬间垮塌，李永胜随着垮塌的泥土石块等坠入河流。

人们惊呼。

第三集

1. 高山镇医院 / 病房 / 日 内

　　张桐花、张梨花　（异口同声）这怎么行。

　　两人语气和态度却迥然不同,张桐花充满谢意,但婉言谢绝。

　　张桐花　王医生,您救了我和两个孩子的命,我们全家已经感激不尽了,怎么可能还要您来付手术费,这万万使不得。您的心意我领了,钱必须我们自己来付。

　　张梨花却十分抵触,感觉伤了自尊,眼睛瞪着王晶,语气有些不客气。

　　张梨花　你什么意思,王医生,我姐的手术费凭什么要你来付?!我们石旮旯村再穷,这生孩子的钱我们自家还是会付的。我姐付不起,还有我当排长的姐夫,还有我这个打工的妹妹,不劳王医生您来操这份心!

　　王晶脸上闪过一丝不悦,随即释然。她没有理会张梨花的冷言冷语,转向张桐花。

　　王晶　桐花,请问一下,你公公是不是石旮旯村的村支书李九伯?

　　张桐花　是啊,王医生认识他?

2. 石旮旯村 / 村委会小院 / 日 外

　　石旮旯村村委会是在石旮旯村小学边上搭建的一栋三间屋的平房,一眼看进去,空空如也,一贫如洗。

　　村民们三三两两来到村委会小院。

　　李九伯招呼大伙坐下,有的找到了凳子坐下,没找到凳子的就干脆席地而坐了。

　　几个调皮的村民起哄。

——"兵支书"投身乡村振兴电视文学剧本

村民甲　李支书,这急匆匆地叫我们来开会,是不是有什么好事情啊?

村民乙　是啊,九伯叔,是不是有什么钱啊米啊的发啊?

…………

李九伯　(伸手敲了一下坐在身旁的一个村民的头)别尽想占便宜的事了!

李九伯示意大家安静。

李九伯　大家知不知道,四川有个叫汶川的地方发生了7.8级大地震,山崩地裂,房倒屋倾,当地很多群众住的地方没了,家里的东西没了,吃的没了,穿的也没了,生命财产受到了极大损失……

村民老焉　(插嘴道)支书,这四川汶川离我们石旮旯村天远地远的,他们那里地震了是很惨,你给我们说这些是什么意思?是不是要打我们的主意?

李九伯　老焉,话可不能这样说,我们中国人自古就倡导互帮互助,一方有难,八方支援。石旮旯村也好,汶川也好,都是中国的土地,生活的都是咱们中国人。汶川有难了,身为中国人,我们石旮旯村也不能袖手旁观,要伸出援助之手!

村民老焉　支书,算你说的有道理,老焉表示支持,我刚才说的话没有觉悟,你原谅,就当我是放个屁哈。

村民们一阵哄笑。

村民老焉　但支书,村里的情况你又不是不清楚,你倒说说,这个援助之手怎么伸?要不你就直接比个数,反正我家里也没什么值钱的东西了,你看着办吧!

村民们纷纷附和。

村民丙　谁都有个落难的时候,帮也是应该的,但拿什么来帮?

村民丁　不是不想帮啊,关键是自家吃饭穿衣都还没解决。

…………

李九伯低头叹息,沉默不语,他何尝不知道乡亲们的困难。

3. 高山镇医院 / 日 内

  王晶 嗯，很早就认识了。15年前，你公公救了我父亲一命。

  张桐花 您父亲难道就是当年的老王医生？这个事情我听永胜讲过。

  王晶 是的，当年那个被救的老王医生就是我父亲。所以（王晶特意转向张梨花），这个救命之恩，我们是要报的。

  张梨花 我也听说过这件事，原来，九伯叔救的是你父亲啊。

4. 石旮旯村 / 村委会小院 / 日 内

  李九伯沉默了一阵，终于开口。

  李九伯 我理解大家的难处，知道大家不是不愿捐款献爱心，而是力不从心，真的，我不怪你们，怪只怪我们石旮旯村太穷。一方有难八方支援，谁都可能会有需要别人帮助的一天，我不想我们石旮旯村在支援汶川的工作中没有行动。捐款的事如果大伙实在为难，就由我去想办法解决吧。

  村民们一下愣住了，接着是一阵议论。

  村民甲 九伯是支书，由他解决也是应该的。

  村民乙 做人别这么没良心，你妈当初受伤差点没命，还是人家九伯叔送到镇上，又垫钱医治，才捡回的命呢。

  村民丙 是啊，村里大事小情，人家李支书可没少掏自己的腰包，这本来也不是人家该拿的呀。

  …………

  老焉 （忍不住又开了口）支书，九伯叔，也不能总这样啊！这么多年了，村里有事都是你扛着，你还能扛多久？大伙儿别闹了，还是一起想想办法吧。

5. 高山镇医院 / 日 内

  说话间，张桐花接到一个短信——"已汇2000元"，落款是李永胜。

看到这短短的一句话，张桐花"哇"的一声大哭起来。

张桐花抱着手机，怔怔地看着前方。

【张桐花内心独白】盼人，人没有来，盼钱，钱倒是来了，但这点钱哪里够啊！永胜，我知道你难，知道你心有余而力不足，不仅要顾家、顾我，还要顾村里、顾战友，但现在的问题就是缺钱，你让我怎么办？！

张梨花不明白姐姐是怎么了，急得抢过手机来看，这一看，她什么都明白了。

张梨花从背包里拿出钱包准备出病房门，被王晶拦住。

王　晶　你别去了，这钱还是我去交吧！

张梨花的态度突然来了个一百八十度的大转弯。

张梨花　你真要交是吧！那我九伯叔救了你父亲一命，难道就值4000块？

王　晶　那你说要怎样才够？你还有什么要求？

6. 成都 / 部队医院 / 日 外

李永胜的腰部和头部受伤，正在手术中。

手术室外，人们焦急而又悲伤。

吴银子　（内心满怀歉意，不停地捶打自己的胸口）这都怪我，如果不是我去打岔，影响永胜抢险，他就不会出事了。

一名战士　（劝说吴银子）排长是为了救人才受伤的，怎么会怪你。

吴银子　他伤得这么重，能不能……

吴银子哽咽了。

7. 石旮旯村 / 村委会小院 / 日 外

一头小牛迎面朝着李九伯走来，虽然只是一头牛犊子，但这小牛也可以称得上是"穷人的孩子早当家"，李九伯对它寄予了很高的期望，家里那些东一块西一块的地，还指望着这小家伙快快长大承担翻地的"重任"。

李九伯抚摸着小牛的头、身子，眼里露出依依不舍的神情。

【李九伯内心独白】小牛啊，小牛，我也舍不得你，但如果把你留下，为汶川灾区捐款的这个坎我们又怎么过！

老焉看出了李九伯的心思，上前劝阻。

老焉　九伯叔，您打算卖牛捐款吗？这可是你的心肝啊！

李九伯一脸的无奈。

李九伯　我也不想啊，但你说，我还能有什么办法？

8. 高山镇医院 / 日 内

王晶双眼紧紧盯住张梨花，等待着她的答复。

张梨花说的其实本就是气话，又怎么可能真的给出答案。

场面有些尴尬，张桐花感到十分过意不去，赶紧开口打圆场。

张桐花　梨花，你怎么能这样，就算永胜他爸当年救了王医生的父亲，但如今王医生不仅救了我的命，还救了两个孩子，是我们家的救命恩人！不仅如此，人家王医生还主动要帮我付医疗费，你这样做，怎么对得起我们自己的良心。

张梨花一时不知怎么接话，反倒是王晶替她说了话。

王晶　桐花，你刚手术不久，不能激动。我知道梨花的本意并不是她说的这样，她只是想替石旮旯村的人争口气，不想欠了人情，但我是真心想报当年九伯叔他们对我父亲的救命之恩。

张桐花　王医生，我也懂得"滴水之恩当以涌泉相报"，您是我们家的恩人，我也想报恩，我现在没有报恩的能力，但我会一辈子记住！如果您一定要感谢我爸，就麻烦您帮我介绍一份工作，等孩子满月了，我就去打工。我爸撑着石旮旯村，撑着我们这个家不容易，撑得很苦，我也希望自己能多挣点钱，能帮帮他！

王晶　桐花，孩子们还这么小，你舍得放下他们？

张桐花　舍不得又怎样，我还能有更好的选择吗？

9. 成都 / 空军某团团部 / 肖翔办公室 / 夜 内

通讯员　报告肖团长，刚接到机场报告，一营二连一排排长李永胜在抢险中受伤，已经送往医院救治，刚刚脱离危险。抢险现场已经安排人接替指挥，各项工作进展有序！

肖翔　什么，救险受伤！走，立刻去医院！

通讯员看了看时间，已过夜里 12 点。

通讯员　（有些迟疑）肖团长，现在吗？

肖翔　就是现在，我们的战友为抢险受伤，必须把组织的关怀第一时间带到！

10. 成都 / 部队医院 / 病房 / 夜 内

李永胜平躺在病床上，头上缠着绷带，尚未苏醒过来。

吴银子和一名战士守在病床前，紧张地看着李永胜。

吴银子有些沉不住气了，小声对战士说。

吴银子　永胜怎么还没醒过来？

战士　你别着急，医生不是说了手术很成功，已经脱离危险了吗。排长不会有事的。

肖翔赶到，战士立正敬礼。

战士　报告肖副团长，手术很成功，排长已经脱离危险，只是……还没醒过来。

肖翔走到床前，看着静静躺着的李永胜，思绪回到两年前。

11.【闪回】青藏公路某段 / 日 外

路面被严重损毁，李永胜和战友们正在全力抢险。

一阵暴雨袭来，路边的山体突然滑坡，石块裹着泥浆、砂石从山上倾泻而下，一名刚入伍不久的战士看到这突如其来的情况，惊呆了，有些不知所措，李永胜飞身而上将战友推开，自己却躲闪不及，被一块大石砸中腿部。

12. 空军某团 / 操场 / 日 外

主席台上，李永胜从首长手里接过立功受奖证书，转身面向台下的战友们。

战友们热烈鼓掌，李永胜报以一个标准的军礼。

【闪回结束】

13. 成都 / 部队医院 / 病房 / 夜 内

【肖翔内心独白】李永胜，你一定要醒过来，战友们都在等着你，等着你早日康复，重返战场！

肖翔走出病房，通讯员跟着出来。

肖翔 （一边走一边对通讯员说）你天亮及时联系记者，我们一定要善于抓住典型，树好榜样，尤其是像抗震救灾这样的非常时刻。像李永胜这样的同志，第一时间向组织递交了请战书，现在又在抢险战斗中光荣负伤，我们要培养的就是像他这样的军人，敢于战斗、敢于拼搏。记者们应该大力宣传这种英雄主义和敢于牺牲的精神！

14. 成都 / 空军某团团部 / 肖翔办公室 / 日 内

通讯员 （进屋报告）报告肖副团长，有一位女同志要采访你，说是师部宣传科的。

肖翔还未说话，门外传来一位女同志的声音："肖副团长，您好！"

话音未落，人已走进门来。

通讯员 （急得直说）你这位同志怎么搞的，肖副团长还没同意呢。

肖翔 （留神一看，似曾相识，对通讯员说）好了，你去吧！

通讯员离开。

肖翔 请问你是？

王莹 （走到肖翔面前，一本正经行了个军礼）报告肖翔副团长，我是师政治部宣传科干事王莹。今天到此，是想采访您，问您几个问题！

肖翔 欢迎王干事，不是请你们宣传报道抢险受伤的李永胜同志吗？怎么反倒来采访我了？

王莹 我已经去过医院了，李永胜还没有醒过来。我采访了他的战友，现在还需要问肖副团长一些问题。

肖翔 有什么问题请问吧。

王莹 听说李永胜同志的妻子刚生了一对龙凤胎，两个孩子的名字是你取的？

肖翔 （有点意外，半开玩笑地）真不愧是记者啊，消息果然灵通，连这个也知道！不过，这个问题和你的采访有关吗？

王莹 当然有关！家中添了一双儿女，这是大喜；而汶川遭遇地震，这是大悲。同一时间，如此强烈的反差，一边是私，一边是公，对于一名父亲，对于一个战士，都是应该挺身而出之时，却无法兼顾。李永胜同志是如何处理好这两者之间的关系的？

肖翔 我想，这个问题还是等他痊愈后，你再采访他，由他自己告诉你吧。

王莹 好的，肖团长，我也准备要对他进行深度的访谈。但还有一个问题想要了解一下，李永胜同志作为部队的一名排长，据说连妻子生小孩住院、手术的 4000 元费用都拿不出，是否有些不可思议？这究竟是怎么一回事？

15. 石旮旯村 / 李九伯家 / 日 外

李九伯牵着那头小牛，朝家走来。

老焉 （跟在后头，嘴里不停地唠叨）九伯叔，李支书，这牛不能卖啊！卖了牛，这地可就没法种了！

李九伯走到家门口，把牛拴在屋外，向老焉挥了挥手示意他走。

李九伯　（轻声说）别说了，回去吧。
　　屋内传来老太太的声音："九伯，回来了，快进来，妈有话问你。"

16. 成都／空军某团团部／肖翔办公室／日　内

　　王萤的问题令肖翔一时语塞，不知该怎么回答才好。
　　王萤看到肖翔尴尬的样子，哈哈大笑起来。
　　王萤　哈哈哈，肖副团长，你别误会，我绝不是在指责你克扣军饷。其实，我也有所了解，李永胜同志拿不出钱给妻子生孩子，是因为他的各种"预算外支出"实在不少，除了寄钱养家，他还不时帮助困难的战友，帮助石旮旯村，帮助贫困的学生，甚至是帮助路上碰到的有困难的陌生人。这里几十，那里几百，甚至一千两千，就他的工资，又能有多少个几十、几百、一千两千？我只是想多听一些真实的故事，多了解一些细节，多一些一手的素材。
　　肖翔　王萤同志，你到底是记者还是侦探啊，怎么什么事都瞒不了你！
　　王萤做了个鬼脸，狡诈而又得意地一笑。
　　王萤　那是，瞒不过我的事还多着呢！我还知道你和我姐王晶的事。
　　王萤的不管不顾让肖翔哭笑不得，他尴尬地看了一下周边的几个人。
　　肖翔　（不知该怎么说，只挤出了一个字）你……

17. 成都／部队医院／日　内

　　躺在床上的李永胜突然坐了起来，一阵疼痛让他下意识地伸手扶住腰，一只手又赶紧扶住了额头。
　　李永胜　路通了吗，路通了吗？
　　守护的战士　（兴奋地叫起来）太好了，排长，你终于醒了！
　　李永胜　怎么了？我睡了很久吗？
　　战士　排长，你受伤，都昏迷两天了！路早通了，肖翔副团长还来看你了。两年前，在青藏公路抢险，你立了功，这次抗震救灾抢险修路，你肯定又立功了，我们排肯定又立功了！

这时，吴银子推门走进来，手上拿着一个电暖宝，见李永胜坐起来了，赶紧走到床边扶他躺下。

吴银子　永胜，你醒了，太好了！你怎么坐起来了？快躺下，快躺下！医生说了，你这腰刚做完手术，需要好好恢复一段时间，需要卧床，不宜站和坐。

李永胜　吴银子，你怎么还在这里？

战士　银子哥这几天一直守着你呢。

吴银子　唉，你这一碰上我，就受了伤，我真的是过意不去。不看见你好起来，我哪里能走嘛。医生说，热敷对你的腰恢复有好处，我专门去给你买了这个，记得每天热敷。

吴银子把电暖宝递给李永胜。

李永胜　好兄弟，我受伤跟碰上你本就无关，反而还耽误你在这里照顾我，真是我的福气呢。

吴银子　说得也没错，俗话说"大难不死，必有后福"，希望你能立功、受奖、提干，当连长、当营长！

李永胜　你以为立功、提干是你说了算啊！现在我是汶川去不了，家也回不去，都要急死了。

吴银子　别想这么多，把伤养好才是硬道理。

李永胜　兄弟，我俩同学、朋友这么多年，这次我是真遇到难题了，需要你帮我！

18. 石旮旯村 / 李九伯家 / 日 内

李九伯进屋，发现老太太的脸色有些不对劲。

李九伯　妈，你怎么了，哪里不舒服？

其实，老太太虽然上了年纪，但耳朵还好使，老焉在门外唠叨的话她都听见了。

老太太　我是不舒服，心里不舒服！九伯，你说说，你凭什么要卖牛？！

　　李九伯　妈，你都听见了……

　　老太太　（很激动）我要是没听见，你就准备偷偷把牛牵去卖了吗！

　　李九伯一个刚强的汉子，面对老太太的质问无言以对，眼里含着泪水。当了这么多年的村支书，有多少人知道他的难？也许只有这大山知道。

　　老太太　（越说越激动）你要卖，就把梨花丫头给我带来的刘老四烤鸡也拿去卖了吧，可能还能值个三十五十的，要捐款，这还能凑个数！

　　李九伯　（只能拿话安慰老太太）妈，我再想想其他办法，想想其他办法，好吧。你别生气了，千万别气坏了身体。

　　老太太又气，又心痛李九伯。

　　李九伯　妈，刚才你提到梨花，梨花回来了吗，她在哪？

　　老太太　去镇医院看她姐姐去了。

19. 高山镇医院 / 日 内

　　王晶　桐花，我们俩这可就说好了，下个月，我就来接你去县城打工。虽然不能像梨花妹妹在深圳打工挣得钱多，但离家不算远，也能照顾孩子。

　　张桐花　可，我没什么本事，也不懂什么技术，能做啥工作啊？

　　王晶　不懂什么技术，当个保洁工总没问题吧。

　　张桐花　保……保洁工……这工作丢不丢人啊？

　　张梨花　姐，这都什么年代了，劳动最光荣，靠劳动养活自己，有什么丢人不丢人的，旧脑筋！要是永胜哥知道你这种想法，肯定会批评你！

20. 成都 / 部队医院 / 日 内

　　李永胜斜躺在病床上看电视，腰用吴银子买的电暖宝热敷着。

　　电视里播放着汶川抢险救灾的新闻，报道在黄金 72 小时内救出了多少多少人，有多少支救援队伍参加抢险救灾，全国各地、社会各界如何支援汶川灾区，等等。

李永胜看得热血沸腾。

【李永胜内心独白】抢险救灾一线才是真正的战场，他们才是英雄。我算什么，受点伤就躺进了医院，还立功，真是受之有愧！

李永胜　通讯员，请医生来。

医生走进病房，看到李永胜已扶着腰站到了地上。

李永胜　医生，请您让我出院，我要回到我的阵地，机场也是抗震救灾的战场，守好机场，才能保证救灾物资顺利运到灾区！

21. 高山镇医院 / 日 外

张梨花把王晶送到医院门口，王晶要回县城了，这时王晶的手机响了，王晶拿出手机一看，是王莹打来的。

电话那头传来王莹的声音。

王莹　姐，你猜，我跟谁在一起？

王晶　有话快说，姐在高山镇，忙着赶回县城，有个手术等着我呢……

王莹　好吧，大忙人。告诉你，我跟肖翔在一起。

王晶　什么，你跟肖翔在一起……你跟他在一起关我什么事，他是他，我是我，你不要扯。我告诉你，当年救爸的九伯叔的恩我算是报了，这次我到高山镇就是因为他儿媳难产，我给她做了手术，救了3条人命，大人孩子都平安了。

王莹　太好了，也算了了我们一家这么多年的一个心愿。

王晶　可惜我还没能跟九伯叔碰上面，我听说石旮旯村仍然像从前那样，很穷，我们应该想办法帮帮他们。

22. 石旮旯村 / 李九伯家 / 日 内

李九伯　妈，你先休息，我出去一下。

老太太　是去找梨花吗？

李九伯默默点头。

老太太 你等一下。

老太太摸摸索索地从床褥子下面翻出一个用橡皮筋捆着的手帕卷,用颤抖的手一层层打开,露出一沓卷着的钞票,有50元、20元、10元、5元等不同的面值。

老太太 九伯,牛还是留下来吧,我们一家还指着它干农活呢。我这些年省吃俭用存下了500元,你拿去应急吧!还有,梨花不是回来了吗,梨花疼我这个老太婆,我再向她开口借500,你的1000元不就凑足了。

李九伯 妈……我怎么能要你的钱去捐……而且……其他村都要捐5000元。

老太太 钱这东西,生不带来死不带去,分什么我的你的。人家捐5000元,但是我们村有这个能力吗?

这时,老焉走进门来。

老焉 九伯叔,要不你就先向镇里报一个数,我们凑齐了再送去。

李九伯 报个数好办,但凑不齐怎么办?不就成了弄虚作假吗?

23. 成都机场 / 机舱 / 日 内

吴银子坐在飞机上,手上拿着的登机牌上写着"成都—贵阳"。

飞机还没有起飞,吴银子不时向窗外张望,显得有些焦急。也许他还有别的事,也许他是受李永胜委托去高山镇看望张桐花母子,总之,他心里很急。

【闪回 / 医院】

李永胜 现在是汶川地震救援抢险的非常时期,我是一名军人,绝不能离开战场,拜托你回去替我看看桐花,她生了两个孩子,还碰上难产,我又不在身边,她真的不容易!还有,我爸年纪大了,身体也不好了,既要管家里的事,又要管村里的事,压力太大,想请你去村里看看,能不能想些办法帮助石旮旯村发展……

李永胜满脸的歉疚与期待。

吴银子正准备起身，又被李永胜叫住。

李永胜　千万别告诉他们我受伤的事情！

【闪回结束】

飞机终于起飞。

24. 成都 / 某军用机场 / 日 外

一个连的战士整齐排列，等待命令，李永胜排在队伍的前头，精气神十足。

营长宣布命令。

营长　接上级通知，一营二连三排代理排长李永胜同志因表现突出，正式任命为排长，大家鼓掌祝贺！

李永胜走到营长前，敬礼，接过任命文件。

李永胜　感谢组织对我的信任，我一定带领三排全体官兵，忠诚于党，忠诚于祖国，忠诚于人民，坚决保卫好机场，夺取抗震救灾的最后胜利！

25. 高速公路 / 汽车内 / 日 内

一辆轿车行驶在高速公路上，王晶坐在后排，闭目养神，大脑里不时回想起她和王莹的对话。

王莹　姐，我发现肖翔还是很惦记你的，他给我说起你们游黄果树瀑布时把脚扭伤的事，说是扭伤你身，疼在他心呢。

王晶　你别听他胡扯，口是心非！我就让他办一件事，他都没有做到。

王莹　不可能吧，我感觉他可是为了你赴汤蹈火都愿意的。

王晶　有什么不可能，我让他转业回贵州工作，他转了吗？

王莹　姐，这点我跟你的想法不同。他现在正值事业高峰，留在部队很好嘛！

王晶　还有，我让他帮忙把石旮旯村到镇上的公路修通，他修了吗？这条路差点要了爸的命，路不通，我不理他！

26. 天空 / 机舱 / 日 内

吴银子手里拿着一张报纸，眼睛却望着窗外，关于军民抗震救灾的报道让他感动，但让他更感慨的是李永胜说的一番话。

【李永胜画外音】我们的家乡石旮旯村太穷了，虽然这些年所有的人都在努力奋斗，但那里的变化并不大。这几年我虽人在部队，但心却始终记挂着石旮旯村，等我在部队上积累够了，我就要回去拼搏，脱贫致富的战场是更大、更广阔的战场，我在那里同样可以有所作为。但是，现在我还不行，你要帮我，等积累了足够的资金，就可以干大事了，记住，干大事不但需要本领，也需要资金。

【吴银子内心独白】李永胜有钱是为了干大事，而我挣钱是为了生活过得自在些，这部队上历练出来的干部，思想境界就是不一样啊！

27. 成都 / 某军用机场 / 营房 / 日 外

李永胜站在营房楼前，向营区外张望，像是在等待着什么人。

一辆吉普车缓缓开到李永胜面前，停下，车上跳下一名战士，是张兴黔。

李永胜　（上前拥抱张兴黔）兴黔同志，欢迎归队！

张兴黔行了一个标准的军礼。

张兴黔　士兵张兴黔向排长报到！

两人高兴地聊着走进营房。

28. 石旮旯村 / 李九伯家 / 日 内

李九伯用颤抖的手从老太太手里接过 500 元人民币，眼泪滴在纸币上。

李九伯　妈，这可是你一分一厘、舍不得吃舍不得穿省下来，我怎么忍心……

李九伯哽咽了。

老太太　九伯，钱没了还可以挣，念想没了可就没希望了。全村人都巴巴地望着你，你一定不能让大家没了希望！

29. 高山镇医院 / 日 内

张梨花两手拥着两个小宝贝，喜欢得不得了，她要回深圳了，分别给了两个小宝贝一人一个 3000 元的大红包。

张桐花　梨花，你别这样，你一个人在外打拼，自己手头也没那么宽裕，两个刚出生的孩子，意思一下就行，你给这么重的红包，我们怎么过意得去。

张梨花　姐，我们俩是亲姐妹，怎么还说这么见外的话。九伯叔不容易，永胜哥不容易，你不容易，石旮旯村不容易。现在机会好，我能在深圳打工挣点钱，能帮补你们一些，大家就匀着用吧！我听说，九伯叔还在为汶川捐款的事发愁，是不是？

30. 高山镇 / 镇政府院子 / 日 外

为汶川灾区的募捐仪式正在举行，镇党委书记、镇长站在前排，工作人员正在宣读募捐单位和数额。

李九伯手里拿着母亲给的 500 元钱，心中忐忑不安，表情极不自然，手心都出了汗。他在担心完不成捐款任务怎么办？

工作人员逐一宣布着各村、各单位的捐款情况。

听到工作人员读出"石旮旯村"四个字，李九伯觉得脑子里一片空白。

工作人员　（继续念）：石旮旯村 5000 元。

李九伯懵了，这 5000 元捐款怎么会从天而降？是谁在帮石旮旯村"献爱心"？

第四集

1. 石旮旯村 / 村头 / 日 外

李九伯站在村头，放眼望去，石旮旯村里的一条主路蜿蜒曲折，一直伸向山的远方，一眼看不到尽头。

【李九伯内心独白】就是这条路，阻隔了我们和山外的联系，这么一个封闭的角落，死死地困住了我们发展的手脚，石旮旯村穷就穷在你这条路上啊。

2.【闪回，多镜头场景】

镜头一　李九伯手持修路的申请和经费需求情况等，奔波于相关部门、企业等，无功而返。

镜头二　李九伯带领村民锄挖镐刨，自力更生修路，但由于条件限制，仅能刨出一段段宽窄不一、无法通车的零星路段，村民们流着汗水，望路兴叹，满眼辛酸。

镜头三　李九伯兴致勃勃地带领客商到村里考察，但客商看见石旮旯村落后的条件，摇头离去，任凭李九伯如何挽留也无动于衷。

镜头四　村民大会上，李九伯声音哽咽："多少年了，我就想给大家修成一条通往山外的大道，可纵使我使出九牛二虎之力，却始终没能做到。我愧对你们啊……"不远处，已经成年的李永胜望着父亲累得直不起的腰，望着父亲满脸的愧疚，心痛不已，眼圈红红的。

【闪回结束】

李九伯收回目光，佝偻着身躯，慢慢走回村里。

李九伯　（嘴里喃喃道）永胜啊，爸老了，没用了。你现在有出息了，开了眼界，长了本事，想要修成这条路，怕只能等你回来喽。

3. 成都 / 某军用机场军营 / 夜 内

李永胜刚想休息，门外传来张兴黔的声音。

张兴黔　报告！

李永胜叫张兴黔进屋。

李永胜　兴黔，怎么还不睡，是有什么事吗？来，坐下说吧。

张兴黔　不好意思，排长，这么晚了还打扰你！我……我有心事，憋在心里难受，想……跟你汇报一下，听听你的意见。

李永胜　瞧你，怎么像个大姑娘似的，说话吞吞吐吐，有什么心事就说出来嘛。

张兴黔　我想退伍，退伍回家乡去。

李永胜没有说话，而是望向窗外，深深地吐了一口气，让自己的心情平复一下。张兴黔的心事正好触在了李永胜心上，因为这段时间里，李永胜想的最多的问题也是回家，退伍回家，而且这种想法越来越强烈，也许是家乡的牵挂越来越多吧。

李永胜披上外衣。

李永胜　走，兴黔，反正睡不着，我们就出去走走，好好聊聊。

4. 成都 / 某师军营 / 夜 内

王萤坐在电视机前，手里抱着采访本。

电视机里正在播报汶川地震的相关动态：……截至目前，四川移动除汶川、茂县、映秀、白川、平武5个县不能正常通信外，县以上行政区可进行通信……

5.【多镜头场景】

镜头一　李永胜拿起手机，分别给李九伯和张桐花发信息：抢险救灾时间紧、任务重，是一场容不得半分懈怠的战斗，先向你们报个平安，等打完这场"战役"，我再给你们打电话。

　　镜头二　李九伯给李永胜回信息：知道你平安就好，你安心抢险救灾，家里有我。

　　镜头三　张桐花一直拿着手机，怔怔地盯着李永胜发来的信息，眼里有泪花闪动，分不清是激动还是伤心。

6. 成都／某师军营／夜 内

　　王莹起身关掉电视机，坐到书桌前，开始写稿子，她要把白天采访肖翔的报道发出去。

　　王莹头绪似乎有些乱，落笔几次都未能成文，显得心事重重。

　　她喝了一口咖啡，重新理了理思路，写下标题"战士就应该在战场上"。

　　王莹的大脑里浮现一幕幕汶川抗震救灾的动人画面，李永胜抢修高速路的画面。还有一个人在她脑海里挥之不去，这个人就是肖翔，她在为姐姐王晶担心。

　　王莹　（起身活动了一下身体，自言自语）先不管他俩那点事儿了，把工作干完才是硬道理。

7. 成都／某军用机场军营／夜 外

　　李永胜和张兴黔边走边聊。

　　李永胜　兴黔，说说你想回家的理由。

　　张兴黔　理由太多了。说句真心话，我的年纪也不小了，我想回家娶媳妇，想回去帮帮家里。我当兵出来几年，部队上不愁吃不愁穿，伤了有人管，病了有地方治。可家里呢？老的老、少的少，病的病、残的残，缺吃少穿，缺医少药，他们过得太苦了。

　　张兴黔的声音哽咽起来。

　　李永胜伸手轻轻拍了拍张兴黔的肩。

李永胜 我理解你的感受。

张兴黔 而且我身上带伤,已不适合在部队久干,也许现在回乡,还能发挥一点作用,好好干几年,也许还能有前程。

李永胜 是啊,兴黔你说的也没错……

【李永胜内心独白】现在我这腰的状况,看来也得有个打算了。

8. 高山镇 / 镇政府院子 / 日 外

募捐仪式结束,人们散去,李九伯手里捏着那 500 元钱,还呆呆地站在那里,没有回过神来。

9. 高山镇 / 镇政府办公室 / 日 内

镇长回到办公室坐下,李九伯敲门进来,依旧是满脸疑惑。

李九伯 镇长,我……能不能向你了解个情况?

镇长 老李支书,有话就说,有问题就直接问,别神秘兮兮的了,我真的很忙,县里还等着我们高山镇的捐款数呢。

李九伯 镇长,我就是为捐款的事来的,我们村……捐的 5000 元……

镇长 (看见了李九伯手里还拿着 500 元钱,打断李九伯)怎么?是不是觉得 5000 元不够,还想捐一点?我知道你觉悟高!

李九伯下意识地把捏着钱的那只手往身后躲了一下,脸上有一丝尴尬。

李九伯 镇长,你……你误会了。我……只是想问,我们村的 5000 元是谁替我们捐的?

这下轮到镇长懵了。

镇长 那笔钱难道不是你们村捐的吗?

李九伯 镇长,我不敢说假话,不能欺骗组织,那 5000 元,真的不是我们村捐的。

镇长仔细回忆了一下。

镇长 我想起来了,是一个小伙子送了这 5000 元到镇政府办公室来登记的，说是你们石旮晃村的。

  李九伯 你记得是谁吗？

  镇长 都是正常捐款、登记，我当时也没在意，这人是谁，还真没看清楚。不过，秘书小熊可能会有印象，是他接待的人，我们问问他。

10. 成都 / 某师军营 / 夜 内

  王萤还在伏案写稿子，五年前的一幕浮现在她的眼前。

11.【闪回】荣山县 / 县政府招待所 / 日 外

  王晶、王萤两姐妹正在院子里打羽毛球，地不平，场地不好，两人打球的技术也不好，东一下，西一下，一个球砸在了迎面走来的肖翔的额头上。

  王萤伸舌头做了个鬼脸。

  王晶 （向肖翔道歉）不好意思，解放军同志！我俩球技有点差，不小心砸到你了，抱歉！

  肖翔 （摸了一下被砸的地方）嘶——技术不好，力气倒是蛮大的嘛！

  肖翔弯腰捡起地上的球，准备还给王晶。

  跟肖翔同行的李永胜说话了。

  李永胜 这么一句简单的抱歉就行了吗，也不问问人家受伤没有？

  王萤 （忍不住怼了一句）一个大男人，哪有这么娇气？

  李永胜 你砸到人还有道理咯！你们知不知道他是谁？他可是空军来我们县接新兵的肖营长，如果肖营长的头被砸伤了，就会影响接兵，你们负得起这个责吗？！

  王萤的脸说变就变，刚才还怼着李永胜，听了这番话，立马换成了一副笑脸问肖翔。

  王萤 你真的是来接新兵的肖营长？可不可以把我也接走？

  肖翔有些哭笑不得。

  肖翔 征兵是有程序的，不是我一个人说了算。

王莹　那我就走程序去了！

王莹说完，真的转身就跑了。

肖翔把球递给王晶。

王晶　（不知顾哪一头，只好对肖翔说）肖营长，不好意思，我妹妹任性，急脾气，我去看着她。你的头没事吧？回头再向你赔罪。

说完，王晶去追王莹了，只剩下肖翔和李永胜站在那里。

12. 崇山县政府大院 / 大客车 / 日 内

接送新兵的客车停在大院里，王莹已经换上军装，坐在客车上，向窗外的王晶挥手告别。

王晶的身后站着两个老人，是他们的父母。

这时，王莹看见肖翔向王晶走来，肖翔递给王晶一张纸条，傻乎乎地离去。

汽车开动了，王莹就这样离开了父母，离开了姐姐，离开了家乡。

【闪回结束】

13. 成都 / 某师军营 / 夜 内

王莹　（收回思绪，喝了一口浓浓的咖啡）不想了，写稿吧！完不成任务，可是要被批的。

14. 成都 / 某军用机场军营 / 夜 外

李永胜和张兴黔继续聊着。

李永胜　兴黔，如果回去，你有什么打算？

张兴黔　我想，直接回村里不现实。家里太穷，基础太差，一时半刻还不知道做什么事好。我想先去打工挣钱，有了钱，就有了号召力，才能把大家组织起来好好打一仗。

李永胜　看不出还是胸有大志的嘛！部队几年没白待，长头脑了。你的想法是对的，仅仅一两个人干、一两个人挣钱是不行的，只有让大家都动起来、干起来，大家富了才是真的富！好，你先回去，我随后就到，我们俩好好打一仗！

张兴黔　太好了！有你这个排长支持，我有信心！

李永胜　对了，你回去后先找吴银子，他应该可以帮到我们。

15. 高山镇 / 街头 / 日 外

吴银子正在街头打听镇医院的地址，他承诺过李永胜，要去看看嫂子和孩子，他来履行承诺了。

吴银子向街边行人打听后，向医院方向走去。

身后有人叫他："银子哥！"

吴银子回头一看，是他的堂弟吴禾子。

吴银子　（忙问）事情办妥了吗？

吴禾子　妥妥的，哥！我办事你还不放心？

16. 高山镇医院 / 日 内

张桐花正和张梨花通着电话。

张桐花　梨花，已经到深圳了？平安到达我就放心了。姐还是要再提醒你，一个人在外，一定要多个心眼，小心上当……你上次说的那个男的和你怎么样了？怎么又吹了！你就是不让人省心，年纪也不算小了，合适就嫁了。什么？还想当总经理，看把你能的，你以为那总经理是谁都能当的啊！差不多得了，不要把自己的命拼掉了。

这时，有人敲门，问："能进来吗？嫂子，我是吴银子。"

张桐花　是银子啊，进来吧。

吴银子推门进来，身后跟着吴禾子。

吴银子　嫂子，我们来看看你和孩子们，我在成都见到永胜哥了。

张桐花　是吗？他还好吗？

17. 高山镇 / 镇政府办公室 / 日 内

镇长和李九伯正在纳闷，秘书小熊敲门进来。

小熊　镇长，巧了，我刚才出去送文件，正好看见一个人，应该就是那天替石旮旯村捐钱的小伙子，我看到他去镇医院了。

李九伯　（一听，拉着镇长就走）太好了，找着了，镇长，麻烦你去核实一下是不是这个人。

镇长和李九伯边走边说话。

李九伯　镇长，我还有一件事，老生常谈了。我们村连接县道的7公里路，你一定要帮帮我，这路不通，我们村的贫困标签就永远撕不掉啊。

镇长笑了　老支书，你可真是见缝插针啊！眼前的事还没处理完呢，就又想到修路的事去了。那你说，我怎么帮？

李九伯　你帮我们去找县长要资金嘛！

18. 成都 / 某团部会议室 / 日 内

肖翔正看着报纸上王莹写的报道《战士就应该在战场上》。这篇报道写了肖翔的指挥若定，写了李永胜英勇负伤、火线提干，写了官兵们的战天斗地。肖翔对王莹的写作水平非常认可。

这时，李永胜来了。

肖翔　有什么事？

李永胜　报告肖副团长，我来向您汇报思想。

肖翔　你这个刚刚立功、提拔的同志，会有什么思想问题？

19. 高山镇医院 / 日 内

吴银子一边逗着两个孩子，一边跟张桐花聊着。

吴银子　我和永胜哥是在公路抢险的地方巧遇的，但不巧，永胜哥受伤了。不过，永胜哥也算因祸得福，从代理排长变为正式的排长了。

张桐花　（忍不住抱怨起来）什么福啊，他一个人在外面享清福！升官有什么用，我们还不是在这里受罪受穷，更何况就是个兵头将尾的排长而已！

吴银子　我知道嫂子你心里委屈，永胜哥也是身不由己，但他随时都惦记着你们，惦记着石旮旯村呢，所以专门拜托我回来看你和孩子。而且他还告诉我，他打算回来，想办法把石旮旯村通往镇里的7公里山路修通。

张桐花其实就是发发牢骚，心里本就心疼着李永胜。

张桐花　（听了吴银子这话，笑着说）算他有良心！

吴银子　但是，修房子我在行，修路却没有做过。

张桐花　原来我爸在修路的工地打过工，我看见过，修路本身其实不算难，难的是立项和资金，要不这路怎么说了十多年，还是修不起来。

20. 成都 / 某团部会议室 / 日 内

李永胜有些犹豫，想想还是开了口。

李永胜　肖副团长，张兴黔想退伍，我也想了，想听听您的意见。

肖翔没有直接回答李永胜的问题，他把手里的报纸递给李永胜。

肖翔　这篇报道你看了吗？

李永胜　没有。

肖翔　英雄能当逃兵吗？

李永胜　肖副团长，您这是什么意思，说我是逃兵吗？

肖翔　你上报纸了，出名了。俗话说："人怕出名猪怕壮。"你这一出名，退伍就没有这么容易了！

李永胜　这篇报道是谁写的？都没经过我本人同意就登报了。

肖翔　这是新闻报道，你以为还要本人同意啊。谁写的？还记得5年前打羽毛球砸了我头的那个姑娘吗？她叫王莹，就是她写的。

李永胜　记得，怎么，她真的参军了？

21. 成都 / 某师部军营 / 日 内

王莹正在接电话，打电话的是肖翔。

肖翔　祝贺我们的"军中之花"王大通讯员的大作发表，给我团捧场。我团官兵兴奋不已，感激不尽，纷纷要求我向你表达谢意。

王莹　什么叫"捧场"？我做的可是良心活，写的可是大实话。肖副团长话可别这么说，容易让人产生误会！

肖翔　脾气好像还是没变，嘴上还是不饶人啊。哈哈，我知道你坚持新闻的真实性原则！对了，昨天来了几个贵州老乡，我下午请他们吃饭，想请你作陪。

王莹　哟，肖团长，你这是命令我吗？报告团长大人，我，不，去！我姐说了，你就是一个大骗子，不让我和你接触。

肖翔　你姐，她怎么能给你这样说……

王莹　我姐说，她让你转业回贵州你不回，你答应她给石旮旯村修路，5 年了都没有动静，说你就是个说话不算话的大骗子。

肖翔　你姐的嘴也真够损的，但我肖翔绝不是说话不算话的人，我既然说了，就一定会想办法去做的，我真的一直都在努力。

22. 成都 / 某军用机场军营 / 日 内

张兴黔满眼期待地等着李永胜告诉他结果。

李永胜　兴黔，我把你的想法向团长做了汇报，团长基本上同意你退伍了。你就趁热打铁，抓紧时间写一个申请，拿去排队，看什么时候能"叫你的号"。

张兴黔冲着李永胜点点头。

23. 高山镇医院 / 日 内

张桐花和吴银子、吴禾子说着话，李九伯、镇长和秘书小熊走进病房。

张桐花　爸、镇长，你们来了。

镇长看了一眼小熊，用眼神探问了一下，小熊微微点头。

镇长　桐花，这两位是？

张桐花　这两位是永胜的朋友，专门来看我和孩子的。银子、禾子，这位是王镇长，那是永胜他爸，你们就叫九伯叔吧。

吴银子　（向大家打招呼）镇长好，九伯叔好！九伯叔，好多年不见了，我记得您，但您可能不记得我了，我是永胜的同学，还跟永胜到你们家去玩过，只不过那时我还是个孩子。

李九伯　我记得你们几个是要好的伙伴，但模样确实记不清了。你们长大了，变样了，而我，已经老了，记性也不行喽。

镇长对秘书小熊使了一个眼色，小熊的表情有些犹豫。

镇长　原来是永胜的朋友啊，就是专程来看桐花的，对吧？

镇长故意不把话说完。

吴银子　是专门来看嫂子和孩子的，也还有些其他事情要办。

李九伯　还有什么事情，需要叔帮忙不？

吴银子　叔，镇长，是这样的，永胜哥特别嘱咐我，来了解一下石旮旯村修建公路的事情。

李九伯　那你来，只是了解了解情况，还是来动真格的？

24. 成都 / 某师部军营 / 日 外

一辆吉普车开进军营，下来一名军官模样的人，朝王萤的宿舍走去。军官敲门，门打开，王萤露出一个头。

来人　王干事，您好！团长让我来接您去赴宴。

王萤　你们团长太不讲道理了吧，我又没答应他要去。

来人　（有些拧）王干事，我接到的命令就是接您过去！

王萤　（也来了劲）如果我不去呢？

来人　那我就站在这里不走，完不成任务，我不能回去。

王莹　（有些哭笑不得）还真是无赖！你告诉你们团长，他把李永胜排长请到，我就去。

　　来人　（一笑，语气有些得意）我们团长果然料事如神，李永胜排长已经到了。

　　王莹哑口无言。

25. 高山镇医院 / 日 内

　　镇长又给秘书使了一个眼神，秘书心领神会，围着吴禾子转了两圈。

　　他们的用意被吴银子察觉到了。

　　吴银子　（故意试探）九伯叔、镇长，你们也是专门来看桐花的？

　　李九伯　我们是来看桐花的，也还有些其他事情要办。

　　吴银子　还有什么事情，需要晚辈帮忙不？

　　吴银子故意学着李九伯刚才的话，李九伯似乎反应过来了，瞪着吴银子。

　　李九伯　你小子，学我讲话！

　　吴银子　（忍不住笑了）镇长、九伯叔，我看你俩像是来"破案"的吧？

　　镇长　说的没错，是来"破案"来了！不知道这"作案人"是准备"自首"呢，还是等着我们来"戳穿"？

　　吴银子本来还不想承认，但镇长和李九伯有些得意地看着他，那意思仿佛在说"你就认了吧"，他只得笑笑承认了。

　　吴银子　我还是"自首"吧！那5000元钱，是我让吴禾子去捐的。我都听永胜讲了情况，我心里清楚，石旮旯村已经没有这个能力了，我也清楚石旮旯村的不容易，知道九伯叔的不容易，永胜哥不让我插手这件事，但我觉得自己既然知道了，就必须尽点力做点什么，否则对不起自己的良心。如果不帮一把，九伯叔该如何去面对，石旮旯村的洋相就出大了。

　　李九伯　我知道你是替叔着想，帮石旮旯村解围，但是，你们这样做，我们还是很难堪啊。

26. 成都 / 某团部食堂 / 日 外

　　吉普车开来，肖翔和李永胜已经在门口迎候。

　　王莹下车，肖翔迎上前准备握手，但王莹似乎根本没注意到肖翔的热情，直奔李永胜而去。肖翔伸出的手尴尬地悬在半空。

　　王莹　李排长，15年了，我们终于又见面了，只是我们都不再是孩子了。这么多年了，我父亲总是念念不忘九伯叔和你这个救命恩人，总念叨着没能好好报你们的救命之恩。我爸最大的心愿，就是把石旮旯村的路修好。

　　李永胜　你爸太客气了，我们不过是做了一点微不足道的事，哪里值得他老人家记这么一辈子。还有，要纠正王干事一下，我们不是15年没见面，是5年而已。5年前，肖团长到秀水市去招兵的时候，我们见过，你们打球还砸到了肖团长，只是你没认出我。

　　王莹　什么，你就是跟着肖翔的那个兵啊，当时真的没注意。

　　肖翔　王大记者，还是先别叙旧了，请先进屋就座，再慢慢聊吧！

　　王莹突然转向肖翔。

　　王莹　肖团长，今天也正想采访采访你，请你谈谈打算怎样把石旮旯村的路修好！

　　肖翔尴尬地笑了笑。

　　李永胜有些不明所以。

27. 秀水市 / 高山镇医院 / 日 内

　　镇长的手机响了，是县委办公室打来的，电话里告知镇长，县委书记月底要来高山镇调研。

　　镇长听到这个消息，仿佛抓住了一根救命稻草。

　　镇长　（高兴地对李九伯说）李支书，机会来了！

　　李九伯　镇长的意思是……

镇长 就请县委书记去石旮旯村调研，以便我们汇报修路的事。

两人会心一笑。

镇长 小熊啊，刚才接到县委办通知，县委书记要来高山镇调研，你们好好准备一下。

小熊十分机灵，心领神会地点点头。

28. 成都 / 某团部食堂 / 日 内

一张大圆桌，宾朋满座。

王萤随肖翔和李永胜进屋，相互介绍后，大家落座。

大家聊着天，聊部队，聊家乡，聊得最多的是关于贵州的那些事。

王萤专门提到石旮旯村修公路的事，深深刺激着肖翔，总在他的脑筋里打转，让他总是分心。

29.【闪回】成都 / 某咖啡馆 / 夜 内

王晶和肖翔并排坐着，肖翔轻轻拉过王晶的手。

肖翔 好不容易见次面，不能再在成都待两天吗？

王晶 我是出差，又不是来旅游，哪能说不回去就不回去。想要经常见面也不难啊，你转业回贵州不就可以了。

肖翔 我现在才副团职，转业到地方还是……

王晶 （打断肖翔的话）别说了，不就是怕吃点亏吗！不说这个了，你答应我帮助石旮旯村修路的事呢，怎么样了？

肖翔 我一直在努力，但……

王晶 别找借口了，我说的事你从来就没有放在心上！

肖翔 我……真的一直在努力。

【闪回结束】

30. **成都 / 某团部食堂 / 日 内**

席间有人跟肖翔说话，肖翔却没有反应，王莹觉得肖翔很失态。

王莹　肖团长，你又走神了。

肖翔正思考着修路的问题，被王莹一打岔，顺口就说了出来。

肖翔　部队管不了地方的事，但部队拿钱给地方修路总可以吧！

众人一愣。

31. **成都 / 某军用机场 / 日 外**

张兴黔站在哨位上，李永胜郑重地为他整理军容。

李永胜　兴黔，我陪你站好最后一班岗！

张兴黔笔直站立，眼泪滴落下来。

第五集

1. 高山镇 / 山区公路 / 日 外

李九伯、李伯母带着张桐花和孙儿、孙女,坐着一辆中型卡车,来到了与石旮旯村相接的路段上。通向村里的道路是无法通车的,大家只能下车步行,随车同行的吴银子、吴禾子也下了车。

张桐花和李伯母一人抱着一个孩子,吴银子和吴禾子赶紧帮着拿东西、背包袱。

张桐花看了看通向村里的路,又看了看两个襁褓中的孩子,回头望了望高山镇的方向,20天前离开石旮旯村时的情景浮现在眼前。

2.【闪回】石旮旯村 / 山路 / 日 外

狂风暴雨,十几个村民抬着门板上的张桐花,一步一步走在泥泞的凹凸不平的山路上。

张桐花躺在门板上,疼痛难忍,大声地哭喊着。

张桐花　痛,好痛啊……我不想生了,求你们放下我,让我去死吧!

【闪回结束】

3. 高山镇 / 山区公路 / 日 外

张桐花不由自主地倒抽了一口冷气,心有余悸,当时的情景,是一个"惨"字所不足以形容的。

李九伯　(对吴银子兄弟俩说)共有7公里的山路不通汽车,就是这不通车的路,差点要了桐花和孩子的命。银子,我们边走边聊,你们也好了解情况。

吴银子　是啊，嫂子和孩子很幸运，总算是躲过了一劫，但谁能保证幸运随时都在？不修路，石旮旯村真的没有出路。九伯叔，我们这次的目的也是希望了解情况后，能向相关部门提交一个方案，尽快推动这件事落地实施。

　　李九伯　那就好，那就好，我一定仔细地给你们介绍情况！这条路要是真修通了，你们可就是积大德了，乡亲们一定会敲锣打鼓感谢你们！

4. 成都 / 某军用机场军营 / 日 内

　　换岗了，李永胜和张兴黔朝营房走去，两人一路上都沉默不语。

　　张兴黔深深地吸了一口气，努力控制着自己的情绪。李永胜似乎想要说些什么，但最终还是没有开口。

　　远处传来战士们的歌声《毛主席的战士最听党的话》，歌声触动了张兴黔，好不容易平静下来的心又掀起了波澜，眼泪又止不住地流下，他环顾周围的一切，脸上满是深深的眷念。

　　李永胜轻轻拍了拍张兴黔的肩。

　　李永胜　兴黔，别难过了，天下没有不散的筵席，铁打的营盘流水的兵，每位战友都有要离开部队的一天，但我们的心永远都在一起。走，和战友们一起唱歌去！

5. 石旮旯村 / 李九伯家 / 日 外

　　李九伯一行经过艰难的行程，终于回到了石旮旯村。

　　老太太站在家门口迎接他们，老太太的那种感觉，就像是迎接战场上凯旋的"英雄"。

　　张桐花和李伯母赶紧把两个孩子抱到老太太跟前。

　　老太太用苍老的手轻轻抚摸着两个孩子的小脸，又爱怜地摸了摸张桐花的头。

　　老太太　桐花啊，我的好孩子，你可回来了，奶奶总算放心了！我的两个小重孙好乖，我好喜欢。

  李九伯 妈，你别只顾着心疼孙媳妇，喜欢重孙孙了，赶紧让桐花他们进屋去休息吧！桐花这次可真是不容易，鬼门关走了一遭才终于平安回来，今天又走了半天的路，也累得够呛了。

  老太太 看我，真是老糊涂了，只顾着高兴了，快进屋，快进屋。

  老太太边说边把众人让进屋。

  这时，身后传来一声哀号："不好了，老太太，出事了！"

6. 成都 / 某军用机场军营 / 日 内

  战士们还在唱歌，气氛欢乐。李永胜在一旁打电话。

  李永胜 到家了就好，桐花。两个宝贝怎么样？我没能回来照顾你们母子，心里很内疚，回来一定好好补偿。

  （电话那头）张桐花 你就别开空头支票了，什么补偿，靠嘴巴讲都是假的，只有你活生生的人回来了，才是真的。

  李永胜 我……我退伍的事又泡汤了，团部没有批准，暂时回不来，真的对不起。

  电话那头一阵沉默。

  李永胜心里有些难过。

  李永胜 桐花，这边还有些事儿，我就长话短说了，张兴黔身体不好，上级同意他转业了，他很快就会回去。

  挂断电话，李永胜心中一阵惆怅。

7. 石旮旯村 / 李九伯家 / 日 外

  一声"出事了"的哀号，把众人吓了一跳，大家回头一看，原来是那个特别咋呼又爱说风凉话的三嫂。不过，这三嫂虽然喜欢说三道四，但对老太太却很好，很贴心。

  老太太 出什么事了？看你发疯似的。

三嫂　我的银镯子不见了，那可是我妈给我陪嫁的呀！肯定又是我家那个挨千刀的朱三娃偷去换酒喝了。老太太，你说这日子怎么过啊！九伯叔，你可要替我做主啊！

8. 成都 / 某军用机场军营 / 日 内

李永胜轻轻叹了一口气。王莹不知什么时候已经不声不响走到了李永胜身后。

王莹　永胜排长！

这一声把李永胜吓了一跳。

李永胜　是王干事啊，请屋里坐！战士们正在搞联欢活动，欢迎你参加。

王莹　不进去了，我有任务。

李永胜　什么任务？

王莹　采访你。

李永胜　我有什么值得采访的，你采访我们肖团长吧！（变成了小声嘟哝）再采访，我可能一辈子都不能转业回家了。

李永胜话里带着牢骚。

王莹　（不明所以，半开玩笑半生气地说）你这个同志怎么这样，怎么能拒绝一个漂亮的女记者呢？！

9. 石旮旯村 / 李九伯家 / 日 内

三嫂还在不停地唠叨、哼叽。

三嫂　我家那个死鬼就是个懒骨头，没出息。看我们邻居张小祥，人家就种白菜都能卖钱，但我让朱三娃这个死鬼种点菜去卖，他就是不肯。再这样下去，我就和他离婚！过不下去了，这个没骨气的东西！

老焉　我去把朱三娃找回来问问。

吴银子不愿听她哭喊，找了个理由。

吴银子　九伯叔，时候不早了，您带我们到村里转转，看看情况。

　　李九伯　行啊，你们想看什么就告诉我。

　　吴银子　（半开玩笑地说）我想去看看，你们村的人是不是抱着金娃娃在哭穷！

10. 成都 / 某军用机场军营 / 日 内

　　李永胜斜躺在床上，手里拿着一本军事书《制胜的科学》，这本书是俄罗斯帝国元帅苏沃洛夫所著，该书影响了俄国军界好几代人。但此时，李永胜并没有专注于读书，他的脑海里出现了他和王萤的对话，他开始有点敬佩王萤了。

　　【闪回】

　　李永胜　你怎么参军了？

　　王　萤　5年前肖翔到崇山县接兵，我们见过面，你不是记得吗？

　　李永胜　记得啊，你和你姐当时打球误伤了肖团长嘛。

　　王　萤　既然记得，就应该知道我参军了呀，我当时不就问肖翔能不能把我接走，然后我就说我去走程序了。

　　李永胜　好像是有这么一回事。就这么简单吗！

　　王　萤　（嘻嘻一笑）你是不是觉得不够复杂、不够刺激？

　　李永胜　那倒不是，只是没想到你做事这么果断干脆。

　　王　萤　过奖了，过奖了，其实，也并不是表面上这么简单。5年前，就在高考之前，我生了一场大病，所以高考失利，正好碰上肖翔去接兵，机缘巧合，我就到了部队。

　　李永胜　那你姐姐呢？

　　王　萤　她比我幸运，考进了医学院。

　　李永胜　那你还想上大学吗？

　　王　萤　我刚从军校毕业！

　　李永胜　祝贺祝贺！

王莹　我现在正式问你一个问题：15年前，你和你父亲救了我爸的命，如果我一定要报恩，你需要我做什么？

11. 石旮旯村 / 湖边 / 日 外

李九伯把吴银子带到一处水边。

吴银子　（瞪大了眼睛）九伯叔，这就是您说的你们村的"秀湖"？

李九伯　没错啊，这里就是秀湖。

吴银子又仔细看了看，这里虽然叫湖，但充其量只能算一个大一点的池塘，从上游的小河沟里，有水流进来。由于牛、羊、鸡、鸭在湖边乱踩乱踏乱拉，"秀湖"已经污染得不成样子了。

【吴银子心想】还取个这么好听的名字"秀湖"，这副模样，叫"臭湖"更合适。

吴银子撇了撇嘴。

吴银子　（突然眼睛一亮，一拍脑袋）这不就是"金娃娃"吗？

李九伯　什么"金娃娃"？

吴银子　把湖治理一下，就是一块绿宝石，就是一个"金娃娃"啊。

李九伯　治理，谈何容易啊？这要花多少钱？有钱你还是拿来先修路吧！

吴银子　九伯叔，你把这池塘，连同这两千亩山地承包给我，优惠些，这路我就免费给你修。

李九伯　这个……我得和村支两委商量，也得跟"地主"们商量才行。

12. 高山镇 / 镇政府办公室 / 日 内

镇长等人正在研究县委书记的考察方案。

镇长　我的意见，石旮旯村还是不去了，不通车，让书记走几个小时，恐怕方案通不过。再加上石旮旯村发展缓慢，经济落后，完全没有"看点"，就不要给书记添堵了。去红旗村吧，他们刚建了一个大棚，虽然还没有种上蔬菜，但大棚还是蛮漂亮的，可看性强，也超前。

小熊　但……您不是答应李九伯，让书记去石旮旯村，好找机会汇报，请求书记解决石旮旯村修路的问题吗？

镇长　此一时，彼一时，要有重点、有主次嘛。你给李九伯打个电话，就说县委办定了，去红旗村，他们村等下一次。

小熊　是，我就去打电话，镇长。

【小熊心想】还有下一次吗？这大概就是石旮旯村的路十几年没有修成的原因吧。

13. 石旮旯村 / 湖边 / 日 外

老焉推搡着三嫂家的"死鬼"朱三娃走来，朱三娃一身酒气，脚下踉踉跄跄。

朱三娃　（嘴里还嚷嚷着）我不去，我要喝酒。

李九伯见朱三娃喝成这副德性，气得上前撸了一下朱三娃的头。

朱三娃被这一撸，清醒了一些，见是李九伯，吓得"扑通"一声跪下。

朱三娃　叔，我错了。

李九伯　朱三娃，你就是好那口"猫尿"，家都要被你喝垮了。我告诉你，从今天起，你给我老老实实到山上去看林子，一个月不准回家，好好反省反省。老焉，你负责把他送上山去，监督他不许下山来。三嫂要是看见他，非扒了他的皮不可！

朱三娃听李九伯这么一说，完全清醒了，抱住李九伯的腿，鬼哭狼嚎般叫起来。

朱三娃　不要啊，不要啊！叔，我真的知道错了，你再给我一次机会好不好，不要让我一个人在山上待这么久！

李九伯　早知今日何必当初！三嫂已经给了你多少次机会，大伙已经给了你多少次机会，起作用了吗？这是给你最后一次改过自新的机会了，再不珍惜，谁也帮不了你了！

朱三娃耷拉下头,不说话了。

老焉把朱三娃拉起来,推着往山上走,发现了站在一边的吴银子,表情有些尴尬。

吴银子看着老焉和朱三娃渐渐远去的背影,心中无限感慨:都是儿时的朋友,一起玩泥巴长大的,现在却……

14. 【闪回】高山镇 / 中学旁的泥塘 / 日 外

李永胜、吴银子、朱三娃、老焉等中学同学正在用泥巴捏泥人,李永胜、吴银子、老焉三人都捏得很认真,做出的泥人有模有样。只有朱三娃有一搭没一搭地胡乱捏着,捏出的泥人不成个样子。

吴银子做了一个很像女孩的泥人准备送给李永胜,朱三娃看见,过来就抢。

泥人被弄坏,四个人扭打在一起……

15. 高山镇 / 中学教室 / 日 外

李永胜、吴银子、朱三娃、老焉,四双手拉在一起,久久不肯松开。

老焉 吴银子,你运气好,考上大学,要远走高飞了。你说,我们还能做朋友吗?

吴银子 就算走到天涯海角,我们也还是朋友啊!永胜,你说是吧。对了,永胜,你没有考好,打算做什么呢?

李永胜 我准备去当兵,运气好的话,还有机会上军校!

吴银子 那老焉、三娃,你们两个呢?

朱三娃 我们两个就认命,"修地球"吧。

【闪回结束】

16. 石旮旯村 / 湖边 / 日 外

老焉、朱三娃刚走不远,三嫂来了。

李九伯怕三嫂要找朱三娃的麻烦，赶紧上前拦住相劝。

李九伯　三嫂，你就再放过三娃这一次，让他到山上去看林子思过吧！

三嫂看着朱三娃的背影，叹了一口气。

三嫂　好，九伯叔，我听你的，再给他一次机会。我也是恨铁不成钢，如果他真懂得思过就好了，怕就怕狗改不了吃屎，一个月以后等他回来，千万不要又干出什么鬼事情来。

李九伯的手机铃声响起，是镇政府秘书小熊打来的。

李九伯　什么？县委书记不来我们村了。怎么不早说，让我们空欢喜一场。唉，这事哪会怪你，只是，这修路的事，看来又泡汤了。

17.石旮旯村 / 李九伯家 / 日 内

张桐花好不容易把震生、雨生两个孩子哄睡着，直起身来，活动着酸痛的颈部和手臂。两个孩子把她折腾得够呛，她觉得好累，不仅是身体的累，更重要的是心累。

【张桐花内心独白】永胜，孩子出世一个月了，你打回来的电话不超过10次，我们如何指望你？看来这生活的担子，还得我自己来挑啊。

老太太见张桐花发呆，便过去和她说话。

老太太　桐花，你这段时间辛苦了，奶奶看着你就心疼。奶奶知道你苦，但我老了，没用喽，没有能力帮你分担啊。

奶奶的话让张桐花的心酸事涌上心头，眼泪掉了下来。奶奶从荷包里掏出手绢，给桐花擦眼泪。桐花的眼泪止不住地流，奶奶索性把桐花抱在了怀里。

张桐花靠在奶奶胸前，情绪慢慢平复下来，过了一会儿，眼泪终于止住了。

张桐花　（对奶奶说）奶奶，我没事了，您去休息一下吧，我给孩子们绣两朵花，希望他们能平平安安地长大。

张桐花拿出针线，坐在床边，守着孩子们认真地绣起来，心里却一直想着永胜，眼泪不禁又流下来。

18.【闪回，一组张桐花和李永胜相处的镜头】

镜头一　石旮旯村的小河沟边，张桐花拉着李永胜的手依依不舍。

李永胜对她说："桐花，我选择当兵，就是想出去开开眼界，长长见识，学点本领，将来让你和我们的孩子能过上好日子……我向你保证，我一定回来，一定娶你。"

镜头二　简单而热闹的婚礼，村民们"闹洞房"为他俩祝福，张桐花看着身穿军装、帅气精神的李永胜，脸上泛着幸福的光芒。

镜头三　公路旁，李永胜即将登上客车返回部队，舍不得放开张桐花的手。直到李永胜登上客车的最后一秒，他的手才慢慢从张桐花的手中滑落。

【闪回结束】

张桐花飞针走线，花儿渐渐成形，她的泪水也止不住地滴落在花瓣上。

19. 成都 / 某军用机场 / 日 外

哨位上，严阵以待的士兵目光炯炯，货运仓库处，车水马龙，装卸救灾物资的工作忙碌地进行着，但忙而不乱，井然有序。

李永胜和战友们护送着十多辆汽车开进了机场物资转运处，车厢厢体上清晰地标注着"救灾物资"的字样，并印有危险的标志。这批物资是汶川地震灾区急需的固体燃料。

汽车停稳，李永胜立即部署警戒。这时，他看见一个熟悉的身影，是张兴黔。这是张兴黔在退伍前最后一次执行任务。

李永胜部署完毕，走到张兴黔跟前。

李永胜　兴黔，一定要注意火源，固体燃料遇火就会爆炸，后果不堪设想。

张兴黔双手紧握钢枪，挺直身体有力立正。

张兴黔　是，排长！

20. 成都 / 某团部会议室 / 日 内

肖翔和王莹通着电话，电话里传来王莹的声音。

王莹　肖团长，听说李永胜正在执行一个重要的任务，我想去采访，请你批准。

肖翔　不行，这是特殊任务，任务中不能采访，任务完成后你可以去采访。

王莹　这不行，那不行，你是怕我泄露军事秘密吗？你也太小瞧人了，当兵这么多年，军事纪律我还是懂的。你这个人，就是不干脆，没劲！

肖翔　懂纪律就好，请理解！

王莹　哎，我问你，那个石旮旯村修路的钱有着落吗？

原来，王莹是话里有话，她不满肖翔。

王莹　你到底对石旮旯村修路的事上心没有啊？！

21. 石旮旯村 / 村委会院子 / 日 内

李九伯和吴银子交谈。

李九伯　关键是承包的价格，如果价格老百姓不接受，这事就不好办。

吴银子　那九伯叔你开个价吧！

李九伯　土地是集体所有的，这价我个人说了也不能算。

吴银子　这样吧，九伯叔，按照现在市面的的行情，像石旮旯村这样的条件，每亩价超不过250，我也是爽快人，就300元一亩吧，一口价。你们的地闲着也是闲着，我也不图什么，就是来帮一个忙。

李九伯　还是那个问题，我个人做不了这个主，得大伙同意才行。

22. 成都 / 某军用机场 / 日 外

步话机响起，里面传来上级首长的声音："我们得到最新气象监测消息，今晚10时，将有雷雨，装运固体燃料的集装箱汽车没有避雷设施，燃料一旦被雷击中，后果不堪设想。师部命令，立即转运固体燃料，你们一定要保证转运工作的全程安全。"

机场气氛更加紧张起来。

李永胜　报告首长，坚决完成任务！

23. 石旮旯村 / 山路 / 日 外

张桐花发现家里没有水了，于是她挑起水桶出门挑水。石旮旯村还没有自来水，要到山下的河沟里去挑水。

张桐花听到三嫂在身后叫她。

三嫂　桐花，你去挑水啊，正好我也去，有个伴。

张桐花　三娃哥呢，他怎么不去？

三嫂　他啊，被九伯叔罚到山上看林子"面壁思过"去啦。就算他在家，要等他挑水，怕是渴死了都见不到水。

三嫂说起朱三娃就来气。

张桐花　三嫂，别气了，气大伤身！我想，三娃哥经过这次的教训，会有转变吧。

三嫂　反正我是铁了心了，他要是再这样下去，我就跟他离婚！

张桐花　三嫂你真舍得？还是想个好办法吧。我觉得吧，三娃哥这是懒散惯了，你要改变他，就带他出去打工，让他真正受点管束。如果你同意，我给梨花说说，让她在深圳给你俩找个工作，说不定三娃哥就真能改头换面，重新做人了。

三嫂仔细琢磨着张桐花说的话。

三嫂　桐花，你说的也有道理！那，要不就试试？

24. 石旮旯村 / 村委会院子 / 日 内

吴银子见李九伯始终不拍板，有些不高兴了。

吴银子　九伯叔，我可是诚心诚意的，过了这个村可就没有这个店了。

如果你定不下来，我就不在这里耽误时间了，你们决定了再告诉我。

李九伯一脸的为难和过意不去。

李九伯　也行，你先回去吧。我尽快召集大家开个会，不管是什么决定，我都会及时告诉你。不过，我们村的主要矛盾还是修路的问题。

吴银子　行，九伯叔，那我就回去等消息了，希望能听到好消息！

25. 成都 / 某军用机场 / 日 外

王莹驱车来到机场外，经过严密的检查询问，进入机场，眼前是紧张有序的繁忙景象。

26. 石旮旯村 / 山路 / 日 外

张桐花和三嫂一前一后，担着水走在山路上。

三嫂一个劲地夸着张桐花。

三嫂　谢谢你啊，桐花，你人又好，又聪明，心又细，又会替别人着想。

张桐花　我哪有三嫂你说得这么好。

三嫂　你也替我谢谢梨花，给她添麻烦了。梨花如果安排好了，我和三娃就马上去深圳，如果打工真的改变了朱三娃，那我们家可就是祖坟冒青烟喽！

张桐花　三嫂，会的，三娃哥会变的。

两人边走边聊，谁都没注意到山上传来一种异常的声音。

27. 成都 / 某军用机场 / 日 外

固体燃料已经全部安全顺利地装载到军用运输机上，李永胜和战友们仍然一丝不苟地护卫着，严防死守。

飞机轰鸣而起，一架、两架、三架……

王莹看到起飞的战鹰，脸上露出笑容。她知道，这表明李永胜他们的任务完成得很好。

28. 石旮晃村 / 山路 / 日 外

　　三嫂　（突然惊叫）桐花，快让开！

　　原来，一颗石头从路边的山上滚落，三嫂想上前把张桐花推开已经来不及。张桐花也发觉了落石，急忙躲闪，身体失去重心，猛然摔倒下去，石块砸中背脊。

　　三嫂丢下水桶，冲上前扶起张桐花，大声呼救。

　　三嫂　快来人啊，快来救桐花，桐花摔倒了，桐花被砸伤了！

29. 成都 / 某军用机场军营 / 日 外

　　李永胜和战友们整齐列队，为张兴黔送行。

　　张兴黔依旧穿着军装，只是没有了领徽，没有了肩章。

　　李永胜　（有力地喊出口令）敬礼！

　　连队官兵齐刷刷敬礼。

　　张兴黔眼含泪水，向战友们回敬军礼。

　　张兴黔　排长，战友们，我张兴黔无论走到哪里，都是咱人民解放军的兵，都是祖国的战士！

30. 成都 / 某团部会议室 / 日 内

　　团部正在召开全团抗震救灾表彰会，李永胜戴着大红花，与其他受表彰的同志整齐地坐在一起。

　　肖翔　同志们，抗震救灾，我们取得了初步胜利，但灾后重建，任务更加艰巨！今天，我们在这里召开表彰大会，表彰在抗震救灾中做出积极贡献的李永胜等50名同志，目的就是希望全团的同志向他们学习，继续发扬不怕苦、不怕累、不怕牺牲的革命精神，始终心系国家、心系人民，团结奋战，夺取抗震救灾战斗的最后胜利！让我们以热烈的掌声，向受表彰的同志

——"兵支书"投身乡村振兴电视文学剧本

表示热烈的祝贺!

会场响起热烈的掌声。

表彰会结束,刚走出会场的李永胜接到一条短信:桐花摔倒,伤势严重,盼速回!

第六集

【字幕】8 年后（2016 年春天）

1. 深圳 / 华侨城 / 日 外

春风拂面，深圳华侨城高楼林立，现代气派，道路宽阔笔直，车水马龙，小区花繁叶茂，环境清雅。

张桐花坐在轮椅上，李永胜推着轮椅漫步，从衣着打扮上看得出，他们生活殷实，日子过得蛮滋润。

小两口边走边聊，满是浓情蜜意，张桐花偶尔仰头冲推着她的李永胜撒个娇。春天的阳光照在她的脸上，煞是好看，李永胜竟有些看呆了。

李永胜　（情不自禁地说）桐花，你真好看！

张桐花　（脸微红）都老夫老妻的了，别这么肉麻好不好！

李永胜　（一脸认真）我说的都是实话！

张桐花　你也很帅！

张桐花说完，故意做了一个呕吐的动作，两人开心地笑着。

震生和雨生蹦蹦跳跳地向他们跑来。

震生、雨生　（边跑边喊）爸爸、妈妈，小姨怎么还没来啊？再晚，锦绣中华公园会不会关门啊？

张桐花　放心吧，宝贝们，不会关门的！

震生　那就好！那我再带妹妹到池塘边去看看小鱼，小姨到了你叫我们。

说完，两个孩子又蹦蹦跳跳地跑开了。

张桐花　（看了看表）三娃哥和三嫂应该快到了吧？

李永胜　刚发了信息，大概 5 分钟左右就到。

张桐花 他俩到深圳8年，我们也来了8年，总是各忙各的，难得见上几次面，今天好好聚聚。

这时，一辆宝马轿车开进小区，在张桐花身边停下。

张梨花从车上下来。

张桐花 （打趣道）张总经理真是个大忙人，你要再不到啊，两个小宝贝要担心去不成公园了。还有，你怎么还穿得这么讲究，一身职场打扮，今天是一家人出去玩，又不是去谈生意去相亲。

张梨花 姐，你就别涮我了，好不好！这不，刚要出门，公司又临时有事，耽误了些时间，我也怕怠慢了我那两个宝贝疙瘩，所以事一办完就往这边赶，衣服都没来得及换。两个小家伙呢？

张桐花 （指指池塘那边，笑着说）在那边。两个小家伙还专门交代了，说小姨来了让我叫他们。

张梨花 不用叫了，我亲自去请我的小公主和小王子，他俩就坐我的车。

2. 崇山县政府／日 内

崇山县政府正在召开紧急会议，安排部署脱贫攻坚中的精准识别工作。肖翔副县长主持会议。

肖翔 当前，脱贫攻坚中最重要的问题就是精准识别，昨天县委常委会对习近平总书记做出的"实事求是，因地制宜，分类指导，精准扶贫"的重要指示进行了学习。会议要求，一定要贯彻落实好习近平总书记的重要指示精神，坚决按时打赢脱贫攻坚战。精准识别是精准扶贫的前提和保证，今天会议的目的，就是要针对精准识别问题进行专题讨论、研究，明确具体工作步骤和措施，把精准识别的任务落实好。大家有什么好的意见、建议，请发表。

县扶贫办主任 当务之急，是要做好政策宣传，让老百姓都知晓精准识别的重要性和对他们自身的好处，了解精准识别的标准、程序和方法，从而积极支持和配合此项工作。

县政府办主任 精准识别是一项复杂的工作，量大面广，事关扶贫的成败，需要派出大量具有较高政策理论水平，熟悉相关标准和流程的工作队，工作队下去之前，一定要进行严格的培训。

…………

3. 高山镇政府 / 日 内

新任镇党委书记张兴黔以及老镇长等围在地图前，讨论脱贫攻坚工作。

老镇长 从我们镇十个村的情况看，要在 2020 年打赢脱贫攻坚战，实现整体脱贫，难度都不小，尤其是石旮晃村难度更大。他们村到现在都没有通公路，还基本处于封闭状况，没有产业，没有村级经济积累，村里穷，村里人穷，怎么脱贫啊？！

张兴黔 村支书还是九伯叔吗？

老镇长 是啊，这么多年了，李九伯为了石旮晃村也是操碎了心、想尽了办法，但由于种种原因，收效甚微。这几年，九伯叔身体越来越不好，病多，卧床时间多，基本管不了事，村里就更恼火了，连个带着干事的人都没有。

张兴黔 为什么不重新选一个支书呢？

老镇长 想是想过啊，李九伯也多次主动提出让贤，选个能干的年轻人来带领村民们，但去哪儿找人啊？村里的年轻人都出去打工了，也动员过几个外出的能干点事的，但都觉得担子太重、责任太大，不敢应承。

张兴黔 如果能把我们老排长请回来就好了。

老镇长 你是说永胜吗，我知道你们两个是战友。我们一直都希望他能回来，但他转业后就一直在深圳，没回来。当然，我们也理解其中的原因，只是，他不能回来带领乡亲们撕掉贫困标签，真的很可惜。

4. 深圳 / 华侨城 / 日 外

李永胜开着一辆商务车，朱三娃、三嫂、张桐花坐在车上，有说有笑，气氛异常活跃。

张桐花　三嫂，我看你和三娃挣的钱也不少了，别只顾挣钱，也该考虑要个娃了。

三嫂　（一下子愁起来）都是过来人，也没有什么好遮遮掩掩的，早几年就想要孩子了，就是一直怀不上。

张桐花　找个好大夫瞧瞧嘛。

三嫂　瞧了，何止找了一个大夫，但都没见效，这就成了我一直的心病啊。我们也一直没放弃，还在四处求医，希望能早一点怀上，要不眼看着这年纪就越来越大了，真怕以后就没可能了。

三嫂有些伤感，张桐花轻声安慰着。

三嫂突然意识到自己这样有些扫大家的兴，赶紧调整了一下自己的情绪，恢复平时大大咧咧的样子。

三嫂　（对朱三娃说）朱三娃，你表现好点，否则我可要改嫁了！

朱三娃　我都"重新做人"了，表现还不好？

见朱三娃有些急了，李永胜、张桐花和三嫂忍不住笑了起来。

5. 高山镇政府 / 日　内

张兴黔　老排长没回来，确实非常可惜，但我知道，他选择去深圳，真的是迫不得已。

6.【闪回】石旮旯村 / 日　内

张桐花已经被抬回家，右大腿上的伤口还流着血，右脚踝肿得发亮。

由于背部被石头砸中，十分疼痛，她使劲想把身体侧过来，但自己已经做不到。三嫂上前帮忙将张桐花的身体侧过来，用一个枕头垫在没有伤到的地方做支撑，痛得张桐花龇牙咧嘴。

李九伯　不行，得赶紧想办法，桐花伤成这样，不去医院绝对不行。

三嫂　九伯叔，你还是赶快给镇长打个电话，求他帮忙找个车来接一接，我再去找几个人来，把桐花抬到公路边去。

李伯母赶紧找来一件桐花的外衣，准备给她穿上，衣服兜里掉出一样东西，李九伯帮忙捡起来，原来是王晶的名片，李九伯像是抓住了一根救命稻草。

李九伯赶紧拨打王晶的电话，电话通了。

李九伯　王大夫，我是石旮旯村的李九伯，请你再救救我儿媳桐花吧！

电话那头的王晶不知这边出了什么事，安慰李九伯。

王晶　九伯叔，你别急，先告诉我，到底出了什么事，我一定会尽力而为。

李九伯　桐花摔伤了，现在腿脚已动弹不得，右腿和脚踝肿得吓人……

王晶　九伯叔，情况我已经大概知道，桐花应该是严重骨折，镇医院条件不足，必须尽快送到县医院治疗。事不宜迟，我这边马上通知县医院的救护车赶过去，你们想办法以最快速度把桐花抬到公路边。注意，挪动她的时候一定要特别小心，避免二度受伤。

7. 石旮旯村 / 山路 / 日 外

又是几人抬着一张门板，又是张桐花躺在门板上，张桐花又是痛苦不堪。与上次不同的是，张桐花已痛得无力哭喊，两眼绝望地望着天空。

李九伯紧跟在旁边，日益衰老的他走得气喘吁吁。

李九伯拨打李永胜的电话，电话通了。

李九伯　永胜，桐花她……

（电话那头）李永胜　爸，三嫂给我发了短信，我已经知道了，桐花现在怎么样了？

李九伯　桐花受伤严重，情况不明，我们现在正赶着把她抬到公路边，然后送往县医院。

李永胜心中十分着急，又担心李九伯的身体，强忍着悲伤和焦急安慰父亲。

李永胜 爸,你也不要太着急,千万别急坏了身子!山路不好走,你一定要小心!桐花吉人自有天相,会没事的。我已经请他们帮忙去订最近的航班,很快就能回来了。

李九伯 你能回来就好,路上注意安全!唉,桐花,可怜的孩子,她的命怎么这么苦!

8. 崇山县医院 / 手术室 / 日 内

手术室内,医生正在紧张地为张桐花进行手术。

手术室外,李九伯等人焦急地等待着,王晶安慰着李九伯。

王晶 九伯叔,您别太着急,我们一定会全力救治桐花的。

李九伯紧紧地攥着手机,指关节因用力、紧张而发白。他不时看一眼手机屏幕,生怕错过了李永胜的消息,耳边响起王晶刚才的话。

【王晶画外音】脊椎骨裂,右腿股骨开放性、不稳定骨折,踝关节粉碎性骨折,因为耽误时间较久,存在感染风险,必须立即手术,否则可能……

李九伯不敢再想下去,这时,手机提醒音响了,手机上显示一条短信已购下午4点成都至贵阳机票,永胜。

李九伯双手将手机抱在胸前,心中默念 桐花,你一定要坚持住,千万不能有事。

9. 成都 / 双流机场 / 日 外

飞机腾空而起,李永胜坐在机舱里,凝重的眼神看着窗外,心里只有对妻子的愧疚。他的耳边响起张梨花的声音。

【张梨花画外音】姐夫,姐姐再也经不起折腾了,石旮旯村条件太艰苦,不利于她身体恢复,等姐姐稍好一点,你就带着姐姐和侄儿侄女到深圳来吧。在深圳,你一定能有所作为,对姐姐好,对两个孩子也好,他们可以受到良好的教育。

10. 成都 / 某团部会议室 / 日 内

团里正在召开党委会议，研究一批军人转业、退伍问题，党委委员们在票决表的李永胜一栏上打上钩，票决通过。

肖翔在李永胜的转业申请书上写下"同意退伍"四个字。

11. 崇山县医院 / 医生办公室 / 夜 内

王晶正在给匆匆赶到的李永胜讲张桐花的情况。

王晶　手术虽然成功，但桐花的伤情比较复杂，伤到了神经，时间又耽误较久，这些都会影响到今后的恢复，你要有思想准备。

李永胜　她今后是不是不能站起来了？

王晶　能够站起来的概率还是比较大，只是时间上不确定，取决于她自身的身体，包括心理因素，还有恢复的环境、条件等。但如果是在石旮晃村……

李永胜　我一定要让她站起来！

12. 崇山县医院 / 病房 / 夜 内

手术完的张桐花静静地躺在病床上，李九伯和李伯母守在一旁。

房门轻轻打开，李永胜走到床前。

见李永胜到了，李九伯和李伯母稍稍松了一口气，悄悄离开。

张桐花看见李永胜，眼泪像断了线的珠子，一个劲往下掉。

李永胜跪在床旁，将张桐花的手紧紧握在自己的双手中，靠在自己的脸上。

李永胜　（喃喃道）桐花，你受苦了！别怕，我回来了。有我在，一切都会好起来的……

13. 石旮旯村 / 山路 / 日 外

李永胜背着有些恢复的张桐花，走在回石旮旯村的路上，累得满头大汗。

张桐花一手搂着李永胜的脖子，一手心疼地为李永胜擦汗。

张桐花　永胜，我现在是个废人了，你还要我吗？

李永胜　你是我老婆，我不要你谁要！桐花，你不会有事的，我会一直照顾你，部队已经批准我复员了。等你再好些，我就回部队办手续，然后回来带着你和孩子去深圳，那里条件好，对你的身体好，你就能尽快恢复如初了！

14. 成都 / 某军用机场军营 / 日 外

李永胜背着背包，战友们唱着《毛主席的战士最听党的话》送别李永胜。

李永胜　（向战友们敬礼）再见，战友们！

战友们　（敬礼）再见，排长！

【闪回结束】

15. 高山镇 / 镇政府办公室 / 日 内

老镇长　当时李永胜转业回来，县里已经考虑好了他的安置问题，希望他能成为领头羊，带领一方群众。但他媳妇受伤，家里雪上加霜，医生也建议能到条件好的地方继续治疗，否则可能一辈子都站不起来了，所以，他才选择了去深圳。

张兴黔　现在情况不一样了，明天我就去石旮旯村拜访九伯叔，我一定会想办法让老排长回来。

16. 石旮旯村 / 村头 / 日 外

李九伯拄着拐杖站在村口。石旮旯村这几年什么都没有变，除了李九伯的头发，他现在已经满头银丝。

九伯站在村口想儿子，但他不能把儿子叫回来，儿子回来，一家人怎么过这穷日子啊？

【李永胜画外音】爸，这么多年，你支撑着石旮旯村和这个家不容易，我也很想回来帮你，带着村民们摆脱这难熬的贫困。但是现在桐花成了这个样子，她还年轻，还有很长的日子要过，我怎么能忍心看着她一辈子坐在轮椅上！她成了今天这个样子，都是因为我，我如果不尽力去照顾她，又怎么对得起她，怎么对得起自己的良心？！

老焉牵着那头永远长不大的牛，站在李九伯身后。

李九伯回过身来，看到牛儿，回想起这头牛的来历。

17.【闪回】石旮旯村 / 李九伯家 / 黄昏 内

【字幕】10 年前

李九伯过生日，李伯母做了一桌较为丰盛的饭菜，一家人围在饭桌旁，可李九伯迟迟不动筷子。

老伴深知李九伯的心思。

李伯母　九伯，先吃吧，一会儿菜都凉了。永胜肯定又有什么任务，要不早就打电话来了。

李九伯的脸上掩不住失落。

李九伯　吃吧。

饭间，李九伯不时地看一眼放在一旁的手机，但手机没有任何动静。

天黑了，饭吃完了，碗筷收拾完了，电话仍然没有任何动静，李九伯坐在一旁，闷闷地抽着烟杆。

突然，电话铃声响起，李九伯一把抓过手机，接通，电话那头传来李永

——"兵支书"投身乡村振兴电视文学剧本

胜的声音。

李永胜 爸，生日快乐！抱歉，今天有紧急任务，所以一直没能给你打电话。

李九伯 爸知道你忙，忙就不用管我。

李九伯的话听起来有些言不由衷，眼里有泪光闪动。

李永胜 爸，我给您准备的生日礼物您收到了吗？

李九伯 （有些迷惑）什么礼物？

这时，门外传来老焉的声音："九伯叔，我给您送东西来了！"

李九伯出门一看，老焉牵着一头小牛站在门口。

老焉 这是永胜专门托我给您买来的生日礼物，因为路上耽误了，所以现在才送到。

李九伯上前抚摸着小牛，就像抚摸着自己的孩子一样。

【李永胜画外音】爸，我在部队立功受奖了，还拿到了奖金，我现在没法回来帮你们干活，所以就专门用奖金买了一头牛给您做生日礼物，由它来帮我为家里尽一份力。

【闪回结束】

18. 石旮旯村 / 村头 / 日 外

李九伯用衣袖抹了抹眼睛。

李九伯 老焉，你说到2020年我们村能脱贫吗？

老焉 九伯叔，你这么辛辛苦苦，都是为石旮旯村，我真的不想打击你，但我也不能骗自己，我觉得不可能，除非奇迹发生。

李九伯 真希望奇迹发生！

老焉 九伯叔，起风了，回家吧，我让小牛驮你回去。

李九伯 好，回家。可能只有脱贫了，不穷了，永胜一家才能回来。

19. 秀水市 / 市委宣传部办公室 / 日 内

宣传部办公室工作人员穆欢欢抱着一堆文件来到王萤面前。

穆欢欢　王主任，你看，这是今天机要局发来的文件，其中有一份文件还和我们宣传部有关系。

王萤　什么文件？

穆欢欢从其中找出一份文件，递给王萤。

穆欢欢　就是这份文件，内容主要是为了按时打赢脱贫攻坚战，市委决定，市级机关都要包村，不脱贫，不脱钩。我们宣传部包的是崇山县的极贫村石旮旯村。

王萤　什么，石旮旯村？还真是巧了！

20. 深圳 / 通往锦绣中华的道路 / 日 外

李永胜突然靠边停车。

张桐花问　怎么了？

李永胜　桐花，我突然觉得心慌，有种不祥的预感。

张桐花　什么预感？你可不要吓人。

李永胜　我总觉得家里有什么事。

这时，张桐花的手机铃声响了，是张梨花打来的。

张梨花　姐，姐夫的电话怎么打不通？老焉打电话来，说九伯叔昨天开始不舒服，情况越来越不好，下了病危通知书，让永胜哥赶紧回去！

张梨花的声音很急很大，李永胜、朱三娃、三嫂都听到了。

李永胜　桐花，赶紧帮我订机票！

21. 石旮旯村 / 李九伯家 / 日 内

门外传来敲门声，李九伯开门，见是张兴黔和镇长，有些意外。

李九伯　兴黔书记，镇长，你们怎么来了，怎么也不提前通知一声？快

——"兵支书"投身乡村振兴电视文学剧本

请进，快请坐！老太婆，快给书记、镇长泡茶。

张兴黔和镇长进屋坐下，李伯母端来茶。

李伯母 书记、镇长，喝点茶。

李九伯 也没什么好茶，自种自采的。

张兴黔 九伯叔客气了，"纯天然，原生态"，多好啊。

李九伯 两位领导今天来有什么事？请安排。

张兴黔 九伯叔，我们今天来，主要是来看望你，还想跟你好好聊聊石旮旯村村支书的人选问题。

李九伯 书记，你说！

张兴黔 永胜是我的老排长，我也知道他的特殊困难，用这种方式把他骗回来，也是无奈。

李九伯 书记，我明白你的苦心。

张兴黔 谢谢您理解！九伯叔，习近平总书记亲自部署，亲自指挥，要打赢脱贫攻坚战，石旮旯村不能拖后腿啊！石旮旯村要脱贫，关键是要有好的带头人，所以，我是真心诚意盼着老排长回来。

李九伯 我的儿子，我了解，永胜肯定是个好人选，但就怕他不愿意。当年也是迫于无奈，他心里的结至今还没能完全打开。

张兴黔 （开解李九伯）话又说回来了，九伯叔，如果当初他没走这一步，他能有深圳的安乐窝？能有今天的好日子？

22. 秀水市 / 市委宣传部办公室 / 日 内

穆欢欢 王主任，你仔细看看文件，好像我们宣传部还要派一名干部下去当驻村第一书记。

王莹 派就派呗，反正轮不到我。

穆欢欢 （一本正经地说）王主任，说不定这驻村第一书记就是你呢。

王莹 为什么是我，你难道听到什么内部消息了？

穆欢欢 （笑了）哪有什么内部消息？我随口乱说的，因为你们王家跟石旮旯村有缘嘛！

23. 崇山县 / 县政府办公室 / 日 内

肖翔正在听精准识别工作准备情况的汇报。

县扶贫办主任 肖县长，我们崇山县一共有 200 个村，如果一个村需要抽 4 个人组成精准识别工作队，一共需要 800 人，我们建议从县直机关、县直单位中抽调，想听听您的意见。

肖翔 抽 800 人，量不小，对县直机关、县直单位来说压力大。

肖翔 （转向团县委书记）你们共青团有没有什么高招？

团县委书记 我们可以招募青年志愿者。

肖翔 这两条路都可行，你们商量统筹一下，不管是"抽"还是"招"，5 天之内必须把人召集齐，然后集中培训 1 天，第 7 天就要下去！

县扶贫办主任 县长，这个时间安排会不会太急？

肖翔 这是打仗，是打脱贫攻坚战，执行命令吧！

24. 深圳 / 机场高速 / 日 外

张梨花送李永胜去机场，宝马轿车在高速路上疾驰。

张梨花 姐夫，你在深圳工作 8 年了，从白手起家到站稳根基，付出了多少汗水和心血，对这里肯定是有感情的。这次离开深圳回去，还回来吗？

李永胜 梨花，你这是什么意思？你姐和两个孩子都在深圳，我不回来，谁照顾他们？

张梨花 姐夫，我不是这个意思，但我觉得你要有思想准备，这次九伯叔病危这事，总感觉有点蹊跷，说句不该说的话，我怀疑是一个圈套，把你套回去的圈套。

李永胜仔细回想这次得到父亲病危消息的一些细节，觉得张梨花的怀疑也不无道理，心想：当下，全国都在致力于脱贫攻坚战，高山镇、石旮旯村也不能例外。张兴黔这小子刚上任高山镇党委书记，是不是真的在打我的主意？

25. 石旮旯村 / 李九伯家 / 日 内

张兴黔与李九伯继续交谈着。

张兴黔 九伯叔,我记得8年前永胜哥请吴银子来石旮旯村张罗修路的事,怎么后来没有下文了?

李九伯 还不是因为没钱修路。当时吴银子提出,如果把村里的2000亩山地承包给他,他就免费修路,承包费300元一亩。但大伙一合计,认为价格太低,没同意。另一方面,也是根本原因,村民们怕会失去土地,因为对他们来说,失去土地就等于失去依靠、失去生路。

张兴黔 老百姓的顾虑和担忧可以理解,但是他们的思想真的已经跟不上这个时代了。用地生财,做足土地文章,本就是摆脱贫困、走向富裕的关键一招,我们一定要引导和帮助他们解放思想、更新观念!要发展就要解放思想!

26. 深圳 / 机场高速 / 日 外

李永胜 梨花,我回去的这些天,桐花和两个孩子就麻烦你多费心了。还有,你也要照顾好自己,离了婚,一个人打拼,也是蛮辛苦的,有合适的还是应该找一个。你总是这样不知死活地拼命工作,迟早会累垮的。找一个合适的人,也好有个照应,有个依靠。

张梨花 永胜哥,你别唠叨了,哪有这么多"照应"和"依靠"啊!如果靠得住,我还会离婚吗?

张梨花的苦只有自己知道。

27. 崇山县政府 / 日 外

县扶贫办主任和县团委书记一前一后走出县政府大楼,边走边议论着。

县扶贫办主任 我有一种感觉,这次搞精准识别,是动真格了,看肖县长那严肃劲。我们也得高度重视啊,抓紧完成任务,不然被问责可就难看喽。

县团委书记 （半开玩笑道）主任，不是我批评你认识不到位，思想没跟上，十八大以来早就动真格了！

县扶贫办主任 （脸色有些尴尬，顺势接了一句）团委书记同志批评得对！

县团委书记 不开玩笑了，行胜于言，行动才是最好的响应。我的想法，七天后是五四青年节，这天搞出征仪式最合适！

28. 秀水市 / 市委宣传部办公室 / 日 内

穆欢欢急急忙忙来到王萤面前。

穆欢欢 王主任，刚才部领导找我谈话了，说崇山县搞脱贫攻坚精准识别的力度很大，要派千人下基层，部领导派我去蹲点，要去10个月，我去不去呀？我家里确实有困难。

王萤 要我说啊，建议你想办法克服一下，去！早去早好，早去早主动。这次搞的是千人下基层，下次说不定就是万人下基层了。这次你去，下一次可能就该我去了。

穆欢欢 也是哈！

29. 贵阳 / 机场 / 日 外

拖着行李箱的李永胜走出机场到达大厅，阳光明媚，是一个好天气。

李永胜正要挥手叫出租车，却看见一个人径直朝自己走来，竟然是吴银子。

李永胜 吴银子，这么巧，竟然会在这里碰到你。

吴银子 （一本正经）李永胜同志，纠正一下你，不是"碰到"，是"等到"。我是奉九伯叔之命，专程到机场恭候你的。你好，欢迎回来！

说完，吴银子终于忍不住笑了，他上前拥抱李永胜。

吴银子 走，去停车场。

——"兵支书"投身乡村振兴电视文学剧本

看到吴银子这么轻松，李永胜的心情也放松了，他知道，张梨花猜得没错，这是一个"圈套"。

李永胜　呵呵，银子兄弟，多年不见，肯定发了吧？有钱来帮我们村修公路了吧？

吴银子　你还提这事，真是哪壶不开提哪壶啊！

30. 秀水市／市委宣传部办公室／日　内

市委宣传部部长焦鹏正在和王莹谈话。

焦鹏　脱贫攻坚战战鼓正酣，一场前所未有的人民战争，正在习近平总书记亲自指挥下，不断向纵深推进。我们市的推进力度也很大，但据了解，"打仗"还很缺带兵的人，市委书记交给市委组织部一个任务，对全市村级党组织党支部书记的情况进行一次全面摸底调研，我们宣传部配合，部里决定，我们部的任务就交给你了！

王莹　交给我？好！

31. 深圳／华侨城／日　内

张桐花和张梨花两姐妹坐在沙发上，电视里正在播着一个有关贵州的专题片。

看到电视里家乡的山水，两姐妹心情有些沉重。

张梨花　姐，在深圳打拼这么多年，我也想家了！

张桐花　是啊，我也想啊！不知你姐夫这次回去，有些什么打算。

32. 崇山县／人民广场／日　外

彩旗飘扬，贴着"精准识别工作队"标识的各种车辆整齐排列，将奔赴12个乡镇开展工作。

肖翔　（一声令下）出发！

第七集

1. 崇山县 / 县委会议室 / 日 内

县委正在召开脱贫攻坚专题工作会议。

肖翔　全国上下脱贫攻坚战热火朝天，全省上下正积极行动，我们县的各项工作也正紧锣密鼓推进。但脱贫攻坚面临着很多难啃的硬骨头，比如高山镇的石旮旯村，就是其中最硬最难啃的一块。

（县委书记）范斌　是啊，硬骨头确实不少，但再难啃的骨头，也要想办法把它啃掉！

肖翔　啃硬骨头需要过硬的带头人，但我们现在十分缺乏这样的带头人。

范斌　我今天正要告诉大家一个好消息，为了给基层脱贫攻坚工作注入更强力量，提升工作成效，市委几经研究，决定将目光聚焦到退役军人身上，选拔优秀的退役军人，充实到基层村、支两委，构建脱贫攻坚的"兵支书模式"。好多乡镇领导得到这个信息，已经迫不及待开始挖人、找人了，张兴黔就是其中的一个。

2. 石旮旯村 / 村委会办公室 / 日 内

张兴黔与李九伯谈得很投缘很开心。

张兴黔　九伯叔，在部队的时候，永胜哥是战友们的榜样，工作上没说的。他对我很关照，我们亲如兄弟，我急性阑尾炎阑尾穿孔，多亏永胜哥及时把我背进医院，要不我可能命都没有了。

李九伯　永胜从小就是这个性子，不干则已，要干就会拧着一股劲干。他是个好战士，也是个好儿子，虽然这些年没能守在我们身边，但一有空就

——"兵支书"投身乡村振兴电视文学剧本

会问这问那,生怕我们两老有什么不顺心。说真的,我也很想他了。

李九伯满脸期待的神情。

张兴黔　九伯叔,很快就能见到永胜,您和伯母一定很开心吧!

李九伯　肯定开心,但还是有点担心。他这几年在深圳发展得不错,我们却这样把他"骗"回来,他会怎么想。

张兴黔　我想老排长会理解的。石旮旯村要脱贫,还真指望他。现在市里正在大力构建脱贫攻坚的"兵支书模式",正是退伍军人们大显身手的时候,我来向老排长解释吧。更何况,您的身体本来就不好,我们也不算骗他。您这腰啊,一定要注意,尽可能多卧床,少坐少站。您还是赶紧上床躺着吧!

3. 崇山县 / 街道 / 车厢 / 日 内

轿车驶过县医院,但并未停下。

李永胜　(忙问)银子,我爸不是在医院吗?

吴银子说话有些遮遮掩掩。

吴银子　哦,那个……九伯叔不肯在医院,非要回家去住……

李永胜　他的病情,医生同意回家?!

吴银子　同……同意啊。我们赶紧回去吧,别让家里等急了。

李永胜察言观色,明显感觉到张梨花的猜测应该没错,心里对父亲病情的担忧消散。

李永胜　吴银子,你们是不是合伙来骗我?什么用意?

4. 崇山县 / 县委书记办公室 / 日 内

崇山县委书记范斌和肖翔,以及县委组织部的同志正在研究工作。

范斌　要打赢脱贫攻坚战,干部是决定的因素,干部配强了,能打硬仗了,我们才能胜利。目前,县、乡两级的班子,正在陆续调整到位,市委非常关注村级党组织的建设,专门派了工作组开展调研,据说马上就到我们崇山县。

这时，县委办秘书进来报告，工作组组长王萤主任一行到了。

范斌　说曹操，曹操就到了。

范斌　（对组织部部长说）你们要配合工作组搞好调研，这件事我们县早就该做了，大战在即，不知己知彼，不摸清家底，可是兵家大忌啊！

肖翔　组长王萤，是市委宣传部的王萤主任吗？

秘书　是的。

5. 高山镇／日 外

黑色奔驰轿车把李永胜和吴银子载到高山镇去石旮旯村的路口，李永胜和吴银子下车。

吴银子　（自我解嘲道）汽车还是开不进村，我们还是得走进去，就当看风景吧！

李永胜　（感慨万分）十多年了，我离开时是这样一条路，回来还是这样一条路，这条路遮住了石旮旯人的眼，挡住了石旮旯人的希望，绊住了石旮旯人的脚步，真的到了不破不立不行的时候了！

这时，过来几辆摩托车。

摩托车车主　两位老板是不是要去石旮旯村，我们可以送你们进去。

吴银子　多少钱？

摩托车车主　一人50块。

吴银子　一人50块，你们是要抢钱啊！

摩托车车主　老板，50你不亏，这来回将近15公里，路又不平，车子磨损大。而且，一看你俩就是有钱人，花这点小钱算什么嘛，既省了力气又不费鞋。

吴银子用眼神征询李永胜的意见。

李永胜　银子，我们还是走进去吧，我也想好好看一下这条路的情况。

——"兵支书"投身乡村振兴电视文学剧本

6. 崇山县 / 县政府招待所 / 日 外

王莹和肖翔在院子里散步,边走边聊。

肖翔 时间过得真快,我们两个离开部队就好几年了,从那以后,也没有时间细细地交谈了。

王莹 肖团长进步快嘛,当副县长了,日理万机,自然没时间跟我们这些小人物细细交谈。继续努力,肖副县长,我们的前程都指望你了!

肖翔 你可别拿我打趣了,王主任,王组长,我进步快什么呀,转业后在县人事局当局长,顶着局长的帽子一干5年。不过,现在能当上一个副县长,我很感谢组织的信任,要感恩奋进!不把脱贫攻坚战打赢,我也没脸见人,你说是吧!

王莹 说得还挺冠冕堂皇。先不说脱贫攻坚战的问题,我想问的是,石旮旯村的路修了吗?你对我姐的承诺兑现了吗?

肖翔 每个人都有痛处,就怕不知道为什么痛,你想知道我的痛处吗?

王莹 别!打住!我们还是谈工作吧。

7. 通往石旮旯村的山路 / 日 外

李永胜和吴银子走在进石旮旯村的路上,路旁虽有绿树、青草,不时还能见到一些点缀在绿草、山石间的美丽野花,但脚下的路宽窄不一、凹凸不平,行走起来并不那么顺畅,显露出一种落后和无奈。

李永胜 银子,这条路要是再不修通,石旮旯村就真的无望了。

吴银子 谁说不是呢。

李永胜 对了,张兴黔这小子这几年进步很快,都当上镇党委书记了,你们经常见面吗?

吴银子 各忙各的,也不常见。张兴黔也不容易,退伍回来后当了村主任,和老百姓们摸爬滚打干了8年,当上镇党委书记也算没有白辛苦!

8.【闪回，一组镜头】

镜头一　某村，破旧的村支两委办公室，张兴黔到任。

镜头二　村子里，老旧的民房，还夹杂着一些土坯房。

镜头三　张兴黔在地里与村民一起劳动，带领村民搭建大棚，在大棚内查看草莓的生长情况。

镜头四　张兴黔带着村民找市场，与村民一起在路边摆摊卖草莓。

镜头五　村子里，农民的新居逐渐多起来。

镜头六　新落成的村支两委两层办公小楼，从里面办事出来的村民脸上露出笑容。

【闪回结束】

9. 通往石旮旯村的山路/日 外

李永胜　是不容易，如果是我，就算干上8年，甚至10年，也未必能当镇党委书记。

吴银子　李永胜同志，谦虚过度等于骄傲！

李永胜　真心话。我这人比较适合搞经济，最适合当军人！

吴银子　那你就最适合当村支书！

吴银子说完吐了下舌头，他意识到自己说漏嘴了。

10. 深圳/华侨城/张梨花家/日 内

张梨花把姐姐、侄儿、侄女接到了她的住处，这是一栋小洋楼，室内装修奢华但不俗套，装点着许多贵州民族文化的元素，如蜡染等。

小保姆带着震生和雨生到后院赏花去了，张梨花姐妹俩才安心说说话。

张梨花　姐姐，你说这九伯叔是真病重还是假病重？我总觉得这里面有问题。

张桐花　姐可没你这脑筋转得快，你说说，这里面有什么问题？

张梨花　你看啊，姐，九伯叔生病，而且还是病危，怎么除了一个电话，就什么也没发生了，那些亲戚朋友也太淡定了吧！

张桐花　说起来也确实奇怪，我打电话过去，感觉家里人说话总有点支支吾吾。梨花，你这脑子就是管用，难怪卢山都搞不过你。

张梨花的脸色有些变。

张梨花　姐，不要提这个人好不好！

11. 石旮旯村 / 李九伯家 / 日 内

李九伯躺在床上，还在跟张兴黔聊着天，这时房门被推开，李永胜和吴银子走进来。

张兴黔看见李永胜，激动得一下子站起来，一个标准的立正、军礼。

张兴黔　排长好！战士张兴黔向你报到！

李永胜激动得一把抱住张兴黔，两个人紧紧拥抱在一起。

李永胜　兴黔，你怎么会在我家，刚才在路上还和银子说到你呢！

李永胜松开双手，上下打量着张兴黔。

张兴黔　（又是一个标准的军礼）报告，战士张兴黔专程来请排长"出山"！

李永胜　（十分自然地举手还礼）兴黔，8年了，你的军礼还是这么标准！

张兴黔　排长，你也一样！我们都还有一颗军人的心。

李永胜　退伍不褪色嘛！

12. 崇山县 / 县委组织部办公室 / 日 内

王萤带着工作组到县委组织部调研，县委组织部的同志接待了王萤一行，并介绍情况。

组织部副部长　据不完全统计，我们县15个镇，135个村，大约有60%的村缺党支部书记……

王莹用手势打住了副部长的话。

王莹 请等一下,你们不能这样汇报。135个村到底有多少个村没村支书,这个数要精确,要精确到个位数。

组织部副部长 (有些尴尬)真是不好意思,王组长,因为这段时间太忙,我们……还没有来得及仔细核对。

王莹 真的是时间问题吗?我看不是,是观念问题!是工作作风问题!你们根本没有关注和重视这件事情!

组织部副部长的脸一阵红一阵白。

王莹 你们赶紧列个表,一个村一个村地填,然后核对,3天内完成!

13. 石旮旯村 / 农户家 / 日 内

村主任阿贵带着市里派下来的工作队开始进行精准识别的登记工作,工作组组长江虹(女)正在与村民王老六交谈。

江虹 老乡,去年你家的收入有多少?

王老六 不知道。

江虹 你养了三头猪,每头猪卖了多少钱?

王老六 记不清楚了!

江虹 老乡,你家养的鸡卖到钱了吗?

一提到鸡,王老六哭丧着脸。

王老六 领导,你可不要说鸡了,说到鸡,我真的连想死的心都有!去年我家养的鸡得鸡瘟,死了一大半,哪里还赚得到半毛钱啊!唉,家里仅有的那点积蓄基本都押在这群鸡的身上了,本来还指望能多点收入,可现在……

王老六难过地抱着脑袋低下了头。

阿贵在一旁听得有点不高兴,一直给老乡挤眉弄眼做提示,但王老六并没有注意到,急得阿贵开口插话。

阿贵 王老六,昨天我跟你讲的都忘了?

王老六抬起头，迷茫地看着阿贵。

江虹转头看了一眼阿贵，眼光里有质疑，也有疑问。

14. 崇山县 / 县政府办公室 / 日 内

肖翔正在看一份报告，是红旗村的脱贫攻坚简报。

【简报内容，字幕】红旗村 2015 年农村产值提高了 25%，农民人均收入达到 1600 元。该村一户农民发展林下养鸡，收入达 2 万元，一举脱贫。

肖翔越看越兴奋，脸上露出满意的笑容，提笔在简报上写下批示：红旗村脱贫攻坚的战绩很显著，经验值得总结推广，请有关部门进行调研采访，可树典型！

【肖翔画外音】脱贫攻坚工作如此推进，不用到 2020 年，就可以提前完成了。

肖翔心情很好，有一种首战告捷的感觉。

这时，肖翔手机响了，是王莹打来的。

王莹　我听说九伯叔病重，正好我在崇山县，你陪我去看看吧。

肖翔　什么，李永胜的父亲生病了，在县医院吗？

王莹　（有些没好气）不在县医院，我问了，在家里。肖县长，多走走基层吧，坐在办公室是听不到真话、看不到实情的。

顿时，肖翔的好心情没有了，他特别怕接触王莹。

15. 高山镇 / 镇政府招待所 / 日 内

累了一天，江虹刚躺下，穆欢欢打来电话，穆欢欢被分在红旗村。

穆欢欢　江姐，你那里的情况如何？

江虹　想听实话吗？

穆欢欢　那必须啊，现在可不能玩虚的了！

江虹　别提了，难度太大，一问三不知，假数据不敢填，真数据得不到，老百姓都是一本糊涂账。真担心这识别工作开展不下去！你那边呢，情况咋样？

穆欢欢　总体情况还好，但还需要进一步核实，精准识别，数据容不得半点虚假。对了，江姐，你们那里养鸡的情况如何？

江虹　鸡死了不少，村民直哼。

穆欢欢　我明白了，难怪今天王萤主任问我鸡卖了多少钱。

16. 石旮旯村 / 李九伯家 / 日 内

张兴黔、李永胜军礼毕，李永胜走到床前，斜坐在李九伯身旁。

李永胜　爸，我回来了。

李九伯伸出苍老的手，拉住李永胜的手。

李九伯　永胜，你回来了就好！

李九伯的眼里有泪光闪动，李永胜一阵心酸。

李永胜　爸，你的身体情况怎么样了？哪里不舒服？

李九伯　永胜，你放心，我的身体没什么大毛病，我这病是病在心里。石旮旯村不脱贫，我的病就不会好啊！

李永胜是个直脾气，虽然他心里对自己这次被"召回"的"真相"已经猜到了十之八九，也知道父亲和李兴黔他们的良苦用心，但多年在部队养成的直截了当、不绕弯子的工作作风，让他脱口而出的话显得有些"刺耳"。

李永胜　爸，我知道你这几年身体一直不好，也一直都在为石旮旯村操劳，但你是村党支部书记，脱贫攻坚重任在肩，你不在战场上，却躺在床上，你这样躺下去，石旮旯村就能脱贫吗？还有你，张兴黔书记，作为镇党委书记，一个老兵，有什么想法为什么不直接跟我说，而要这样绕弯子？

张兴黔觉得李永胜不应该这样讲李九伯。

张兴黔　老排长，你怎么能这样说九伯叔，他身体真的有病，腰都要直不起来了，难道不能休息休息？医生要求住院，但九伯叔又担心村里，又怕浪费钱，就是不肯住院！

李九伯　兴黔，别说了……

李永胜满怀歉意地对李九伯说。

李永胜　爸，对不起，我不是这个意思……

李九伯　永胜，爸知道你是为石旯旮村担心，我们这样把你骗回来，也是不得已。

先是战友情，现在又是父子情，吴银子一时觉得自己处在其中有些尴尬，他转身出门。

吴银子　你们先叙着，好不容易来了，我得好好去转转，考察考察，说不定哪天我就要靠它们发财呢。

17. 崇山县／县乡公路／轿车／日　内

一辆轿车向高山镇方向驶去，肖翔和王萤坐在车上。

肖翔　我看见一份脱贫攻坚简报，高山镇红旗村做得不错，各种经济指标增长很快，让人兴奋，你有时间也去看看，现在的农村即将旧貌换新颜了。

王萤　肖县长是不是过于乐观了？让人如此乐观的汇报，事迹和数据确定真实吗？

肖翔　你啊，就是嘴太厉害，疑心太重！

王萤　我姐就是头脑太简单，太相信你！

车厢内一阵尴尬的沉默。

18. 深圳／北斗星文化传媒公司／日　内

深圳北斗星文化传媒公司，小会议室，张梨花正在开生产经营管理季度总结会。

张梨花　我们公司这个季度的效益下降很多，请大家分析一下原因，再想想办法，把效益搞上去。

财务经理　张总，效益下降的主要原因是资金链快断了，很多工作没法开展。

张梨花　我们可从来没有出现过资金紧张的情况，是什么原因？

　　财务经理似乎有点为难，迟迟不开口。

　　张梨花　怎么哑巴了？究竟是什么原因？

　　财务经理　是……卢总他应该还给我们的钱迟迟没有到账。

　　会议室内一阵沉默。

19.【闪回】深圳 / 某酒吧 / 夜 内

　　酒吧里响着浪漫的音乐，张梨花与卢山对坐，卢山直直地盯着张梨花，看得张梨花有些受不了。

　　张梨花　别这样看着人家好不好，看得鸡皮疙瘩都起来了。

　　卢山一副陶醉的表情，言语中却有掩饰不住的轻浮。

　　卢山　这么可人的张总，我又怎么舍得把眼睛移开。

　　张梨花　别花言巧语了。我就直说吧，都是生意人，谁都会有个难，钱可以暂时借给你周转，但两月之内必须归还，否则就会影响我们公司的运转。

　　卢山　俗话说"一日夫妻百日恩"，我俩虽然没能领证，但……

　　卢山意味深长地笑了笑，接着说道。

　　卢山　都这么久的交情了，你还不放心吗？绝对按时归还。张总你这是帮了我的大忙，我卢山又怎么能坑你，是吧。

　　张梨花的表情有些愤怒，又似乎有些无可奈何。

　　张梨花　好了好了，明天给你打过去。

　　卢山举起红酒杯致谢，两人轻轻碰杯。

　　卢山左手乘机抓住张梨花的手，张梨花赶紧缩开。

　　【闪回结束】

20. 深圳 / 北斗星文化传媒公司 / 日 内

　　张梨花沉浸在回忆中，脸上露出痛苦的表情。

财务经理 张总,张总,你怎么了?身体不舒服吗?

张梨花回过神来,感觉自己的脑袋都要炸了,后悔和心痛写在脸上。

她站起身来,身体一晃,差点摔倒,好不容易稳住自己的情绪。

张梨花 散会。

21.通往石旮旯村的山路 / 日 外

王萤和肖翔走在山路上。

肖翔 你累不累,要不要休息一下?

王萤 怎么,难道你累了吗,我们可都是当兵的人!肖县长是不是好久没走过这么长的山路了?

肖翔有些无可奈何,自我解嘲地笑了笑。

肖翔 王大主任,可不可以别总是嘴上不饶人,我这可是在关心你。

22.石旮旯村 / 李九伯家 / 日 内

李永胜 爸,是我不好,没能替你分忧。

张兴黔 老领导,我真诚地向你道歉!你说得对,九伯叔的确应该在脱贫攻坚的战场上,不应该躺在病床上。但你仔细想想,九伯叔已经六十多了,村支书干了快二十年,他已经尽力,如今是心有余而力不足,他的接力棒应该交给谁?

李永胜 交给谁,交给我吗?组织上不应该安排吗?

张兴黔 组织上肯定要安排,村民们心里也会有杆秤。但是老排长,你还记得在部队上你是怎么教导我的,你还记得你常给我们说的一句话吗?

【李永胜内心独白】我又怎么会不记得,而且永生难忘。可是今天,我该怎么说。退伍后8年所走的路,使我离这个战场越走越远了!

李永胜心里清楚他迟疑了。

张兴黔 老排长,我知道,你心里十分清楚,但我也理解你的心情,你不说,我替你说!你常说的那句话就是:战士就应该在战场上!我们请你回来，就是指望你带着大伙打好脱贫攻坚这场大仗！

李永胜的心被震动。

23. 深圳 / 张梨花家 / 日 内

张梨花开门进来，也不跟张桐花打招呼，一下倒在沙发上。

张桐花坐着轮椅来到张梨花跟前，伸手探了探张梨花的额头。

张桐花　梨花，今天怎么这么早回来，身体不舒服吗？

张梨花坐起身来。

张梨花　姐，你别担心，我就是有点累了。

张桐花　好吧，那你躺会儿。

张梨花　对了，姐夫那边有消息了吗？九伯叔怎么样了？

张桐花　（摇摇头）还没。

24. 通往石旮旯村的山路 / 日 外

县委组织部副部长打电话给王萤汇报情况。

组织部副组长　我县共有135个村，其中107个村配有党支部书记，配备率大约80%，但是在这107名村支部书记中，有23人60岁以上，有50人在外打工，只有34人在岗，而且……

王萤　（一听头又炸了）天，这仗怎么打？这种状态，村一级基本上是失控的，这种状况必须改变啊！

王萤　肖县长，村级组织缺干部的问题不解决，打赢脱贫攻坚战就是空话！这个严重性，我想县委、县政府应该清楚吧！

25. 石旮旯村 / 李九伯家 / 日 内

张兴黔继续对李永胜"穷追猛打"。

张兴黔　老排长，回来吧，石旮旯村需要你。

李永胜　兴黔，桐花和孩子也需要我，他们还在深圳等着我！

张兴黔　老排长，你常常带着我们唱一支歌，你还记得吗？

李永胜　（点点头）《毛主席的战士最听党的话》。

李永胜和张兴黔轻声哼唱起《毛主席的战士最听党的话》，这时，屋外也传过来同样的歌声，令李永胜和张兴黔十分惊讶，两人看向房门，顺着歌声，他们看见王萤和肖翔慢慢走进屋内，挥动着手臂有力地打着节拍。

王萤和肖翔的到来让李永胜和张兴黔十分惊喜，他俩迎上前去，也挥动着手臂有力地打着节拍，眼中闪耀着激动的泪水。歌声未停，四个老兵同唱一首歌。

歌曲唱完，四个老战友紧紧拥抱在一起，眼泪夺眶而出。

26. 石旮旯村 / 山路 / 日 外

村主任阿贵带着江虹走在山路上，山路难行。

阿贵　我们村有7个寨子，但寨与寨之间隔得比较远，有几个寨子之间还要翻山越岭。

江虹突然"哎哟"一声，站着不动了，右腿微微弯曲着。

阿贵　怎么了，领导？

江虹　脚抽筋了。

阿贵扶江虹坐在路边一块石头上，脸上有一丝瞧不起的表情。

阿贵帮江虹活动了一下脚踝和小腿。

阿贵　你们城里人太金贵，才第一天走山路，脚就抽筋了，后面要走的路还长着呢，可怎么办？我看你还是回村里去休息吧。

江虹没有说话，咬牙站了起来，一步一步朝前走去。

阿贵有些意外地看着江虹的背影，感人的背影。

27. 红旗村 / 林下养鸡场 / 日 外

穆欢欢等人来到鸡场，鸡场里已经没有鸡了，只剩一地鸡毛，也没有干活儿的人，只有一名年纪较大的妇女守门。

穆欢欢　大娘，怎么一只鸡都没了？

妇女　鸡，鸡都飞了，真的是鸡飞蛋打了。

穆欢欢　大娘，您能告诉我是怎么回事吗？

妇女　说了又能怎样，天天叫大家养鸡，不给钱，不给技术，碰上鸡瘟也没人管！鸡死了，人也难活啊！

想看的东西没有看到，穆欢欢有些沮丧。

28. 石旮旯村 / 李九伯家 / 日　内

四个战友擦干热泪，心情慢慢恢复平静。

李永胜　兴黔，你够厉害，竟然找了这么多人来当说客，真是用心良苦啊！

王莹　老战友，老排长，你说什么呢，什么找来的？我们可不是别人找来的，而是自己找上门的，我听说九伯叔病了，就约了肖县长来看九伯叔。不过我倒想知道，你所说的"说客"是来说什么呢？

张兴黔　说服永胜哥回来当"将军"，带领石旮旯村的乡亲们打好脱贫攻坚这场大仗！

肖翔　这是好事啊，正好符合市委构建脱贫攻坚"兵支书模式"的指导思想，而且永胜有这个能力，可以说是"不二人选"。虽说我和王莹是"自己找上门的"，但这个"说客"，我当定了！

王莹　我也争当！

29. 深圳 / 张梨花家 / 日　内

张梨花闭上眼睛躺在沙发上。

张桐花一会儿看看手机，一会儿看看张梨花，一会儿看看窗外，心里总感觉有些不踏实。

她终于忍不住，给李永胜发了一条信息：永胜，爸怎么样？

30. 石旮旯村 / 李九伯家 / 日 内

李永胜　感谢各位战友，也是各位领导对我的信任。这样，我们曾经都是军人，我也不拐弯抹角，军人就是要"召之即来，来之能战、战之能胜"，兴黔，你是镇党委书记，肖县长也来了，还有王主任见证，只要你答应我一件事，我就回来。

张兴黔　老排长，该出手时就出手，有什么条件尽管说！

李永胜　好！我要县委和镇党委全力以赴支持我修通石旮旯村的公路，打破这个多年来制约石旮旯村发展的"瓶颈"。这是底线！

31. 深圳 / 张梨花家 / 日 内

张梨花　（正在给卢山打电话）……收起你那些甜言蜜语，别再跟我套近乎！生意人要讲究"诚信"二字，有借有还才能再借不难，我再给你宽限两天，再不还回我的50万，我就去把你的车开走……

张桐花的电话铃声响起，是李永胜打来的，张桐花到一边接电话。

张梨花挂了卢山的电话，气呼呼地走到沙发旁一屁股坐下，看见张桐花拿着手机的手慢慢垂下来，表情有些复杂。

张梨花　姐，怎么了，是九伯叔真的病重吗？

张桐花　（轻轻摇了摇头）永胜打电话来说，肖翔、张兴黔要他当村支书，石旮旯村的路不修好，他不回深圳。

第八集

1. 石旮旯村 / 李九伯家 / 日 内

张兴黔听了李永胜一番话，知道他有情怀，之所以提出如此的条件，也只是激将法。

张兴黔　老排长不减当年勇，肖副县长，不，老团长，请你指示！

肖 翔　你俩不用拿激将法来激我，我表态，全力支持石旮旯村修公路！但是，永胜，你要有周密的修路计划，拿出打硬仗的精神，把这场战斗打赢。

张兴黔　好，县长有指示，我们落实！永胜和九伯叔任双指挥长，全权指挥石旮旯村公路建设，镇党委全力支持你们，半年后，听你们的捷报！

李永胜　既然鸭子被赶上架了，我就干了！我向县委、镇党委立下军令状，半年修通石旮旯村公路，坚决打赢石旮旯村脱贫攻坚第一仗！

2. 深圳 / 张梨花家 / 日 内

张桐花心情郁闷，用求助的眼神看着张梨花。

张桐花　梨花，要是你姐夫真的不回来了，怎么办？关键时刻你这个聪明绝顶的脑袋一定要发挥作用，快帮我好好想想，怎样才能从张兴黔手里把李永胜拉回来。他这么一走，我们家至少每年损失20万，这是其一；更可怕的是，如果石旮旯村这路一年半载修不通，搞到猴年马月去，我这个家怎么办啊？！

张梨花　姐，你可是他老婆，他是你孩子们的爹，你要是都叫不回来，我能有什么办法？

张桐花　你不知道，永胜认死理，他要下决心修路，不要说我，九头牛都难拉回来，我可怎么办啊？

张桐花急得如坐针毡。

张梨花看姐姐急成那样，心有不忍，走到客厅窗前，望着窗外想了一会儿，计上心头。

张梨花 有办法了，姐！

张桐花一听妹妹有招，一把抓住张梨花的手。

张桐花 （迫不及待地问）什么办法？

张梨花 姐夫不是要修路吗，修好路不就可以回深圳了？那我们就帮他修路，这不就等于帮他早回深圳。

张桐花 梨花，你这个法子倒是很有道理，可我们孤儿寡母怎么帮？

张梨花 你别急啊，姐，这不还有我吗？给钱！我正好在催卢山还钱，让卢山拿10万元修路，姐夫能还就还，不还就算我和姐姐献爱心！

3. 石旮旯村 / 李九伯家 / 日 内

门外传来吴银子的声音："我听到有人立了军令状，这么关键的时刻怎么就被我给赶上了！难怪今天一大早出门就听到喜鹊叫，原来真有好事啊！"

吴银子走进屋来。

李永胜 （笑着说）吴老板考察完了？你可要好好计划计划，等路修通了，准备在石旮旯村做个什么大买卖！

吴银子 那还用考虑，我就在石旮旯村养"金娃娃"嘛。

大伙儿开心地笑。

4. 石旮旯村 / 山路 / 日 外

江虹忍着脚痛继续上路，使村主任阿贵对江虹产生了好感，放下心中的芥蒂，与江虹主动交流起来。

阿贵 我们村发展不起来，就是路没有修好。你看，让江组长你这么金贵的脚走在石旮旯村里，真是过意不去。

江虹　你说得很对，没路，没产业，没收入，封闭、恶性循环，你们村支两委就没有好好想想办法？我们走了几个寨子了，很多老百姓都说不准自己的情况，精准识别的难度很大。我们只是搞调查，掌握面上情况就行，精准识别的责任，你们要承担啊！

　　阿贵一脸茫然，感觉束手无策。

5. 石旮旯村 / 县道与石旮旯村的交汇处 / 日 外

　　李永胜把肖翔、王萤、张兴黔、吴银子送到路口，司机已经在路口等待肖翔他们，大家就要告别。

　　李永胜　（对肖翔说）老团长，感谢你们来看望我爸，感谢你对我的信任。今天进村让你们辛苦了，半年后，等路修通了，我开车接你们进村！

　　肖翔　一言为定，我等着这一天。否则，我总觉得欠她们两姐妹的债（肖翔看了一眼王萤），这种内疚的心态，已经压了我8年，压得我喘不过气来。

　　王萤　肖县长，这次应该有实际行动了吧！

　　肖翔　你们一周内把项目书报上来，我协调县发改委立项。我会专题给范斌书记汇报，争取特事特办！

　　吴银子　县长这么一说，我们都有底气了，永胜，你甩开膀子干，修路的炸药我捐了。

　　王萤　（盯着张兴黔）张书记，你呢？

　　张兴黔　水泥，镇里解决水泥！

6. 崇山县 / 公路 / 日 内

　　王萤和肖翔坐在车上。

　　王萤　肖县长，你这次可不能再失信了，我姐就是因为你总是说话不算话，让她失望，才一气之下嫁到安徽搞庐山恋去了！你这次要是再不兑现承诺，我就把你告到省委去，说你不务实，让组织罢免你的职务，看你怎么耀武扬威!

王萤的话戳伤了肖翔,肖翔耳边回响起自己曾经夸下的海口,还有与王晶的"告别词",眼前浮现出痛苦的记忆。

【肖翔画外音】部队管不了地方的事,但部队拿钱给地方修路总可以吧!

7.【闪回】军营/肖翔办公室/夜 内

肖翔正在接电话,电话那头是一名男子的声音:"肖团长,捐点钱为贫困山村修点路不是问题,我们公司向来都是有社会责任感的,但是……"

电话那头的声音变小,肖翔的脸上露出一种厌恶的表情,但还是耐着性子听完了。

肖翔　罗老板,原则范围内的事,我肖翔一定尽力,但违反原则的事,肯定不行!

罗老板　哈哈哈,我知道肖团长一向讲原则,那这事我们下次再说。

手机里传来对方挂断电话的"嘟嘟"声,肖翔无可奈何地摇了摇头。手机铃声又响起,肖翔一看,是王晶。

王晶　怎么样了,团长大人,修路的钱落实没有?王萤都给我说了。

肖翔　还没。

王晶　这次不会又是夸海口、放空炮吧?

肖翔　再给我点时间,我一直都在想办法。我虽然是团长,但军费是绝不能挪用的,找老板赞助又有风险。

王晶　什么挪用,什么风险?没有金刚钻,就别揽瓷器活!我看你就是大话谎话说顺了嘴,刹不住车!我最恨爱吹牛、不讲信用的人!

肖翔还想申辩,王晶挂断了电话。

8. 崇山县/某饭店/日 内

肖翔和王晶坐在卡座的两边。

肖翔　我已经到县人事局报到了。

　　王晶　我已经知道了，恭喜肖局长走马上任！

　　王晶举杯。

　　王晶　肖局长今天请我来是为了感谢我，还是为了帮石旮旯村修路的事？之前在部队上，管不了地方的事，现在到地方，总能管地方的事了吧？

　　肖翔　管，答应你的事我一定会做。但……我……

　　王晶　怎么支支吾吾的？

　　肖翔　我打算结婚。

　　王晶　（脸上飞过一片红霞）怎……怎么这么突然？

　　王晶害羞地等着肖翔的回答。

　　肖翔摸索着从提包里拿出一张请柬。

　　王晶诧异地看了一眼，上面一对新人的名字竟然写着：肖翔、洪燕。

　　王晶冲出饭店。

　　【闪回结束】

9. 崇山县 / 公路 / 日 内

　　肖翔从回忆中回到现实，自嘲地笑了笑。

　　这个表情被王萤看到。

　　王萤　怎么了，是不是又想起我姐了？是不是觉得自己在感情这个问题上挺失败的？

　　肖翔　也许吧！

　　【肖翔内心独白】王晶，我知道我对不起你，但为了前途，我只能选择洪燕。

　　王萤并不知道其中缘由，因为王晶从不愿提及此事。王萤依旧不依不饶。

　　王萤　所以说，肖翔，你要再讲大话，办事不靠谱，就没有朋友了！

　　肖翔　也许吧……

10. 石旮旯村 / 李九伯家 / 日 外

李九伯和李永胜坐在小板凳上择菜。

李永胜 爸，奶奶和我妈应该快到了，我去接一下她们吧。

李九伯 你去接接也好，奶奶可想死你了！本来你舅公前天过生日，专门让你妈陪着奶奶过去，多住几天，结果奶奶一听说你昨天回来了，说什么也不肯待了，非要今天就回来。

李永胜 好，我去接他们，但你别择菜了，爸，到床上躺着吧，坐久了腰会受不了。

李九伯 不要紧，今天腰还行。奶奶和你妈赶回来，路上肯定累了，我把饭菜准备好，省得你妈回来还得做饭。

李永胜 好，爸，我这就去。你要是觉得腰撑不住，就赶紧躺下休息。

李永胜正准备出门，门外传来了李奶奶的声音。

李奶奶 永胜，我的宝贝孙子，奶奶回来了！

李永胜听见奶奶回来，一个箭步冲出屋去。

屋外的小院里，李伯母搀扶着李奶奶。李奶奶的身子虽然还比较硬朗，但一路奔波回来，脸上还是有明显的疲惫。奶奶和李伯母看到李永胜，十分激动，脸上笑着，眼里却有泪花。

李永胜冲到奶奶和妈妈面前。

李永胜 奶奶，我好想你！妈，你还好吧？

李伯母一个劲点头，话却像是被哽在喉咙里，一句也没说得出来，眼泪却忍不住流了下来。

奶奶用颤抖的手把李永胜拉得离自己更近一些，左手拉着李永胜的手，右手抚摸着李永胜的脸、肩、手臂……

奶奶 快，让奶奶看看，瘦了还是胖了？是不是又长高了？

李永胜 （笑了起来）奶奶，你以为我还是十多岁的孩子啊，还在长个子。

奶奶　（越看越高兴）没胖，但壮实了，奶奶就是喜欢你这副模样，个头又高，长得又好看，做事又勇敢。可惜啊，如果不是桐花出事，你在部队上继续干下去，一定会成为一个将军。

　　李永胜一下子把奶奶抱起来，把跟出门来的李九伯吓了一跳。

　　李九伯　永胜，快放下奶奶，奶奶年纪大了，摔着了可不得了！

　　李永胜憨笑着放下奶奶。

　　李永胜　奶奶，虽然我离开部队了，但也能争当"将军"啊，我这次回来，就是来"当将军打仗"的，不获全胜，绝不收兵！

11. 深圳 / 张梨花家 / 日 内

　　张梨花换好衣裳，见张桐花还在卧室里没有出来，冲里面喊张桐花。

　　张梨花　姐，准备好没，可以出发了。

　　卧室里没有反应，张梨花一边说着话一边向张桐花卧室走去。

　　张梨花　姐，医生可是千叮咛万嘱咐，你的康复训练不能断，这样才能重新站起来。

　　张梨花看到张桐花坐在轮椅上，手里抱着外出的衣服，满脸落寞。

　　张桐花　能站起来又怎么样，不能站起来又怎么样，都不知道这个家还能够维持多久。

12. 石旮旯村 / 云上寨 / 日 外

　　阿贵和江虹在山路上走着。

　　阿贵　江组长，前面就是云上寨了。云上寨有 50 多户人家，是石旮旯村人口最多的一个山寨，因为山高坡陡，发展经济困难，贫困程度最深。

　　两人走进寨子，一路上竟然没有遇见一个人，土地里也没有一个人种庄稼，江虹很纳闷　人都到哪里去了？

　　江虹　阿贵主任，现在正是种庄稼的时节，寨里的人都去哪里了？

　　阿贵　江组长，今天你来得真巧了，今天是土地菩萨的生日，估计都去敬菩萨去了，求菩萨保佑风调雨顺，庄稼丰收。翻过这道坎，你就可以看见热闹了。

江虹　什么情况？大好的时节，不种庄稼敬菩萨，稀奇了！

13. 深圳 / 张梨花家 / 日 内

张梨花正在给卢山打电话

张梨花　……3天内必须到账，否则我堵你家大门，把你的悍马开走！

三嫂的声音传来。

三嫂　我还说最近我的火气大，没想到还有比我大的。梨花，你说气人不气人，我家那酒鬼朱三娃，来深圳这几年，刚走上正道，有点做人的样子，结果你看看，他听说你永胜哥回去修石旮旯村的公路，就坐不住了，非要去凑热闹。你说朱三娃，又懒又吃不得苦，在深圳这儿压力大、管得严，还能把他那懒德性压着，要是回到石旮旯村，可能就要原形毕露了！

听到这话，张桐花接嘴了。

张桐花　让他去帮帮永胜也好，永胜要"带兵打仗"，没有几个"兵"怎么行！而且有永胜这个"老部队"看着，你还担心三娃哥能偷得了懒不成！

三嫂　好像也有道理。

张桐花　什么好像有，就是这个理！另外，让三娃哥也帮我把李永胜给看紧了，不要节外生枝。

三嫂　朱三娃有这本事看李永胜？

14. 石旮旯村 / 村委会办公室 / 日 内

李九伯、李永胜、老焉等村干部在开会。

李九伯　阿贵还在云上寨，我们不等他了。我们先合计合计，这路怎么修，可不要雷声大雨点小，又让乡亲们空欢喜。

老焉　九伯叔说得没错，村民们的心再也经不起这样的起起落落和折腾了。

　　李九伯　永胜啊，这十多年都没能修通的路，你承诺半年修通，能有把握吗？要不我们还是向上级报告，把时间延长点吧。

　　李永胜　按"正规军"的战法，肯定不行，我们只能用"民兵"游击战的打法，家家户户齐上阵。我的计划是大调研、大发动，打一场畅通石旮旯村脱贫路的人民战争！

15. 石旮旯村 / 云上寨 / 日 外

　　一个矮小、破旧的土地庙，稀稀拉拉十几个人，老的老，少的少，在供奉土地菩萨。下跪的，烧香的，念经的，也谈不上什么热闹。

　　江虹　（问一位老人）你们怎么不去种地呀？
　　老人　能种地的人都去沿海城市打工了，在家的都是不能种地的。
　　江虹　那土地不都荒了？
　　老人　荒了许多年喽！勤快的人种点白菜吃，其他的人都躺在床上吃救济。
　　江虹　老百姓就心甘情愿过这样的日子？
　　老人　活不好，但也饿不死，将就着过呗，反正也没什么盼头。

16. 红旗村 / 田间地头 / 日 外

　　穆欢欢与村干部一起走在田间地头，地里没见人，土地也都闲着，穆欢欢越来越感到不对劲。

　　终于看到一块足球场大小的地，建有几个大棚，上面挂着几块红幅标语"红旗村蔬菜种植示范基地"。

　　穆欢欢　你们村难道只有这几个大棚是种上的吗？
　　村干部　不瞒你说，就这几个大棚，还是为了领导来视察时给领导看的。你想想，这村里留守的都是老的老，小的小，病的病，残的残，谁种地？

穆欢欢　你们怎么能搞这种虚假的"政绩工程"？！

村干部　树典型不容易，上边用心良苦，我们也是不得不为之啊！

穆欢欢一时无语。

17. 深圳 / 三嫂家 / 夜 内

三嫂翻去覆来睡不着觉，眼前浮现她和朱三娃刚到深圳打工时的情形……

18.【闪回】深圳 / 火车站 / 日 外

从贵阳到深圳的火车进站了，朱三娃就像一个犯人似的被三嫂"押解"到深圳，满脸的不高兴。

走出车站，迎面而来的特区气息，令朱三娃有些忐忑和心虚，蜷缩着上身，满眼不自信。

三嫂愤愤地一拳捶在朱三娃背上。

三嫂　朱三娃，你这个窝囊废，刚到深圳就能把你吓成这样，走路都不敢伸直腰！

朱三娃　口袋里没钱，没有底气嘛！

三嫂又一拳捶在朱三娃后腰上。

三嫂　你给我把腰板挺起来！

19. 深圳 / 大街小巷 / 日 外

【多镜头场景】

镜头一　朱三娃身穿工作服，骑着摩托车穿梭在大街小巷，工作服上印着"××快递"字样。

镜头二　一位买主对着朱三娃送到的快递指指点点，嚷着："我要投诉你！"朱三娃还想辩解，买主夺下快件，转身进门，重重地把门关上。

镜头三　朱三娃把货物交给买主，不由自主地看了一下手表：9点58

分,他长长地舒了一口气,只差两分钟就过点了。朱三娃傻傻地笑,满头大汗……

20. 深圳 / 三嫂家 / 卧室 / 日 内

三嫂下班回家,看看朱三娃没在家,把门反锁了,走进卧室,放心地从床下拉出一个小木箱子。

三嫂从包里翻出一把小小的钥匙打开锁,揭开箱盖,里面是几沓用橡皮筋扎起的面值不一、新旧不一的钞票。

三嫂认真地数完,整整5万,又小心翼翼地把钱放回小木箱,重新锁上,抱着木箱坐在床上,双手抚摸着木箱,就像抚摸着一个婴儿。

三嫂 (自言自语)再苦两年,等凑足10万,就可以回石旮旯村修栋房子了。三嫂我知恩图报,明天给桐花买件毛衣,给梨花买块手表……算了,买个吊坠吧,手表贵了买不起,差了又送不出手,人家梨花可是老板……

这时,响起一阵开门声,把三嫂吓了一跳。

三嫂 难道有小偷?

三嫂急急忙忙把箱子塞回床下,冲到门边。

21. 深圳 / 三嫂家 / 客厅 / 日 内

三嫂从猫眼一看,是朱三娃,赶紧把门打开。

三嫂 (有些"做贼心虚",干咳了两下)你……今天回来还挺早嘛。

朱三娃 (一头雾水)早吗?不是跟平时一样吗?

朱三娃十分兴奋,张开双臂想要拥抱三嫂,三嫂撇着嘴躲开。

三嫂 哎呀,在外面跑一天,脏死了,赶紧把工作服脱掉,否则别碰我。

朱三娃 (边脱外衣边问)怎么把门反锁了,不让我回家啊?

三嫂 (胡乱找理由)那什么……我刚才换衣服呢。

朱三娃把工作服丢在一边,还是抑制不住地兴奋,一下把三嫂抱了起来，亲了几口。

　　朱三娃　不让我回家你可要后悔！

　　三嫂　你是捡到"金娃娃"了？高兴成这样！

　　朱三娃放下三嫂，从裤兜里摸出一沓崭新的百元钞票，拍到三嫂手里。

　　朱三娃　就是捡到"金娃娃"了！这是我这个月的提成，3800元，如数上缴！

　　三嫂　（接过钱，在三娃的脸上亲了一下）三娃，不错嘛，幸福来得太突然了！

　　【闪回结束】

22. 深圳 / 三嫂家 / 夜 内

　　三嫂躺在朱三娃身旁，眼睛紧紧地盯着门边朱三娃的行李箱，这时朱三娃也醒了。三嫂看看表　凌晨五点半。

　　三嫂　三娃，你是几点的火车？

　　朱三娃　早上九点。

　　三嫂　那你再躺会儿，我起来给你煮碗面。

　　三嫂背对着朱三娃，生怕朱三娃看见她眼里的泪。

23. 崇山县 / 县委会议室 / 日 内

　　县委书记范斌等县里的领导正在开会，听取王莹对村级组织现状调研情况的汇报。

　　王莹　市委这次派我们到崇山县进行村级组织建设现状调研，我们基本完成任务，但调研的结果并不乐观。你县的135个村中虽然有107个村配有党支部书记，但其中有23人在60岁以上，有50人在外打工，只有34人在岗，而且整体来看，不管思想观念还是能力素质，都难以满足打赢脱贫攻坚战的迫切要求。

　　范斌　这个问题很关键，村级党组织是领导基层农村的核心力量，这个力量不配强，战斗堡垒的作用就发挥不出来。

　　肖翔　向书记汇报，高山镇党委书记张兴黔对这个问题很敏感，眼光也很敏锐，他把在部队上干得好的老兵请回来，就是想安排他们当村党支部书记。

　　范斌　这个张兴黔很敏锐嘛，市委才刚刚提出打造"兵支书模式"，没想到他已经先行一步了。他找到人选了吗？

　　肖翔　目前已经请回一个，石旮旯村的李永胜，以前跟我一个部队，有勇有谋有韧劲，肯定能成为一个合格的党支部书记。

　　范斌　那就大胆启用啊！

　　肖翔　但是他提出一个条件，希望县委和镇里支持他，修通石旮旯村的公路。

　　范斌　这条路的情况我知道一些，前任县委书记给我讲过石旮旯村的公路问题。十多年了，必须想尽办法支持、解决！

24. 石旮旯村 / 村口 / 日 外

　　李永胜把村干部们集合起来，给大家安排工作。

　　李永胜　各位村干部，既然大伙信任我，让我做石旮旯村修路的"总指挥"，那我就"在其位谋其政"了。先把话说清楚，我们修路就是一场"先头战"，一场歼灭石旮旯村穷根的"先头战"，战场上"一切行动听指挥"，不讲条件，只有服从！

　　众人　（纷纷道）只要能把路修通，我们都听你的！

　　李永胜　今天我给大家安排的工作任务就是大调研、大动员。大调研，就是摸清我们村还有多少劳力可以参加修路，还有多少物资可以用于修路，还有多少财力可以投入修路；大动员，就是把所有能够参加修路的人、财、物发动起来、集中起来、投入进来，所有投入都量化成工分，等石旮旯村发展起来了，有钱了，连本带利还给大家。

　　众人　连本带利，你做得到吗？

李永胜　军中无戏言，我李永胜说话算话，说到做到！

25. 高山镇／镇政府招待所／夜　内

辛苦了一天，江虹正准备睡觉，看见穆欢欢给她发短信。

穆欢欢　江虹姐，我发现一个问题，不知该不该讲。

江虹　什么问题，是关于精准识别的吗？说来听听。

穆欢欢　红旗村的先进有造假嫌疑，但是，我不敢讲，讲了怕给自己找麻烦。

江虹　精准扶贫来不得半点虚假，既然发现了问题，就应该说出来。

穆欢欢　可红旗村是我们市委树的典型，我们宣传部也做了不少宣传，我担心说破了，会得罪我的领导，不得给我小鞋穿啊。

江虹　真是无语，做宣传的更应该懂得实事求是就是底线啊！你自己看着办吧。

穆欢欢　真的好纠结啊。

江虹　我发现石旮旯村也有奇葩！

26.【闪回】石旮旯村／云上寨／日　外

虔诚的人们在供奉土地菩萨，这时一个十岁上下的小男孩从人群里蹿出来，奔向供台，去抢供台上的水果、食物，秩序大乱。这个孩子捡了苹果，又来抢馒头，一群孩子跑来抢这个孩子的馒头，乱作一团。

江虹定眼一看，这些孩子衣着破旧，又脏又臭，举止粗野，让江虹心里有些反感。

阿贵见状，急忙把这些孩子驱散。

【闪回结束】

27. 高山镇／镇政府招待所／夜　内

穆欢欢　是挺奇葩的，难道他们家里没人管吗？难道他们不上学吗？

江虹　是啊，我就是在想，他们没有接受过教育吗？9年义务制教育实施了30年，为什么这些孩子不去上学？

　　穆欢欢　教育是根本，如果没有教育做基础，改变落后乡村的面貌就会后继无力。

28. 石旮旯村 / 云上寨 / 山路 / 日 外

　　李永胜带着老焉等来到云上寨。

　　李永胜　老焉，你二叔家不就在云上寨吗？

　　老焉　是啊，都到这儿了，我正准备干完工作去看看他呢。

　　李永胜　好久没见到二叔了，那我跟你一起去，我们现在就去。

　　老焉　现在是工作时间，不合适吧。

　　李永胜　我们本来就是来做调研的，每一户村民都是我们的调研对象，你还怕别人说你假公济私啊！走吧！

29. 石旮旯村 / 云上寨 / 老焉二叔家 / 日 内

　　屋内光线有些暗，地上有个小火坑，火坑里放着一个小火架，上面的药罐里熬着药，二叔正用一支筷子搅动里面的药渣。老伴靠躺在床上，不住地咳喘着。老伴有哮喘病，他们的两个儿子（老焉的堂弟）都在外打工。

　　李永胜和老焉走进屋来。

　　老焉　二叔，永胜来看你了！

　　二叔　永胜回来了！好多年没见，快坐，喝口水。

　　二叔顺手拿了一个已经有缺口的碗，从水缸里舀了一碗水，递给李永胜。

　　那只碗看起很不卫生。

30. 深圳 / 火车站 / 车厢 / 日 内

　　朱三娃挤进车厢，找到座位，放下行李，但却没有坐下。他的目光向窗

——"兵支书"投身乡村振兴电视文学剧本

外站台上扫来扫去,却只看见送他们来车站的张梨花还站在那里,始终没看见三嫂。

【朱三娃画外音】这个不靠谱的老婆,怎么去个厕所去了这么久,火车都要开了,难道是躲着哭去了?

火车就要开了,列车员正在提醒还没上车的乘客赶快上车,这时,一名女子风一样跑上站台。朱三娃定睛一看,是三嫂,手里挥舞着一张火车票,冲向车门!

第九集

1. 崇山县 / 县委会议室 / 日 内

听取了王莹关于村级组织建设有关情况的介绍和肖翔副县长等同志的发言后，范斌进行总结。

范斌 打赢脱贫攻坚战，基层党组织建设是关键，正如习近平总书记所强调，"要把扶贫开发同基层组织建设有机结合起来，真正把基层党组织建设成带领群众脱贫致富的坚强战斗堡垒"。我们一定要按照总书记的要求，把党建和精准扶贫拧成一股绳，尤其是要加强村级党组织建设，强化党在农村基层的领导。村级党组织是处在脱贫攻坚前沿阵地的"基本作战单元"，发挥着"一线指挥部"的作用，必须加强。今年内，全县一定要配齐、配强村党支部书记，健全村支两委班子。请县委组织部起草一个意见，县委研究确定后，快速推进此项工作。

组织部部长 好，按范书记的要求落实，我们会后就着手起草实施意见。

王莹 县委有这个态度，有这个决心，有这个举措，我们工作组就不虚此行了。我将及时向市委汇报你们县的情况。

2. 石旮旯村 / 云上寨 / 二叔家 / 日 外

李永胜接过二叔的碗，稍有迟疑，但还是一口喝尽了碗里的水。

发现李永胜的犹豫，二叔有些尴尬，老焉赶忙打圆场。

老焉 永胜在深圳待了这么多年，有了城里人的习惯，可能讲究惯了吧！但村里的状况跟你走之前几乎没两样，还是这么艰苦，没条件讲究卫生，永胜，你担待点。

李永胜 （为缓解尴尬的气氛，半开玩笑道）都说是"不干不净，吃了没病"嘛，这有什么，二叔你别多心。更何况，我们小时候不也一直是这样过来的。

老焉 也是，也是。

二叔的尴尬得以缓解，李永胜问起他家里的情况。

李永胜 二叔，你家几个娃呢？

二叔 大的两个成了家，各奔东西。老三在外打工，但没知识，没文化，没技术，也挣不到几个钱，连他妈生病的钱都付不起，基本也就是混口饭吃。

李永胜 二叔，既然这样，你不如把老三叫回来，跟着我干，不出三五年，收入也能比得上在外打工的收入。

二叔 （睁大了眼）真的吗？

李永胜 当然是真的！我还能骗你吗，二叔。

二叔 老三能回来就太好了，既可以跟着你修路，又能种点庄稼，还可以帮着照顾他老妈。

3. 铁路 / 火车车厢 / 日 内

朱三娃和三嫂坐在火车车厢内，三嫂头靠在朱三娃肩上，俩人说着悄悄话。

三嫂 三娃，我真看不出你有这样的思想境界，这深圳几年的打工看来是把你打醒了，开窍了，知道要做点正事了，我还真是小瞧你了呢！

三娃 （故意一本正经地说）媳妇儿，我也没想到你有这样的境界，能陪我一起回石旮旯村修路。

三嫂 （一听这话，不乐意了，坐起身来，瞪着朱三娃）给你点颜色你就要开染坊是不？那是你狗眼看人低，你老婆我可一直是一心一意要回石旮旯村的。

朱三娃见三嫂要较真，终于绷不住笑了起来，赶紧讨好三嫂。

朱三娃　好老婆，我跟你闹着玩呢，我知道你最好，最有心，最有境界。要不是你把我逼到深圳，可能到今天我还是被大家瞧不起的废人一个呢！

三嫂　嗯，这还差不多，总算不是个白眼狼。

朱三娃搂着三嫂，让她重新靠在自己肩上。

朱三娃　媳妇儿，你来了，我真的很高兴，很感动。石旮旯村是我们的家，我们的根在那里，我们要回去，把石旮旯村建设好，这样，心才能踏实。永胜回去了，我觉得有戏，有希望，就想跟着他干；你来了，我更安心了，更能甩开膀子干。

三嫂　只要你肯干，我支持你。

4. 浙江／某建筑工地／工棚／夜 内

一名年轻工人拖着疲惫的身体回到工棚，和衣倒在简陋的床上，此人正是二叔家的老三。

手机铃声响起，老三从裤兜里掏出一个按键式的老人手机，接通电话。

电话那头传来二叔的声音："老三，下工没？"

老三　刚下，有事吗？爸，没事我想睡了，太累。

二叔　我知道你累，但有事想跟你商量。

老三　（紧张地问）不会是妈又生病了吧？

二叔　不是不是，你不要紧张。我是想跟你商量，让你回来。

老三　（有点不耐烦）回来，回来做什么？回来一家人喝西北风啊！

二叔　是你永胜哥想叫你回来跟他干。

老三　你开什么玩笑，爸！人家永胜哥在深圳干得好好的，跑回你这又穷又苦的石旮旯村干什么啊？

二叔　没骗你，老三，你永胜哥真的回来了，要带着村里人先把路修通呢！他还说了，你要是跟着他干，三五年后就能赶上在外打工的收入。

老三　要是永胜哥真的回来了，我就回来跟着他干。

5. 公路 / 汽车内 / 日 内

王萤靠在车后座上闭目养神,沿途风光无限,她却无心观赏,这时电话响了,是穆欢欢打来的。

穆欢欢 王主任好!很抱歉,你到崇山县都四五天了,我也没有抽时间到县里去看你,我们这几天都扎到村里,问题太多,我觉得距离脱贫好遥远啊!

王萤 冰冻三尺非一日之寒,千百年的贫困,肯定不是一朝一夕就能解决的,脱贫攻坚需要久久为功,要有信心和决心。

穆欢欢 这个道理我懂,但调查越深入,我就越感觉心里没底。

王萤 你到底发现了什么问题?

穆欢欢 不好说,有的村可能有点虚吧!

王萤 你是说红旗村?

穆欢欢 嗯。

【王萤内心独白】这个肖翔,红旗村就这种情况,他竟然还能对红旗村那么肯定,还真的是一个风格,都不实在。如果红旗村是虚的,肖翔是飘的,还有更多隐匿不实的,那崇山县的脱贫攻坚工作可就真的悬乎了!

6. 崇山县 / 县委书记办公室 / 日 内

县委书记范斌正在阅读高山镇呈报的专题报告。

【报告内容字幕】石旮旯村有7公里路一直没能接通县道,严重影响了该村的发展,是脱贫攻坚的瓶颈,恳请县里支持,批准立项建设。

范斌看毕,拿起电话给县交通局局长打电话。

范斌 高山镇党委政府给我打了一份报告,希望县里支持修建石旮旯村到县道的7公里路,你们研究一下,怎么处理?

县交通局局长 范书记,我年初到任后,接到过相关情况反映,专门安排进行了调查,石旮旯村的通村公路问题,是个历史遗留问题,情况有点复杂。

　　范斌　什么情况？

7.【闪回】石旮旯村／日 外

【字幕】5 年前

　　村民大会正在召开，李九伯满脸兴奋，挥动着手里的一份文件高兴地告诉大家。

　　李九伯　告诉大家一个好消息，我们村公路建设项目已经获得交通部门立项了！

　　村民们鼓掌、欢呼。

8.【闪回】石旮旯村／日 外

　　村民大会正在召开，李九伯满脸沮丧，沉重地告诉大家。

　　李九伯　告诉大家一个坏消息，我们村公路建设项目的经费被挪用，涉案人员已被依法逮捕，项目无法开工了。

　　【闪回结束】

9. 崇山县／县委书记办公室／日 内

　　范斌　我不管它是不是历史遗留问题，新官要理旧账。你只要回答，这路是能修，还是不能修？

　　县交通局局长　书记，能修。问题虽然复杂，但我们一定想办法克服！

　　范斌　好，那就按照程序抓紧落实！

10. 石旮旯村／村委会办公室／日 外

　　阿贵走进简陋的办公室，看见李永胜正与老焉，还有其他几个人在商量修路的事情。

　　阿贵的脸色有些不自然。

李永胜等见阿贵进来，停下讨论，跟阿贵打招呼。

李永胜 阿贵主任，你来了！陪驻村工作组走村串寨好几天，辛苦了！

李永胜边说边倒了一杯水递给阿贵。

李永胜 阿贵主任，你累了，先喝点水，休息一下，我把刚才没讲完的再给他们说一下。

李永胜走到一边，继续给大家安排工作。

阿贵看着认真听李永胜安排工作的人们，心里有些不是滋味。

【阿贵内心独白】李永胜啊，李永胜，你见过世面，经过风雨，既能干又敢干，你回来，对石旮晃村发展肯定是好事，也应该能干出点名堂。但……你来了，我苦了这么些年，又算什么呢？

11.【闪回】高山镇 / 镇委书记办公室 / 日 内

【字幕】两年前

镇党委书记（张兴黔的前任）正在和阿贵谈话。

阿贵 九伯叔年纪大了，身体也越来越不好，事情也管不了那么多了，说实在的，我身上的担子是越来越重，但有些事又名不正则言不顺……

镇党委书记 阿贵主任，你还年轻，好好干，组织会考虑的。

【闪回结束】

12. 石旮晃村 / 村委会办公室 / 日 外

阿贵自嘲地笑了笑，感觉有些释然。

【阿贵内心独白】最要紧的还是石旮晃村能好起来。要是你真当了村支书，就看你怎么干吧。干得好，我阿贵带头拥护你；干不好，你就不要自找没趣。

阿贵起身去放水杯，看见桌上有一张纸条，是李九伯写给他的。

【李九伯画外音】阿贵主任，村里安排村干部去各个寨子发动村民修路，你的任务是去梭衣寨。

阿贵的表情不由得紧了一下，梭衣寨是布依寨，是一个必须喝苞谷酒才能推动工作的山寨。

阿贵看了一眼还在安排工作的李永胜，苦笑了一下，摸着自己的胃部，走出办公室。

13. 深圳 / 张梨花办公室 / 日 内

张梨花正在与一个商家代表谈一份合同，卢山的短信来了。

卢山　梨花，欠你的钱一定还你，但我现在手头紧，要半年以后……

张梨花看不下去了，打卢山电话，但被掐断，张梨花又气又急。

14. 贵阳 / 火车站 / 日 外

三嫂和朱三娃走出车厢，走出火车站，看见车站广场一角跪着一个女孩，几个人在围观。

三嫂是个爱凑热闹的人，拉着朱三娃向女孩走去。

朱三娃　不用看了，肯定又是那些骗人把戏，不是死了爹，就是病了妈。

三嫂　你这人怎么这么没有同情心！

朱三娃　不是没有同情心，是这年头骗子太多。

两人来到女孩跟前，女孩的头埋得很低，面前铺着一张纸。

三嫂　（轻轻念道）我是崇山县高山镇石旮旯村的村民，因父母都得了癌症，无钱治病，希望好心人捐款，救救我的父母。石旮旯村小五妹叩谢！

三嫂　（疑惑地看向女孩，下意识地重复了一句）石旮旯村小五妹……

朱三娃　（惊叫）你不是小五妹吗，怎么到这里来乞讨来了？家里发生了什么事？

小五妹抬起头，盯着朱三娃看，又盯着三嫂看，一脸茫然。

朱三娃　是我，三娃叔！

三嫂　我是三嫂啊！

小五妹终于认出他俩，"哇"的一声大哭起来，差一点晕倒。

三嫂急忙扶住小五妹。

15. 石旮旯村 / 云上寨 / 二叔家 / 日 外

  李永胜 二叔，我向你打听一个人，看他还在不在村里。

  二叔 打听谁？这石旮旯村的人，我差不多都认得。

  李永胜 瘦瘦高高，从部队下来的，挺有文化的。我记得他好像就是你们云上寨的。

  二叔 你说的是蒋文化吧？

  李永胜 对，就是他，我们是战友！

  二叔 如果我没猜错的话，他应该在地里。我们整个寨子，没几个人种地喽。

  李永胜 （感到奇怪）他退伍回来后不是读了些书，在村里的小学教书吗，怎么去种地了？

16. 石旮旯村 / 云上寨 / 地头 / 日 外

  蒋文化带着几个人正在翻着地。

  一人 （有些担心地问蒋文化）文化哥，我们承包这地种韭黄，不会亏吧？

  蒋文化 应该不会吧，我打听过，城里的韭黄卖得起价，平时能卖到四五块一斤，过年的时候能卖到二十来块一斤。

  另一人 可是就我们承包这点地，也成不了规模。而且公路不通，韭黄又娇气，不好保存，不能及时卖出的话，卖相差了，可能就卖不起价了。

  蒋文化望了望近处、远处的山，看着那山间的路，深吸了一口气。

  蒋文化 走一步看一步吧！种，有希望；不种，一点希望都没有！

17. 石旮旯村 / 小卖部 / 日 外

  阿贵提着一个塑料桶来到小卖部。

阿贵　老板，来 10 斤苞谷酒。

　　店老板　阿贵主任，你就别拿我开涮了，老什么板啊，就是赚两个糊口钱。

　　阿贵　（笑道）能赚钱的就是老板嘛，总强过那些吃低保的，更强过那些吃不饱饭的。

　　店老板　那倒是。主任，今天家里来贵客了？出手这么大方，一下就是 10 斤。

　　阿贵　（没好气地说）哪个贵客会进我家门哦？我这是自带酒水，去梭衣寨贡献自己的肚子去！

　　店老板　主任辛苦！主任，村里都传开了，说李永胜回来了，要带着我们石旮旯村大干一场，脱贫攻坚！你去梭衣寨，是不是帮永胜哥去做动员啊？

　　阿贵的脸色有些不自然，故意打了个哈哈。

　　阿贵　是啊是啊，永胜是回来了，到镇里去了，我还没跟他碰面呢。等他回来，我一定好好和他喝两碗。

　　阿贵提着酒桶，悻悻地离开。

18. 贵阳 / 火车站 / 日 外

　　三嫂扶住小五妹，语气有些责备。

　　三嫂　小五妹，你一个快 14 岁的姑娘家，有手有脚的，怎么干起要饭的事！我们虽然人穷，但也不能志短啊！

　　小五妹　（哭诉）三嫂，我实在是没有办法了，我爸妈生病，没有钱治……所以，所以只能……

　　小五妹一边说着，一边害怕地看了看四周。

　　朱三娃　走，跟我们回去，大家一起想办法。

　　三嫂伸手拉住小五妹的手臂，小五妹"啊"地一声叫了出来。

　　三嫂见小五妹捂着右手臂，撸开小五妹的衣袖，发现好几块瘀青。

三嫂 这是被打的吗？谁打的？

小五妹突然露出惊恐的眼神。

一个看起来五六十岁模样的黑瘦老头，幽灵般出现在朱三娃身后。

黑瘦老头 （操着外地口音）谁要把小五妹带走，就连本带息把钱付清，她可是收了我的钱的！

黑瘦老头恶狠狠地瞪着小五妹，小五妹虽然害怕，但还是据理力争。

小五妹 我是得了你的钱，我也答应帮你们干活还钱，但你当初给我说的是打工还钱，而不是上街乞讨！

黑瘦老头 欠债还钱，天经地义，你难道还想抵赖！

19. 石旮旯村 / 云上寨 / 地头 / 日 外

李永胜和老焉、二叔走向地头。

李永胜远远地就认出了蒋文化，兴奋地指着他问二叔。

李永胜 二叔，那是他吧？

二叔 （点头，冲着蒋文化喊道）文化，你看看谁来了！

蒋文化听到二叔的声音，抬头望过来，认出了李永胜，激动得扔下手中的锄头，三步并做两步跑到李永胜跟前，立正，举手敬了一个军礼。

李永胜还了一个军礼。

战友二人紧紧拥抱。

蒋文化 排长，你终于回来了！

李永胜 是啊，回来了！你不是在教书吗？怎么来种地了！

蒋文化 排长，你经常说，战士就要在战场上，我是靠着种地长大的农村人，不种地就没有出路，看到这地再不种就荒了，心痛啊，所以就带着他们几个，承包过来种。

李永胜 你这意识很不错啊。

蒋文化 小打小闹不成气候，也没有任何经验，心里没有底啊。

李永胜 谁也不是天生就懂的，只要你愿意，我们就一起干，干大的！

蒋文化看着李永胜，眼里露出信任的目光。

20. 石旮旯村 / 梭衣寨 / 日 外

阿贵拎着酒进了梭衣寨，68岁的黄光先老人带着三四个五六十岁的村民来接他。

黄光先看见酒桶，眼睛都笑眯了。

黄光先 阿贵，你来得正是时候，正准备吃饭。我刚好弄了点花生米，正好配你的这个，走，好好喝几碗去。

黄光先说着伸手来接阿贵手里的酒桶，阿贵甩手躲开。

阿贵 光叔，这酒既然买来了，就是拿来喝的，不过，今天喝酒前，我得先把话说清楚了。

黄光先盯着酒桶，有些迫不及待。

黄光先 快说，快说。

阿贵 我今天来，是要你们寨出20个劳力，去修我们石旮旯村出去的公路，能搞得定不？搞不定的话，我就提酒走人喽！

黄光先趁阿贵不备，伸手抢过酒桶，像宝贝似的抱在怀里，满嘴应承。

黄光先 不就是20个嘛，小问题，分分钟给你凑齐。走走走，喝酒去。

阿贵 那今天就一醉方休！

21. 浙江 / 建筑工地 / 日 外

老三背着简单的行囊，回头看了一眼自己打工的这个地方，向工地外走去。

迎面照射的阳光晃得老三有些睁不开眼睛，他抬起手遮住阳光，想要看清前路。

【老三内心独白】这次回去，我真的不用再回到这样的地方了吗？

22. 贵阳 / 火车站附近 / 日 外

黑瘦老头领着三嫂他们来到一个人比较少的地方，他的眼睛一直警惕地东张西望。

朱三娃一边走一边摆弄着手机。

三嫂　说吧，要给你多少钱？

黑瘦老头　八千八，给钱走人。

小五妹把手躲在三嫂背后偷偷扯她的衣服。

三嫂心领神会，故意在大背包里翻来找去。

三嫂　三娃，我的钱包呢？

三嫂边说边对朱三娃挤眼睛，朱三娃十分配合，假装在上下口袋里摸摸找找。

朱三娃　（假装急了）也没在我这里，不会是被小偷摸包了吧！你再仔细找找。

说完，上前帮着三嫂在包里翻找。

三嫂东翻翻，西翻翻，一会儿找出包纸巾，一会儿找出把梳子，终于从塞满各种杂物的包底掏出一个钱包，打开来数里面的钱。

三嫂　唉，不够。

三嫂咬咬牙，从钱包夹层里抠出一张银行卡，并顺势拿出身份证，跟银行卡并在一起，万分舍不得地交给朱三娃。

三嫂　现金不够，只能去银行取了。

三嫂　（对着卡上指指点点）这是建设银行的卡，这附近有建设银行没？

三嫂嘴里说着建设银行，其实手上却指着身份证背面的"公安局"字样。

朱三娃心领神会，一副胸有成竹的样子。

朱三娃　我知道那边有个建行，不算远，十来分钟就能到，我们一起去吧。

  黑瘦老头　（眼珠一转，对朱三娃说）你一个人去吧，这样动作快点，我和她们两个在这里等你。

23. 石旮旯村 / 云上寨 / 地头 / 日 外

  蒋文化　排长，跟着你干，我当然愿意！你说怎么干，我都听你的！
  李永胜　好，那我们就一起大干一场！我们村里有多少退役军人？
  蒋文化　我没有准数，但我们这个年龄段的大概有二十来个。
  李永胜　太好了！你有他们的联系方式吗？
  蒋文化　有几个。
  李永胜　好！士兵蒋文化听令。
  蒋文化　排长请指示！
  李永胜　命令你一周之内联络20名退役战士，我们组成一个特战队，打响石旮旯村公路建设第一仗！我们的口号是……
  李永胜、蒋文化　战士就应该在战场上！

24. 贵阳 / 火车站附近 / 日 外

  朱三娃去了十多分钟还没回来，黑瘦老头有些不耐烦了。
  黑瘦老头　怎么搞的，还不回来？再不回来，我可就带人走了！
  三嫂也有点沉不住气了，正好假装被黑瘦老头威胁住来掩饰自己的情绪。
  三嫂　我打电话催他。（三嫂拨通电话）怎么还没回来？……真的是懒牛懒马屎尿多！快点，再不来，人就要被带走了！
  朱三娃　来了来了，马上就到了。你就放心嘛，放心！
  三嫂　（挂了电话，对黑瘦老头说）憋不住，上厕所耽误了点时间，已经来了。
  黑瘦老头看了一下银行的方向，朱三娃出现在人群当中，正朝这边小跑过来。

黑瘦老头舒了一口气，等着收钱，却不料两名便衣警察好似从天而降，一副明晃晃的手铐铐上他的手腕。

朱三娃跑来，向警察致谢。

警察 是你报的警吗？这些家伙诱骗、胁迫未成年人、残疾人等乞讨，然后霸占他们的乞讨所得，已经触犯了《治安管理处罚法》和《刑法》的相关条款，必须受到法律的制裁！

黑瘦老头被带走。三嫂目瞪口呆。

三嫂 三娃，你是怎么报的案？

朱三娃 （洋洋得意）因为我聪明呗！我看到小五妹乞讨，又发现她的手臂应该是被打的，就想起曾经听人说过有关"乞讨帮"威胁人去要钱的事，所以赶紧上网查了一下，没想到他们这样的行为真的是犯法的，所以我就报了警。

三嫂 三娃，没发现你这么聪明嘞！

朱三娃 越来越舍不得我了，是不是？

小五妹见他俩一唱一和，忍不住笑了起来。

朱三娃 走，小五妹，我们一起回家！你永胜叔回来了，跟着他干，一切都会好起来的！

25. 石旮旯村 / 梭衣寨 / 木屋 / 日 内

一塑料桶 10 斤苞谷酒全部喝光，屋内一片狼藉，五六个老汉喝得趴在桌上。

阿贵喝的也不少，他还能说话。

阿贵 老……黄，记住你说的话，20 个人，一……个不能少，这是任务！

这时阿贵的电话响了，阿贵一看，是江虹打来的，接通电话，舌头有些捋不直。

阿贵 江……组长，有……什么事？

江虹 这几天我这脑子里全是那几个孩子，他们没穿的，没吃的，他们上学没有？他们的父母到哪里去了？没有人管他们吗？

江虹这连珠炮似的问，让阿贵酒醒了不少。

阿贵 上学呀，在镇中心小学，离我们这里七八里地。学校管不着，家里没人管，父母都打工去了。

26. 贵阳 / 公共汽车 / 日 内

朱三娃、三嫂、小五妹上了公共汽车，小五妹走在最后。

车门就要关闭，车子就要开动，小五妹趁着朱三娃和三嫂不备，一下冲到车门口，跳下车。

等朱三娃和三嫂反应过来，汽车已经开动。

小五妹 三娃叔、三嬢，谢谢你们了！但如果我跟你们回去，还是没有钱给爸妈治病，所以我要去挣钱，给他们买药。

小五妹边喊着边跑开。

三嫂 （急了）小五妹，你回来，我有钱，我们一起挣钱，给你爸妈治病！

但小五妹已经看不见人影。

三嫂和朱三娃感到好郁闷。

三嫂 为了换钱给爸妈治病，小五妹差点被人贩子骗走，都是因为这该死的"穷"！

朱三娃 就是因为这样，我们才更要回来修路。路修好了，石旮旯村发展好了，才不会再有这样的事情发生。

三嫂 会有那么一天的，我相信永胜哥！

27. 崇山县 / 肖翔办公室 / 日 内

肖翔给张兴黔打电话。

肖翔　兴黔，石旮旯村修建公路的项目批下来了，很不容易，没有范斌书记亲自过问，可能还没有这么快。

张兴黔　立项资金是多少？

肖翔　8万。

张兴黔　什么？7公里路，只有8万啊！

肖翔　少是少了点，但是可以启动嘛。兴黔啊，县里也很困难，8万元都是挤出来的，优先的，你要理解，你们也要主动想想办法。

张兴黔　领导，不是没有想办法，我们老排长也在组织村民投工投劳，但不管怎样，这最基本的生活补助总得要发吧，这工具、护具总要配备吧，8万块，做这些都不够。

肖翔　我们都再想想办法吧！

张兴黔知道，这是一句应付他们的话。

28. 深圳 / 张梨花家 / 夜 内

张桐花　梨花，今天永胜打电话来，县里已经批准石旮旯村公路建设项目了。

张梨花　那太好了，石旮旯村终于要通公路了！

张桐花　好是好，可是……

张梨花　可是什么？怎么了，姐？

张桐花　永胜什么也不肯告诉我，但我听老焉说，这个项目只得了8万元经费。

张梨花　开玩笑吧，7公里路，8万块钱？！

张桐花　说是县里也没钱，8万块还是优先挤出来的。

张梨花　石旮旯村修公路，我绝对不能袖手旁观。不行，我要去找卢山，就算砸锅卖铁，也要让他先还10万！

张梨花穿上衣服，冲出门去，张桐花喊都喊不住。

29. 石旮旯村 / 李九伯家 / 日 外

李九伯正在和一群男女修理锄头等出工的工具。

李奶奶　九伯，就凭你们这几把锄头，就想把这大山铲平？你也太小看那些大山了，你们没有一点硬把式工具？

李九伯　妈，让你见笑了，肯定不只是这几把锄头。吴银子帮我们买的大锤、钢钎马上就到，我们要在石旮旯村放大炮了！你看，好像是吴银子他们来了！

李奶奶　九伯，你怎么比妈还老眼昏花啊，那不是银子，是朱三娃和三嫂回来了！

30. 高山镇 / 镇党委办公室 / 日 内

张兴黔、李永胜等正在审图，技术人员正在汇报石旮旯公路设计规划情况。

技术人员汇报完毕，张兴黔看看李永胜。

张兴黔　老排长，怎么样？

李永胜　上战场，开战！

张兴黔　期待你们村胜利的捷报！

31. 深圳【多镜头场景】

镜头一　张梨花按响卢山家门铃，许久，没有反应。张梨花气冲冲离开。

镜头二　张梨花来到卢山公司门口，一把防盗锁卡在大门上。

镜头三　夜的深圳五彩霓虹，张梨花站在卢山公司所在大厦的楼下，拨打卢山的电话，电话里传来无法接通的声音：对不起！您拨打的电话暂时无法接通，请稍后再拨！

32. 秀水市 / 王萤父亲家 / 夜 内

老王医生 萤儿，最近在忙什么，这么久不来看爸妈。

王萤 （撒着娇）爸，人家都要累死了，下乡搞调研，向市里做汇报，忙得不亦乐乎，你还不体谅体谅人家！

王萤妈 真不害臊，这么大个在外面风风火火的王主任，回到家来还要撒娇。

王萤 妈，你好过分，不说慰问一下，还取笑人家，我可是你亲闺女！

老王医生 是你说的那个为了打好脱贫攻坚战而开展的村级党支部书记配备情况的调研？搞完了吗？情况怎么样？

王萤 嗯，搞完了，也向市里提出了工作建议。对了，爸，我这次还到了石旮旯村，见到了九伯叔，还见到了永胜哥。

老王医生 九伯还好吧？永胜不是在深圳吗？

王萤 九伯叔老了许多，身体也不算太好，他这么多年拖着石旮旯村走，实在是太累，好在永胜哥回来了。

老王医生 永胜回来了，是个好消息。

王萤 爸，还有更好的消息呢！

老王医生 什么消息？

王萤 石旮旯村通村公路项目得到县里批准了！

老王医生 太好了，石旮旯村终于要修公路了！老太婆，明天帮我取3万块钱。

33. 石旮旯村 / 村委会门前 / 日 外

"石旮旯村公路开工典礼"正在进行。

李永胜一番动员，村民们激情澎湃。

李永胜 石旮旯村公路建设项目正式开工！

鸡头落地，鸡血和着酒被一饮而尽，上百号人奔赴"战场"……

第十集

1. 石旮旯村 / 公路工地 / 日 外

炮声轰鸣,尘土飞扬,隆隆的炮声炸响了沉睡的大地,盘龙山沸腾了。

炮声过后,两三百名义务投工投劳的村民抡镐挥锄,投入筑路之战。

2. 秀水市 / 市委宣传部办公室 / 日 内

王莹正在写《关于秀水市村级党组织建设的调查报告》,报告中写道:配齐配强我市村级党支部书记,是打赢脱贫攻坚战至关重要的一环,必须全力以赴做好这项工作……

手机铃声响起,是王晶打来的。

王莹 姐,大忙人,大专家,今天怎么有空给我打电话了?

电话那一头王晶火急火燎的。

王晶 别闹了,有正事儿。再忙,这个电话也得打!

王莹 好好好,不逗你了。说吧,啥事儿?

王晶 听说石旮旯村开始修路了,你怎么也不告诉我!

王莹 还不是考虑到你忙,所以暂时没有告诉你,爸还专门捐了3万块钱。

王晶 这个月月底能通吗?

王莹 你想啥呢?姐,哪这么快就能修好,工期至少半年,现在才开始,你也太心急了吧!

王晶 我是心急,毕竟等了这么多年才终于等到这个好消息。

王莹 那你想怎样?

王晶 我想去看看!这么重要的一件事,我不亲眼看见,会遗憾一辈子的!

  王莹 你什么时候去?

  王晶 我今天飞贵阳,然后去石旮旯村。

  王莹 我的姐,你还是别去添乱了。

  王晶 说什么呢?什么叫添乱?我是去给他们送"子弹"!

3. 深圳 / 张梨花家 / 日 内

  张桐花坐在客厅沙发上,呆呆地望着窗外,面带愁容,连张梨花开门进来都没有反应。

  张梨花 姐,我回来了。

  见张桐花没有反应,张梨花走到跟前。

  张梨花 (又叫了一声)姐!

  张桐花 (一下回过神来)哦,你回来了,今天怎么回来这么早?

  张梨花 我最近成天在外忙,都没有好好陪你,姐夫又不在这里,看你这两天状态不好,今天事情正好提前处理完了,所以回来陪陪你。

  张桐花听到这话,忍不住掉下了眼泪。

  张桐花 又有一段时间没有打电话了,不知你姐夫在忙什么。

  张梨花赶紧坐到张桐花身旁,搂住她的肩膀,安慰她。

  张梨花 我知道你心里想什么,你别急,我忙完这两天就回石旮旯村,找李永胜问个清楚!

4.【多镜头场景】石旮旯村 / 公路工地

  镜头一 李永胜、李九伯、阿贵等带头奋战在筑路一线,李九伯扶着钢钎,李永胜和阿贵抡着大锤,大锤砸在钢钎上,钢钎扎进石头里,不时溅出火花。

  镜头二 修路的村民们挥汗如雨,三嫂领着几名妇女给大家送来凉开水解渴。

镜头三 吴银子带人送来炸药,并亲自带来技术员,上阵示范装填炮眼。

镜头四 道路的轮廓逐渐显现。

5. 石旮旯村 / 公路工地 / 日 内

临时搭建的工程指挥部里,李九伯和李永胜、阿贵等正围着施工图进行讨论。

李永胜 工程开工以来,我们采取按图施工、分组包段的方式,工程全面动起来了,各组之间形成你追我赶的态势,工程进度快于预计,目前时间过半,工程量过半,非常顺利。

李九伯 乡亲们感觉有盼头了,干劲都很足。

阿贵 照这个进度,工期应该可以提前呢。

李永胜指着施工图上的一个点,表情严肃起来。

李永胜 目前形势虽好,但我们不能盲目乐观。这 7 公里的筑路工程,最大的障碍就是这里——鹰头崖!

李九伯 是啊,鹰头崖打不通,路就无法修通。但大家都知道,鹰头崖就是峭壁,施工难度大,而且十分危险。

李永胜 是到了特战队发挥退伍军人敢打敢拼的战斗力量,进行突击的时候了!

6. 石旮旯村 / 鹰头崖前 / 日 外

由村里 20 名退役军人组成的特战队整齐排列,李永胜正在给他们做"战前动员"。

李永胜 在我们村的公路修建过程中,党员起到了先锋模范作用,退役军人起到了突击队的作用,村、支两委,乡亲们,还有我,感谢大家!(鼓掌声)现在,摆在我们面前的,是整个工程中最难攻克的难关——炸开鹰头崖,我们一定要发扬人民军队敢于斗争、敢于拼搏的精神,出色完成爆破任务！大家有没有信心？

老兵们　有！

响亮的声音回响山谷。

一旁的李九伯、阿贵、老焉等人沉不住气了。

李九伯　我要求参加特战队！

阿贵　我要求参加特战队！

老焉　我要求参加特战队！

李永胜　（望着父亲苍老而坚毅的面庞）您就给我们特战队当旗手吧！

李九伯　好！

李永胜望着阿贵、老焉等坚定的眼神，感动得热泪盈眶，4个人的手紧紧握在一起。

7. 贵阳机场 / 到达大厅 / 日 内

王晶走出到达通道，进入大厅，王莹跑上去一个夸张的拥抱。

王莹　好久不见了，姐，来抱抱。

王晶　别肉麻了好不好，我的小姐。

王莹调皮地笑笑，挽着王晶的手，向停车场走去，两姐妹边走边聊。

王莹　姐，你对石旮旯村还真是情有独钟，亲自回来，感天动地了。

王晶　我们家跟石旮旯村本就有缘嘛，况且从小爸就教育我们，"滴水之恩，当涌泉相报"，我可不愿做忘恩负义之人。

王莹　说得没错！姐，你这次回来，准备跟肖翔见面吗？

王晶　（有些没好气）没这个计划。

王莹　（古灵精怪地一笑）好吧，没计划就没计划。但如果碰巧遇见了，算不算有缘千里来相会呢？

8. 石旮旯村 / 乡村小路上 / 日 外

朱三娃和蒋文化等一行人脚步匆匆。

【李永胜画外音】三娃，今天的任务艰巨，你是运输组组长，就交给你带队完成。你们要在下午4点以前，把炸药背到鹰头崖的指定位置。蒋文化，由于运送炸药有一定的危险性，所以我要你协助朱三娃，把炸药安全送到。时间紧，任务重，你们即刻出发！

　　蒋文化抬头看看天色，又抬手看看手表，时间已是3点25分，蒋文化有些着急。

　　蒋文化　三娃，已经3点25分了，还有两公里多路，怕不能按时赶到。我们干脆穿过这片密林走近道吧，这样可以节省差不多10分钟。

　　朱三娃　不行，走密林太危险，摔下悬崖就会粉身碎骨！

　　蒋文化　但如果不能按时把炸药送到，我们就是失职！

　　朱三娃　但也不能拿村民的命来开玩笑！

　　蒋文化　军人死都不怕，还怕危险？不能按时完成任务，就是军人的耻辱！

　　朱三娃　解放军是人民子弟兵，是要保护老百姓的，你让我们老百姓去冒险，你还算是军人吗？

　　蒋文化　如果不能按时完成任务，把炸药送到，耽误了修路，我们又对得起乡亲们吗？

　　两人争执不下。

9. 石旮旯村／另一条小路／日　外

　　三嫂带着一群妇女送饭，走往鹰头崖。

　　三嫂　修路大军辛苦了，半个月没有吃上一顿好饭，今天我们烧了红烧肉，他们终于可以美美地吃上一顿，解解馋了。

　　一位叫大妹子的妇女突然叫了一声："不好了！"

　　三嫂　（被吓了一跳）怎么了，大妹子？

　　大妹子　三嫂，忘了拿辣椒面了。

　　三嫂　你啊，就喜欢咋咋呼呼，忘拿辣椒面，赶紧回去拿就是了，非要大呼小叫的,想吓死人啊!

大妹子 (伸舌头一笑)没了辣椒面,他们这顿饭吃起来肯定就不够香了嘛。

三嫂 大妹子,你就是这样丢三落四的,去吧去吧,快去快回,注意安全。

另一位妇女 回来时不要走错路哈,林子里有野猪,不安全。

大妹子 你们放心好了,我很快就回来!

10. 石旮旯村 / 公路修建工地 / 日 外

锤子砸在钢钎上,"当""当"的撞击声清脆响亮,李永胜抡起锤子敲了几下,感觉力量已大大不如当年,李九伯也想来挥几锤,被老焉拦住。

李永胜 爸,算了!你年纪大了,腰又不好,扶钢钎按说医生都是不允许的,更何况是抡大锤。您老人家在第一线指挥可以,但就不用亲自"打仗"了,"打仗"的事交给我们年轻人。

老焉 是啊,九伯叔,可开不得玩笑,你坐镇指挥就好!

李九伯有些不服气,心不甘,情不愿。

李九伯 老焉一直在农村里,山路常走,农活常干,我是不敢比,但我看永胜你啊,在深圳过好日子,四肢懒了,没什么劳力了,比我好不到哪去。

李永胜和老焉相互看了一眼,低头偷笑。

这时,李九伯的电话响了,是张兴黔打来的。

张兴黔 九伯叔,我听说您天天守在工地,还想抡大锤是吧?

李九伯 (有些哭笑不得)你怎么也说这个,是谁在告我的密?

张兴黔 怎么是告密?大家都关心你,生怕你身体吃不消。您老啊,该休息还得休息,抡大锤这样的事儿,一定要交给年轻人。

李九伯 你怎么跟永胜一个腔调!是喽,都说好汉不提当年勇,年岁不饶人,我是老了,退化了。你打电话就为给我说这个?

张兴黔　九伯叔，打电话是要告诉你一个事儿，县委要求三个月内配齐配强村党支部书记、村主任、"两委"委员，你抓紧提一个建议名单，下周五以前正式报给镇党委。

11. 石旮旯村 / 山间小路 / 日 外

朱三娃　好，我犟不过你，时间不等人，就按你说的，走密林抄近道吧！

蒋文化　大家脚下要小心！

长期无人走的密林，还有灌木和杂草，走起来的难度大大超出想象，杂草下面掩盖着的，不知道是路，还是危险，速度不仅快不起来，反而慢下来。

时间一分钟一分钟过去，眼看又过了 10 分钟，朱三娃开始埋怨蒋文化。

朱三娃　让你不要走这里偏不听，现在越走越慢，你说怎么办？

蒋文化　（现实让他无法理直气壮，但依旧倔强）是我的问题，回去处分我好了！但现在倒回去已经不可能，只能走下去，否则就不可能按时送到。

突然，身后传来"啊"的叫声。

12. 石旮旯村 / 另一条山路 / 日 外

三嫂等一群人左等右盼，就是没见大妹子来。

三嫂　（小声嘀咕着）拿一包辣椒面用不了这么长时间吧，不行，我得去看看。

三嫂正转身准备去找大妹子，看见一个人惊慌地跑来。

三嫂　去看看，是不是大妹子。

大妹子　（边跑边叫）有野猪！有野猪！

三嫂被大妹子这阵仗吓到，赶紧冲上去把大妹子拉到自己身后，顺手提起一把柴刀，警惕地看向大妹子跑来的方向。

三嫂　你看见野猪了？

大妹子　没……没有。

大妹子跑来的方向没有任何动静。

三嫂　我看你是想野猪想怕了吧！

众人大笑。

13. 石旮晃村／山间小路／日 外

听到叫声，朱三娃和蒋文化赶紧回转身来，发现原来是一个村民一脚踩空，掉下了一个小山坡。

两人赶紧放下身上背着的炸药，叮嘱其他村民守好炸药，冲下坡去救人。

山坡虽然不算长不算陡，但长着不少有刺的灌木和藤条，两人不是被藤条挂到脸和手，就是被灌木扯住了裤腿。

短短的距离，两人花了有5分多钟才终于来到这个村民身旁。他表情痛苦，紧紧地把炸药抱在怀里，见朱三娃和蒋文化来到面前，忍着痛傻傻而又自豪地笑了。

村民　（用有些虚弱的声音说道）你们看，我使劲护着，炸药包没有损坏！

朱三娃瞪着蒋文化，眼睛里充满愤怒。

朱三娃　看吧，这就是你的"英明决策"，不仅把人害了，还把时间耽误了！

蒋文化　你这人怎么这么叽歪，我不是已经说了吗，是我的问题，回去处分我好了！

村民　（见两人又吵起来，赶紧劝说）我……我不要紧，我们快赶路吧，要不真完不成任务了。

14. 崇山县 / 县政府办公室 / 日 内

肖翔正在听汇报，他打断了汇报人的话。

肖翔 不管有多大的困难，石旮旯村的公路建设款一定要拨付到位，这是县委书记亲自督办的项目，石旮旯村公路是脱贫攻坚的希望路，也是示范路，你们必须不折不扣执行好！

这时肖翔的手机进来一条短信，是王莹发的。

王莹 我姐已到贵阳，路过崇山县，准备去石旮旯村，看你怎么表现了。

15. 深圳 / 张梨花办公室 / 日 内

张梨花拖着行李箱就要出办公室，秘书小丁赶过来帮她拖箱子，张梨花问小丁。

张梨花 卢山的10万元到账没有？

小丁 还是张总有办法，把卢总家的水、电、气一停，卢总就乖乖就范了。

张梨花 说重点，10万元到账没有？

小丁 还没有，说明天。

张梨花 已经说了好几个"明天"了，真是个无赖！先用我的卡打10万元给石旮旯村。

16. 石旮旯村 / 山间小路 / 日 外

蒋文化、朱三娃把受伤的村民扶起，才知道他的右手和右脚严重扭伤。

朱三娃 （对这个村民说）如果不是为了保护炸药，你不会伤得这么重。

村民 没事的，我必须这么做才能保护好炸药。有了炸药，我们的路才修得好，石旮旯村才有希望，我们的日子才会越过越好。

蒋文化 （内疚地对村民说）都怪我，是我太固执，才让大家走这么艰险的路，真的对不起！

蒋文化嘴软，朱三娃心软。

朱三娃　文化，这也不能怪你，我知道你完成任务心切。你曾经是军人，有军人的秉性，纪律观念强，时间观念强，我敬重你。走，任务就是命令，我们要抓紧走出这密林。

一行人整装再出发。

17. 石旮旯村 / 公路修建工地 / 日 外

二叔家老三捂着手，一拐一拐地走到一块大石头后面，背靠大石头滑坐到地上，他的手上缠着纱布，已经被血浸湿，老三慢慢扯开纱布，痛得他龇牙咧嘴。

李九伯来到老三身边，看到老三扯开了纱布的手上有好几个血泡，多数已被磨破，流淌着鲜血，急得李九伯大喊。

李九伯　快拿医药箱来！

老三　九伯叔，我没事，别让大家担心。

李九伯拉起老三的手，心痛地看着。

李九伯　你这孩子也真忍得，都这样了还说没事，一声不吭，要不是我觉得你有点不对劲跟过来，你准备瞒到多久？！

听到李九伯的喊声，李永胜等都围拢过来，看见老三手上流着血的大血泡，十分心疼。

李永胜　（把老三的手举起来，说道）大家看看这手，这是与贫困抗争的手，是不屈不挠的手。今天我把老三的手举起来给大家看，就是要让石旮旯村的村民们都记住，石旮旯的未来，是我们用双手开创的！

村民们热烈鼓掌。

18. 石旮旯村 / 山间小路 / 日 外

朱三娃一行跑步前进，已经累得满头大汗。

蒋文化冲在前面，用手和木棒把那些影响前进的藤条和灌木拨开，双手已经被挂破了多个口子，但他全然不顾，依旧披荆斩棘。

19. 公路 / 车内 / 日 内

王莹一边开车，一边跟坐在副驾驶位置上的王晶聊着天。

王莹　姐，我也真是佩服你，拼着命跑到安徽去结婚，把黄山的风景看够了，审美疲劳了，就离婚了？

王晶　三观不同，没有办法。

王莹　能不能换点新说法，姐，别对谁都是"三观不同"！

20. 石旮旯村 / 公路修建工地 / 日 外

大家七嘴八舌安抚着老三，李九伯走到一边，从兜里掏出一个笔记本，思考了一会儿，郑重地写下几句话。

【李九伯画外音】我慎重地向镇党委提出建议，由李永胜同志担任石旮旯村党支部书记，阿贵担任石旮旯村村委主任，蒋文化担任党支部副书记，朱三娃任村副主任，老焉任村会计，三嫂任村妇委会主任……

李永胜走到李九伯身边。

李永胜　爸，你在写什么？

李九伯赶紧把笔记本藏在怀里。

21. 崇山县 / 公路旁 / 日 外

肖翔在崇山县的东出口处停车等待，已经有好几年没有看见王晶了，他抑制不住内心的激动，不停地向收费站内张望，脸上透露出些许忐忑。

为了掩饰不平静的心情，肖翔不断地打电话，打发时间。

肖翔　什么？卖不出去？就那么一点西红柿都卖不出去……应该是没有动脑筋，想办法，而不是没有市场……你们只要肯走出办公室，就什么办法都有了……一群官僚！

王萤的车驶来，王萤已经看到不远处肖翔的车。

王萤并没有直接把车开到肖翔的车旁，而是把车靠边停下。

王晶用疑惑的眼睛看着王萤。

王萤　姐，你看那是谁？

王晶　还会有谁？肖翔呗！只有我这死心眼的妹妹你，才会做出这样的安排。

王萤　（调皮一笑）去吧，姐，人家可是一直等着你呢！

22. 崇山县 / 高山镇政府 / 日 外

张梨花打了一辆出租车，把自己拉到了高山镇。

【张梨花画外音】好你个张兴黔，肯定就是你出的歪主意，把李永胜骗回来。如果让他回来只是修修路就回深圳也就罢了，要是你还敢打其他主意，别怪我不客气！我可不能看着姐姐、姐夫被你们拆散。

不远处传来张兴黔的声音。

张兴黔　是梨花妹妹来了，我一接到你的电话就赶忙来接你。走，到我办公室喝口茶，有话咱们慢慢说。

张兴黔见张梨花绷着个脸，知道来者不善。

张梨花　（劈头盖脸就是一句）谁要跟你慢慢聊！说，把李永胜骗回来，是不是你的主意？你究竟在玩什么鬼把戏？讲不清楚，我可要翻脸不认人！

张兴黔　呵呵，梨花妹妹别上火，先进屋喝杯茶，降降火！

张梨花　喝什么茶？降什么火？你别故意把话岔开，今天必须把事情给我说清楚！

听到吵闹声，各办公室的人纷纷出来看个究竟，把张兴黔搞了个大红脸。

张兴黔　（赶紧哄着张梨花）我的好妹子，先进屋坐，好不好？要不别人还以为是我把你怎么了。

说着，拉过张梨花手里的行李箱，将张梨花带进办公室。

23. 石旮旯村 / 公路修建工地 / 日 外

打炮眼的"当当"声此起彼伏，李永胜挨个检查炮眼的质量。

李永胜 （对大家喊道）大家务必慎之又慎，炸开鹰头崖，这一炮十分重要，既要打通道路，又不能破坏鹰头崖原貌，这鹰头崖将来就是进村的标志，也很可能成为我们石旮旯村的一个热门旅游景点，成为乡亲们的摇钱树。

特战队员 （齐声答应）知道了，老排长，放心吧！

老焉拿着图纸跟在李永胜身后，李永胜一个点一个点的看。

李永胜 这个炮眼偏了没有？偏差不能超过1厘米。

打眼村民 李排长，准确的，保证没问题，不信我量给你看。

李永胜抬手看表，已经3:55，神色有些焦急起来。

【李永胜内心独白】马上就四点了，朱三娃、蒋文化他们也该到了呀！

24. 崇山县 / 公路旁 / 日 外

在王萤眼神的鼓励下，王晶终于推开车门，站在了公路旁。还真是心有灵犀，肖翔正好走下车来，远远地看见了王晶，赶紧跑了过来。

肖翔来到王晶跟前，脸上写满激动，又有些不自然，想伸手跟王晶握手，中途又缩回去，两只手有些不知所措地捏了几下。

岁月并没有在王晶脸上留下多大的痕迹，漂亮的脸上，始终充满着人民医生救死扶伤的气质。肖翔虽然有些紧张，还是忍不住盯着心目中的女神，竟有些痴了。

王萤 （扑哧一笑）肖县长，还愣着干什么，我可把姐姐交给你喽！

说完，王萤一踩油门，开车跑了，留下王晶和肖翔傻傻地站着。

25. 高山镇 / 张兴黔办公室 / 日 内

张兴黔把张梨花让进办公室，烧水准备给张梨花泡茶。

张梨花　（没好气地说）张书记，别忙了，你还是先回答我的问题吧！

张兴黔　梨花妹妹，别急嘛，你这大老远的回来，话要问，茶也要喝的。

张梨花　我没时间跟你绕，直接说，你把李永胜骗回来，把我姐一个残疾人丢在深圳，到底是怎么想的？就只是为了修路？修好路他就可以回去了吧？

张兴黔　的确是为了修路，但大家希望的，并不仅仅只为修路。路修通后，我尊重他的选择。

张梨花　如果他选择扔下妻儿不管，你也尊重他的选择？张兴黔，你好好想想，你当兵的时候，我姐夫是怎样待你的？

张兴黔被问住了。

张梨花　（又问了一句）你是不是要把他留下来当村支书？

26. 深圳 / 张梨花家 / 日 内

张桐花坐在沙发上，震生和雨生坐在妈妈身旁。

震生　妈，爸爸怎么还不回来呀？

雨生　我想爸爸了。

张桐花把两个孩子搂在怀里，泪花闪动，却不知道如何回答。

【张桐花内心独白】永胜，你究竟是怎么想的？你让我怎么回答孩子们！张兴黔，你官当大了，一定要对得起我们这一家人！

27. 石旮旯村 / 公路修建工地 / 日 外

李永胜正着急，听到了蒋文化的声音。

蒋文化　老排长，我们到了！

李永胜　文化、三娃，你们终于到了，太好了！太及时了！

李九伯　这是祖祖辈辈的习俗，看好的时辰，到时间就必须炸！

朱三娃等把送来的炸药分散到各炮眼。

李永胜下令　特战队听令，装填炸药！

特战队员　是！

28. 高山镇 / 张兴黔办公室 / 日 外

张梨花把张兴黔拽出办公室。

张兴黔　别冲动嘛，梨花妹妹。

张梨花　什么叫冲动？没影响到你的家庭你当然稳得住！走，张书记，你和我去工地，当着你的面，让李永胜把去和留讲清楚！

张梨花说着，生拉活扯把张兴黔拉出办公室。

围观的人多了起来。

29. 石旮晃村 / 公路修建工地 / 日 外

炸药装填完毕，李永胜和李九伯等退到安全的地方。

李永胜　（下令）点火！

10名爆炸手同时点燃导火索，并隐蔽到安全地带。

轰！轰！轰……响了19下，还有一个哑炮。

李九伯要去查看，被李永胜拦住。

李永胜　爸，不能去，危险！再等会儿。

又等了一会儿，那炮眼还是没有动静，李九伯忍不住又要冲出去，又被李永胜拦住。

李永胜　爸，你别去，我去！

李九伯　没事的，这么久都没炸，肯定是哑的了。你真把爸当个废人了吗？真不让我为这条路多做点事吗？

李九伯不由分说，向哑炮点走去。

30. 高山镇 / 张兴黔办公室 / 日 外

围观的人中有几个好事的看见张梨花年纪轻，长得好看，又很有气质，故意打趣张兴黔。

围观者甲 兴黔书记,这是怎么了,后院起火了?

围观者乙 是啊,兴黔书记,还说自己没女朋友呢,这嫂子都找上门来了!

…………

一阵哄笑。

张兴黔 去去去,别瞎起哄,都回去工作!

张梨花不理会那些起哄者,扯着张兴黔。

张梨花 你到底走不走?!

张兴黔 走,走。

31. 石旮晃村/公路修建工地/日 外

李九伯就要到达哑炮点的时候,"轰"的一声,哑炮爆炸了,李九伯倒地。

李永胜 爸!

朱三娃等 九伯叔!老支书!

李永胜冲上去,双膝跪地,扶起受伤的李九伯。一个小笔记本从李九伯怀中掉出来,李永胜捡起来打开一看,这个被鲜血浸湿的笔记本上写着村支两委干部推荐名单。

李永胜的眼睛湿润了。

第十一集

1. 石旮旯村 / 公路修建工地 / 日 外

李永胜背着李九伯,跑在尚未修好的路基上。

李九伯昏迷着,头上进行了简单的包扎,白色的纱布已经被鲜血浸染了一大块。

阿贵、朱三娃、蒋文化等跟在一旁。

蒋文化 老排长,我来背吧,你有旧伤!

李永胜眼含泪水,轻轻摇了摇头。

阿贵一边跑,一边拨通电话。

2. 高山镇 / 镇政府办公楼前 / 日 外

张梨花和张兴黔一前一后走出镇政府办公楼,张梨花边走边催促,嘴里不饶人。

张梨花 你倒是快点呐,怎么,真是做贼心虚啊?

张兴黔顺水推舟。

张兴黔 梨花,你这是说什么呢,你回来了,带你去看看石旮旯村的公路建设情况本来就是应该的嘛。我也该去看看九伯叔和永胜了,这几天镇里事情多,一直没得机会去,你来了,正好我们一起去。

张梨花 你还真会做顺水人情。

张兴黔 不过,梨花,有句话我一定要先提醒你,他们现在修路到了打攻坚战的关键时刻,你去了,千万不能讲泄气的话,一定要多鼓劲!

张梨花 张书记,你太小瞧人了,我张梨花可不是分不清轻重的人,找李永胜是家事,修公路是公事,我清楚得很。

——"兵支书"投身乡村振兴电视文学剧本

　　张兴黔　（笑道）梨花妹妹深明大义就好，是我多虑了。

　　张梨花　别啰啰唆唆了，走快点！实话告诉你，我专门拿了10万元支援他们，你还觉得我会拖他们的后腿吗！但我只有一个要求，路修通了，李永胜必须跟我回深圳。

　　两人正要上车，办公人员急匆匆来报。

　　办公人员　张书记，不好了！刚才接到石旮旯村村主任阿贵的电话，修路工地出事了，老支书李九伯被炸伤了，现在正在送往镇医院的路上。

　　张兴黔　啊，怎么会这样！好，我知道了，你赶紧联系镇医院做好准备，我先赶过去看看情况。梨花，上车！

　　两人快速上车，汽车疾驰而去。

3. 崇山县 / 公路旁 / 日 外

　　肖翔和王晶愣愣地看着王莹的车远去，一时有些尴尬，不知道说些什么，还是肖翔先开了口。

　　肖翔　你还好吗？

　　王晶　你呢，还好吗？

　　其实，两人都不知道该如何回答对方，肖翔打了个圆场。

　　肖翔　哎呀，你看我这人，就是这么不懂得怜香惜玉，你大老远地来，一直赶路，肯定累了，你穿高跟鞋不方便走路，这正好有块石墩，你先坐着休息一下，我去把车开过来接你。

　　王晶看了看石墩，石墩看上去有些不干净，肖翔十分懂事，又是用嘴吹又是拿出纸巾来擦，最后干脆脱下自己的外套垫上，让王晶坐下。

　　王晶心中一阵暖意，脸颊微红。

　　肖翔向车那边跑去。

4. 石旮旯村 / 公路修建工地 / 日 外

　　三嫂带着妇女们好不容易把饭送到工地，高兴地招呼大伙。

三嫂　开饭啦，开饭啦！大家辛苦啦！我们今天专门做了红烧肉来慰劳大家！

　　让三嫂等人感到意外的是，筑路的人们并没有像往常一样一拥而上，三嫂这才注意到大家的表情有些异样。

　　三嫂走上前，问其中的一名特战队员，发现他的眼里含着泪水。

　　三嫂　兄弟，今天这是怎么了？（三嫂下意识环顾四周）九伯叔和永胜哥他们呢？

　　队员　九伯叔……他受伤了。

　　三嫂　什么，九伯叔受伤了，伤在哪里？严不严重？他们现在在哪里？

　　队员　（哽咽）九伯叔……的头被飞来的石头砸中，流了……好多血，昏……昏迷不醒，永胜哥他们送他去医院了。

　　三嫂被这突如其来的消息惊呆了，眼泪一下子涌出来。

　　三嫂　怎么会这样？怎么会这样？

5. 崇山县 / 公路旁 / 日 外

　　天气突变，天色暗了下来，突然间刮起大风，王晶被冷风吹得下意识抱住双肩，这突然的变化似乎有些把她吓到。她站起身来，将肖翔垫在石墩上的衣服拿起来抖了抖，披在身上，准备往肖翔停车的方向走，却发现肖翔突然停住了脚步，正在接听电话，风中隐隐约约听到肖翔似乎很震惊的声音。

　　肖翔　什么？……炸伤？

　　这时，一辆疾驰而来的汽车来不及减速，撞了上去，王晶看到肖翔倒地，肇事车辆逃逸。

　　王晶　（奔跑过去，大声呼喊着）肖翔。

6. 石旮旯村 / 通往工地的道路 / 日 外

　　张梨花和张兴黔坐在车内，两人都十分焦急，张梨花不停念叨。

　　张梨花　我知道，干革命就会流血牺牲，修公路也不能保证没有伤亡，但为什么偏偏是九伯叔！怎么也不该伤到九伯叔啊！

说着说着，张梨花的眼泪就掉了下来。

张梨花一边抹着眼泪，一边继续念叨。

张梨花　我也懂，他们这叫穷则思变，修路是为了石旮旯村能够脱贫致富，但是，石旮旯村不能没有领头羊啊，九伯叔在我心中一直就是最好的领头羊。

张兴黔也十分焦急，不时向车窗外张望，但见张梨花急成这样，只能压住自己的焦急心情安慰她。

张兴黔　梨花，你也别太担心，九伯叔一心为村民，福报大，一定会平安的！

7. 崇山县 / 公路旁 / 日 外

王晶冲到肖翔跟前，蹲下身，把肖翔扶坐起来靠在自己胸前，焦急地问。

王晶　肖翔，肖翔，你怎么样？别吓我！

肖翔慢慢睁开眼睛，笑了。

肖翔　原来你还是担心我的啊！

王晶一听肖翔这话，生气地松开手站起身来，肖翔差点又摔倒在地上。

王晶　原来你没事，你就是个骗子！

肖翔见王晶生气了，伸手想要拉王晶的手，却痛得"哎呀"一声。

王晶　别演了，肖县长！

肖翔慢慢站起身来，右手抱着左臂，面露痛苦之色。

肖翔　我没有骗你，我只是硬撑着，不想让你担心。

王晶见肖翔脸色确实有些不对，意识到肖翔不是假装的，赶紧伸手拉起肖翔的左手，肖翔又痛得"啊"的一声。

王晶　快让我看看！

肖翔　我不要紧，快，你来开车，我们先去高山镇！

8. 石旮旯村 / 公路与村路交会处 / 日 外

张兴黔和张梨花乘坐的车来到岔路口，远远地看见一群人从村路上走来。

张兴黔 你看，应该是他们来了！

两人下车迎上前，走来的正是李永胜他们。

张兴黔 老排长，快，快上车！

李永胜等人小心地把李九伯安放在座椅上，李九伯的眼睛依然闭着，头上缠着的纱布上血已经凝固。

李永胜 （轻轻呼唤）爸，爸。

张兴黔 （轻轻呼唤）九伯叔。

张梨花 （轻轻呼唤）九伯叔。

众人 （轻轻呼唤）九伯叔。

李九伯微微睁开眼睛，迷迷糊糊中看见了张兴黔，急忙伸手去摸自己的衣服内兜。

李永胜递过之前从父亲身上掉落的笔记本。

李永胜 爸，您是找这个吧？

李九伯像见到宝贝似的，眼睛亮了一下，把笔记本接过去，然后递给张兴黔。

李永胜 （心疼地说）爸，您都伤成这样了，别操心了。

李九伯 （无力地说）兴黔书记，你来得正好，村支两委的推荐名单我拟好了，现在交给组织，请组织决定。

张梨花 （一听这话，忍不住问）九伯叔，你推荐谁了？

众人也都满怀期待地看着李九伯。

李九伯 当然是……最胜任、最放心的人。

李九伯说完，又昏过去。

张兴黔 快，快去医院！

9. 崇山县 / 公路 / 车厢 / 日 内

王晶见肖翔表情严肃，一边发问，一边赶紧坐上驾驶座，肖翔坐上副驾座。

王晶　到底出了什么事？

肖翔还抱着左手臂，面露痛苦之色。

肖翔　九伯叔受伤了！

王晶　什么，九伯叔受伤了！伤得重不重？人在哪里，镇医院吗？

肖翔　一直昏迷不醒，现在正送往镇医院。

王晶　我们赶过去！你帮我给王萤打个电话。

肖翔拨通王萤的电话，王晶通过蓝牙耳机通话。

王晶　小萤，九伯叔受伤了！

王萤　我已经知道了，姐，我正赶去镇医院！

王晶　肖翔也受伤了。

王萤　啊，怎么回事？

王晶　肖翔准备开车时，被一辆疾驰的车挂倒了。

王萤　伤到哪里了？严不严重？

王晶扫了一眼身旁的肖翔。

王晶　看上去死不了，但好像也够呛，我们也正赶往镇医院，到了我会好好替他检查一下。

王萤　死不了就好，我只是希望你们能在一起。好了，不多说了，我们一会儿见。

肖翔在一旁听着王晶的话，感到一阵温暖。

肖翔　看来你还是关心我的嘛。

王晶白了他一眼。

10.【闪回】崇山县 / 肖翔家卧室 / 夜 内

卧室里的家具很简单,一张床,一个衣柜,墙上挂着肖翔和洪燕的结婚照。

肖翔和洪燕说着话。

肖翔　燕子,再跟你商量一下,我们留在崇山好不好?

洪燕　不好!你这人真是贱胚子,我们家已经在省城给你找好了某厅局的处长职位,你却非要留在这穷乡僻壤!

肖翔　我在崇山工作这几年,好不容易打下点根基,如果能任副县长,正好可以有一番作为,就这么放弃了,真的很可惜。

洪燕　(白了肖翔一眼)作为?!别忘了,没有我们家的关系,你能得到当初的机会?机会都没有,谈什么作为!

肖翔　当初是你们家帮了大忙,但能走到今天,事业上有所作为,我也是付出努力的。

洪燕　为了你这破事业,我这几年跟着你在这乡旮旯,过得都是什么日子!你说,你到底回不回省城?

肖翔　不回!我是想干事的人,我可不想这个年纪就去干混日子的闲职。

洪燕　看来你这是翅膀硬了,忘恩负义了。

肖翔　你别说得这么难听,我肖翔好歹是七尺男儿,也是有尊严的,动不动就拿你家的关系来压人,有几个人能受得了。

洪燕　受不了就不过了,大不了离婚!我回我的省城!还有,别以为我不知道,你心里就一直惦记着原来那个人,从来没有过我。和我结婚,不过是为了我家的关系而已,算我瞎了眼!

洪燕收拾东西,摔门而去。

【闪回结束】

11. 高山镇 / 医院 / 日 外

王莹驾车赶到高山镇医院,刚下车,看到肖翔和王晶的车也赶到了。

王晶　九伯叔他们还没到吗?

王莹　应该快了。

肖翔　也不知道九伯叔现在的情况怎样。

王莹　肖县长,你不是受伤了吗,我怎么看像个没事人。

王晶　还说呢,还不是因为你导演的好戏。

王莹　姐,不是我导演得好,而是肖某人演得好吧!

说着,王莹瞟了肖翔一眼。

王晶　(低声说)我看他不像装的。

肖翔　王主任,不要总拿老眼光看人嘛。

王晶　别说这些没用的了,赶紧去检查一下。

肖翔　没事的,我还能坚持。你们看,是不是九伯叔他们来了,先抢救九伯叔要紧!

王莹　是他们!姐,镇医院技术条件有限,你要准备上阵了!

王晶　唉,想不到我盼了这么多年,终于再见到九伯叔了,却是在这样的情况下。

12. 崇山县 / 县委会议室 / 日 内

县委常委会正在进行。

范斌　选优配齐村党支部书记的工作还要进一步加强,全县的推进情况不平衡。在这项工作上,高山镇走在了前面,他们在脱贫攻坚的难点痛点工作中大胆起用转业退伍军人,成效是明显的,听说石旮旯村的李永胜同志最近表现就很不错,在他的带领下,石旮旯村的公路建设工程推进很快,村民的干劲很足。

组织部部长　是啊!据了解,他还组建了一支由退伍军人组成的"特战队"，发挥了敢打敢拼的"硬骨头连"精神，起到了很明显的攻坚作用和模范带头作用。

　　范斌　我认为，像李永胜这样的同志，就非常适合担任村党支部书记，最近我想去高山镇调研，总结、提炼他们的做法，形成一些可复制的经验，便于在全县推广。

　　组织部部长　好的，书记，回头我们拟个计划提交给您。转业军人担任村支书的做法，也正是市委积极倡导的，我们组织部也一定加强调研。

13. 高山镇 / 医院 / 日　内

　　李九伯被送到医院后，立即被送进抢救室，王晶与镇医院的医生、护士投入紧张的抢救工作。

　　抢救室外，王莹、肖翔、张兴黔等人焦急地等待着。

　　王莹见肖翔一直抱着左臂，不时痛苦地咬咬牙，对他说了一句。

　　王莹　你也赶紧去处理一下吧。

14. 深圳 / 张梨花家 / 日　内

　　张桐花缓缓地将轮椅转到客厅窗前，怔怔地望着窗外，无限惆怅。

　　【张桐花内心独白】永胜回去了，三娃和三嫂回去了，爸受伤了，梨花回去找永胜，能找回来吗？永胜，你说路修好了就回来，真的会回来吗？他们如果要你当村支书……

　　开门声打断了张桐花的思绪，是震生和雨生放学回来。

　　两个孩子见张桐花脸色不好，乖巧地上前询问。

　　震生　妈妈，你怎么了，是不是生病了？

　　雨生　妈妈不是生病，我知道，妈妈是在想爸爸。

　　张桐花的眼里泪光闪动，把两个孩子揽入怀里。

　　张桐花　震生、雨生，你们想不想回老家？

　　两个孩子　想啊，妈妈，你要带我们回去吗？

张桐花 你们想去干什么?

雨生 我们想爸爸了。

震生 而且爸爸给我们说过,家乡太穷,他想要把家乡建设成文明、富裕的美丽乡村。

张桐花 妈妈也希望家乡变得美好啊……可是,你们还太小,还要读书学文化……

张桐花左右为难。

15. 高山镇 / 医院抢救室 / 日 内

经过一系列的清创、缝合以及各类检查,王晶已经是满头大汗,但总算是放心地舒了一口气。

16. 高山镇 / 医院外 / 日 外

张梨花、张兴黔、李永胜三人在说话。

张梨花 永胜哥,九伯叔受伤,我也很担心,也很心痛。本来这个时候不适合跟你讲这个问题的,但我又不得不说,因为我实在是不忍心看我姐每天这样沉闷、担忧下去,深圳毕竟还有你的妻子和两个孩子,你到底打不打算回去?

李永胜看了一眼张兴黔。

张兴黔 永胜,情况你都清楚,去留由你决定,你有什么想法,就直截了当地对梨花说吧!我去看看九伯叔。

说完,张兴黔走了。张梨花情绪不好,李永胜想安慰她。

李永胜 梨花,我肯定想回深圳去照顾桐花和两个孩子,可是……

张梨花 (打断李永胜)道理你不用给我说了,都是明白人,都是讲道理的,我只是觉得我姐命苦,才过了几年安稳日子,你又要开始折腾。

李永胜 梨花,这是脱贫攻坚,是国家战略,是全国上下都在齐心协力推进的大事。就算是折腾,这也是我们应该要做的事。如果不折腾,我们石旮旯村何时才能通公路？如果不折腾，石旮旯村何时才能摆脱贫困？如果不折腾，石旮旯的村民何时才能过上好日子？

　　张梨花　这些我都懂，但理想很丰满，现实很骨感，你要面对的，不仅是石旮旯村的村民，还有你的妻子和孩子。谁知道你们的脱贫攻坚战到底要打几年？

　　李永胜　2020年一定胜利！

　　张梨花在心里认输了，她知道已经改变不了李永胜。

　　张梨花　走吧，进去看看九伯叔怎样了。

17. 高山镇 / 医院抢救室外 / 日 内

　　抢救室的门打开，王晶走了出来，众人关切地询问李九伯的情况。

　　王晶　大家放心吧，九伯叔虽然还在昏迷，但已经没有生命危险，等情况稳定后，再送到县医院或市医院做进一步检查，只要颅内出血量不多，就不会有问题了。

　　众人　太好了！

　　王莹给王晶擦汗。

　　王莹　今天幸亏有你。

　　王晶　这也是我的幸运，九伯叔是爸爸的救命恩人，今天总算得以报恩。

　　王莹　是啊，爸爸要是知道了，肯定也会非常欣慰的。

　　这时，王莹的手机响了，是单位打来的。

　　电话那头　王主任，明早一上班，请到部长办公室，说是有新的任务。

18. 高山镇 / 医院外 / 日 外

　　肖翔和张兴黔边小声说着话，边走出镇医院大门。

　　张兴黔　张梨花对李永胜是否留下来的问题很敏感，这次就是专门为这事儿从深圳回来的。

肖翔　永胜他们家的情况确实特殊，但把永胜留在村里，是为脱贫攻坚的大局，一定要想尽办法做通张梨花姐妹的思想工作。

　　张兴黔　张梨花精明，张桐花困难，要做通这个思想工作肯定不容易。回头我与永胜商量一下，看怎么讲更有效。

19. 崇山县 / 县委书记办公室 / 日 内

　　范斌正在批阅文件，秘书来报。

　　秘书　范书记，石旮旯村党支部书记李九伯在修建公路时头部受了重伤，刚转到县人民医院，张兴黔书记请我向您报告，听听您的指示。

　　范斌　全力救治！

　　秘书　书记请放心，我马上通知县医院。

　　秘书转身准备出去。

　　范斌　等等。李永胜来了吗？我想见见他，听听他对打赢脱贫攻坚战有些什么想法。

　　秘书　应该来了，我去安排。

20. 崇山县 / 医院病房 / 日 内

　　李九伯躺在病床上，慢慢睁开了眼睛，看到床前站着李永胜、王晶、张梨花、阿贵等人。

　　张梨花　（高兴地叫起来）你们看，九伯叔醒了！

　　大家见李九伯苏醒，都十分激动。

　　李永胜走到李九伯眼前，拉起父亲的手。

　　李永胜　爸，太好了，你终于醒了！

　　李九伯的嘴微微动了一下，但却说不出话，只是用眼睛欣慰地看着李永胜，又看了一遍病房里的其他人，脸上有淡淡的笑。

　　张梨花见李九伯说不了话，又急了。

　　张梨花　王医生，九伯叔这是怎么了，怎么说不了话呢？

21. 秀水市 / 市委宣传部 / 部长办公室 / 日 内

市委宣传部部长找王莹谈话。

宣传部部长 根据市委对脱贫攻坚工作的安排，石旮旯村是我们宣传部的定点帮扶村。按照市委部署和要求，需要派一名同志去该村担任驻村第一书记，经过部长办公会议研究，我们认为你是最合适的人选。

王莹 组织上定了，我一定服从。我只是担心自己的能力有限，难以胜任。

宣传部部长 你受过部队多年的培养锻炼，有良好的思想政治素质，有敢打硬仗的工作作风，有走进群众的优良传统，我们对你有信心，部里也会全力支持你。王莹同志，去吧，烈火炼真金，实践育能人！

22. 崇山县 / 医院病房 / 日 内

张梨花的话让大家又紧张起来。

王晶 大家不用紧张，这是因为九伯叔头部受伤，加之身体本就虚弱，以及失血较多等原因引起的短暂性语言障碍，多休息，就会恢复了。

王晶给管床医生交代完病情，李永胜向王晶道谢。

李永胜 不好意思，王医生，还没来得及向您说声谢谢！

王晶 谈不上感谢，这本来就是我做医生的职责。再说，要感谢也应该是我感谢，感谢上天给了我一个回报我父亲救命恩人的机会，让我们一家得偿所愿。

张梨花 九伯叔好人有好报。

王晶 九伯叔没事了，大家安心了，我想讲点其他的事。

李永胜 什么事？

23. 石旮旯村 / 公路修建工地 / 日 外

吴银子和吴禾子一人背着一个大包来到工地上。

正是中午时间，工地上的人们都在休息，只有蒋文化和朱三娃在争吵。

朱三娃 蒋文化，你自称是爆破专家，为什么会出现哑炮，你必须解释清楚，否则我轻饶不了你。

蒋文化 我估计是导火线和雷管的接线管问题，导致了爆炸延时，要么就是雷管有质量问题。

吴银子 蒋文化，你说话要有依据，我提供的雷管我负责，你可不能张口就冤枉人！

蒋文化 银子哥，你来了。你别生气嘛，我只是分析情况，又没有下结论，你也不要冤枉我！

吴禾子 工程怎么停下来了？

朱三娃 你们两兄弟来得正好，我们最后一个大炮已经装填完毕，就等永胜哥来下命令了。

蒋文化 这一炮一响，鹰头崖上的最后一个障碍清除，公路很快就要修通了。

24. 崇山县 / 医院病房 / 日 内

王晶 我这次回来，是为了石旮旯村修公路的事。修通石旮旯村的公路，一直是我父亲和我们家里人的愿望，现在这条路开建了，我一定要尽微薄之力，我带了3万元钱，本想亲自交给九伯叔的，不想九伯叔受了伤，那就请永胜你收下吧！九伯叔的救命之恩，我们是一定要报答的。

张梨花站在李九伯的床前对他说。

张梨花 九伯叔，我们在深圳打工的石旮旯人，也是心系家乡的，我们凑了10万元钱汇到村里，估计应该收到了吧。

李九伯的眼里有泪光闪烁。

阿贵 收到了收到了，谢谢梨花妹！

李永胜 太感谢你们了！有了四面八方的支持，我相信石旮旯村一定能撕掉贫困的标签，打赢脱贫攻坚战。

门外传来县委书记范斌的声音:"说得好!"

25. 崇山县 / 医院办公室 / 日 内

范斌把李永胜请到了医生办公室,范斌知道,他和李永胜的谈话,将意味着他对李永胜工作上的托付。

范斌　李永胜,鼎鼎大名,今天终于见到本人了。

李永胜　范书记您找我有什么事?

范斌　你是当兵的人,我就开门见山了。我请你来,一是想听一听你对脱贫攻坚工作的想法,二是真诚地代表县委,同时也想代表石旮旯村人民,请你"进山"挑重担,担任村支书,带领石旮旯村群众打一场脱贫致富的攻坚战。

李永胜　感谢领导和乡亲们对我的信任!

范斌　永胜,你思想上、心理上,都做好准备没有?

李永胜　范书记,当初选择参军,我就是希望自己得到锻炼、开阔眼界、增长本领后,能够回来与乡亲们一起努力,让石旮旯村摆脱贫困,走向富裕。由于家庭原因,退伍后没能履行自己的承诺,始终是我的一个心结。退伍这8年,我人在深圳,心却在石旮旯,我在深圳积攒了力量,回来就是要打胜仗的!我永远记得自己是中国人民解放军的一名战士,是党的兵,是人民的子弟兵!党的兵一定听党指挥,党需要我在哪里,我李永胜就一定战斗在哪里!

范斌　你有这样的决心很好,但工作要做细,照顾好九伯老支书,安排好桐花母子,然后,轻装上阵!

26. 天空 / 机舱 / 日 内

飞机腾空而起。

机舱内,王晶坐在靠窗的位子上,望着脚下越来越小、越来越模糊的故乡的土地,脑海出现肖翔的身影。

王晶使劲甩甩头，想要将他的影子挥去，却仍然不自觉地忆起刚才肖翔送她到机场的情景。

27.【闪回】贵阳机场 / 出发大厅 / 日 内

肖翔拖着王晶的小行李箱，两人并排走着，走向安检区。

肖翔　你……真的不多留两天？好久没见了，真的很想跟你好好坐一坐，聊一聊。

王晶　不了，回去还有工作等着我。况且，聊，聊什么呢？

肖翔　什么都可以聊啊，我……想知道关于你这些年的事，更想知道你下一步的打算。

王晶　知道又有什么意义，过去已成过去，错过就是错过，将来还是未知，谁也无法确定，我们都清楚，这世上并不是你想怎样就能怎样的。

肖翔　过去虽无法改变，但未来是可期的，我想……

王晶强忍内心的期待，打断了肖翔的话。

王晶　时间差不多了，我先进去了。

肖翔　我们能不能握个手告别？

王晶犹豫了一下，伸出了手。

肖翔　（紧紧地握住王晶的手）石旮旯村公路通车时，你……能回来吗？

王晶没有回答，从肖翔手中抽出自己的手，拉过行李箱，转身走进安检区。

肖翔呆呆地望着王晶的背影。

王晶没有回头，一滴泪水从眼眶滑落。

【闪回结束】

28. 石旮旯村 / 公路修建工地 / 日 外

李永胜　（举起一面红旗，发出命令）点炮！！！

"点炮"的声音在山谷里回响。

"轰！轰！轰……"，炮声在山谷里回响，慢慢归于平静，四周一下子变得异常安静，人们都凝神等待。

山顶传来一个响亮的声音："爆破成功！"

激动的人们，激动的声音，激动的一刻，山间沸腾了，盘龙山醒了……

29. 高山镇／镇党委会议室／日 外

张兴黔主持召开镇党委会议，研究并通过干部任免事项。

张兴黔 （宣布镇党委委员投票的结果）同意李永胜同志担任石旮旯村党支部书记。

参会的镇党委委员热烈鼓掌。

30. 石旮旯村／公路修建工地／日 外

石旮旯村公路全线贯通的庆祝仪式在工地举行，人们端起大碗的酒，互致祝贺。

李永胜 公路全线贯通，我们打了石旮旯村脱贫攻坚战的第一个胜仗！但革命尚未成功，同志仍需努力，要撕掉贫困的标签，我们还需要千百倍的努力！穷则思变，穷则思动，今天的酒，既为庆功，更为壮行，来，为了石旮旯村美好的未来，干！！！

第十二集

1. 高山镇 / 镇政府招待所 / 晨 内

清晨的一缕阳光照进江虹居住的屋内，使她沉闷多日的心，打开了一扇小小的天窗，江虹站在窗前长长呼了一口气，舒缓了心情。

那个在供台上抢水果的男孩，一直在她的大脑里，挥之不去。

【插入镜头，云上寨，土地庙】那个十岁左右的小男孩从人群里蹿出来，奔向供台，衣服和脸上都有泥污，目光与江虹的目光有一瞬间的交汇。小男孩的眼睛又大又黑，目光中有饥渴，但又透着一丝灵动。小男孩灵活地穿插在其他上前哄抢的孩子中间。

江虹很喜欢男孩的机灵劲，但是，又痛惜于他的行为，江虹觉得迷茫。

江虹 （甩了甩头，自言自语道）怎么会这样呢？不行，绝不能让这些孩子就这样毁了，我得再去云上寨搞清楚情况。

江虹洗漱完毕，背上小包，邀上同事出了门。

2. 贵阳【多镜头场景】

镜头一 一家大型超市外摆着招聘售货员的桌子，小五妹上前应聘。

招聘者 你多大了？

小五妹 10……18。

招聘者 你真满18岁了？身份证呢？不满18岁我们可不能招聘。

小五妹 身份证，搞……丢了。

小五妹无可奈何地离开。

镜头二 一家小超市门口贴着招售货员的启事，小五妹正在与店主对话，一番对话后，店主摇头，小五妹落寞离开。

镜头三 一家小餐饮店门口贴着招洗碗工的启事，小五妹失望地从店里走出，店内传出店主的声音："你去别家看看吧。"

镜头四 夜晚，小五妹抱着双肩蜷缩在一个公交车站的候车椅上，冷风吹得她一激灵。

【小五妹内心独白】工作找不到，钱挣不到，爸妈怎么办？弟弟怎么办？爷爷怎么办？我该怎么办？

3. 崇山县/医院病房/日 内

李九伯躺在床上，似乎睡着了，李伯母和张梨花守在病床旁。

李伯母 梨花，你从深圳回来，就一直为了你九伯叔忙前忙后，他睡着了，你也赶紧歇会儿吧。

张梨花 没事，我不累。这么些年，九伯叔为了石旮旯村，真的是太累了，也该好好休息一下了。

李伯母 唉，他这一辈子，就生怕石旮旯村的乡亲们过不好，但使出了浑身的劲，也没能改变这个现实，身体累，心更累啊！

李九伯 （身体轻轻动了一下，嘴里喊着）永胜，永胜。

李伯母伸手轻轻推了一下李九伯的肩。

李伯母 老头子，你怎么了？

张梨花 （惊喜）太好了，九伯叔能讲话了！

李九伯睁开眼睛，看见李伯母和张梨花。

李九伯 永胜呢，永胜在哪里？

张梨花 永胜哥回工地了。九伯叔，告诉你一个好消息，咱们石旮旯村的公路已经全线贯通了！

李九伯 （哽咽）这真太好了！

李伯母 是啊，老头子，你就安心养伤吧！

李九伯 （望向窗外）永胜啊，爸知道你很难，但石旮旯村的乡亲更难，爸无能，没能让乡亲们过上好日子，你一定要留下来，石旮旯村就指望你了!

张梨花听了九伯这番话,已经泣不成声。

李九伯　梨花,我知道这样对桐花和两个孩子不公平,只要是我这个老头子能做到的,我做什么都愿意去补偿。但石旮旯的村民们真的不能再这样穷下去,我们石旮旯村也绝不能拖脱贫攻坚战的后腿,你一定要支持永胜啊,一定要帮大家好好给桐花解释,一定要帮我们多多照顾桐花和两个孩子。

张梨花抹着眼泪。

张梨花　九伯叔,您别说了。本来这次我回来,是为了劝说永胜哥回深圳去的,但我所看到、听到和感受到的一切,让我必须听从自己的内心。我听你的,您放心,姐姐和震生、雨生有我,我会照顾好,永胜哥就安心地带领村民们去"打仗"吧!

李九伯　(欣慰地笑着)这样我就安心了。

张梨花　不过,这次是张兴黔使诈骗了永胜哥,这笔账我还是要算的!

张兴黔恰巧走进门来,听见了这句话。

张兴黔　(玩笑道)好汉做事好汉当,梨花妹妹,你说说,这账要怎么算?

张梨花　你认账就好!那就……罚你陪我照顾九伯叔一整天,哪里都不准去!

4. 石旮旯村／村委会办公室／日 内

李永胜主持召开村支委会议,参加会议的还有阿贵、朱三娃、蒋文化、三嫂等人。

会议就要开始,三嫂终于忍不住自己的"一贯风格"。

三嫂　今天是我们永胜担任村党支部书记以后召开的第一次会议,李书记,你不准备发表一下就职演说?

大伙　(凑趣)是啊,发表发表吧!

李永胜 （笑了笑）都是乡里乡亲的，就别矫情了，好不好？

大家都哈哈笑起来。

李永胜 但有句话还是要先说。上级信任我、信任我们，村民们信任我、信任我们，让我们组成了石旮旯村新的战斗集体，我是当兵的人，文化也是当兵的人，当兵的人就要有当兵的样子，我希望我们这个战斗集体的每一个人都能发挥服从命令、听党指挥、敢打硬仗、能打胜仗的优良作风！

大家 （随口附和）那是必须的！

李永胜突然敛起笑容，语气十分严肃。

李永胜 好！那我们就先对村干部"约法三章"！

大家被李永胜的样子震住了。

5. 石旮旯村 / 云上寨 / 民居 / 日 内

一个男孩背着半筐土豆，推开家门，轻手轻脚地走了进来，似乎怕打扰床上躺着的人。这个男孩正是此前江虹见到的那个在供台上抢食物的男孩，小名叫小山猫。

这是一间只有十几平方米的土墙房，房顶是青石板搭的，墙上只有一个小窗，可以透透气，屋内光线很暗，阳光只能照进屋里一个小小的角落。

屋里除了一张破旧的木床、一张破旧的桌子、一个土灶，几乎再没什么物品，屋顶的梁上吊着一盏昏暗的灯泡。

65岁的宋大伯躺在床上，不停咳嗽，小山猫赶紧舀了一碗水，端给宋大伯。

小山猫 爷爷，你喝点水吧。

宋大伯 小山猫，有你姐小五妹的消息了没？爷爷怕是熬不了多久了，我就想看她最后一眼！

小山猫此时完全不像之前江虹见到的样子，表现得非常听话、懂事。

小山猫 爷爷，你不会有事的，黄爷爷一会儿就给你送药来了，吃了药你的病就会好的。你要是想我姐了，我就去贵阳把她找回来。

宋大伯　贵阳那么远,你还这么小,怎么去啊?更何况贵阳那么大,人那么多,你去哪里找她啊?你爹妈没了,姐姐不见了,你千万不能再走,要是再有个什么闪失,爷爷可怎么活下去啊?

小山猫没再讲话,脸上的表情却似乎是下了什么决心。

6. 石旮旯村 / 村委会办公室 / 日 内

大伙儿　(纷纷问道)什么"约法三章"?

李永胜　请大家记下——"服从命令,尽职尽责,不贪不图",这是我们作为村干部做人做事的"底线"!

大伙儿　记下了!

李永胜　好!今天的会,我们要研究一下石旮旯村脱贫攻坚战的下一步怎么打。先听听大家的想法吧。

蒋文化　我想,还是要从摸清家底开始……

朱三娃　别这么文绉绉的了,什么摸清家底,不就是揭短亮丑,看看我们村到底穷到什么程度嘛!

阿贵　县扶贫办不是要我们精准识别吗?

李永胜　好,就从摸家底开始,精准识别,摸清贫困情况,找准致贫原因,了解发展意愿,拿出帮扶举措。

7. 石旮旯村 / 云上寨 / 日 外

江虹带着助理小马紧赶慢赶来到了云上寨,黄光先在寨口等候。

江虹　黄老伯,不好意思,让您久等了!

黄光先　江组长哪的话,你们走这么远的山路,才是辛苦。

江虹　黄老伯,我要找的哪个孩子找到了吗?

黄光先　江组长,你来得正是时候,我正要去给宋大伯送药,估计小山猫也在那里,你可以和他谈谈。

江虹　小山猫?

黄光先 是啊，小山猫就是你要找的那个小男孩。

8. 贵阳 / 火车站附近广场 / 日 外

小五妹孤独可怜地走到广场一处人流较集中的地方，双膝跪地，打开手里的纸卷铺在面前。

纸上写着：我是崇山县高山镇石旮旯村的村民，因父母都得了癌症，无钱治病，希望好心人捐款，救救我的父母。石旮旯村小五妹叩谢！

眼泪从小五妹清秀的脸上落下，赢得了不少人的同情。一对情侣模样的青年男女小罗和小钟走到小五妹面前，蹲下身问小五妹。

小罗 小姑娘，你爹妈真的得了癌症？

小五妹点点头。

小罗 那你为什么不去做工挣钱，为什么要乞讨？是不是被人逼着来乞讨的？

小五妹 我不是不想做工挣钱，而是找不到工作，人家都不肯招我。没有人逼我，但除了乞讨，我也想不到其他办法了。

小钟 这样啊。小妹妹，我劝你还是赶紧回家吧，女孩家，一个人在外不安全。

说完，摸出50元钱递给小五妹，小五妹连声"谢谢"，伸手接钱，却发现这对男女身后不远处，走来一位表情恶狠狠的中年妇女（黑瘦老头的同伙），小五妹吓得惊慌失色。

9. 公路 / 日 外

小山猫独自走在公路边，一辆大客车驶过，小山猫望车兴叹。

【小山猫内心独白】我一分钱没有，坐不上客车，怎么去贵阳找姐姐啊！

小山猫正一筹莫展，一辆车窗前放着一块"省城兴农蔬菜水果批发市场直送车"牌子的货车停靠在路边，货车司机内急，下车找了个路边稍微隐蔽的地方小解。

  小山猫 （眼睛一亮）机会来了！

  小山猫见货车司机并未注意车这边，于是迅速爬上货厢，趴在菜上藏了起来。

  司机上车，货车向贵阳方向驶去。

10. 贵阳 / 火车站附近广场 / 日 外

  小罗和小钟发现小五妹神色不对，下意识地看了看周围，发现黑瘦老头的同伙似乎在害怕什么，并低头快步离开了。

  小钟 （又问小五妹）小妹妹，别害怕，你告诉姐姐，你真的不是被人逼着来乞讨的？

  小五妹 真的不是。

11. 石旮旯村 / 村委会 / 日 外

  会议结束，李永胜和阿贵从屋里走出来，边走边聊。

  阿贵 对了，永胜，还有一件事给你汇报，市里派了工作组到我们高山镇指导精准识别工作，工作组组长叫江虹，这段时间，他们都在云上寨调研，这会估计又去云上寨了。

  李永胜 精准识别很重要，识别精准了，工作的针对性就强，工作效果就能提升。那我也去云上寨，拜访一下江组长，我们双方的工作需要配合起来。

  阿贵 好，我今天有别的工作，让老焉他们和你一起去吧。对了，这个江组长好像对云上寨的几个孩子很感兴趣。

  李永胜 孩子是未来，孩子是希望，抓住孩子，就抓住了关键。

12. 云上寨 / 宋大伯家 / 日 内

  江虹、小马在黄光先的引导下，来到宋大伯的屋，三人走进屋内。

江虹看见昏暗的屋内一贫如洗，只有宋大伯一个人躺在破旧的床上。

江虹的鼻子酸酸的。

黄光先　老宋，我给你送药来了，咳嗽好些没？城里工作组的江组长和小马同志来看你了，他们想来帮帮小山猫。小山猫呢？

宋大伯　（有气无力地说）老黄，谢谢你又给我送药，我这病啊，拖一天算一天吧。感谢工作组的同志来看我，小山猫这娃儿估计偷偷跑贵阳找小五妹去了。唉，这孩子懂事，都怪我说想见小五妹最后一面，他才会偷跑出去。

黄光先　呸呸呸，别乌鸦嘴，什么最后一面，阎王爷还不想收你呢。

江虹　他一个十来岁的孩子，怎么能让他一个人去贵阳，茫茫人海，他又怎么找人，真让人担心！不行，我们得赶紧想想办法。

宋大伯　我也不想让他去，我也担心啊！

黄光先　什么办法？要不我们还是先派个大人去追他吧。

江虹　追不是个好办法，都不知道他会去哪里，人找人，急死人。对了，我有个同学在省城的公安局，我请他帮忙找找！宋大伯，有小山猫的照片吗？

宋大伯　饭都要吃不起了，哪里有钱带他进城照相啊。

13. 崇山县 / 医院病房 / 日 内

张兴黔遵守"罚约"，陪着张梨花在医院看护李九伯。

张兴黔倒是安心陪护，服务周到，又是递水，又是削水果给李九伯吃，但时间长了，张梨花反而有些不忍心了。

张梨花　张大书记，看你表现不错，我决定把你"提前释放"，你回去吧！耽误了书记的工作，我就罪过了。

张兴黔　（笑着说）不愧是身处改革开放前沿阵地的张总，大局观念就是强！

张梨花　拉倒吧，领导别拿人开涮了。

张兴黔 梨花，说正经的，我有一件事想和你商量。

张梨花 书记大人请讲。

张兴黔 我们镇在深圳工作或打工的人不少吧，你能不能把他们组织起来，成立一个什么协会之类的，帮家乡做好事办实事，你来当会长。

张梨花 我觉得这个可以办！人我可以张罗，当会长我可不行。

张兴黔 怎么不行？我们张总经理聪明能干，人又长得漂亮，有实力，有底气，一定有号召力！

张梨花的脸上泛起两朵红云。

14. 云上寨 / 宋大伯家 / 日 外

江虹在屋外打电话。

江虹 汤警官同学，我是江虹，有急事求助！

汤警官 老同学，怎么了？

江虹 请你帮忙找两个孩子。一个是男孩，叫小山猫，今天从崇山县高山镇前往贵阳，不确定会坐什么车去……对，10岁左右，身高约1米5，偏瘦，身穿一套深蓝色的旧运动服。这孩子身无分文，请一定要想办法找到他。还有一个，是他姐姐，叫小五妹，被骗到贵阳"打工还债"去了，14岁，长得清秀……

汤警官 帮助寻人，人民警察责无旁贷，更何况是美女同学吩咐的，一定办好！

江虹 别开玩笑了，什么"美女同学吩咐"。汤警官不愧是人民警察，思想认识很到位嘛！对了，这个男孩子有一个明显的特点，眼睛又大又黑，很有灵气。

汤警官 有孩子的照片吗？

江虹 说出来你可能都不信，没有，没钱照相。

江虹挂断手机，转身进屋。

江虹 小马，药熬好了吗？我来喂药吧。

第十二集

15. 贵阳 / 某派出所 / 日 内

小罗和小钟向派出所李所长积极汇报自己的"新发现"。

小钟 所长,我们发现一个女孩在火车站广场乞讨,我们怀疑她是被"乞讨帮"胁迫的。

李所长 怀疑?证据呢?她亲口告诉你们的?

小罗 她……她说没有人逼她。

李所长 你们虽然是实习生,但毕竟已经在警院读到四年级了,"证据意识"还这么不强,这是绝不允许的!凡事讲证据,在我们的工作中是极端重要的!

小罗和小钟不好意思地低下了头。

李所长 对了,我刚刚接到分局的通知,要我们帮助寻找两个孩子,你们可以留心。

李所长 (交代情况)……女孩叫小五妹,男孩叫小山猫。

小罗、小钟 知道了,所长!

16. 贵阳 / 西入口 / 高速交警某办公室 / 日 内

一警官 (正在接电话)汤警官,老同学,好久不见!你还真是无事不登三宝殿,一打电话就是给我安排任务。

电话那头 (笑了)王队长,我也是受江虹同学之托嘛!情况特殊,也只能麻烦老同学你,谁让你这里是"近水楼台"喽。孩子叫小山猫,男孩,10岁左右……

王队长 江虹美女安排你,你就安排我,你行!有孩子照片吗?

汤警官 没有,没钱照相。不只是你有任务,我也有,你找小山猫,我也找小山猫,还要找他姐姐,据说是把自己换了钱,跟人到贵阳"打工还债"了,极像"乞讨帮"所为,也不排除被拐卖的可能。

17. 石旮晃村 / 去云上寨的山路 / 日 外

李永胜带着老焉、蒋文化走在山路上。

老焉　永胜，这个精准识别工作究竟怎么搞啊？说句老实话，我自己都还不太清楚识别的标准和方法。

蒋文化　我关注了一下相关新闻报道，工作推进较快的地方，识别过程中已经出现了比较集中的问题和矛盾，这项工作看来不容易。

李永胜　我们今天去拜访江组长的目的，就是要搞清楚这项工作如何推进，我们做什么，怎么做。

这时，李永胜的手机响了。

李永胜　是兴黔啊，听梨花说，你还专门去医院照顾我父亲，真是十分感谢！打电话，是不是有什么工作任务？

（电话那头）**张兴黔**　老排长太客气了！没有工作任务，是报告你个好消息……

18. 秀水市 / 幸福小区 / 王萤父母家 / 日 内

老王医生正在看报，两条新闻吸引了他的注意力，一条是关于在全省范围内派驻村第一书记，以推进脱贫攻坚的，另一条是石旮晃村通村公路建成开通的。

石旮晃村公路通车的消息，勾起老王医生的回忆。

【闪回，一组镜头】

镜头一　老王医生走在赶往石旮晃村的路上。

镜头二　老王医生被毒蛇咬伤。

镜头三　李九伯为老王医生吸毒血。

镜头四　李九伯背着被毒蛇咬伤的老王医生，艰难地行走在山路上。

【闪回结束】

老王医生心中无限感慨，眼睛湿润，泪水滴落在报纸上。

19. 石旮旯村 / 去云上寨的山路 / 日 外

李永胜 什么好消息……给我们派"第一书记"和驻村工作队,真是太好了!第一书记是谁?……居然是王莹,太巧了吧!老战友们胜利会师,一同作战,好好好,一起打仗!一起打胜仗!

李永胜 (挂了电话,兴奋得自言自语)王莹来了,太好了,这可是一员大将,有王莹,有信心!石旮旯村越来越有盼头了!

蒋文化和老焉看着李永胜的高兴劲,也十分开心。

蒋文化 看来可以甩开膀子大干一场了!

20. 贵阳 / 火车站广场 / 日 外

小五妹又跪在广场上乞讨,眼睛不时警惕地向四周张望一下。

一名公安协勤人员走过,身上挂着的小喇叭播放着警方的安全提示。

小喇叭 接到群众举报,"乞讨帮"近期在火车站及周边流窜,警方再次提醒民众,增强意识,提高警惕,不要被他人利用!如果遭到胁迫,请及时向公安机关报告!

小罗和小钟又来到小五妹面前,只是没有问话,女的依然给了50元钱,男的拿了一张报纸,有意识地放在小五妹面前,观察着小五妹的反应。

小五妹 谢谢姐姐,您真是好人!哥哥,您的报纸可以借我看看吗?

小罗 报纸就送给你看吧。是不是有你关心的消息?

小五妹指着报纸上《石旮旯村公路修通 结束封闭历史 开始新的征程》的文章,点了点头。

小五妹 我就是石旮旯村的。

小钟和小罗交换了一下眼神,会心地点了点头。

小钟 原来是这样啊!

21. 秀水市 / 幸福小区 / 王萤父母家 / 日 外（内）

王萤驾着一辆红色奥迪轿车，开进幸福小区。

王萤大包小包拎了许多东西进了家门。

老王医生帮着王萤放下手里的东西。

王萤　爸，今天天气很好，您应该出去走走，晒晒太阳对身体有好处。

老王医生　是该多晒晒太阳。自从被蛇咬伤后，体质下降得厉害，特别怕风寒，也怕多出门，退休以后，出门就更少喽。

王萤　现在正好有点空，我陪你出去走走吧，一会儿我还要赶到省城去参加一个会。

老王医生爱怜地抚摸了一下王萤的头。

老王医生　小萤，你忙你的，不用陪我。你是来向爸辞行的吧？

王萤　老爸，你的消息还真灵通，我身边到底有你多少内线啊？

老王医生　（拿过一张报纸，在王萤面前晃了一晃）省报上都发消息了，省、市相关部门和单位都要派驻村第一书记下去扶贫。

王萤　这也不能说明我要去啊。

老王医生　知女莫若父嘛！当年，你去部队当兵，不也是大包小包来看我。

王萤　爸，您还真是越老越精明呢，把我这个习惯给记住了。

老王医生把手里的报纸递给王萤。

老王医生　小萤，这份报纸拿给你看吧，上面还有你关心的消息。

王萤接过报纸，看见上面登载了一条消息《石旯旮村公路修通　结束封闭历史　开始新的征程》，文章处还有些湿润，王萤知道，湿润处是父亲的眼泪。

22. 云上寨 / 宋大伯家 / 日 内

江虹一勺一勺地把药喂进宋大伯的嘴里，江虹既细心又耐心，宋大伯感到很暖心，眼泪流出，掉进碗里。

小马递过纸巾给宋大伯擦眼泪。

江虹　宋大伯，您别伤心，也别灰心，您好好吃药，安心养病，身体会好起来的。

宋大伯　（哀叹一声）姑娘，谢谢你！我自己的病自己知道，不是这几碗药就能治好的，你们不要在我身上浪费时间、浪费钱了。唉，更何况，今天能还有一碗药，明天的药又在哪里？

江虹　大伯，你一定要有信心，要坚持吃药，身体才会好起来，医药费可以通过新型农村合作医疗解决一部分。而且石旮旯村的公路已经修通，你们的日子会逐渐好起来，有钱看病了，有条件治疗了，你的病会好的。

宋大伯　姑娘，你要是真想帮我，就请帮我把小五妹找回来吧，我对不起她，为了给她爸妈治病，她把自己拿来换钱，去给人家打工还债……如果见不到她，我死了也合不上眼啊！还有小山猫，他是一个聪明懂事的孩子，请一定要把他找回来。

23. 公路 / 某服务区 / 日 外

汽车驶进服务区，货车司机下车走进超市，过了一会儿，端着一碗冒着热气的方便面出来，在车旁路边的石坎上坐下，香喷喷地吃起来。

车货厢内，小山猫悄悄伸头，眼巴巴地望向那碗充满诱惑的方便面，伸手摸着自己饿得咕咕叫的肚子。

货车司机不经意间抬头，发觉车货厢里似乎有动静，上前查看，发现了躲在里面的小山猫。

司机把小山猫呵斥下来，拧着小山猫的耳朵。

司机　你这娃娃，年纪不大，胆子不小，怎么不学好，偷东西！你家大人在哪里，怎么不管你！他们不管你，我就把你送到派出所去！

小山猫委屈得眼泪直流。

小山猫　叔叔，我不是小偷，我不去派出所！我爸妈都得癌症死了，为了给他们治病，我姐用自己换了钱，被带到贵阳去了，说是让她"打工还债"。我爷爷病重，想见姐姐一面，我就是到贵阳找姐姐。但我一分钱都没有，坐不上客车，所以……

司机　你知道姐姐在哪里吗？

小山猫摇头，还是呜呜地哭着。

司机　不知道怎么找？！

小山猫还是眼巴巴地看着司机手里的方便面。

司机见小山猫哭得伤心，不像说假话，心软了下来。

司机　饿了，是不？

小山猫吞咽着口水点头。

司机　走吧，我带你去吃点东西。你既然碰到了我，我既然知道了你的情况，就肯定不能让你这么个孩子一个人在贵阳乱跑。这样吧，我赶着送货，你先跟我一起去，货送到以后，我带你到汽车站，给你买张票，你回家去。

小山猫眼里透出倔强。

【小山猫内心独白】但我必须把姐姐找回家！

24. 云上寨／宋大伯家／日 外

李永胜、老焉、蒋文化来到宋大伯屋外，咳嗽声接连不断从屋里传出，李永胜急忙推开门进去，情急之下也没顾得上先跟江虹他们打招呼。

老焉　宋伯，我们的新支书李永胜来看你了！

李永胜　宋大伯，你还好吧，怎么咳得这么厉害，要不要去医院看看？

宋大伯　老样子了，你们不要紧张。见到小五妹之前，我还不想死！

江虹在一旁，默默地注视着石旮旯村这位新的带头人。

25. 贵阳／火车站广场／日 外

小罗和小钟离开，小五妹急切地抓起报纸，认真地读起关于石旮旯村通公路的消息。

　　【小五妹内心独白】太好了，公路修通了，我们石旮旯村就有希望了！我是不是该回去了？

　　小五妹捧着报纸流下泪来，起身收拾起东西，向广场旁边的一条小路走去。

26. 贵阳 / 西入口 / 日 外

　　高速交警王队长正带着一名同事查看一辆从崇山县方向来的客车，另一名同事正在查看一辆挂着秀水市车牌的货车。

　　王队长　（有些失望）还是没有发现那个小孩。

　　查货车的同事　队长，也没有。

　　小山猫所坐的货车从王队长他们身旁开过，可能因为该车悬挂的是贵阳车牌，所以并未引起王队长他们的注意，小山猫坐在司机的旁边，就这样与王队长擦肩而过。

27. 云上寨 / 宋大伯家 / 日 内

　　【李永胜打量着宋大伯的家，心想】真的是穷到了极点，他们靠什么生活？

　　李永胜从裤兜里掏出一叠对折着的纸币，捋了一下，大概八九百的样子。

　　李永胜　宋伯，这钱你先拿着，买点药治病！

　　这时，一旁的黄光先说话了。

　　黄光先　李支书，这钱还是先拿来保证吃饭问题吧！

　　江虹　不吃饭饿死，不吃药病死，贫穷状况不彻底改变，等死！

　　李永胜听到两人说话，才意识到旁边还有人，歉意地笑了笑。看见江虹，他心里已经猜到了十之八九。

　　李永胜　不好意思！您应该就是……

江虹 李书记，您好！我是市里派来的精准识别工作组的江虹。

两人握手。

李永胜 江组长，您好！我是专门来拜会您，跟您讨教、商量关于精准识别的问题。

这时，李永胜的手机接到短信，让他明天去高山镇开建档立卡工作会。

28. 贵阳／火车站广场旁小路／日 外

这条路上的行人很少，小五妹手里拿着那张报纸走着，想着，脸上浮现出微笑。

突然，小五妹手臂被人从身后紧紧拽住，耳边传来一个恶狠狠的女人的声音。

女人 看你还躲！你害得老娘人财两空，老黑（黑瘦老头）进去了，钱你也不还，老娘今天绝不会放过你！今天讨得的钱呢，还不交出来！

小五妹转身一看，正是当时跟黑瘦老头一起哄骗她到贵阳"打工还债"的女人。

小五妹 钱我肯定是要还的，但你们不能逼我去乞讨！

小五妹说完，想要离开，被那女人死死抓住。

29. 贵阳／郊外／兴隆蔬菜水果批发市场／日 外

小山猫所坐的货车驶入批发市场，货车司机下车去办交货手续。

司机 小山猫，你在车上等着我，我交完货就带你去客车站。

司机离开，小山猫发现，司机的钱夹竟然掉在了座椅上。

【小山猫看着钱夹心想】不行，我不能就这样回去，爷爷想见姐姐，我一定要找到她，把她带回家去！我要是有了钱，不就能坐车到城里各处去找姐姐了。

小山猫几次把手伸向钱夹，又缩回去。

小山猫的内心激烈斗争。

【小山猫内心独白】不行，爷爷教过我，做人一定要走正道，再穷也不能为了钱去学坏……可是，没有钱，我就不能自己走，就会被送回去，就没法找姐姐……

　　小山猫眼见司机已经从二三十米处的办公室里出来，再也无法多想，他抓起钱夹，打开另一侧的车门，跳下车就跑。

30. 秀水市 / 幸福小区 / 日 外

　　王萤驾车出了小区，耳边还回响着父亲的话。

　　【老王医生画外音】萤儿，退伍不褪色，你一定要保持本色，勇于战斗，勤劳奋斗，不获全胜不收兵！

　　王萤　（拿起座椅旁的一个信封看了看，笑着自言自语道）老爸到底给了我什么锦囊妙计，还说不到紧要关头不准看。

第十三集

1. 深圳 / 张梨花家 / 日 内

花洒喷出的热液，浸润着张梨花的每一个细胞，她重新捋了捋自己此次的石旮旯村之行。

【闪回，一组镜头】

镜头一　高山镇政府，张梨花质问张兴黔："说，把李永胜骗回来，是不是你的主意？讲不清楚，我可要翻脸不认人！"

镜头二　张梨花罚张兴黔陪着自己在医院照顾李九伯，张梨花看着张兴黔细心为李九伯倒水、削水果、捏手臂，反而觉得不忍心，说："张大书记，看你表现不错，我决定把你'提前释放'，你回去吧！耽误了书记的工作，我就罪过了。"

镜头三　张兴黔请张梨花把高山镇在深圳工作或打工的人组织起来，帮家乡做好事办实事。张梨花说："人我可以张罗，当会长我可不行。"张兴黔说："怎么不行？我们张总经理聪明能干，人又长得漂亮，有实力，有底气，一定有号召力！"

【闪回结束】

不知是热水和水蒸气的作用，还是想到了张兴黔对自己的夸奖，张梨花的脸红红的。她捧了一把水拍在脸上，用力搓了两下，张兴黔的影子挥之不去。

张梨花　（自嘲地笑了笑，自言自语道）人啊！

2. 贵阳 / 某派出所 / 日 内

货车司机正在报案，警务人员做着笔录。

司机　一个小男孩拿走了我的钱夹，里面有2600块钱，还有几张银行卡。这个小男孩自称叫小山猫，个子 1 米 5 左右……

3. 贵阳 / 火车站附近 / 日 外

小罗和小钟给实习的派出所的李所长打电话。

小钟　李所长，我们发现小五妹了，应该就是那天我们向您汇报的那个乞讨的女孩，外貌特征与描述吻合，关键是她说自己是石旮旯村人……明白，所长，我们马上向火车站派出所反馈，也会守在她附近观察情况。

4. 贵阳 / 街头 / 日 外

小山猫从一辆大巴车上下来，紧张地往四周张望，生怕被货车司机追上。

小山猫躲到街边一背静处，坐在墙根下，从怀里掏出那个钱夹，拿出里面的钱一张一张数着，嘴里轻声数着数。

小山猫　1，2，3……25，26。

小山猫抑制不住内心的欣喜。

【小山猫内心独白】2600，这么多钱啊，我发财了！……可，爷爷说过，再穷也不能为了钱干坏事……但，我也不是有意的嘛，大不了算是我向司机叔叔借的，反正我知道他工作的地方，今后有钱了我一定去找他，把钱还给他！

小山猫毕竟只是个孩子，这样一想，他就觉得宽心了。

小山猫　（站起身来，咕哝道）还是赶紧找姐姐去！但是到哪里去找呢？（小山猫举目四望，看见路边有个书店，于是有了主意）对，买张地图就能找到路了，然后我就先去火车站。

5. 贵阳 / 道路 / 警车 / 日 内

汤警官坐在副驾驶位上，目光搜寻着道路两旁。

汤警官的电话铃响起，电话接通。

电话那头　队长，刚转来一条报案，要求我们协查，说是一名叫小山猫

——"兵支书"投身乡村振兴电视文学剧本

的男孩偷了人家的钱夹，正好跟你说要找的那个孩子同名。

汤警官 难道真的是那孩子？你赶紧安排人，到火车站、汽车站等可能出现的地方查找，我也正在找。

汤警官刚刚挂断电话，手机铃声再次响起。

电话那头 火车站派出所传来消息，初步确定那个叫小五妹的孩子就在火车站一带。

汤警官 好，注意确保孩子的安全，我马上过来！

6. 深圳 / 张梨花家 / 日 内

张梨花穿上浴衣，走出浴室，拿起手机打电话。

张梨花 吕妹，明天有空没？我想约咱们高山镇在深圳这边的姐妹们聚聚。

吕妹 梨花姐，是不是回家乡去给我们带了什么好吃的来？

张梨花 你啊，就是改不了吃货的德性，啥时候都惦记着好吃的。是有正事跟你们商量！

吕妹 什么事啊，姐，能不能先透露点给我？不会是你有喜事了吧，嘿嘿。

张梨花 我的小姑奶奶，你能不能正经点，喜你个大头鬼啊！是高山镇脱贫攻坚的事！

7. 贵阳 / 火车站附近街道 / 日 外

小五妹拼命想挣脱那恶妇（黑瘦老头的同伙）的手。不远处有一名男子，跟她们若即若离，与恶妇交换着眼神。

小五妹张嘴想呼救，被恶妇伸手捂住嘴。

恶妇 你要是敢叫，老娘就揍你，就说你是我女儿，不知廉耻，书不读却跑出来接客，你看别人信不信！

小五妹 我求求你了，我一定会还钱的，但我真的不愿靠乞讨还钱，我想靠自己的劳动挣钱还债！

  恶妇 说得轻巧！你这屁大点的娃娃，谁会要你？你去哪里打工赚钱？老老实实乞讨去，免得皮肉受苦！

  小五妹偷偷看了一眼这条小街，这时街上几乎没人，那名男子依旧若即若离，目露凶光。小五妹知道自己弱势，放弃了呼救。

  【小五妹内心独白】我该怎么办？我该怎么办？

  恶妇扯着小五妹往路边一条小巷口拽。

8. 高山镇 / 镇政府会议室 / 日 内

  高山镇建档立卡工作会议正在进行，老镇长王秋明布置工作。

  王秋明 按照习近平总书记"精准扶贫"的工作要求，省、市、县都非常重视精准识别工作的开展，要做到精准扶贫，必须抓实精准识别，方法就是建档立卡。前一段时间市委派了工作组到我们镇开展精准识别调研，有非常重要的成果，尤其是石旮旯村的精准识别有了较好推动，我们请石旮旯村的阿贵主任介绍一下情况。

  阿贵 这次会原本该是我们新任村支书李永胜来开的，但他现在正在进行精准识别调研，所以委托我来。

  干部甲 就是传说中的"兵支书"李永胜吗？

  阿贵 没错，就是他！

  干部乙 难怪，军人的作风就是过硬！

9. 贵阳 / 某书店 / 日 外

  王莹把车停到书店附近的停车场，走进书店。

  书架上，各类图书琳琅满目，王莹看哪一本都觉得需要，手不释卷。

  【王莹内心独白】真的是"书到用时方恨少"啊，只怪自己之前书看少了。

  王莹的目光停留在《制胜的科学》上，这书是俄罗斯帝国元帅苏沃洛夫所著，王萤认真翻看着。这时，她听到一个细小的声音："阿姨，这里有地图卖吗？"

王萤转身，发现一个小男孩站在自己身后，这个男孩正是小山猫。

王萤 （打量了一下小山猫，问道）你要买什么地图？你不是本地人吧？

小山猫 嗯，我不是本地人，我是从石旮旯村来的，我想买市区的地图，能找到火车站的那种地图。

王萤听到石旮旯村，来了兴趣。

王萤 你要去火车站干什么？

小山猫 我要去找我姐，她……她来贵阳打工了，就在火车站那里。

其实，小山猫并不知道姐姐在哪里，他生怕自己说实话又要被送回家，就无法找姐姐了，所以撒谎说姐姐在火车站那里。

王萤注意到，小山猫说话有些吞吞吐吐，神色有些慌张。

【王萤心想】这孩子怎么会一个人在贵阳？他说的都是真话吗？不管了，先稳住他再说。既然是石旮旯村的，我不妨跟着了解一下情况，反正下一步的工作也需要。

王萤 这样啊。去火车站的路我熟，如果你信得过我，我带你去，地图就不用买了，我帮你省钱。

小山猫认真看了看王萤，又想了想。

小山猫 我看你不像坏人，我相信你！

王萤 （笑道）那就走吧。

10. 石旮旯村 / 云上寨地头 / 日 外

李永胜、蒋文化、江虹、黄光先等人走在地头上。

李永胜 文化，上次我来，你带着一帮人在种蔬菜，我记得你说的是种韭黄，现在情况怎么样？

蒋文化 没错，是种韭黄。韭黄这东西娇气，我们刚开始栽种的时候，我们村的公路还没通，担心影响销售，而且大家都没做过，也不懂市场，有点畏首畏尾，还是在你的鼓励之下才多种了点，情况还不错，市场需求量大，价格也可以。

　　李永胜　那你下一步有什么计划？

　　蒋文化　现在路通了，蔬菜出山不是问题了，种植上我觉得可以上规模，可以采取专业合作社的形式，让村民们都参与进来，把韭黄种植做成我们村的特色农业产业。

　　李永胜　我们想到一块去了！

　　蒋文化　发展需要投入，也有风险，就怕村民们不敢、不愿意。

　　李永胜　村民们有顾虑是正常的，这也应该成为我们工作的一个着力点。文化，这可要好好发挥你这个人民教师的特长了，给老百姓讲市场、算细账，让老百姓明白其中的实惠。有实惠，老百姓才有积极性，产业发展才能真正成为我们石旮旯村脱贫致富的根本出路。

　　蒋文化　好，我回去好好地准备一下。

　　李永胜　（转身对老焉说）对了，老焉，我们修路时承诺老百姓"工分变银子"的事要抓紧，进展如何了？

　　老焉　他们正在加紧办，这个星期就能算完。

　　李永胜　好，一定要尽快让老百姓拿到他们用自己辛勤劳动挣来的第一笔钱，在他们心中燃起脱贫攻坚的希望之火！

11. 贵阳 / 火车站附近街道 / 日 外

　　眼看小五妹就要被恶妇拽到小巷里，小罗、小钟与另两名公安干警赶到，一副冰冷的手铐铐上恶妇的手腕。

12. 石旮旯村 / 云上寨地头 / 日 外

　　江虹正跟李永胜交流。

　　江虹　永胜书记，我刚接到上级通知，我们工作组转为驻村工作队，接

受驻村第一书记王萤直接领导，同时接受村党支部的领导。

  李永胜 太好了，脱贫攻坚的力量正在大汇聚！

  李永胜激动地与江虹握手。

  李永胜 欢迎欢迎！我代表石旮旯村的村民们感谢你们的大力帮助和支持！

  江虹 说什么感谢，现在我们可是同一条战壕的战友！

  李永胜 没错！（李永胜转向蒋文化）文化，你联系一下王萤书记，看她什么时候到，我们可要好好地欢迎王书记！

  蒋文化 好的，永胜书记，我回头联系王萤书记！

  江虹的手机响了，是汤警官打来的。

  汤警官 小五妹我们已经找到，很快就能送回石旮旯村。

  江虹 小山猫呢？

  汤警官 还在继续寻找。

13. 贵阳 / 火车站附近街道 / 日 外

  见警察抓人，不少群众过来围观。

  恶妇 （扯着嗓子狡辩）你们凭什么抓我，老娘管教自己的女儿有罪吗？

  警察 （问小五妹）你是她女儿吗？

  小五妹见警察来了，不再害怕。

  小五妹 她撒谎！我不是她女儿！

  警察 他们有没有逼你乞讨？

  小五妹 有！不止我，还有另外几个孩子，还有残疾人。如果我们不去乞讨，就会被他们毒打，要到的钱也全部被他们收走！

  恶妇见事情败露，开始撒泼耍赖。

  恶妇 欠债还钱，天经地义，我让他们还钱有罪吗！

  警察 已经有人指证你们的违法行为，有罪无罪法律说了算！走，跟我们回派出所!

不远处的那名男子意欲溜走,被另两名警察截住。

小五妹被这突如其来的变化搞蒙了,正不明所以之时,汤警官赶到。

汤警官 (向小五妹出示警官证,问道)你是不是石旮旯村的小五妹?

从困境中解脱的小五妹仿佛见到了亲人,流着眼泪不住地点头。

汤警官 你的家人一直在担心你!先跟我们回所里做笔录,我们会联系你的家人,把你送回家去!

14. 石旮旯村 / 三嫂家 / 日 内

朱三娃刚挑了两桶水来,往水缸里倒水。

三嫂一边编着竹篓,一边唠叨开了。

三嫂 三娃,你看这附近的村寨都用上自来水了,我们村吃点水还要到山下的河里去挑,我想给村支两委建议,我们村也先把这自来水接通吧。

朱三娃 行是行,我敢肯定大家一定也想这么做,可这又是一笔钱啊,上哪去找?

三嫂 我听说永胜要兑现我们修公路的工钱,能不能拿这笔钱修自来水。

朱三娃 乡亲们都盼着这笔钱去还债,恐怕行不通。

三嫂 唉,你说得也没错,我们村本来就穷,各种额外开销还不少。就说人情酒吧,红白喜事,建房上梁,一年到头下来,少的得送一两千,多的可能上万,单这一项,就有不少人家欠下一屁股债了。

王素英 (三嫂的弟媳,嚷嚷着走进门来)三嫂,三嫂,我们家吃亏了,你去帮我出口气!

三嫂 素英,怎么回事?坐下说。

王素英 老焉太不地道了,把我们家修公路的工分算得低低的,把他家小舅子的工分算得高高的,村委会那边都闹翻天了!

15. 贵阳 / 火车站附近 / 日 外

王萤和小山猫边走边聊，小山猫似乎放松了警惕，他对王萤无话不说。

小山猫 我叫小山猫，我爸爸、妈妈得了重病，前不久都死了，现在只剩爷爷、姐姐和我，爷爷也一直生病。为了给爸妈和爷爷治病，姐姐用自己换了 3000 块钱，被人家带走去打工还钱。家里只剩下我和爷爷，爷爷没钱治病，咳得越来越厉害，还会咳出血来。爷爷天天说想见姐姐，所以我就来找姐姐了。

王萤 （震惊）什么，用自己换了 3000 元！什么年代了，怎么还有这种事？

小山猫说着，已是一把眼泪一把鼻涕，他抬起手臂，在脸上擦了一把，眼泪和鼻涕与灰尘混在一起，脸上脏脏的，看起来既可爱又可怜。

王萤赶紧掏出湿巾给小山猫擦脸，她抚摸着小山猫的头，安慰着。

王萤 我陪你找姐姐，我们去找警察，请他们帮你找。

小山猫听到"警察"两个字，似乎有些害怕。

突然，小山猫发现不远处，小五妹与公安人员走在一起。

小山猫 （兴奋地叫起来）我看到姐姐了，她在那边！

16. 石旮旯村 / 村委会办公室 / 日 外

几十个村民围在村委会院子里，对老焉的指责声淹没了一切。

村民甲 老焉，你还真的是近水楼台先得月，好处尽往自家人头上算！

村民乙 人做事要凭良心，你家出力修路就该多算工分，人家出力修路就该少计工分是不是，亏你还是村干部！

村民丙 什么村干部，我看就是搞不正之风，搞腐败！

村民们你一言我一语，老焉欲辩不能。

李永胜等人匆匆赶到。

蒋文化 （大喊一声）都给我静一静！

众人看见李永胜等人来了，安静了下来。

李永胜　老焉，怎么回事！

老焉　（一脸委屈）永生，我冤枉！

17. 深圳 / 小酒楼 / 日 内

张梨花、吕妹和十来个妇女在小酒楼里吃饭，张梨花正在给她们讲石旮旯村修路的事。

张梨花　"轰""轰"一阵大炮，把大山劈开了，路就通了！

吕妹　路就通了，就这么简单？一点都不精彩！

张梨花　有精彩的，三嫂送饭斗野猪！

妇女甲　算了吧，梨花，不会讲故事，就不要难为自己了，讲正事。你这个大忙人，平时想要见一面都难，今天主动把我们邀来，肯定有事吧？

张梨花　那我就开门见山了！高山镇的党委书记张兴黔，希望我们镇在深圳的这些人能够组织起来，帮助家乡打赢脱贫攻坚战！

妇女乙　梨花，看来你是有主意了。你先说来听听，怎么个帮法，我们能做些什么？

18. 贵阳 / 火车站附近 / 日 外

小山猫激动地向小五妹那边跑去，王萤急忙追赶。

这时，路边一辆警车停下，两名公安干警下车，快速拦住了小山猫，急得小山猫大叫。

小山猫　你们挡着我干什么，我姐姐就在那边，我看到她了，我要找我姐姐！

王萤　（追到跟前，问道）警察同志，请问是怎么回事？

警察　您好！我们接到报案，这个孩子疑似偷了别人的钱夹，我们需要带他回所里了解情况。请问您是他的什么人，请您配合！

王萤有些吃惊，她看了一眼吓得瑟瑟发抖的小山猫。

王莹　我是他们村的人，我和你们一起去吧。

19. 石旮旯村 / 村委会 / 日 外

朱三娃、三嫂和王素英来到村委会院子，正看见李永胜抓住老焉的手臂，把老焉拉到人群中央。

李永胜　大家不要冲动！老焉，你有什么冤枉，有什么委屈，就当着大家的面说出来。

老焉　我不能说。

李永胜　你有什么不能说的，是不能说还是不敢说？蒋文化！

蒋文化　在！

李永胜　在部队办事不公，损害群众利益，怎么处理？

蒋文化　严重警告处分。

李永胜　老焉，在事情调查清楚前，先罚你去给老百姓挑水，一边挑水，一边反思。如果事情查清后你真的存在问题，你就必须接受处分！

老焉　我认罚，也一定配合好组织调查。

20. 深圳 / 小酒楼 / 日 内

张梨花　你们说，当前我们石旮旯村需要解决的主要问题是什么？

吕妹　要我说啊，石旮旯村需要解决的问题多了，没有主要，而是都要，比如交通、医疗、教育、饮水、卫生、生产，等等，什么都重要。

妇女甲　（附和）吕妹说得没错，我们石旮旯村的发展欠账太多。

张梨花　是的，石旮旯村太穷，太落后，这就是摆在眼前的事实。但是，这次我回去能感受到，我们石旮旯人真是铁了心要改天换地了！

吕妹　（笑着插话）是啊，要不也不会把你姐夫这个能干的"钢铁战士"给骗回去啦！我听桐花姐说，你这次是去帮她"捉拿"永胜哥的，怎么，人没捉回来，还把我们都"搭"进去了？

大家笑起来。

张梨花 好了好了，这次算我认输了，谁让我是咱们石旮旯村出来的呢！

妇女甲做了个禁止说话的动作。

妇女甲 小吕妹，别打岔了，听梨花说。

张梨花 这么多事，我们肯定是心有余而力不足，只能量力而行，那我们就重点帮村里做一样事怎么样？

妇女甲 做哪样？

妇女乙 梨花，你先不要说，让我来猜猜，我们把要做的事写在手心上。

妇女乙和张梨花两人用笔在手心上写字。

吕妹 （在一旁攒劲）开！

两人同时把手心展开，两人的手上都写着同样的三个字 自来水。

妇女甲 大家想到一块儿了！

吕妹 这件事值得做，我们认了，无非就是在老公腰包里多掏几个钱嘛！

张梨花 姐妹们，我们既然组织起来为家乡做点事，就是一个团队了，我们是不是应该给我们的团队起个名字啊？

大家都表示赞同。

张梨花 大家都出出主意，一定要取个响亮的名字！

21. 贵阳 / 火车站派出所 / 日 内

小五妹正在配合民警调查做笔录，汤警官站在一旁，这时，汤警官的手机响起。

汤警官 ……那个男孩找到了？……正准备带到火车站派出所……我现在就在火车站派出所。

不一会儿，民警领着小山猫走进派出所，王莹跟在后面。

小山猫一眼就看见了正在做笔录的小五妹，激动得不管不顾地冲进去，抱着小五妹抽泣起来。

  小山猫 姐，我终于找到你了，快跟我回家去吧，爷爷病越来越重，他想要见你！

22. 深圳 / 小酒楼 / 日 内

  众姐妹 （欢呼）好，我们的团队就叫"石姐妹家乡助力会"，全力支持石旮旯村打赢脱贫攻坚战！

23. 石旮旯村 / 山路上 / 日 外

  老焉挑着水，吃力地走在山路上。
  一趟，两趟，三趟……
  一桶水倒进水缸，半缸水，逐渐变成一缸水。
  另一桶水倒进另一家水缸，半缸水，变成一缸水。
  山路上，老焉放下担子，一屁股坐下去，就起不来了。
  李永胜站在路边，像监工一样监督着老焉。
  蒋文化见老焉累得趴下了，着急起来，想要上前去扶老焉，被李永胜制止住。
  李永胜 对老百姓不公平，就要受到惩罚！
  老焉 我认罚，但我真的冤枉！

24. 石旮旯村 / 村委会 / 日 外

  江虹和小马走进村委会院子。
  江虹 永胜书记，永胜书记！
  蒋文化 是江组长来了，永胜书记正在执法哩！
  江虹 执什么法，惩罚老焉吗？
  蒋文化 江组长真是消息灵通，就是罚老焉，让他给老百姓挑水去了。
  江虹 快别罚了，你们错怪老焉了！

25. 贵阳 / 火车站派出所 / 日 外

小山猫拉着小五妹的手走出派出所。

王萤与汤警官握手道谢。

王萤 谢谢你，汤警官！

汤警官 还好，失主了解到小山猫家的情况后，很同情孩子的遭遇，体谅他不是故意这样做的，所以主动请求我们不要处理小山猫。

王萤 多亏碰上好心人，要不然这孩子的成长过程里就留下污点了。

汤警官 说起来都是贫穷惹的祸，虽然他们两姐弟的遭遇值得同情，但请你们一定要对孩子加强教育，让他们懂得，再穷也不能做违法乱纪的事，要堂堂正正做人。

王萤 谢谢汤警官，我们一定会加强对孩子的教育引导。你说得没错，他们姐弟俩的遭遇，贫穷就是祸根，但我们石旮旯村正在拔穷根，拔祸根，等我们打赢脱贫攻坚战，这样的悲剧就不会再发生了。

汤警官 期待你们的捷报！王书记，我还是送你们回去吧。

王萤 真的不用了，汤警官，谢谢！我现在已经是石旮旯人了，我带他们回家！

26. 石旮旯村 / 三嫂家 / 日 内

老焉把一桶水倒进水缸里，突然倒地，三嫂见状，大声呼喊起来。

三嫂 快来救命啊，老焉昏倒了！再不来，老焉就没气了。

李永胜、江虹、蒋文化等人跑进三嫂家。

江虹对着李永胜发脾气。

江虹 你要老焉公平，你要清明，但自己却不能明断是非，不问青红皂白就罚老焉，你这是武断！

李永胜 做了对不起老百姓的事，就该罚！

小马 李书记，你们真的搞错了，该罚的是我，是我对情况不清楚，张冠李戴才出了错。

  李永胜 真的不是老焉出错、不公平？

  江虹 真的不是老焉，确实是小马的问题，我也有责任。

27. 云上寨 / 宋大伯家 / 日 内

  宋大伯躺在床上，咳得更厉害了。宋大伯伸手捂住嘴，一阵猛烈地咳嗽，咳出的血染在手心。

  宋大伯 唉，看来我真的命数已尽了。

  见宋大伯这情形，黄光先也觉得自己无能为力了。他在简陋的石板桌上放上两个酒杯，把酒斟满，端起一杯走到宋大伯的床前，把宋大伯扶了起来。

  黄光先 老宋，喝了这杯酒吧！就算真的要走了，走在路上也暖和一点。

  宋大伯 老黄，感谢你来陪我，我真的不想死，我不甘心啊！我好想看看小五妹和小山猫，我那可怜的孙女和孙儿。

  黄光先 老宋，小五妹和小山猫不会有事的……

  黄光先安慰宋大伯。

  突然，小五妹和小山猫一前一后冲进屋里，冲到宋大伯床前，身后跟着王萤。

  小五妹 爷爷，我回来了！

  小山猫 爷爷，我把姐姐找回来了！

  宋大伯惊喜地看着小五妹和小山猫，小五妹忘情地扑到宋大伯怀里。

  小五妹 爷爷，你可不能走，你走了，我和小山猫就真成了孤儿，孤苦伶仃的，怎么过啊！

  小山猫 爷爷，你不会有事的，王萤阿姨说了，一定会治好你的病。

  王萤 宋大伯，您好！我是市委宣传部派驻石旮旯村的驻村第一书记，我叫王萤。我已经听两个孩子讲了您的病情，我们会帮助您治病的。

宋大伯老泪纵横。

28. 石旮旯村／村口／日 外

阿贵站在村口，像是在等待什么人。

一个村民跑过来。

阿贵　怎么了，有什么事？

村民　阿贵主任，你不用在这里等了，刚才云上寨传来消息，说是王萤书记已经去了云上寨。

阿贵　真不愧是军人作风，第一书记已经开始履职了！

29. 深圳／张梨花家／日 内

吕妹等高山镇在深圳的妇女聚在张梨花家。

张梨花　感谢各位姐妹，石旮旯村修自来水的经费提前筹集完成，希望我们石旮旯村的乡亲们早日用上清洁的自来水！

众姐妹伸手击掌庆贺。

30. 高山镇／镇政府办公室／日 内

张兴黔正在看各村的脱贫攻坚工作简报，手机信息提示音连续响起。

张兴黔看到，第一条信息是张梨花发来的。

【张梨花画外音】向兴黔书记报告，按照您的指示，我们在深圳的家乡人准备帮助石旮旯村接通自来水，目前经费已经筹集完毕！

张兴黔　（笑着自言自语）这个梨花，还真是深圳速度！

第二条信息是李永胜发来的。

【李永胜画外音】兴黔，我们村定于后天召开修路补贴兑现大会，请您届时莅临指导！

张兴黔满怀信心地望向窗外。

第十四集

1. 红旗村 / 田间地头 / 日 外

穆欢欢站在荒凉的地头，环顾着四周，不停地叹气，终于忍不住拿出手机，拨通了江虹的电话。

穆欢欢 江姐，我真的是太郁闷、太痛苦了。

（电话那头）江虹 怎么了，欢欢？

穆欢欢 红旗村的精准识别工作已经开展几个月了，但进展很缓慢。

江虹 什么原因？

穆欢欢 感觉村支两委对这项工作不上心，有时候甚至觉得是故意的，尤其是那个村支书章山峰。

2.【闪回】红旗村 / 村委会办公室 / 日 内

办公室内的气氛有些尴尬，穆欢欢生气地提高了嗓门。

穆欢欢 章支书，你什么意思，你们村的精准识别到底还要不要完成了！我们应该坐下来，好好商量一下。我已经来找你四五次，你每次都说有事！

章山峰一副满不在乎的表情。

章山峰 穆同志，你别生气，我也都是为了工作嘛，今天去市里是为了跑项目，又不是为了去玩。

穆欢欢 每次我一找你，你就有事，真的这么巧吗？章支书，精准识别是脱贫攻坚的重要基础，上下一盘棋，红旗村不能拖后腿！

章山峰 穆同志，你也不要上纲上线，我章山峰又没说不搞精准识别。

【闪回结束】

3. 红旗村 / 田间地头 / 日 外

穆欢欢　江姐，还有一个关键问题，调查越深，越发现他们工作中的水分多。他们如果再这样，我就准备向上反映！

穆欢欢和江虹通完话，心绪还未平静，一脸气呼呼的样子。

一个声音从身后传来："欢欢，怎么了，一个人在这生闷气？"

穆欢欢回头一看，是章山峰的父亲章大叔。

穆欢欢　是章大叔啊，没……没生气，我在思考点问题。

章大叔　欢欢，你不用瞒我，又是我那不争气的儿子惹着你了吧！他成天东跑西跑，沉不下心干事，我看着都着急啊！

穆欢欢　章大叔，其他村的精准识别工作都在快速推进，就是我们红旗村慢，您说该怎么办？

章大叔　唉，我也知道情况，可我说的那浑小子也不听。我还听说人家石旮旯村不但路修通了，还要给村民兑现修路的工分呢。

穆欢欢　是啊，石旮旯村干得红红火火的，红旗村也得脚踏实地啊！

4. 高山镇 / 张兴黔办公室 / 日 内

张兴黔正在接电话，是红旗村章山峰打来的。

张兴黔　对，是有一笔救济款……能不能多给你们村？……山峰，上级对救济对象的条件有明确的规定，并不是我们想分给谁就分给谁，哪个村能得多少，必须按规定执行，绝不能违规操作。山峰，你积极争取资金是好事，但靠争救济，是不可能实现脱贫致富的。习近平总书记讲过，"贫困地区发展要靠内生动力"，你一定要多把心思用在如何充分调动村民的积极性，如何搞好红旗村的脱贫攻坚上！

这时，镇党委办公室秘书小王敲门进来。

秘书　书记，您不是要去石旮旯村参加他们的总结会吗，该走了，李永胜书记他们都等着呢！

张兴黔挂了电话，与秘书出门，情绪高涨。

张兴黔　石旮旯村公路修通后，我就一直想亲身感受一下坐着车进去的滋味，感受一下石旮旯村的建设成果，今天终于可以如愿以偿了！

5. 云上寨 / 山坡 / 日 外

小五妹执意要去看自己的父母，王萤怕她出事，只好陪着她进山，小山猫上前带路。

来到山坡上的一小块平地，地上有一处没有墓碑、看上去垒起不久的土坟包。

小山猫　姐，到了。

小五妹冲上前去，跪倒在父母坟前，泣不成声。

小五妹　爸、妈，我来看你们了。都是我不孝，没能挣钱给你们治病，还让爷爷和弟弟担心。

小五妹扑在父母坟头痛哭，小山猫也不停地用衣袖擦着泪。

王萤上前，将小五妹轻轻扶起。

王萤　小五妹，人死不能复生，你不要太伤心，你还要照顾爷爷，照顾弟弟，你哭坏了身体，他们怎么办？你也不要太自责，否则我想你父母走得也不会安心。"脱贫攻坚战"你应该听说了吧？（小五妹点头）现在我们石旮旯村也在打脱贫攻坚战，只要我们大家齐心协力，就一定能打赢这场战役，就能够改变石旮旯村的贫穷面貌，一切就会好起来的。

这时，黄光先来了。

黄光先　王书记，永胜书记他们一直打你电话打不通，大家都在等你上任开会呢，阿贵主任担心你不认得路，让我找到你后领你去村里。

王萤一看时间，拍了一下自己的脑门。

王萤　看我这脑筋，只顾着担心小五妹，竟然没注意石旮旯村的会议时间！光先叔，那我们快走！

听说王萤要去村里开会，小山猫和小五妹也自告奋勇要给她带路，4人向石旮旯村村委会赶去。

6. 石旮旯村 / 村委会院子 / 日 外

村委会房屋外墙上挂着一条横幅，上面写着"石旮旯村公路建设总结及工分兑现大会"。

李永胜不时看表，又向院外张望。

上百名村民聚集在这里，多数人脸上带着期盼，但也有一些人脸上露出了不耐烦。

村民甲　怎么还不开始啊？

村民乙　是啊，我都等不及要数钱了！

村民丙　该不会出什么岔子，不给我们兑现吧？

…………

李永胜听到村民们的声音，赶紧稳定大家的情绪。

李永胜　大家放心吧，承诺兑现给你们的钱，一分都不会少的！我理解你们的心情，其实我比你们还心急，但现在离我们开会的时间不是还差几分钟吗，大家再耐心等等，我们还有两位尊贵的"客人"。

村民们纷纷起哄。

村民丁　谁也比不过我们永胜支书尊贵！

村民戊　对呀对呀，谁能带着我们挣钱，谁才是真正的"贵人"！

7. 云上寨 / 山路上 / 日 外

一路上，小山猫给王莹讲了许多山里的故事，逗得王莹哈哈大笑，小五妹也破涕为笑。

王莹　小山猫，你是个聪明的孩子，一定要走正道，把聪明用在正道上，可不能再做顺手牵羊的事。

小山猫　王阿姨，我当时也是实在没办法了，怕被送回家就没办法找姐姐了，没有钱也没办法去找姐姐，所以才做了错事。但您一定要相信我，我真的只是想借那个叔叔的钱,又知道他在哪里工作,想着以后挣钱了就可以还他。

王莹　我相信你,你现在已经知道这样做是不对的,今后可不能再做傻事了!幸好那个司机叔叔十分同情你的遭遇,替你求情,给你改过的机会,否则后果就严重了。

小山猫　我真的知道错了,我一定改正错误。我很感谢那位司机叔叔,王莹阿姨,你认识他吗,有机会我想当面对他说声"谢谢"。

王莹　改正错误,就要好好上学。

小山猫一听到"上学",眉头都皱成了一堆。

小山猫　啊,我最怕上学读书了!

小山猫的模样逗得大家笑了起来。

8. 鹰头崖 / 公路 / 日 外

张兴黔坐车来到鹰头崖。

张兴黔　停一下,让我看看这里。

张兴黔走出汽车,站在鹰头崖上,看着周边的一景一物,仿佛还能听到往日的炮声轰响。

【叠画,一组镜头】

镜头一　石旮旯村公路建设工程开工,村民们涌向工地。

镜头二　爆破鹰头崖,李九伯受伤。

镜头三　石旮旯村公路建设工程竣工,人们喜极而泣,幸福拥抱。

张兴黔　(对秘书小王说)九伯叔身上那种一心为民、勇往直前的老支书精神,影响和带动了石旮旯人。修建公路的硝烟虽然已经散去,但是石旮旯人的精神却永远留在了这里。

【张兴黔向小王要了纸笔,写道】石旮旯人吼一吼,鹰头崖要抖一抖,炸开千年沉睡山,脱贫攻坚开新篇!

载着张兴黔的车向石旮旯村驶去。

第十四集

9. 石旮旯村 / 村委会院子 / 日 外

张兴黔在计划的开会时间前赶到了石旮旯村，李永胜上前握手，将张兴黔迎进院内。

李永胜　乡亲们，我们尊贵的客人之一、镇党委书记张兴黔同志今天在百忙之中专门抽出时间来参加我们的总结会，我们修路的事情得到了镇里的大力支持，比如说水泥，有不少就是镇里帮助解决的。大家热烈欢迎，表示感谢！

李永胜说完，带头鼓掌。

村民们听到镇里的领导来，十分高兴，纷纷鼓掌。

众村民　（纷纷说道）书记好！欢迎张书记！谢谢张书记！感谢镇里的支持！

…………

张兴黔向大家敬了个军礼，示意大家停下。

张兴黔　谢谢乡亲们！我是当兵出身，就用军人的最高礼仪军礼来向大家表示感谢！我刚才坐车从你们修的路上来，那感觉是相当好，就像坐八抬大轿一样！

张兴黔做了个十分享受的夸张的表情和姿势，逗得村民们笑起来。

张兴黔　乡亲们知道，永胜书记在部队上是我的排长，在他的父亲、你们的老支书九伯叔的带领下，在你们的现任支书、我的老领导李永胜以及村支两委一班人的带领下，你们创下了战天斗地的奇迹，修通了石旮旯村的致富路，我要向你们表达深深的敬意，向你们表示热烈的祝贺！石旮旯人了不起！老排长好样的！九伯叔好样的！你们大家好样的！

张兴黔说完，又是一个标准的军礼。

村民们热烈鼓掌，满脸自豪。

老焉走过来。

李永胜　（忙问）来了吗？

老焉摇头。

老焉 永胜，开会的时间已经到了，兴黔书记也来了，还等吗？

一村民 永胜书记，都到点了，你说的"客人"怎么还没来啊？

10. 石旮旯村 / 山路 / 日 外

王莹、黄光先、小五妹、小山猫在山中赶路，4人纷纷抹着额头上的汗水。

11. 石旮旯村 / 村委会院子 / 日 外

村民们有些躁动起来。

这时，阿贵匆匆赶来，李永胜看了看阿贵身后，没人。

李永胜 怎么没接到？联系上了吗？

阿贵 我等了好久，没等到人，就打电话，结果一直是"无法接通"，刚才接到云上寨的通知，说王莹书记去了他们那里，我已经让光先叔去找她，把她送过来。我怕耽误这边的会，就先赶回来了。

老焉 那我们还等吗？阿贵，要不你把情况给大家说说？

阿贵 乡亲们，上级给我们村派来的驻村第一书记王莹书记，因为有事情耽搁了，正在赶来的路上，我们再等等她吧。

人群中发出一阵嘘声。

村民甲 什么第一书记，这么大的架子，村里的书记在这里，镇里的书记也到了，她却还没到！

村民乙 是啊是啊，这也太没点规矩了吧，这样的人来当什么第一书记，我可不服她管！

村民丙 开会的时间都过十多分钟了还没到，让大家等她一个，这就是典型的官僚作风嘛！

…………

12. 石旮旯村 / 山路 / 日 外

王萤看了看手表。

王萤 （问道）光先叔，还有多远？

黄光先 还要 20 分钟左右才能到。

王萤 请给他们打个电话，让他们不用等我，先开始。请他们一定要代我跟大家说声抱歉！

13. 石旮旯村 / 村委会院子 / 日 外

石旮旯村公路建设总结及工分兑现大会正式开始。

李永胜 村民们，我们现在开始开会！我们先请镇党委书记张兴黔讲话！

张兴黔 我刚才跟大家说的那些，就是我最想说的话。今天是石旮旯村公路建设的总结会，也是庆功会，还是请公路建设的指挥长永胜书记说吧！

村民们鼓掌。

李永胜 好，那我就先说！我们村的驻村第一书记王萤同志正在来村的路上，我们边开会边等，等她来了，有什么指示，有什么要求，再请她说。

人群中又是一阵嘘声。

会议秩序不太好，老焉、蒋文化等在维持秩序。

老焉 大家安静，永胜书记还有好多好的想法要告诉大家。

李永胜 公路修通，这只是我们村拔穷根的第一步。我们村还很穷，人均年纯收入不到 1000 元，收入的主要来源，是靠外出打工挣回来的钱，穷则思变，这种状况一定要改变，我们一定要自力更生，要把各种力量动员起来，靠我们的劳动脱贫！现在开始确认工分！

村民们欢呼。

蒋文化 王兴 1000 分，张强 1200 分，徐发富 800 分，老三 1800 分……三嫂 3000 分……

李永胜 领了工分的村民,到江虹组长和会计那边排队领钱,1个工分5毛钱。

14. 石旮旯村 / 村委会院子 / 日 外

村民们排着长队,有序地领钱,老三领到了900元钱,他捧着900元崭新的人民币,激动得手都有些颤抖。

一村民 (揶揄道)老三,你可是在外面打工见过世面的人,拿到这么点钱就这么激动啊!

老三 怎么不激动,这可是我长到20岁,在石旮旯村靠自己的劳动挣来的第一笔钱。

老三激动地走到李永胜面前,突然给李永胜敬了一个不标准的军礼。

老三 报告书记,报告老排长,我也是一个兵,一个民兵。你带着我们修通了公路,还兑现工分,让我们看到了希望,有你带着我们干,石旮旯村一定有希望!

几个领到钱的村民笑逐颜开,都围到李永胜身边。

村民 对,我们跟着永胜干!

匆匆赶来的王萤用手机记录下这激动人心的一幕。

村民们心情激动,没有人注意到王萤他们的到来。李永胜发现王萤到了,正欲上前欢迎,被王萤用手势制止住。

王萤等静静地站在人群背后。

15. 红旗村 / 农户家 / 日 外

穆欢欢在一户农户家调查,屋内还算整洁,但实在没有几件像样的物件。

穆欢欢 大娘,你们家今年的收成怎么样啊?

大娘 托老天的福,还不错,今年丰收。

大娘说话时眼神闪烁,似乎不敢与穆欢欢正视。

穆欢欢　你家养的有什么家禽家畜吗？卖了吗？大概能卖到多少钱？

大娘　养了5头猪，一头卖3000块，总共一万五。

穆欢欢　我听说您儿子在沿海打工，每月能给您寄多少钱？

大娘　大概2000块吧。

穆欢欢　照这样算，你们家都脱贫了吧？！

穆欢欢用疑问的眼睛看着大娘。

大娘偷偷瞄了穆欢欢一眼，却正好与穆欢欢的目光相撞，她下意识地打了个激灵，一阵尴尬后，大娘终于忍不住小声开口。

大娘　姑娘，我知道我说的话你不会相信的，你看我家这情况心里肯定就清楚了。我告诉你吧，（大娘把身体往穆欢欢身边凑了凑，对着穆欢欢的耳朵说）这些都是村干部教我们的，你可别让他们知道是我说的。

16. 安徽 / 某医院 / 王晶办公室 / 日 内

王晶在看王萤发来的微信，微信上还有一张照片，照片是石旮旯村人拿着兑现的人民币，露出喜悦的笑容。

【微信内容，王萤画外音】姐，你的3万元人民币已经变成了我们石旮旯村民修路的红利，我作为石旮旯村驻村第一书记，代表全村对你表示衷心的感谢！今后多支持哈！（笑脸表情，调皮表情）

17. 石旮旯村 / 村委会院子 / 日 外

热烈的氛围感染着张兴黔，他兴冲冲地站起身来。

张兴黔　永胜书记，我申请发言！

李永胜　大家静一静，听听兴黔书记有什么指示！

张兴黔　不是什么指示，只是看到这样热烈的场景，让我忍不住想要开口！你们永胜书记这一招真行，让老百姓得到了实惠，看到了效益，就看到了希望，大家跟着他就这样干下去，石旮旯村一定会旧貌换新颜，打一个翻身仗！

众村民　（热烈鼓掌，大声附和）对，张书记说得没错！

李永胜　（玩笑道）好你个张兴黔，又给我来激将法！

村民们笑了。

张兴黔　（也笑了）永胜，这可不是"激将"，是"挺将"，我今天可是给石旮晃村带来了一个大礼包！

众村民　（起哄）张书记，什么大礼包啊？

李永胜　你一个穷得叮当响的书记，能有什么大礼包？

张兴黔　嘿，还瞧不起人！自来水要不要？！

18. 深圳 / 张梨花家 / 日 内

张桐花正在跟张梨花抱怨。

张桐花　自从你姐夫去了石旮晃村，几个月来就没有好好地跟我通过一次话，每次打电话慌慌张张，说不了几句话，就说忙，就挂电话，他能有这么忙吗？！他不会是心里有了别人，把我跟孩子抛在脑后了吧？

张梨花　姐，你想复杂了，我姐夫不是那号人。他是真的很忙，不付出加倍的力气，要想撕掉贫困的标签谈何容易。我亲眼看见姐夫领着村民们修通公路，他没有时间起二心。

张桐花　我不管，梨花，你给三嫂打个电话，让她帮我把你姐夫给看紧了，有情况可不许隐瞒。

19. 石旮晃村 / 村委会院子 / 日 外

兑换完工分，人们准备散去。

李永胜　大家请等一下！

李永胜走到人群后面，把王萤请到简陋的主席台前，向大家介绍。

李永胜　乡亲们，这位就是上级给我们村派来的驻村第一书记王萤书记，大家鼓掌欢迎！

人群中响起稀稀拉拉的掌声，场面有些尴尬。

第十四集

村民 （小声议论）一看又是城里来的女的，能吃得了我们这里的苦？

旁人 （接话）就她今天让大家等的这种做派，也别抱什么希望。

另一人 怕就是来我们这贫困山区镀镀金的吧。

王莹 （表情反而十分坦然，大声说道）我知道大家对我有意见，今天来晚了确实是我不好，我再次给大家说抱歉！

小五妹和小山猫走出人群，想要帮王莹解释，被王莹制止。

王莹 俗话说"日久见人心"，解释太多没有意义，请大家看我今后的行动吧！

为了缓和气氛，阿贵开口插话。

阿贵 今天是个难得的好日子，我们召开修建公路的总结大会，又请到了镇里的兴黔书记，还迎来了驻村第一书记王莹书记，我提议，我们大家照张合影留做纪念吧！

一些村民 （散去）你们领导照吧，我们就不凑热闹喽！

一些村民高兴地把李永胜、张兴黔还有村支两委的其他成员拥到中间，摆好姿势，都不去理会王莹。

李永胜站出来缓解尴尬气氛，他把王莹推到人群中间、张兴黔的旁边站定，小五妹自告奋勇要为大家拍照。

李永胜 （把自己的手机交给小五妹）没有相机，就用手机照吧。

小五妹嘴里喊着"一、二、三"，按下快门，大家笑得很开心。

张兴黔拿出手机，让小五妹再用自己的手机拍两张。

张兴黔 我要把这美好的时刻跟朋友们分享！

20. 深圳 / 张梨花家 / 日 内

张梨花还宽慰着张桐花。

张梨花 姐，你就放宽心，安安心心养好身体，陪好震生和雨生，姐夫不是你想的那种人。

张梨花的手机响起提醒音，是张兴黔发来的微信，张梨花看见是一张照片。

  张桐花　（很敏感）什么照片，我看看。

  张梨花点开照片，正是小五妹给大家照的合影，背景是村委会破旧的办公房，墙上是"石旮旯村公路建设总结及工分兑现大会"的横幅。

  张梨花　姐，你看，路修通了，大家笑得好开心！

  张桐花　是啊，有些人很开心！

  张梨花发现张桐花的语气不对，仔细看照片，明白了原因，因为李永胜的身边站的是一个好看的女性。她知道那是王莹，她已经听张兴黔说过，王莹要到石旮旯村当驻村第一书记。她也知道，三嫂告诉过张桐花这个消息。

21. 石旮旯村／村委会院子／日 外

  领到了钱的人们高高兴兴地散去，院子中央就剩下两个人，一个是蒋文化，另一个是李九伯的老伴李伯母。李伯母眼巴巴地看着蒋文化。

  李伯母　文化，念完了？都兑现了？

  蒋文化　没有，还剩一个。

  听到这话，李伯母仿佛看到了希望。

  李伯母　我就说嘛。

  蒋文化　但……不是你。

  李伯母像被什么东西刺了一下，嗓门一下子提高。

  李伯母　什么！凭什么不是我？那是谁？

  蒋文化支支吾吾。

  李伯母　你怎么不说，是有什么见不得光吗？我老伴李九伯被炸伤躺在医院，我儿子李永胜当书记带领大家冲锋陷阵，我儿媳的妹妹千里迢迢跑来捐钱，于情于理，怎么就没有我的了？你们这些村干部做事公平吗？

  李伯母的声音惊动了在屋内说事情的李永胜、王莹、张兴黔、老焉、三嫂、江虹等人，大家赶紧出门来看，一些没走远的村民听到声音也返回来，围观的人越来越多。

  李伯母 文化，你今天必须给我解释清楚！你们大家也来评评理，这工分怎么我们家就没有！

  听李伯母这么一说，大家才反应过来，今天兑现工分，李九伯一家确实一分都没得到。

  村民甲 对啊，九伯叔家一分钱都没得，这不公平！

  村民乙 九伯为了修路，差点把命都搭进去！

  村民丙 还有永胜哥，一直跟大家在工地上顶着，没少出一分力气！

  李永胜示意大家安静，缓缓走到妈妈跟前，打开手机，拨通了李九伯的电话。

  李永胜 妈，不怪文化，实在是因为我太忙，还没来得及给你讲这个事，这工分，我们家本来是有的，但是爸爸让我捐出去了。来，妈，爸给你讲。

  李九伯 老太婆，我事前没来得及跟你商量就自作主张了，对不住啊。宋大伯病重，比我们更需要钱，我就让永胜把我们名下的工分放在了小五妹的名下。

  一旁的小五妹听见了电话那头李九伯的话，拉着小山猫一下子跪在地上，对着手机大喊。

  小五妹 九伯爷爷，小五妹和小山猫谢谢您！

  在场的人无不被李九伯的精神深深感动。

22. 深圳 / 张梨花家 / 日 内

  张梨花正不知如何宽慰姐姐才好，张兴黔又发来一条微信。

  【微信内容】梨花，你和其他人捐的钱，石旮旯村已经兑现给村民了，我代表镇里，也代表村民们真诚地感谢你们！另外，关于自来水的捐款，你还是直接给老排长说说，免得他不高兴。还有，你姐那边，也请她多多谅解。

  张桐花 （神情有些黯然）看来他们是要看着我这个家被拆散才会罢

休了……

张梨花左思右想，给张兴黔发了一条信息……

23. 崇山县 / 财政局局长办公室 / 日 内

章山峰走进局长办公室，对局长点头哈腰，脸上堆满了笑。

章山峰　局长好！我是来自高山镇红旗村的村党支部书记，我叫章山峰，想给局长您汇报一下工作。

章山峰一边说话，一边蹭到局长办公桌旁，把一个布口袋放在局长的办公桌下。

局长　你这是什么意思？我告诉你，来汇报工作我欢迎，搞不正之风绝不允许！

章山峰　局长您误会了，没有什么不正之风，就是我们村里的一点土特产。

局长　土特产也不行，公事公办！

局长边说边拿起口袋，感觉有些不对劲，打开布口袋一看，是两瓶高档白酒，局长脸色变了。

局长　（厉声道）把这东西拿回去！等你把这个问题想清楚了，再来给我汇报。

章山峰　局长，别这样，我来县里争取资金不容易，您就给我一次机会吧。

24. 石旮旯村 / 村委会办公室 / 日 内

老焉陪着王莹看办公室。

老焉　王书记，村里就这个条件，只能委屈你了，请多包涵。

王莹　没关系，我是来工作的，又不是来享受的。上级派我们来，本来就是为了搞脱贫攻坚，如果条件好，也就用不着派我们这些驻村干部了。更何况我也是当兵出身，难道还吃不了这点苦？！

老焉 谢谢王书记理解，等我们村级集体经济壮大了，我们再来改善办公条件。

王萤 我相信会有那么一天的！对了，我们村有多少集体经济？

老焉 实不相瞒，之前几乎可以说没有。这次修路，永胜书记想方设法从各方捐助的资金中省下了三万元，这也算是我们村的第一笔集体经济资金吧，否则，我们村就是个空壳村。

王萤 看来是要白手起家啊！

这时，江虹带着小山猫和小五妹走了进来，两个孩子看见王萤都很亲切。

小五妹 王萤阿姨……不，王书记，我们要回云山寨了，等安顿好爷爷，我就和小山猫去读书，我们记住你的话了：知识改变命运。

王萤上前，一只手搂着小五妹的肩膀，一只手抚摸着小山猫的头。

王萤 小山猫，好好听姐姐的话，好好读书，考第一名，阿姨可等着听你的好消息。

25. 崇山县 / 县委书记办公室 / 日 内

范斌正在听取汇报。

县扶贫办主任 建档立卡工作会议后，全县的工作推进较为顺利。但有些镇、村在政策把握上还是有较大差距，精准识别没能做到"一把尺子量到底"，甚至有打政策"擦边球"弄虚作假的，导致老百姓意见很大。最近我听说，个别村还有逼着老百姓说假话的问题。

范斌既震惊又愤怒。

范斌 什么，竟然有这种事！是哪个村？

县扶贫办主任 （犹豫了一下）是……红旗村。

范斌 红旗村不是我们县树立的标杆吗？"大炼钢铁"是先进典型，"农业学大寨"是先进典型，"新农村建设"也是先进典型，章山峰不是干得挺红火吗，怎么可能这样？！

县扶贫办主任　我们也是刚听到这样的反映，正准备进行调查核实。

范斌　好，你们尽快调查核实、脱贫攻坚、精准扶贫，绝不能容许半点虚假！

组织部部长　书记，现在的热点在石旮旯村，您看，我这里有一份材料，写的是该村老支书的事迹，很感人，我建议书记您分别去这两个村调研一次，您就有判断了！

组织部部长递过材料，范斌看见标题写着"老支书李九伯让工分"。

26. 石旮旯村 / 三嫂家 / 日 内

三嫂　（神神秘秘地在接电话）放心吧，桐花，有三嫂在，保证给你盯得死死的！

朱三娃　你要把谁盯得死死的啊，你可别去干那些破坏人家家庭的事哈。

27. 石旮旯村 / 村委会 / 日 内

张兴黔放下手机，对李永胜说。

张兴黔　老排长，你回石旮旯村有半年了吧！现在路修通了，你可以稍微喘口气，抽时间回深圳一趟去看看嫂了吧，顺便考察一下有什么可行的项目，磨刀不误砍柴工嘛，要不啊，你那个梨花妹妹又要来找我兴师问罪了，她可一直对我把你"骗"回来耿耿于怀。

李永胜　别提梨花了，我看她已经成你的"俘虏"喽。

李永胜似乎话中有话。

张兴黔有意无意地回了一句。

张兴黔　也不知道谁是谁的"俘虏"啊。对了，永胜，有了梨花她们募集的资金，石旮旯村的自来水工程可以上马了！

28. 石旮旯村 / 王莹住处 / 夜 内

劳累了一天，王莹洗漱完毕，坐在桌前看《制胜的科学》，听到外面有响动。

王莹　（警惕起来）谁在外面？

外面传来李永胜的声音："是我，李永胜。白天太忙没顾上你，现在有空，想来看看你。你睡了吗？睡了我就不打扰了。"

王莹　没睡，请稍等！

王莹起来开门，把李永胜让进去。

这一幕被不远处的三嫂看见了。

29. 深圳 / 张梨花家 / 夜 内

震生和雨生两个孩子非常高兴。

震生　妈妈，爸爸真的要回来了吗？

雨生　太好了，爸爸要回来喽！

张梨花　（板着脸）回来好，让他老实交代问题！

两个孩子不知妈妈怎么了，吓得不敢说话。

30. 石旮旯村 / 村口 / 日 外

王莹、江虹等来送李永胜。

李永胜　王莹书记，我离开的这段时间，你可以先进行调研，等我回来，我们开个支部会，好好研究一下，拿出石旮旯村脱贫攻坚工作的具体规划，明确目标、路径，扎扎实实推进！

——"兵支书"投身乡村振兴电视文学剧本

第十五集

1. 石旮旯村 / 公路 / 汽车 / 日 内

吴银子开着他的小轿车来送李永胜去机场，汽车奔驰在新修的公路上，两个人兴高采烈，一向稳重的李永胜显得十分兴奋。

李永胜　银子，你看看咱这公路修得如何？这可是脱贫路、致富路、希望路，"汽车一响，黄金万两"，我们的山门打开了，将来财源也会滚滚而来。

吴银子难得见到李永胜这个样子，忍不住发笑。

吴银子　这路修得好，我们永胜书记劳苦功高！瞧你那得意劲！

李永胜　（也笑了）嘿嘿，是不是有点高调了。

吴银子　常言道："理想很丰满，现实很骨感。"有了路，还要有"货"，有"货"，还要运得出来，运得出来还得卖得出去，你们石旮旯村有什么值得别人买的？

吴银子的话刺中了李永胜心中的痛点，那种春风得意的表情从李永胜脸上消失。

李永胜　是啊，没有产业支撑的发展路，就像一条没有车跑的"形象路"！

2. 深圳 / 张梨花办公室 / 日 内

吕妹来找张梨花。

张梨花　（玩笑道）我们养尊处优的阔太太，今天不去美容、养生，怎么想到来我这小地方了？

吕妹　张大经理，别挖苦我了好不好！我来找你，是有正事。

张梨花　什么事？

　　吕妹　是关于我们大家捐钱给石旮旯村修自来水工程的事，他们一个个都只想当好人，不想得罪人，就让我来当恶人。

　　张梨花　到底什么事啊？

　　吕妹　大家担心钱捐出去事没做好，到最后打了水漂。

　　张梨花　让他们放心吧，我又不傻，已经跟那边"约法三章"了。况且，你们就算信不过我，还信不过我姐夫吗？

3. 石旮旯村 / 王莹住处 / 日 外

　　王莹走出门，老远看见阿贵走来。

　　王莹　阿贵主任好，请问找我有事吗？

　　阿贵　王书记，永胜走之前专门跟我说，如果你想去哪儿看看，让我陪你去，我就是来问问你想去哪儿。

　　王莹　太好了，我正想去农户家里看看，那就麻烦阿贵主任领路了。我们把江虹叫上，我想去看村里一户最富裕的农户和一户最贫困的农户。

4. 崇山县 / 县委院子 / 日 外

　　范斌和县委组织部部长从办公楼里走出来，秘书小申跟在后，范斌一边走一边交代工作。

　　范斌　给张兴黔打个电话，就说我去高山镇调研……不，打给李永胜，我不去镇里了，直接去石旮旯村。另外，我还想去一趟红旗村。

　　小申　好的，我马上通知他们。

　　范斌　红旗村不要打招呼，我要搞它一个突然袭击。

5. 深圳 / 张桐花家 / 日 内

　　张桐花虽然心事重重，对李永胜仍有疑问，但永胜能回深圳，她还是挺高兴的，不停地张罗着。

两个孩子十分乖巧。

震生 妈妈，我们发现你今天心情很好，是不是因为爸爸要回来呀！

雨生 你傻呀，肯定是嘛，爸爸回来，我们的心情也很好啊，妈妈心情能不好吗？妈妈，有什么要做的，我们帮你。

张桐花 宝贝们，不用你们帮忙。今天正好不上课，收拾打扮一下，一会儿小姨来接我们，我们一起去机场接爸爸。

震生 （调皮地说）怎么"收拾打扮"，是要穿礼服吗？

雨生 我刚学会了扭秧歌，是不是要到机场来段快闪？

两个孩子说完，捂着嘴偷笑。

张桐花 你们两个小家伙，就会贫嘴，等爸爸回来收拾你们。

6. 崇山县 / 公路 / 汽车 / 日 外

汽车在急驶，李永胜对吴银子说着自己对未来的打算。

李永胜 等我回来，我就把你招进村里，你帮我多请几个专家，把石旮旯村好好规划一下，我要把石旮旯村建设成我们省最美丽的乡村！

吴银子 吹吧，穷得叮当响的石旮旯村，一下子就想变成全省最美丽的乡村？你没发烧吧！这是白日做梦！

李永胜 有梦才有希望！银子，我这几天一直在琢磨，到2020年，还有4年，你想想，4年能做多少事？4年能够"敢叫日月换新天"！只要心中有梦，我就会为梦奋斗，我不仅要做石旮旯村的脱贫梦，还要做石旮旯村的致富梦、幸福梦。

吴银子 知道你有梦想，我也愿意跟你一起筑梦。

这时，李永胜的电话响了，是范斌的秘书小申打来的。

7. 石旮旯村 / 村上寨 / 日 外

王萤一行来到村上寨，一个农户正在挖地基，地上有用石灰描的框。看见王萤一行走来，老乡很热情地打招呼。

老乡（唐顺）　阿贵主任好！江组长好！

阿贵　（指着王莹介绍）唐顺大哥，这位是上级派到我们村的驻村第一书记王莹书记，专程来看望你们，走访你们家。

唐顺　谢谢王书记！欢迎来指导。

王莹　你好！我也叫你唐顺大哥可以吗？

唐顺　王书记这是抬举我，当然可以。

阿贵　唐顺大哥发财了，这是要建新房吧。

唐顺　发哪样财啊，你又不是不知道，家里一儿一女在外打工，算是挣了点钱，老房子实在太破了，继续住下去真是丢老祖宗的脸，所以儿女们就说重新修个房子。

阿贵　唐顺大哥，看这地基线，房子修起来不小啊，你们家宅基地有多大，会不会"超标"啊？

唐顺　应……应该不会吧。

王莹　唐顺大哥，你修这房子，有规划手续吗？

唐顺　规划是你们城里的事，我们这里哪有？

8. 崇山县 / 公路 / 汽车 / 日 内

李永胜在接范斌秘书小申的电话。

李永胜　好的，我马上回去！

李永胜挂断电话，吴银子一头雾水。

吴银子　你要回哪里去？

李永胜　银子，掉头，回石旮旯村，范斌书记要去石旮旯村调研指导工作。

吴银子　范书记要去调研，就非得你回去啊？！你们村不是来了一个第一书记吗，让她接待范书记不就得了。

李永胜　不行，范书记要求直接给我打电话，就说明这项任务需要我。军人以服从命令为天职，我必须回去！

吴银子　好,那我就服从你这个"军人"的命令,调头回去!

李永胜　范斌书记这次来石旮旯村,说不定是我们村发展的大好机遇!

9. 石旮旯村 / 村上寨 / 日 外

王莹　唐顺大哥,城里建房要规划,乡村建房也要的,您可能这么多年没建房,所以不了解。

唐顺感到王莹是在给自己台阶下,忙顺着王莹的话说。

唐顺　是啊是啊,过去穷得饭都吃不饱,哪里还敢想修房子的事,再加上没文化,对规划政策一点都不晓得。

阿贵　也怪我们工作做得不扎实,宣传不到位。

王莹　那我就给唐顺大哥说说,根据《城乡规划法》的规定,在乡、村规划区宅基地上建房的,需要办理《乡村建设规划许可证》。

阿贵　没想到王书记对政策这么熟悉。

王莹　我不知道的还很多,反正边干边学嘛,今后我们也要进一步加强与老百姓相关的各项政策的宣传工作。

唐顺　都怪我不懂,原来规划是政策啊。王书记你放心,既然是政策,我一定按规定办理。

王莹　唐顺大哥,规划可不仅仅是政策,对你们家建房子来说,规划是政策,要办理规划手续,而对我们石旮旯村的发展来说,规划就是一个将来发展的计划,简单地说,就是确定我们将来做什么、怎么做。

唐顺　王书记,那你说石旮旯村将来做什么?我们该怎么做?

王莹　唐顺大哥,你这下可问倒我了。我刚到石旮旯村,对村里的情况还不了解,还没法给你准确、满意的答复,但我有一些可能还不成熟的思考。我注意到,我们的老祖宗给这里留下了独具民族风格的建筑,我们还有许多的民族、民俗文化,如果规划好、利用好,将来这里就会变成"聚宝盆"。

第十五集

10. 崇山县 / 公路 / 汽车 / 日 内

吴银子调转车头，汽车向着石旮旯村驶去。

李永胜正在编写手机短信。

吴银子 永胜，你怎么给嫂子交代？

李永胜 实话实说！

吴银子 嫂子会信吗？

11. 深圳 / 张桐花家 / 日 内

张桐花特意换上一件嫩绿色的外套，还化了淡妆。这件衣服是李永胜送给她的生日礼物，生日就在李永胜回石旮旯村之前不久，而这个颜色，也是李永胜所喜欢的。

【闪回】

在闪烁的烛光映照下，张桐花戴着生日礼冠，面庞柔和、美丽。

李永胜、张梨花、震生、雨生围在张桐花跟前，唱着《生日快乐》歌。

张桐花闭上眼睛许愿，吹灭蜡烛之时，李永胜将一件嫩绿色的漂亮外套披在张桐花肩上，温柔地抚着张桐花的双肩。

李永胜 老婆，生日快乐！这是我送你的生日礼物，喜欢吗？

张桐花伸手握住李永胜的手，幸福地点头。

张桐花 这是你最喜欢的颜色，你说过，绿色代表希望，我希望永远跟你和孩子们幸福地在一起。

【闪回结束】

张桐花 震生、雨生，准备好了吗？我们现在出发，路上堵车，去早一点。

震生 小姨还没有来呢！

张桐花 那我给小姨打电话。

张桐花拿出手机，正巧收到李永胜发来的短信，张桐花莫名地紧张，点击屏幕的手有些颤抖。

12. 石旮旯村 / 村上寨 / 日 外

王莹、阿贵、江虹等走在山路上。

阿贵　我们现在去钟大娘家。钟大娘患有严重的风湿病，长期卧床不起，儿子儿媳妇几年前车祸身亡，她一个人带一个孙子，靠吃国家的救济粮过日子。

王莹　她孙子多大了？

阿贵　15岁了。

王莹　在读书吗？

江虹　我们入户调查的时候了解到，这孩子很好学，有国家和省里的相关政策，又有村里和大家帮补，义务阶段教育倒是顺利读完了。但开学就要升高中，听说因为付不起学费，这孩子准备放弃读书，去打工挣钱。

王莹　绝不能让孩子因为贫困而辍学！

13. 深圳 / 张桐花家 / 日 内

张桐花点开短信，脸色变得黯然。

【短信内容，李永胜画外音】桐花，刚接到通知，今天县委书记范斌要去石旮旯村调研，通知我陪同，我不能不服从，所以机票改签了，待调研结束，我再回深圳。

张桐花呆住了。

这时，张梨花进门。

张梨花　走吧，姐，接姐夫去。

张桐花　不用接了。

张桐花缓缓脱下那件嫩绿色的外套。

14. 石旮旯村 / 公路 / 汽车 / 日 内

李永胜看见前面有一辆轿车，行驶缓慢。

李永胜　银子，赶时间，超过去！

吴银子打起左转向灯，加大油门，超越前车。

在超车的瞬间，李永胜发现，前面车内正是范斌书记。

李永胜　（忙一边用手示意，一边喊）停车，停车！

吓得吴银子急踩刹车靠边停车，由于超车车速较快，已与后车拉开了一定距离。

李永胜迅速跳下车，站在路边挥手示意范斌书记的车停车。

15. 石旮旯村 / 村上寨 / 钟大娘家 / 日 内

王萤他们走进钟大娘家里，王萤看到，家里一贫如洗，钟大娘靠坐在垫起的被褥上。

窗前，一个清瘦的十五六岁的男孩（福宝）正就着从小窗透进的光线看书，见有人进来，福宝起身相迎。

福宝　阿贵叔，你们怎么来了？

阿贵　福宝，这是村里新来的驻村第一书记王萤书记，还有江组长，你见过的，今天专门来看你们。你奶奶最近情况怎么样？

福宝　（很有礼貌）王书记好！江组长好！家里条件差，你们随便坐，我给你们烧点开水。

王萤　福宝，不用烧水，我们不渴，你也来坐，我们聊聊。

王萤走到钟大娘的床旁，在床头坐下，福宝乖巧地站在一旁，手里还拿着那本书。

王萤　钟大娘好！

钟大娘伸出因风湿病痛而变形的手，握住王萤伸出的手。

钟大娘　王书记好，阿贵主任好，江组长好！谢谢你们来看我。

王萤抬头看了看站在一旁的福宝，发现他一直紧紧抱着一本书。

16. 石旮旯村 / 公路 / 汽车 / 日 内

范斌正在问司机在石旮旯村公路上开车的感受。

司机 原来大家听到要来石旮旯村，头都是大的，因为不通公路，进村的人都是走进去的，外头的司机有时一等就要等一天，现在可好了。

说话间，突然看见有人在挥手示意，司机一个急刹车，范斌的头差点撞在椅背上。

范斌打开车窗伸头一看，发现是李永胜。

范斌 李永胜，你想拦路打劫啊！

李永胜 （歉意地笑道）抱歉，范书记，吓到您了！机会难得，我想请范书记移步考察我们的新公路。

范斌 我一直在考察啊。也好，山里空气清新，我们就走走！

范斌下车，两人走在山路上。

李永胜边走边介绍，范斌不时点头、询问。

范斌 这条路叫什么路？

李永胜 还没来得及命名，正好请范书记为我们的这条路命一个名。

范斌 你为难我了！我想想……就叫"追梦路"吧！

17. 石旮旯村 / 村上寨 / 钟大娘家 / 日 内

王萤有些好奇。

王萤 福宝，你拿的是什么书，可以给我看看吗？

福宝把书递给王萤，王萤看到，是一本俞敏洪的《梦在青春在》。

王萤 福宝，你喜欢读书？

福宝点头。

王萤 想继续念高中吗？

福宝点头，又摇头，把头扭到一边，眼中有泪光闪动。

王萤 阿姨听说你想辍学去打工？

福宝没有回答，用手抹了一下眼睛。

王萤感到一阵心酸，从包里拿出一些钱，拉过福宝的手，把钱塞到福宝手里。

王萤　福宝，你一定要继续读书，千万不能辍学去打工，拿着，去把学费交了。

福宝拼命往回推。

福宝　我不能要您的钱！我们家太穷，没有能力回报您的！

王萤　拿着，阿姨一定不让你没有书读！只要你学业有成，就是对阿姨最好的回报！

18. 石旮旯村 / 村委会院子 / 日 外

范斌和李永胜等人走进院子，蒋文化、朱三娃等迎了出来。

蒋文化、朱三娃等　欢迎范书记到我们村检查、指导工作！

三嫂拿来板凳给他们坐下。

范斌正要开口讲话，村里的会计急匆匆地跑来。

会计　不好了，村上寨的唐顺和三嫂家弟媳王素英抢土地打起来了！

蒋文化　王萤书记和阿贵他们今天正好去了村上寨。

李永胜　那就赶快通知王萤书记和阿贵主任，范书记来调研，我暂时没法过去。

蒋文化　是，我马上联系！

范斌　（笑道）看来我来得还真是时候，一来就碰上个下马威！

19. 深圳 / 张桐花家 / 日 内

张桐花和张梨花相对无语，沉默下去也不是办法，张梨花主动打破僵局。

张梨花　姐，你肯定是误会了，永胜哥不是你想的那种人，县委书记去了石旮旯村，他是村支书，需要汇报工作，暂时回不来也是情有可原。

张桐花　就算他说的是真话，县委书记真的要去石旮旯村，但村支两委那么些人，非得他汇报工作不可吗？

张梨花　短信上不是说了吗，通知永胜哥陪同，他不在不合适。

张桐花　谁知道他有没有说谎！就算没说谎，但……三嫂亲眼看见他深更半夜去王莹的房间，又怎么解释？

张梨花　什么叫深更半夜，你又不是不知道，三嫂历来讲话就喜欢夸张，白天的事情忙完了，晚上去跟别人谈谈工作，是很正常的事嘛。

张桐花　有这样多的工作吗？白天谈不完？我看你也是胳膊肘往外拐，跟着你姐夫一起欺负我。

张桐花说完，委屈得快要掉眼泪。

张梨花　你不要胡思乱想了，我现在就给姐夫打电话，行了吧，让他等县委书记一考察完，就马上回深圳，让他亲自给你解释。

20. 石旮旯村 / 村委会院子 / 日 外

三嫂一听王素英抢土地，炸了，拉着朱三娃就往外跑，李永胜见三嫂急，担心弄出事来，急忙劝解。

李永胜　三嫂，一定要沉住气，千万不要激化矛盾，出了问题，你要负责任的。

三嫂　永胜书记，只要唐顺不过分，我也是讲道理的，可如果……

李永胜　没有如果，事态必须平息。这是命令！

范斌　（笑了）永胜，不能什么都是命令，还是要讲清是非，群众工作要有耐心！

21. 崇山县 / 县政府办公室 / 日 内

肖翔　（正在看一封群众来信，嘴里轻声念道）红旗村村干部弄虚作假，要求村民虚报家庭收入，不如实填报数据。

肖翔拿着来信迟疑了一下，随手把群众来信放在了一边。

肖翔　（自言自语）这种事太多，哪里查得完。红旗村这个典型树起来不容易，不能给先进抹黑。

　　这时，章山峰走了进来。

　　肖翔　章山峰书记，你们村的精准识别搞得怎么样了？

　　章山峰瞥见桌上有一封信，揣摩着肖翔的心思，给了一个不痛不痒的回答。

　　章山峰　肖县长，都是按上级要求执行的。

　　肖翔　建档立卡过程中有没有虚报的？

　　章山峰　（一边用手在背包里摸索着什么，一边说）不可能有虚报，肖县长，我们都认真核实了的，绝对真实。

　　章山峰拿出两条好烟，递给肖翔。

　　章山峰　肖县长，我前些天出差，特意给您带了这个，不成敬意，还望您不嫌弃。就是想请您给财政局那边打个招呼，多给我们村一点救济款。

　　肖翔　我不会抽烟，你拿走。

　　章山峰　这个牌子的，是政府办的小王告诉我的，说你喜欢……

22. 村上寨 / 唐顺宅基地 / 日 外

　　唐顺和王素英你一句，我一句，吵得不可开交，旁边已有不少人围观。

　　唐顺　王素英，别以为你姐是村干部，你就可以不讲道理欺负人，你要犯浑，我也不是吃素的！

　　王素英　唐顺，你别贼喊捉贼了，到底是谁欺负谁啊！你也不要以为有几个臭钱就可以霸占别人的土地，你看你的房基，已经跨线几十公分了，你给我退回去！

　　唐顺一时语塞，顿了一下。

　　唐顺　要是退得回去，我能不退？我补偿你不行吗？

　　王素英　不行！

　　围观群众甲　村干部来了！

围观群众乙　看最后是有钱的厉害，还是有权的厉害。

围观群众丙　我倒想看看村干部怎么处理。

王萤他们赶到。

江虹　别吵了，王书记和阿贵主任都来了，大家有话好好说，王萤书记和阿贵主任会公平处理的。

23. 石旮旯村 / 村委会院子 / 日 外

李永胜正与张梨花通电话，李永胜走到一边接电话。

（电话那头）张梨花　姐夫，你怎么搞的，惹得我姐这么生气，哭得可伤心了，你再不回来，可要出大事了。

李永胜　我不是告诉桐花了吗？

张梨花讲话变得有些吞吞吐吐。

张梨花　姐夫，你确定……县委书记……真的来了吗？

李永胜　（有些生气）梨花，你这是什么话，难道你和你姐都认为我说假话？连你也信不过我？县委书记就在我身边，我工作还没有汇报呢！

张梨花　我是相信你的，只是不忍心看我姐……

李永胜　你给你姐说，汇报完工作我就回深圳。

张梨花　姐夫，你说话可要算数！

24. 村上寨 / 唐顺宅基地 / 日 外

王萤把唐顺和王素英叫到一边，远离了围观的群众。

王萤　唐顺大哥，你们怎么吵起来了，有什么事情不能平心静气地说呢？这位就是素英妹妹吧，我是……

王素英　（语气有些刻薄）唷，原来你们认识啊，那这个问题解决起来就有点让人担心了。我知道你是新来的第一书记。

江虹　素英妹，你别想多了，王书记昨天才到唐顺大哥家调研过，所以认得。

王莹 素英妹妹，你不用顾虑，我们会按原则办事，谁对谁错肯定是用事实说话。

阿贵 是啊，素英，你要相信村支两委，你姑子三嫂不也是村干部嘛！

王莹 唐顺大哥，你建房的规划手续还没有办，对吧，你答应过会按规定去办的。

唐顺 我是要去办啊，但边办边施工嘛。

王莹 没办手续就施工，这是违规的，所以请先暂停施工。

唐顺嘟哝了两句，谁也听不清楚，脸上写着不乐意。

王莹 还有，唐顺大哥，你挖地基有没有按照村里给你家划定的宅基地范围测量过，到底有没有超过界线？

唐顺 反正就是这一片嘛，我估摸着差不多，界线不清，是不是越界还要确认。

王素英 你耍赖，你自己心知肚明，要不你刚才怎么会说你越界了要补偿我家，现在又开始狡辩。

王莹 唐顺大哥，宅基地涉及每家每户的利益，村里都是按照相关规定进行划分的，假如你越界了，就会损害到别人家的利益。你动工前跟王素英家商量过吗？

唐顺 没有，我怕商量不通。

王莹 那就是你错在先。

王素英 就是他的错！

王莹 王素英，你也别得理不饶人，还聚众闹事，你是村干部的亲戚，这样做影响极坏，难道你就没有错吗？

王莹的话让两人服气了。

25. 村上寨 / 唐顺宅基地 / 日 外

三嫂和朱三娃气喘吁吁地来到唐顺家挖地基处，朱三娃愣头愣脑，也不了解事情解决的情况，控制不住自己的情绪，大声嚷了起来。

朱三娃　哪个敢占我们家的地，我可不饶他！

唐顺　（也不嘴软）我占了，怎么啦？土地是国家的，你能用，我也能用！

江虹　（一把抓住朱三娃）王书记都要调解好了，你又来胡搅蛮缠干什么？

三嫂　（拦在朱三娃面前）冷静点，三娃，听王莹书记的！

王莹　解决问题只有两个办法，一是当事双方协商解决，二是服从政府调解。

三嫂　我们协商解决，行不行？唐顺你说！

唐顺　可以！

26. 石旮旯村 / 村委会院子 / 日 外

折腾了半天，李永胜开始正式给范斌书记汇报工作。

李永胜　我们村修通了公路，打开了山门，打下了良好的发展基础。但是，我们村的基础太差，没有产业，没有思路，这就等于没有出路。再加上青壮年都外出打工，村里没有劳动力，老弱病残多，贫困户超过60%。这种面貌不改变，要打赢脱贫攻坚战，很难。

老焉　作为一个土生土长的石旮旯人，我亲身参与了公路建设这场"先遣战"，我的感受也是应该明确我们下一步努力的方向。我觉得，经过公路修建，大家都看到了希望，有了盼头，现在最关键的，是要有发展思路，要聚人气，要鼓劲！

范斌　好，大家的想法都很好！你们好好研究，提出石旮旯村脱贫攻坚方案，一周后，我听你们的汇报。

27. 石旮旯村 / 村委会院子 / 日 外

送走范斌书记，李永胜正在跟老焉商量范斌书记提出的脱贫攻坚方案的问题，王莹他们回来了，王莹和江虹见到李永胜有些意外。

第十五集

王莹　永胜书记，你不是回深圳了吗？

老焉　因为临时得到通知，范斌书记来我们村调研，点名要永胜陪同，所以他就回来了。

王莹　那调研搞完了，你赶紧回去吧，别让嫂子和孩子们空欢喜一场。

李永胜　我不能走，范斌书记要求我们拿出石旮旯村脱贫攻坚方案，一周后向他汇报。

阿贵　没事，我们几个先商量着拿出一个初稿，你把时间压一压，回去个两三天再赶回来，我们大家一起完善，也来得及。桐花和两个孩子这么久没见你了，别让他们空欢喜一场。

28. 崇山县 / 县委组织部 / 日 内

县委组织部部长正在安排工作。

县委组织部部长　按照范斌书记的要求，县委将组织召开一个"村党支部书记工作交流会"，请石旮旯村党支部书记李永胜做重点发言，你们安排一下。

工作人员　好的，马上就办。

29. 深圳 / 张桐花家 / 夜 内

【张桐花接到李永胜的信息】桐花，因为县委范书记有工作安排，我这次只能回来两三天了，明天中午的飞机。

张桐花的表情有期盼，也有一种无可奈何的不确定感，希望不会"计划赶不上变化"。

30. 石旮旯村 / 李永胜住处 / 晨 内

李永胜拿上简单的行李准备出发，电话铃声响起，是县委组织部打来的。

电话那头　永胜书记，县委明天组织召开全县村党支部书记工作交流会，范斌书记让通知您在会上做重点发言。

第十六集

1. 深圳 / 张桐花家 / 晨 内

张桐花刚刚梳洗完毕，震生和雨生两个孩子就蹦蹦跳跳来到妈妈身边。

张桐花 （伸手分别刮了一下两个孩子的小鼻子，爱怜地玩笑道）今天太阳怎么从西边出来了，大星期天的，我们家小王子和小公主竟然没有睡懒觉。

雨生 （撒娇地蹭到张桐花胸前）妈妈，你不是说爸爸今天要回来吗，什么时候到啊？我都等不及想见爸爸了！

震生 是啊，妈妈，爸爸几点到？我们一起去机场接爸爸吧！

张桐花 爸爸说坐中午的飞机回来，小姨去接他，你们就乖乖地在家练字、画画，下午爸爸回来就能跟你们一起吃晚饭了。

张桐花爱抚着孩子们的头，眼里掩饰不住的期盼。

2. 石旮旯村 / 村委会办公室 / 晨 内

王萤和阿贵正在商量事情，李永胜走进门来，两人都很惊讶。

王萤 你……你不是中午的飞机吗，怎么还没走？从贵阳机场出发，再不走还赶得上吗？

李永胜走到办公桌前坐下，拿出信笺和笔。

李永胜 不走了。

王萤和阿贵瞪大眼睛看着李永胜，满脸疑惑。

王萤 不走了？！

李永胜点点头。

李永胜 刚接到通知，明天县里要召开全县村党支部书记工作交流会，范斌书记要我在会上做交流发言。

阿贵 就为了做交流发言啊？那么多村支书，又不是少了你一个就不行，给范书记说明一下情况，请个假就行了嘛。

王莹 那嫂子和孩子怎么办？

李永胜脸上露出歉疚，赶紧低下头掩饰自己的心情。

李永胜 你们去忙吧，我先准备发言稿。

王莹和阿贵只好作罢。

阿贵 那我就先去县里咨询一下自来水工程的事情。

王莹 我去村民家走走。

3. 深圳 / 张梨花办公室 / 日 内

手机铃声响起，张梨花接通电话。

张梨花 姐夫，我还准备晚一点打你电话呢……什么？又不能回来了！

4. 崇山县 / 肖翔办公室 / 日 内

阿贵走进肖翔的办公室。

阿贵 肖县长好！

肖翔抬头一看，热情起身。

肖翔 你是石旮旯村的阿贵主任吧，来，快请坐！先喝口茶。

说着就去泡茶，吓得阿贵赶紧上前准备自己泡茶。

阿贵 肖县长，您太客气了，怎么能让领导给我泡茶，还是让我自己来吧。

肖翔 （笑道）什么领导不领导的，都是人民公仆！而且你是客人嘛。

肖翔泡好茶递给阿贵，阿贵赶紧双手接过。

肖翔 来来来，坐下说。有什么事？

阿贵坐下。

阿贵 肖县长，我今天来，是受永胜和王莹两位书记委托，请您帮忙的。

肖翔　帮忙可以啊，我一定尽力而为。现在你们村路修通了，发展应该加快了，还有什么需要我帮忙的？说来听听，看我能不能帮得到。

阿贵　肯定帮得到，肖县长您说句话就能办到！我们村准备搞自来水工程，但我们不懂技术，所以想请您帮忙推荐一个懂技术的能人。

肖翔　这是好事，支持！我马上给县水利局打电话。

5. 石旮旯村 / 村委会办公室 / 日 内

李永胜放下手中的笔，站起身来，活动了一下身体。桌上的信笺已经翻了好几页，密密麻麻的写满字。

李永胜重新坐下，从头翻看，首页上写着标题"全县村党支部书记工作交流会发言材料"。

李永胜把写着发言材料的几页信笺撕下来，用订书机订好，抬手看了看表，11点半，他又拿起笔，在信笺上写下"石旮旯村脱贫攻坚及产业发展规划"。

6. 深圳 / 张桐花家 / 日 内

震生和雨生两个孩子坐在桌旁，震生在写字，雨生在画画。

震生写下"黔山秀水"4个字，让张桐花有些惊奇。

张桐花　震生，你怎么想到写这4个字？

震生　有一次爸爸接我和妹妹回家的路上，我看到一个搞旅游宣传的点上写着这几个字，就问爸爸是什么意思，爸爸告诉我说"黔"就是贵州，是你们的家乡，也是我和妹妹的家乡。想着今天爸爸从家乡回来，我就想写这几个字给他看。

雨生　（急不可耐地插话）是啊是啊，妈妈，你看，我画的也是我们的家乡呢，像不像？

张桐花接过雨生的画，画上画着青青的山、绿绿的树，山下有一条弯弯的小河，图画虽然稚嫩，但却可以看出一笔一画十分用心。

张桐花 （把画递还雨生，十分高兴）像，妈妈以前还要到山下的小河里挑水吃呢。还没画完，继续画吧！

门铃响起，震生开门，是张梨花。

震生 （高兴得跳起来）小姨，你是来接我们去机场接爸爸的是吗？

张梨花 （把手里的一包东西递给震生，看了一眼屋内，把话题岔开）我看到雨生正在画画，你肯定正在写字对吧？快去写，小姨特意给你们买了家乡的特色食品波波糖，可好吃了，快去写完了，跟妹妹一起吃。我跟你妈妈说点事。

见是张梨花进来，张桐花似乎已经预感到什么，高兴的心情一下消散了大半。

7. 石旮旯村 / 村委会办公室 / 日 内

李永胜在写《石旮旯村脱贫攻坚及产业发展规划》，但开了一个头就写不下去了，垃圾桶里被捏成团扔掉的废稿已经快要满出来。

李永胜 （笑了笑，自嘲道）这就是典型的"肚里有货倒不出来"啊，都怪自己墨水喝得太少。

这时蒋文化走进来，看到垃圾桶里的草稿纸，知道李永胜遇到难题了，但还是忍不住打趣。

蒋文化 怎么，"英雄连"的英勇战士也碰到难题了？早知今天，当年就多读点书嘛。

李永胜见是蒋文化来了，仿佛看到了救星，起身不由分说就把蒋文化拽到自己刚才坐的座位上。

李永胜 蒋文化，大才子，你可不能站在边上看热闹！来，你读书多，你来帮我写！

蒋文化 我可揽不了你这瓷器活，我们村里有能人，你还是去求能人帮忙吧。

使命
——"兵支书"投身乡村振兴电视文学剧本

蒋文化指了指门外王萤房间的方向，李永胜心领神会，一拍蒋文化的肩。

李永胜　不愧是才子，这个主意好！

8. 石旮旯村 / 王萤住处 / 日 内

王萤　（正在给小山猫写短信）小山猫，加油！这一次无论如何要考进县里的中学，好好学习，将来再考上大学！建设社会主义新农村是需要文化的。

这时，传来敲门声，门外响起李永胜的声音。

李永胜　王书记在吗？

王萤　（起身开门）永胜书记，我回来都已经快一个小时了。刚才看你一直在奋笔疾书，所以就没打扰你。有什么工作安排吗？

李永胜　不是什么工作安排，是有问题想请你指导。

王萤　有什么问题进屋说吧，指导不敢当，但我一定会知无不言。

王萤把李永胜让进屋，习惯性地关上了门。

李永胜　说来惭愧，拿枪杆子我还凑合，但拿笔杆子我可就外行了。我正在草拟我们村的脱贫攻坚及产业发展规划，想请你多多指导。

王萤　写规划我也是外行，但俗话说"三个臭皮匠赛过诸葛亮"，我们大家一起动脑筋，一定能够拿出一份可行的规划。我们可以先理理思路，看从哪里下笔。

两人坐在桌前开始商讨，一边讨论，一边记录。

两人正讨论得热烈，三嫂莽莽撞撞地推开门跨进屋，一下就看见王萤和李永胜坐在桌前，头靠得很近。

三嫂赶紧退后，想轻轻关上门，却不料拉门拉得太急，发出"哐"的一声。

第十六集

9. 深圳 / 张桐花家卧室 / 日 内

张桐花低垂着头坐在轮椅上,脸色有些悲伤又有些生气。

张梨花正在一旁劝慰。

张梨花 你别伤心,也别生气了,姐夫也是身不由己,县委点名要他在明天的会上发言,他也不能不服从命令。你又不是不知道姐夫,始终就是军人性格,服从命令为天职。

张桐花 什么身不由己,什么服从命令为天职,分明就是不想管我和孩子了,要不怎么一次又一次找借口不回来。

张桐花越说越伤心,忍不住抽泣起来。

震生和雨生两个孩子不知什么时候已经站在卧室门外,不敢进屋,听到妈妈的话,两个孩子的眼睛红红的,眼泪就要掉下来。

10. 石旮旯村 / 王萤住处 / 日 内

"哐"的一声门响,把王萤和李永胜吓了一跳。

王萤起身走到门前打开门,见是三嫂。

王萤 三嫂,找我有事吗?愣着干吗?快进屋啊。

三嫂 对……对不起,我不是故意的,没打扰你们吧!没……什么要紧事,我就是为了上次三娃家弟媳王素英跟唐顺的那个事,替朱三娃来向你道歉的。

三嫂的脸色有些不自然,说话吞吞吐吐,令王萤感到有些奇怪。

11. 红旗村 / 公路 / 日 外

范斌乘坐的汽车开到红旗村村头,张兴黔已经在那里等候,穆欢欢也在,章山峰急急忙忙刚赶到。

范斌下车与大家握手。

范斌 (跟穆欢欢握手,问道)请问你是?

——"兵支书"投身乡村振兴电视文学剧本

  穆欢欢 范书记好！我是驻村工作队的穆欢欢，从秀水市委宣传部派来的。

  范斌 小穆同志好，感谢你们支持我县脱贫攻坚工作！

  范斌 （转向张兴黔）兴黔，我们今天看什么项目？

  章山峰 （赶紧插话）范书记，今天请您去视察我们村的蔬菜生产。自从2013年我担任村党支部书记，我们村支两委都非常重视产业发展，我们建了蔬菜种植大棚，蔬菜长势很好，效益明显，促进了农业发展、农民增收。

  范斌 就是那个"著名的蔬菜大棚"吗，好啊，我早就想看看了。

  范斌话中有话，张兴黔也略显尴尬。

  一旁的穆欢欢静观其变，准备伺机而动。

12. 深圳 / 张桐花家 / 日 内

  为了不让两个孩子看到妈妈伤心，张梨花哄着两个孩子出门去了，只剩张桐花一个人待在空荡荡的房间里。

  张桐花坐在轮椅上，看着墙上她和李永胜的合照，她的头偎在李永胜胸前，脸上是满满的幸福。泪水不由得从张桐花眼中滑落。

  手机铃声响起，张桐花接通电话。

  张桐花 三嫂，什么事？

  张桐花听着电话，脸色黯然下来，手机不由自主从手中滑落到两腿之间。

  电话那头传来三嫂急切的声音。

  三嫂 桐花，你怎么啦？怎么不说话了？

  张桐花无力地重新拿起手机。

  张桐花 没什么，三嫂。我累了，先挂了。

13. 崇山县 / 水利局 / 日 内

  水利局局长正在看石旮旯村自来水工程建设的方案。

水利局局长　总投资 30 万，差不多吧，石旮旯村的自来水问题是该解决了！技术上你们放心，我们会派技术员前去指导，但施工方面村里一定要组织好。

阿贵　好的，谢谢局长支持！我们发动村民投工投劳，用工问题能够解决。

水利局局长　要有安全措施，千万不能出安全事故。

阿贵　我们一定加强措施，保障安全。

水利局局长　还有一点很重要，材料采购一定要把好关，杜绝假货，否则将后患无穷。

14. 深圳／某儿童乐园／日 外

孩子毕竟是孩子，张梨花将震生和雨生带到儿童乐园游玩，两个孩子把刚才在家里的伤心和不知所措忘到一边，坐在旋转木马上开心地笑着、叫着。

张梨花看着开心笑着的两个孩子，犹豫了一下，还是拿出手机，拨通了张兴黔的电话。

张梨花　喂，兴黔，最近还好吧？

张梨花愣了一下，用另一只手轻轻打了一下自己的嘴，似乎是在怪自己怎么会这样亲切地称呼张兴黔，怎么会这么关心他。

张梨花　石旮旯村自来水工程的款，我们已经汇了三分之一，还有三分之二要施工后汇……对，不见兔子不撒鹰！对，姐妹们都被骗怕了。你可一定要帮我们盯紧工程哈（张梨花点着头，脸上露出微笑，似乎很满意张兴黔的回答）。还有，李永胜你也要帮我盯紧！明天县里真的要开什么村支书工作交流会吗？这几天范斌书记真的在石旮旯村调研吗？……哦，你现在就跟范斌书记一起在石旮旯村……那就好。我姐就担心我姐夫干什么对不起她的事，她整个人的状态都不怎么好了，所以我不得不核实一下，你可不许笑话我！

【张兴黔画外音】你们多心了，永胜一心扑在工作上，绝对没有其他想法，让嫂子放心吧！

15. 红旗村 / 蔬菜大棚 / 日 外

范斌一行从大棚中走出来，满脸失望，章山峰忐忑地跟在后面。

范斌 （皱着眉头，语气严厉）这就是传说中效益显著的蔬菜大棚？我看是"形象大棚"吧！不到实地走走，还真不敢想象真相竟然是这样！如果脱贫攻坚都这样搞，那就是对人民犯罪啊！

范斌感觉背上冒出冷汗，下意识地抹了一下额头。

章山峰的脸上青一阵红一阵。

范斌 章山峰，你来回答我几个问题。一、你们村有多少个这样的大棚？二、大棚里种的什么蔬菜？三、蔬菜是什么价格？今年产量是多少，产值是多少？四、种植蔬菜给农民带来的利益是多少，农民增收多少？

章山峰 报告书记，蔬菜种植方面的事主要由村主任负责，我……我了解不多。村主任呢？你们去把村主任叫来给范书记详细汇报。

16. 石旮旯村 / 王萤住处 / 日 内

王萤和李永胜越讨论，心里越明白，越有思路。

王萤 我们石旮旯村要发展，要按时打赢脱贫攻坚战，我认为最主要的是"五个抓"，一抓组织，二抓基础，三抓精神，四抓产业，五抓风气，然后确定一个目标！

李永胜 什么目标？

王萤 经济发展目标！经济搞不上去，脱贫攻坚就是空话！老百姓得不到实惠，就不会相信我们！要把经济搞上去，关键是发展产业。

李永胜 太好了，王书记，蒋文化说得没错，你果然是能人，你就是我们村的"智多星"，你这么一说，我算搞明白了，知道该怎么规划了！

王萤 （感到有些莫名其妙）怎么扯到蒋文化啊，关他什么事？

李永胜故作神秘地笑了笑。

王莹　你也别捧杀我了，讨论了大半天了，你也回去休息休息，准备一下，你明天还要去县里做工作交流。

17. 红旗村 / 蔬菜大棚 / 日 外

范斌对章山峰的表现十分不满意。

范斌　你也不用叫村主任来了。作为一线指挥官，一问三不知，问题很严重！

范斌　（严肃地对张兴黔说）村干部的工作作风必须狠抓，否则，就是你的失职！

穆欢欢　（见机会来了，把范斌拉到另一边，小声说）范书记，弄虚作假也要狠抓、狠刹！

范斌　小穆同志，何出此言？

穆欢欢　范书记，有些情况我觉得您应该知道。

范斌　你明天到我办公室，我们细谈。

章山峰狐疑地看着穆欢欢，目光中露出一丝凶狠。

18. 崇山县 / 县委小礼堂 / 日 内

全县村党支部书记工作交流会正在进行，按照县委组织部的要求，有5位村党支部书记做工作交流。

第一个发言的是红旗村党支部书记章山峰，看得出，参会人员对章山峰的发言并不感兴趣。

轮到李永胜上台发言。

李永胜　……在县里、镇里的关心下，在全体村民的共同努力下，在一大批有家乡情怀、社会责任的在外的石旮旯人的奉献下，在退伍老兵的有力支撑下，还有老王医生一家人的爱心资助下，我们终于打通了阻隔石旮旯村与外界联系的"肠梗阻"，修通了"致富路"！现在，我们村的自来水工程即将上马，韭黄产业已经起步，乡村建设规划正在进行……

李永胜的交流发言赢得一阵阵掌声。

李永胜　我们村有一个目标，到 2019 年，年人均产值达到 15000 元，实现整村脱贫！我是军人，我立下军令状，一定实现我们村的经济发展目标，一定打赢脱贫攻坚战，不获全胜绝不收兵！

又一阵热烈的掌声。

李永胜鞠躬下台回到座位上，另一名村支书上台发言。

章山峰低声对李永胜说。

章山峰　李书记，牛不要吹大了，要是做不到，脸往哪儿放，说出的话可是要负责任的。

李永胜　打赢脱贫攻坚战，我和我们村第一书记王萤测算过，到 2019 年人均产值一万五，我们有信心！

19. 深圳 / 张桐花家 / 日　内

张桐花看着手机上的一条微信，里面是一张李永胜在全县村党支部书记工作交流会上发言的照片，还配有一段文字"李永胜表示，要在 2019 年实现石旮旯村人均产值 15000 元的目标，打赢脱贫攻坚战，实现整村脱贫，不获全胜绝不收兵。"

张桐花　（内心独白）难道 2019 年目标不实现，你就不回深圳吗？

张桐花无限惆怅。

20. 崇山县 / 县委书记办公室 / 日　内

县委组织部部长给范斌汇报全县村党支部书记工作交流会的情况，并递了一份工作简报给范斌。

范斌认真地阅读，不时地画重点，当他看到李永胜立下军令状的情况，无限感慨。

范斌　这就是军人本色，退伍不褪色！他们是脱贫攻坚的主力军。

第十六集

【范斌在简报上批示】"兵支书"选配是成功的经验,要在全县推广,要选树好像李永胜这样的"兵支书"典型!

工作人员 (进来报告)书记,红旗村的驻村干部穆欢欢到了。

21. 石旮旯村 / 村委会办公室 / 日 内

石旮旯村党支部委员会会议正在进行,会议由村党支部书记李永胜和驻村第一书记王萤共同主持。

李永胜 今天我们召开村党支部委员会会议,讨论并研究石旮旯村脱贫攻坚的产业发展规划。这个会议很重要,它将决定我们村的未来,所以希望大家认真思考,积极发言,我们一定要集思广益,共同谋划好石旮旯村的发展。

江虹 那就让我这个"非正式委员"来抛砖引玉吧。首先感谢村委会让我参会,我就发个言。我们的工作一定要精准,精准识别,精准发现问题,精准施策,精准分析村情,才能精准找到发展路子。

朱三娃 江组长说得没错!土地也要精准确权,确权后可以用土地入股,实现土地流转。

蒋文化 对,将土地流转,让那些被撂荒的土地"活"起来,千万不要让土地荒废了。

阿贵 对对对,建议建立石旮旯村经济合作社,抱团发展,实现村民共同富裕。

三嫂 还可以组织各种专业队,搞运输,搞建筑,搞加工,把生产发展起来!

王萤 还要做好美丽乡村的规划,让山水林田都成为景色,将来我们的石旮旯村一定会成为一个让人流连忘返的美丽乡村!

李永胜 好,大家的主意都很好!穷则思变,抱团发展,人心齐就能泰山移!

老焉 你们讲得确实都很好,但要做这么多事,哪来的钱?

李永胜 思想认识统一，行动就会统一。我建议第一步，由村干部以个人名义向银行贷款，贷款资金供村集体使用，大家愿不愿意？

22. 崇山县 / 县委书记办公室 / 日 内

范斌和县委组织部部长把穆欢欢送出办公室。

范斌 穆欢欢同志，你汇报的红旗村的问题十分重要，希望你不要被暂时的困难吓倒，要一如既往地努力工作。红旗村存在的问题，我们一定会认真对待，及时核查。

穆欢欢 范书记，我并不是为了告状，但我担心影响脱贫攻坚，我承担不起责任啊。

范斌 穆欢欢同志，你放心，我会妥善处理的。

待穆欢欢走后，范斌和组织部部长回到办公室。

范斌 组织一个工作组，去红旗村全面了解情况。

23. 石旮旯村 / 三嫂家 / 日 内

朱三娃躺在床上，不起床，三嫂冒火了。

三嫂 朱三娃，太阳都晒屁股了，你还不起床，是不是懒病又犯了！永胜不是安排你带几个人去把村上寨的土地丈量了，你还不起来？快去！不去搞清楚自家的土地面积，当心别人又把房子修到我们家土地上来！

朱三娃 你就让我多睡一会嘛，昨晚我想事，一夜都没睡着。

三嫂夸张地笑起来。

三嫂 唷唷唷，想不到没心没肺的朱三娃也会有心事。

朱三娃 我求你了，让我再睡半小时好不好嘛。

朱三娃说完，又把头蒙进被子里。

三嫂又被惹火了，她翻脸比翻书还快，拿着扫帚就往朱三娃身上打。

三嫂 说，为什么睡不着？是不是又去赌钱赌输了？真是狗改不了吃屎，你给我滚起来，去干正事！

朱三娃无可奈何地爬起来。

24. 石旮旯村 / 王萤住处 / 日 内

中午时分，王萤处理完手中的工作，躺在床上休息。

王萤拿起手机拨通王晶的电话。

王萤　姐，你上次走了以后，我就一直想问问你和肖翔的情况。

王晶　没什么情况。

王萤　你就这样回安徽了？

王晶　不这样，还能怎样？

王萤　你和肖翔就没擦出一点火花？

电话那头的王晶沉默了一会儿。

王晶　有火花又怎么样，没火花又怎么样！都是过眼烟云，你就不要瞎操心了，我们俩没戏。你还是多管管你自己，总不能一直就这么单着，把自己熬成个"剩女"吧。

25. 公路 / 汽车 / 日 内

肖翔乘坐一辆轿车，往高山镇红旗村驶去，脑海里回想着范斌书记批评红旗村的情形。县扶贫办主任坐在他身旁。

【闪回】

范斌　工作不实，有弄虚作假嫌疑，这样的情况绝不能容忍！

肖翔　好的，书记，我马上带着县扶贫办主任前往红旗村进行调查，看个究竟！

【闪回结束】

扶贫办主任　肖县长，如果红旗村的确有弄虚作假问题，怎么办？

肖翔　那还不好办，该撤职就撤职，该查办就查办。

扶贫办主任　肖县长，你正在气头上，什么话都可以说，等你冷静下来，我担心你下不了手，那可是老县长树起来的示范点！

26. 石旮旯村 / 王萤住处 / 日 内

王萤还在和王晶通电话。

王萤　姐，你知不知道肖翔是怎样当上副县长的？我最近听到一些传言。

王晶　并不是传言，而是事实。

王萤　原来你知道啊！

王晶　当时我什么都不知道，现在我什么都知道，可知道和不知道又有什么区别！

27.【闪回】崇山县 / 县政府办公室 / 日 内

王晶陪着肖翔来到县政府办公室，王晶把肖翔介绍给时任县长宋彬。

王晶　宋叔叔，这是我朋友肖翔，他想转业到我们县工作，你能不能帮忙？

宋彬　（看了肖翔的履历表）副团长啊，这么大的"官"，我们可安排不了，要去省里找领导。

王晶　（有些撒娇地说）您能不能帮忙引荐一下嘛，宋叔叔？

宋彬　我给我的老领导写一封推荐信，你们去找他吧。

28.【闪回】省城 / 省委组织部 / 日 内

肖翔拿着推荐信走进省委组织部的大门，在大门口遇到女兵洪燕。

洪燕　肖翔，怎么会在这里碰到你？

肖翔　我去找组织部的领导，我想退伍转业到崇山县工作。

洪燕　那你找对了，我带你去。

大楼外的王晶，不停地伸头往里看……

29.【闪回】崇山县 / 肖翔住处 / 日 内

肖翔看着手里的《安置通知》，表情似乎并不满意。

肖翔 （自言自语）费这么大的神，竟然就只是一个小小的人事局局长，唉……

【闪回结束】

30. 深圳 / 张桐花家 / 日 内

客厅里只有张桐花一个人，她坐在轮椅上，双手紧紧握住两边的扶手，试图将身体撑起来，但一次又一次地失败了……

第十七集

1. 高山镇 / 红旗村 / 日 外

肖翔和张兴黔乘坐的两辆车一前一后来到红旗村,章山峰已经在村口迎接,肖翔注意到有一位女同志站在章山峰身旁,面色冷峻严肃,猜想她应该就是穆欢欢。

肖翔下车,主动上前打招呼。

肖翔 这位应该就是穆欢欢同志吧?

穆欢欢点头,表情不卑不亢。

穆欢欢 肖副县长好,我就是穆欢欢。

肖翔 欢欢同志辛苦了,红旗村还有许多不足之处,你可要多提建设性的意见。

穆欢欢听出了肖翔的话外之音,失望的表情顿时显现在脸上。

【穆欢欢内心独白】这不明摆着说我穆欢欢提的意见都不是建设性的吗,看来此行也是形式大于内容。这个人和章山峰是一伙的吧!

穆欢欢对肖翔此行已不抱太大希望,于是针锋相对。

穆欢欢 只要肖县长不走马观花,就一定能看清楚什么是真什么是假!

肖翔 好,眼见为实!

2. 石旮旯村 / 村上寨 / 唐顺家 / 日 外

李永胜来到唐顺家,看见唐顺正要出门,只好站在门口和唐顺说话。

李永胜 唐顺哥,你们寨子的土地丈量完了吗?

唐顺 我哪里晓得量没量完,你们不是派了朱三娃带着一帮子人在丈量吗!永胜,我告诉你,你的工作、村里的工作我唐顺可以配合,但朱三娃办事必须公正，如果把我家的土地量少了，我可不会饶人！

  李永胜 唐顺哥，朱三娃会秉公办事的，请你相信他。而且我代表村党支部向你保证，他要是敢以权谋私，支部一定会处罚他！

3. 深圳／张桐花家／日 内

  张桐花抱着手提电脑，不停地在网上搜索——受伤8年了一直坐轮椅，还有重新站起来的可能吗？

  张桐花浏览着搜索出的各种信息，眼睛里有时透出希望，但多数时候是满脸沮丧。

  张桐花心烦意乱，猛地一下把电脑合上，闭上眼睛，皱着眉头，使劲甩了甩头。

  张桐花让自己心情平复了一会儿，似乎做了什么决定，她拿起手机，找出王晶的电话号码，拨了出去。

4. 村上寨／唐顺家／日 外

  李永胜正想给唐顺说些什么，三嫂拉着朱三娃来到李永胜面前。

  三嫂 永胜，这家伙的懒惰病就是治不好，我把他揪来了，他要是不好好干活，你就撤了他的职！

  李永胜 你们来得正好。三嫂、三娃，我刚才跟唐顺大哥交流，发现部分村民对村干部还有看法，我们村干部一定要坐得端、行得正，用实际行动取信于百姓！三娃，干活去吧。

  三嫂 （扯着朱三娃）听到永胜的话没？快干活去！

  三嫂和朱三娃离开。

  李永胜 对了，唐顺哥，我和你商量个事。

5. 石旮旯村／村委会院子／日 外

  王萤和江虹正准备出门，吴银子来了，手里拿着一个大纸卷。

王　莹　（玩笑道）哟，吴老板，好久不见，真是稀客啊！

吴银子　王书记别笑话我了。你们这是要出去吗？

江　虹　是啊，我们正准备去走访村民，入户调查。

吴银子　那永胜在吗？

王　莹　他去村上寨了。

吴银子　（看了看手中的纸卷）那……这……

王　莹　你来肯定是有事吧，拿的这是什么宝贝，是不是有什么好消息？走，先进办公室给我们说说。

吴银子　那会不会耽误你们入户调查？

王　莹　不会，我们是随机调查，不约定时间的，在规定的期限内，每户村民都会走到。

6. 石旮旯村 / 村委会办公室 / 日 内

吴银子跟着王莹他们走进办公室。

吴银子　王书记你说得没错，我拿的这还真是一个"宝贝"。这是一张石旮旯村的规划草图，都是按照永胜和你们商定的想法来规划的。

吴银子把纸卷打开铺在桌上，一张规划图呈现在眼前，王莹和江虹兴奋地上前观看，吴银子指指点点做着讲解。

吴银子　你们看，这是主干道路，这是农民新村，以后可以搞农家乐什么的，这里是文化广场，还有这里，是我命名的"金银湖"。你们看，石旮旯村的发展前景不错吧！

王　莹　太好了，有图就有梦想，有梦想就有希望！

江　虹　王书记，关键是要一件一件地干好！

7. 村上寨 / 唐顺家 / 日 外

唐　顺　说吧，永胜，要跟我商量什么事？

李永胜　唐顺哥，这几年你出去打工，学了技术。你懂建筑技术，这几年为村里做了不少好事，帮老百姓盖了不少房，大家都记着你的好。我想在我们村成立一个建筑队，把村里有手艺的人组织起来，由你当队长，带着村民们干，一定能干出一点名堂的。

唐顺连连摆手。

唐顺 不行不行，我单打独斗惯了，一个人拼可以，我管不了人，当队长我可干不了！

李永胜 还没干呢，怎么知道不行？不要推辞了，必须干，这个事情非你莫属，这是命令！你上任的第一个工程就是我们村的自来水工程！

唐顺 自来水工程我们村盼了多年，我愿意领着大家干。但……那个建筑队队长，你还是……找别人吧。

唐顺越说越小声，李永胜心里有了底。

李永胜 都说了，这是命令，别再推辞了！

李永胜的法宝就是"命令"。

8. 安徽某医院 / 医生办公室 / 日 内

王晶正在和张桐花通电话。

王晶 桐花，我是告诉过你有重新站起来的可能，我并没有骗你，但就目前的医疗技术，确实没有人能肯定地说"能"或是"不能"。这些年李永胜和你妹妹费尽心思给你提供了尽可能好的休养条件，给了你最细心的照顾，从你刚才所描述的情形，你目前的身体状况仍然没有失去重新站起来的可能，我希望你不要放弃，但也绝不能操之过急，千万不能再受伤。

9. 石旮旯村 / 串户路 / 日 外

王萤和江虹正朝一农户家走，边走边说话。

王萤 江姐，我发现一个问题，我们所调查的农户当中，有不少在登记时都往低处报，这不正常。

江虹 我也注意到这个现象，必须搞清楚原因。

10. 村上寨 / 唐顺家院坝 / 日 外

朱三娃和三嫂回到唐顺家院坝，看到李永胜还在。

李永胜　今天的任务完成了？

朱三娃　搞完了。

李永胜　三娃，土地丈量是土地确权的基础，第一轮土地承包以来，我们村土地的总量大数是有的，但不精确。这项工作很重要，土地是我们村下一步发展最大的家底和本钱，一定要搞清楚，不可马虎。

朱三娃　永胜，我懂！你放心，我会认真做的，绝不会糊弄你、糊弄组织。

李永胜　光说得好听不行，关键要干得好看。

朱三娃　永胜，我就算想不干得好看，你觉得过得了我们家"铁娘子"的关吗？这不，我都辛苦一个星期了，今天才多睡了一会儿懒觉，就被三嫂抓来这里了。干脆你把三嫂派到我这个组来，一方面她监督我，另一方面她的嘴巴会说话，还能帮我做群众的工作。

李永胜　好！土地丈量多一寸，少一寸，农户都会有意见，三嫂帮你可以，但不能弄成夫妻店，如果你们俩合起伙来忽悠我，那就对不起老百姓了。

三嫂　你信不过朱三娃，难道还信不过我？把三娃交给我，有我监督，你们放心！

11. 石旮旯村 / 农户家 / 日 内

两人来到老乡家门口，敲门走进去，跟老乡攀谈起来。

王莹　老乡，你家养的这个猪，怎么算了1200元一头，别人家都是算1000元一头，你反而算高了。

老乡　这个不能比，别人家猪小嘛，关键是人家有关系，有关系数字就能降下去，我们已经习惯，不足为奇了！

江虹　这个就是问题的关键所在！市场每天都在变，很难确定统一的标准，所以人为因素就会极大地左右识别的结果。

王莹　这个问题必须要想办法解决！低保贫困户算多了，国家的负担就会大大增加，还会导致一些人打歪主意、动小脑筋。

江虹　要解决这个问题，必须实行"一户一卡"，挂牌帮扶，精准脱贫。

王莹　一户一卡，这个可行，就交给你去办！

12. 红旗村 / 农户家 / 日 外

肖翔、张兴黔、章山峰、穆欢欢等刚要走进农户家开展调查，突然听到呼喊声。

有人呼救　失火了！失火了！房子被烧了！

肖翔等人回头一看，一股浓烟从不远处的民房中冒起。

肖翔　章山峰，你还愣着干什么，还不赶快组织救火！

章山峰应了一声，跑去救火去了。

张兴黔　水火不留情！肖县长，请您在这里等等，我们先去救火！

说着，张兴黔带头冲向失火的地方，穆欢欢也冲过去。

肖翔正想跟过去，却被听到外面动静走出门来的老乡拦住。

老乡　你是上面来的领导吧，你进来看看我这房子，早晚也会被烧掉的。

肖翔　老乡，救火要紧，有什么话我们先救了火回头再说。

老乡　领导你还是先进来看看我家吧，烧的反正已经烧了，挽回不了了。再不管我们这些还在的，被烧的可能就会更多。

肖翔　你这老乡怎么这样，怎么一点互助意识都没有！

老乡　我自家的房子都可能要被烧了，哪还来得及讲什么互助。你们这些领导都是高高在上，你来看看，我们这些房子的电线都是裸露的，早晚也会出事。

13. 石旮旯村 / 丈量土地处 / 日 外

朱三娃带着几个人在丈量土地，三嫂在一旁监督，不时指指点点。

朱三娃 你还真"敬业"，把自家男人当犯人看守是不是！

三嫂 永胜把这个任务交给我，我自然要尽心尽力。朱三娃，我们是村干部，你可不要给村干部丢脸，给我丢脸！

14. 红旗村 / 失火农户家 / 日 外

由于长久没有下雨，木板都是干的，再加上没有消防设施，虽然大伙儿奋力扑救，但火势蔓延很快，很快把房子都烧透了，好在人跑得快，没有人员伤亡。

女农户眼睁睁地看着自家的房屋就要被火烧光，哭喊着就要往火里冲。

女农户 房子也没了，家也烧光了，我也不活了，我也烧死算了。

人们赶紧将女农户拉住。

章山峰呆呆地看着火势蔓延，束手无策。

张兴黔指挥农户尽快切断火源，不要让火殃及其他农户。

在大家的努力之下，火终于被扑灭，女农户跪坐在地上，两个小孩子坐在她身旁。

女农户 （搂着两个孩子，哭天喊地）这日子还怎么过啊！

穆欢欢 （心痛地看着被大火烧焦的废墟，喃喃自语）这些农户们真是雪上加霜。

肖翔也来到废墟前，穆欢欢冷冷地看着他。

【穆欢欢画外音】难道这场大火还不能把你烧清醒？

15. 公路上 / 汽车内 / 日 内

调查组组长 （在接电话）什么？红旗村失火，农户被烧，我们正在去的路上！

第十七集

【县委组织部部长画外音】全面调查，不要放过任何疑点！

调查组组长　部长，您放心，我们一定不会放过任何一个疑点！

汽车疾驰而去。

16. 红旗村 / 穆欢欢办公室 / 日 外

穆欢欢走到自己在红旗村的临时办公室门口，村里做勤务的老大爷给她送来一封信。

穆欢欢走进屋里，坐下来，平静了一下心情，然后打开信封，几行字跃入她的眼帘。

【画外音】穆欢欢，在红旗村，你不可以胡说八道，否则我就要你的命……

竟然是一封恐吓信。

穆欢欢的表情充满了愤怒和委屈，不由得落下眼泪。

17. 石旮旯村 / 农户家 / 日 外

王莹和江虹从农户家走出来，两人继续谈着一户一卡的事。

王莹　江虹，刚才我们俩设计的这些登记表格和卡片，还是蛮有意思的。我的想法是，你回市里一趟，去市扶贫办咨询一下，请他们给我们提提意见，完善一下，然后你就拿去印制一批带回来，我们村就可以用上了。

江虹　县里说会统一制作。

王莹　我们等不及了。

江虹　王书记，你想得很周到，你看我什么时候动身合适？

王莹　那就明天去吧，顺便回去看看家里，孩子一定想妈妈了！

江虹感激地看着王莹。

18. 石旮旯村 / 自来水建设工地 / 日 外

李永胜和唐顺等人已经开始按图施工，阿贵陪着县里来的技术员在查看管道线路。

阿贵 如果按图纸设计的路线施工，比实际距离多 230 多米，如果我们按实际地形施工，就能减少管道距离，但是施工难度会增加，您帮我们出出主意。

技术员 施工难度应该可以克服，只是管道的垂直落差越大，抽水的技术成本就会越高，我们需要重新仔细计算一下成本。

李永胜走到阿贵和技术员身边，阿贵向李永胜汇报工作。

阿贵 永胜书记，按工期计算，60 天可完成，我们石旮旯的村民们很快就能用上自来水了！路通了，水到家了，我们的幸福日子就不远了。

李永胜 是啊，幸福正一天一天地向我们走来，但现在仅仅是个开端，关键问题是老百姓的手里还没有多少钱，腰包还没鼓起来！

19. 红旗村 / 农户住宅 / 日 外

被烧焦的农户住宅一片狼藉，穆欢欢拖着一个行李箱来到了住宅前。

看见穆欢欢拖着行李箱，有村民围过来。

村民甲 欢欢，你这是要去哪里？去出差吗？

穆欢欢 我回家去看看，家里老母亲年岁不小了，经常生病，我放心不下。

村民乙 欢欢，你还回来吗？你敢说敢干，敢作敢为，我们都很喜欢你，你一定要回来啊！

村民甲 欢欢，我们就喜欢听你说真话，你说真话，我们听起来实在。

穆欢欢苦笑了一下。

穆欢欢 谢谢你们对我说的这些话！但是管他什么真话、假话，我什么都不知道，我很累了，好想休息一下，睡着了，就什么都不想了！

村民们听了穆欢欢的话，不明所以。

村头停了一辆小车，穆欢欢向小车走去。

20. 秀水市 / 社区幼儿园 / 日 外

下午 5 点，幼儿园放学，穗穗最后一个走出教室，走在前面的小朋友辰辰转过身来跟她告别。

辰辰 穗穗，你看，我妈妈来接我了，我今天不能陪你玩了。

穗穗 （十分懂事）辰辰，没关系，我爸爸工作很忙，他忙完了就会来接我的。再见！

偌大的幼儿园只剩下穗穗一个小朋友，她眼巴巴地看着辰辰跟着她妈妈走出幼儿园大门，期盼地向大门外不停张望。

21. 红旗村 / 村委会办公室 / 日 内

调查组组长正在和村民谈话。

调查组组长 老伯，我们给您算了算，你们家的人均收入最多 2000 元，为什么你们报成了 3600 元呢？

老伯 我没有文化，不懂政策，自己算的，可能不准。

调查组组长 还有大娘，我们通过邮局了解到，您女儿每年给您寄来 8000 元，你怎么报了 18000 元？

大娘 因为要 18000 元才能凑够数啊。

调查组组长 凑数？！凑什么数？

22. 秀水市市区 / 社区幼儿园 / 日 外

穗穗的脸上突然露出惊喜，她发现妈妈正在马路对面的人行道上向她招手。

穗穗 （冲到大门边，拼命招手）妈妈！妈妈！

江虹横穿马路向穗穗跑来，一辆轿车在她面前紧急刹车，险些撞上她。江虹一惊，手上拎的水果和食品洒了一地。

江虹顾不上捡，冲过马路，这时，幼儿园老师已经看见江虹，将穗穗送出了大门。

穗穗扑向妈妈，江虹一把搂住孩子，两人紧紧拥抱在一起。

紧急刹车的车辆开过来停在江虹母女俩身旁的路边，江虹惊奇地发现，从车上走下来的竟是自己的丈夫路大明。

23. 秀水市 / 穆家 / 日 内

市电视台的同志正在采访穆欢欢的母亲。

记者　欢欢妈妈，请您谈谈，您是怎样支持女儿参加脱贫攻坚的？

穆妈妈　我一直注意尊重孩子的选择，从小到大，只要是孩子愿意去做的事，我都会支持。欢欢很乖，也很有主见，我相信她的选择一定是对的。

记者　但是欢欢妈妈，我们知道您的身体状况一直不好，欢欢去驻村，就没法照顾您，她不担心您吗？您怎么办？

穆妈妈　欢欢很孝顺，从懂事起就一直照顾我，她一心想为脱贫攻坚做点事，我做妈妈的自然要想办法成全她的心愿，但她还是不放心，专门请了钟点工，每天定时来帮我做饭、打扫卫生等。

记者　穆妈妈，我们准备去红旗村实地采访欢欢，您有什么要对欢欢说的吗？

穆欢欢　（推门而入）不用去了，我回来了！

24. 红旗村 / 村委会办公室 / 日 内

调查组组长还在谈话。

一村民　领导，我向您汇报，章山峰是一个……一心为民的好领导……好干部，这次火灾与他没有丝毫的关系，他非……非常重视用电安全，每天都要去农户家检查用电情况，这次火灾纯属偶然……

村民说话吞吞吐吐，似乎心里在害怕着什么。

透过窗户，调查组组长注意到，章山峰站在远处面向着这个方向。

25. 深圳 / 张桐花家 / 日 内

张桐花正跟着电脑上的视频做着一些简单的身体康复训练，动作虽然不算难，但张桐花做起来依然很吃力，她已经累出满头大汗，有些力不从心，但她还是咬牙坚持着。

【张桐花内心独白】永胜，我一定要重新站起来，一定要重新站在你身边！

26. 石旮旯村 / 村委会办公室 / 日 内

李永胜趴在桌上睡着了，手边是一沓写满了字的信笺，标题写着"石旮旯村产业发展规划说明"。

王萤走了进来，发现趴在桌上的李永胜。

王萤　（自言自语）肯定又是熬夜写东西了。

王萤把自己身上的外套脱下来，披在李永胜的身上。三嫂正好进门，看见了这一幕。

27. 石旮旯村 / 村委会院子 / 日 外

三嫂急忙退出房门。王萤听到响动，出门来看。

三嫂故意用话掩盖自己的猜疑。

三嫂　王书记，永胜这是怎么了？生病了吗？

王萤　不是生病，肯定又是昨晚熬夜写规划了。你有事吗？我们出去谈。

两人刚走到房外，三嫂的手机响了，三嫂一看，是张桐花打来的。

三嫂　桐花啊！永胜很好，就是太劳累，你放心，有我照顾他，别担心。

【张桐花画外音】永胜还和那个王萤在一起吗？

三嫂生怕王萤听到张桐花的话，故意走开了几步。

三嫂 （看了一眼王莹说）没有，没有，你不要多心！有些情况我回头再跟你聊。

28. 秀水市/江虹家/日 内

江虹和路大明紧紧地拥抱在一起，穗穗站在一旁好奇地看着他们。

路大明 阿虹，你在村里辛苦了，受委屈没有？我真的好想你。

江虹 我也想你，虽然我才去了两个月，但我觉得真的像是已经好几年了。

路大明 你回来为什么不给我打电话，我好去接你。

江虹 你已经够忙了，我不想你太累，而且，我想要给你和穗穗一个惊喜。

穗穗 妈妈，我收到你的惊喜了，我在幼儿园看到你来接我，我很欢喜，但我看到你差点被车撞到，又被惊到了。

小两口这才想起穗穗在身边。

路大明 （笑着说）没想到我们穗穗对"惊喜"理解得这么到位呢！

两人把穗穗抱起来，一家人其乐融融。

29. 秀水市/穆家/日 内

穆欢欢正在给母亲做饭，穆妈妈觉得幸福来得太突然。

这时穆欢欢的手机响了，是章山峰打来的。

章山峰 欢欢领导，你怎么说走就走了呢？你一走，县委书记就打电话批评我，你回来吧，明天我来市里接你。

穆欢欢 不行，我不回去，除非你把写恐吓信的人揪出来。

穆妈妈隐隐约约听到了"恐吓信"三个字，忙问穆欢欢。

穆妈妈 欢欢，妈妈刚才听到电话你说什么"恐吓信"。

穆欢欢 没有啊，妈，您听错了。

穆妈妈 你别骗妈妈了，妈妈身体不好，并不是耳朵不好，有什么事你可不能瞒着妈妈,也一定要向组织上汇报。

穆欢欢 放心吧,妈妈,我会处理好的。

30. 石旮旯村 / 村委会院子 / 日 外

村民会议正在召开,李永胜给村民们介绍石旮旯村的规划,讲得村民们心花怒放。

王莹 永胜书记这么一说,我们仿佛已经看到了石旮旯村的美好未来。

会议结束,村民们高高兴兴地散去。

王莹 永胜书记,你让村民看到了我们村的美好前景,相信在你的带领下,大家的干劲会越来越足,石旮旯村一定会越来越好。

李永胜 王书记功不可没,没有你的指导,我们村的规划可能到现在我都没法写出来呢。村民们看到了希望,我们就更不能让他们失望,一定要"一张蓝图绘到底"。

王莹 蓝图也要绘,家人也要管,现在上级要求的任务也落实了,村里的各项工作也慢慢进入正轨,你还是抽空回深圳看看嫂子和孩子们吧。

这时,李永胜接到电话。

李永胜 去十八洞村学习考察,收到,谢谢!

王莹 看来,深圳你是又回不去了。

——"兵支书"投身乡村振兴电视文学剧本

第十八集

1. 石旮旯村 / 公路 / 汽车 / 日 内

张兴黔陪着肖翔去石旮旯村，红旗村发生的事让肖翔很心烦。

肖翔 兴黔，你说这章山峰是怎么回事，好好的一个榜样村、示范村，竟然被他搞得不成个样子。

张兴黔 老领导，你别再为章山峰和红旗村的事烦心了，一会儿见到永胜，你的心情就会大大好起来。

肖翔 是啊，永胜干得不错，石旮旯村搞得有声有色。对了，他媳妇怎么样啊，还在深圳吗？

张兴黔 还在深圳，身体还……

张兴黔的手机铃声响起，张兴黔一看，是张梨花打来的。

2. 石旮旯村 / 村委会院子 / 日 外

村民会议正在进行。

李永胜 要实现这张蓝图，我们就必须抱团发展，有的地方开始搞合作化，有很多成功的经验。这次上级派我参加考察学习，我正好可以去探个究竟，如果他们的经验可学可用，我们就干起来！

村民们兴奋地鼓掌。

王莹 但是我们也要有心理准备，前进的道路肯定不会一帆风顺，我们一定不要怕失败，困难面前一定不能裹足不前。我会一直支持你们，我们一起共进退！

这时村委会的办事员气喘吁吁地跑来。

办事员 不好了，不好了，自来水管道施工受阻。

3. 石旮旯村 / 公路 / 汽车 / 日 内

张兴黔 不好意思，老领导，我接个电话。

电话那头，听得出张梨花的语气很生气。

张梨花 兴黔书记，是不是你们又安排我姐夫去考察什么十八洞村？我姐夫已经有两次说回来结果没能回来了，现在是第三次。我姐是一次又一次做好准备等我姐夫回家，但每一次都是空欢喜一场，这次更是又哭又闹。两个孩子想爸爸，现在却想问不敢问，你们考虑过他们的感受吗？是你们太不人性，是你们让李永胜学会了撒谎！

张兴黔被问懵了，用眼神询问肖翔，肖翔点点头。

张兴黔 梨花，你不要激动，先消消气！永胜要去十八洞村，真不是我安排的，也是你刚刚说我才知道。但肖翔县长就在我身边，他证实的确有这回事，永胜不会撒谎，你们可以放心，你一定要多帮永胜劝劝嫂子。

肖翔 唉，家家都有本难念的经。

4. 石旮旯村 / 村委会院子 / 日 外

办事员跑得上气不接下气。

李永胜 你先别急，把事情说清楚。

办事员 张大妈说管道施工要动土，会破坏她家的风水，怎么说也不让施工。阿贵主任去劝，她还跟阿贵主任吵起来了。

5.【闪回】石旮旯村 / 张大妈家 / 日 外

一条埋设管道的沟挖到离张大妈家门口不远处，用石灰粉画出的挖沟走向，延伸到离张大妈家门口十多米的地方。

张大妈正站在石灰线上嚷嚷，几名手拿挖沟工具的村民无可奈何地站在一旁。

张大妈 谁要在这里挖沟，就从我身上挖过去！

村民甲　张大妈，你别这样，村里好不容易筹到钱来搞自来水工程，也是为了改善大家的生活条件。这挖沟的地方离你家大门至少有十米多，而且沟也不用挖很宽，影响不到你家进出的。

张大妈　没挖到你家门前，你说话倒是轻巧！人家算命先生讲了，我家门前十米范围内不能破土，要不就会坏了风水，挡了财路。你们绕到别的地方挖，就是不能在我家门口挖！

阿贵赶到，劝说张大妈。

阿贵　张大妈，管道的线路是技术人员优化设计的，尽可能为我们村节约钱，自来水通了，对大家都好。

张大妈　（蛮不讲理）我说不行就不行！

阿贵　那也好办，你怕坏风水，那你家就不要用自来水！回头村里讨论，自来水不进你家！

张大妈　（开始撒泼）你们敢！凭什么不进我家，老娘生来就是石旮旯村的人，石旮旯村的东西我就要用！

【闪回结束】

6. 石旮旯村 / 村委会院子 / 日 外

听完办事员的讲述，在场的村民都觉得张大妈过分。

众村民　她不让挖，我就赞成自来水不进她家！永胜书记、王书记，你们可要拿出办法，不能因为她家不让挖，影响到全村通自来水……

李永胜　大家放心，村里会解决好这个问题，保证大家尽快用上自来水。王莹书记，县里要求我明天一早到县委报到出发，只能拜托你解决这个问题了。

王莹　有我们在，你安心去吧，这次考察学习对石旮旯村下一步的发展也很重要。

李永胜、王莹默契又相互信任的眼神。

7. 深圳 / 张桐花家 / 日 内

张桐花在做康复训练，已经累得满头大汗。

张梨花递给她水喝，她不理；递毛巾给她，她不接；跟她说话，她也不吭声。

张梨花 （只能提醒她）姐，医生说了，要循序渐进，欲速则不达，你千万不要操之过急，否则会适得其反。

8. 秀水市【多镜头场景】

镜头一　江虹来到市扶贫办，拿出王萤和她设计的"一户一卡"，请扶贫办同志指导。

镜头二　江虹来到快印部，与设计制作人员一道排版定稿。

镜头三　江虹看着印刷出来的样版，满意地笑。

9. 石旮旯村 / 公路 / 汽车 / 日内

肖翔回想往事。

【闪回】一组镜头。

镜头一　洪燕把老团长肖翔请到自己的宿舍，给他做了一顿丰盛的晚餐。

镜头二　洪燕生病住院，肖翔守护在身边，王晶打来电话，肖翔看看，狠心地挂断。

镜头三　肖翔和洪燕逛商店，肖翔大包小包给洪燕买衣物，肖翔告诉洪燕，自己当人事局局长多年，不知道是否可以调离这个岗位。

镜头四　肖翔任崇山县副县长，肖翔和洪燕举行婚礼。

镜头五　肖翔的笑容，王晶的眼泪。

【闪回结束】

10. 秀水市 / 江虹家 / 日 内

江虹疲倦地回到家里，路大明上班去了，穗穗上幼儿园去了，再过一个小时，江虹也要回石旮旯村了。

江虹怀着恋恋不舍的心情走进穗穗的房间。房间里挂着穗穗的照片，江虹就是看不够。她无意间看见小书桌上的一幅画，是穗穗画的，画的名称是"妈妈，我想你"。

江虹 （把画贴在胸前，喃喃道）穗穗，妈妈也想你！妈妈一会儿就要走了，你一定要乖乖的、好好的。

江虹控制不住眼泪，直到电话铃响起。

江虹 （接电话）好的，请等一下，我马上下来。

江虹拎着一大堆的卡片，依依不舍地离开这个温暖的家。

11. 秀水市 / 健身房 / 日 内

穆欢欢和几个男孩走进健身房，看见穆欢欢满脸不高兴，大家都不好言语。

晓繁凑到穆欢欢面前，硬着头皮拍穆欢欢的马屁。

晓繁 穆女郎今天玩什么项目，我来安排，一定服务好。

穆欢欢 我要玩搏击！

晓繁 可这里只有拳击，没有搏击。

穆欢欢 那就拳击，我要搞死他们！我说，你们还是我哥们吗？还是爷们吗？本姑娘在红旗村被欺负，你们怎么不来见义勇为，怎么不来英雄救美？还想追我，胆小的靠边！

12. 深圳 / 张桐花家 / 日 外

张桐花在客厅里添置了一个用于锻炼的单杠，她将轮椅移到单杠下面，双手伸过头顶握住横杠，用力牵引自己的身体，试图站起身来，但一次又一次失败了。

13. 石旮旯村 / 村委会院子 / 日 外

吴银子来接李永胜去县里报到。

李永胜 银子，总让你来接我，真是不好意思。

吴银子 老同学、老兄弟了，你还跟我客气什么。更何况，你是在为石旮旯村出力，在为村民们出力，只要村民们好，一辈子接你，我都愿意。

李永胜 但总让你接不是办法，我打算自己买一辆车，既能坐人，又能拉货。

王萤来送李永胜。

李永胜 张大妈的思想工作做通了？

王萤 那是，其实道理是能说通的，但阿贵性子急，不会说好话，不会讲道理，人家当然不满意。

李永胜 王萤书记不愧是宣传战线的骨干，有办法，药到病除，佩服！

王萤伸出手，李永胜也伸出手，两人握手告别。

14. 红旗村 / 村委会 / 日 内

章山峰叫了几个心腹，在村委会办公室密谋。

章山峰 平日里你们一个个猴精猴精的，现在都变成猪脑袋了？说，我怎样才能躲过这一劫？

同伴甲 封口啊！

同伙乙 不行，这么多人的口，怎么封得住。我看啊，要大事化小，小事化了。要两头跑，一头跑县里找关系，另一头安抚老百姓，这个时候千万不能有人去告状。

章山峰 有道理！不过，也可以向上反映点问题嘛。

章山峰一阵冷笑。

——"兵支书"投身乡村振兴电视文学剧本

15. 崇山县 / 县委大院 / 日 外

一群人聚在县委大院，等待出发。

李永胜手里拿了一本名册，是去湖南十八洞村考察的人员名单，李永胜看见，其中有十几个人的名字和他一样，旁边标注着"兵支书"。

【李永胜内心独白】这次学习机会真难得，我一定要取得"真经"。

张兴黔向李永胜走来。

李永胜　兴黔，你怎么也在这里？

张兴黔　我到县里开会，知道你们今天出发，顺便来给你送行。永胜，考察回来，一定要安排时间回深圳去看看嫂子和侄儿侄女，听说他们的意见可大了。

李永胜　我也觉得对不住他们，前面两次都已经买好机票准备动身了，但总是计划赶不上变化，都没能成行，搞得现在我都不敢给他们承诺什么时候回去了，生怕又不能兑现。但你说，石旮晃村现在正处在"破茧"的关键阶段，到十八洞村考察这么好的学习机会，我能不去吗？

张兴黔　是啊，一方面，十八洞村确实有很多东西值得石旮晃村学习和借鉴，另一方面，范斌书记亲自点了你的大名，你当然得去。现在，你们石旮晃村这个新典型备受县领导关注，但红旗村这个老先进却出了新问题！

16. 石旮晃村 / 自来水工程工地 / 日 外

阿贵很尽责，指挥着唐顺等村民施工。

阿贵　唐顺老哥，工分的核算你要认真一点，不要让好好干活的老乡吃亏。

唐顺　就是，算错了，就伤感情了。

老焉　主任放心，唐队长放心，吃一堑长一智，我不会重复犯错的。

阿贵　尤其是干部亲戚的工分统计更要注意，一定要准，弄不好就会失信于民。

老焉　主任放心，我亲自把关。

几个村民　（见阿贵离开，围到了老焉身边）老焉，晚上我们去摸两把（打麻将）？

17. 村上寨 / 土地丈量处 / 日 外

朱三娃正拉着皮尺丈量土地，经过的村民跟朱三娃打招呼。

村民　三娃，什么时候量到我们寨子？你量地的时候，可不要让我们家吃亏哦！量好了，我请你喝酒！

朱三娃　（大声说）放心，一寸土地也少不了你！

这时，有人来找朱三娃。

来人　老焉晚上约你打麻将，去不去？

朱三娃　我们家三嫂看管得紧，怕是去不了！

来人　就给嫂子说，晚上加班，计算土地丈量的数！

18. 石旮旯村 / 老焉家 / 夜 内

房门关着，老焉、朱三娃以及另外两个村民打麻将正打得高兴。

朱三娃不时担心地瞅瞅房门。

朱三娃　要不还是把门锁上吧！

老焉　怎么，三娃，你还怕三嫂从天而降啊！

一村民　别担心，三娃，三嫂以为你真在加班，说不定一会儿你回家，她还给你准备了夜宵呢。

另一村民　要说李永胜也太不讲人情，不准你们村干部打麻将，这白天干活累了，还不能让人劳逸结合摸两把啊。

老焉等三人正打趣着朱三娃，门突然被推开，三嫂虎着脸出现在门外。

19. 石旮旯村 / 王萤住处 / 夜 内

王萤坐在小桌前，正准备写日记，她有一个习惯，把白天的事记录一下，刚拿起笔，就听到外面乱哄哄的嚷嚷声，三嫂的声音最大。

三嫂　王莹书记，村干部带头赌博，我给你抓来了。

王莹推门一看，是老焉和朱三娃，两人被三嫂带到了村委会。

王莹　怎么回事？

三嫂　朱三娃说晚上加班，我不相信。我来村委会一看，除了王书记的灯亮着，其余房间都是黑灯瞎火的，我就知道朱三娃撒谎了。这不，两桌人，聚众赌博，王书记，我交给你处理。

老焉　我们白天累了，晚上玩玩，不算赌博。

王莹　好啊，你们两个，一个计算工分，一个丈量土地，麻将一打，赢了别人的小钱，你们办事还会公道吗？赢了小钱就可能输了气节，输了气节还有人格吗？你们俩先停职检查，等永胜回来，再处分你们！

阿贵不知什么时候到了。

阿贵　王莹书记，消消气！他们是乡下粗人，不拘小节，不懂规矩，批评一下就行，干活还需要人嘛。

王莹不解地看着阿贵。

20. 深圳 / 张桐花家 / 日 内

张桐花、张梨花两姐妹又聚到一起，张梨花给两个孩子买了许多水果，给张桐花买了化妆品，张桐花还是不开心。

张梨花　姐，姐夫确实忙，你要理解，这个时候你要拖了他的后腿，将来他跟你算账，麻烦就大了！

张桐花　那就这么任着他，他要干什么就干什么？他要买车，难道我还要给他送过去？

张梨花　对，还就是要买了给他送过去，你负责买车，我负责送车，永胜哥一定会感动死了！

张桐花　就你鬼点子多！

张梨花　还有，姐，你一定要学会化妆，美丽才能拴住姐夫的心！

张桐花　我有个好消息要告诉你。

21. 公路 / 汽车 / 日 内

李永胜坐在前往十八洞村的客车上，耳边回响着范斌书记在他们临行前的一段话。

【范斌画外音】习近平总书记考察十八洞村时，首次提出"精准扶贫"，做出了"实事求是，因地制宜，分类指导，精准扶贫"的重要指示，按照总书记的要求，十八洞村在2013年就实现了年人均纯收入的大幅度增长，他们发展了水稻、烤烟、猕猴桃等产业，发展势头好，值得我们学习！

李永胜的心不平静了，他渴望着赶快到达十八洞村进行学习。

22. 深圳 / 张桐花家 / 日 内

张梨花　什么好消息？

张桐花　经过这一段时间的康复训练，我觉得我的腿跟原来感觉不太一样了。

张梨花　怎么不一样，是不是觉得有力气了？

张桐花高兴地点头。

张梨花　（打趣道）现在看来啊，危机感能够给予人勇气和力量，没有了永胜哥的呵护，有些人终于不娇滴滴，终于不小鸟依人了。我看啊，你的身体一直没有起色，都是姐夫给惯出来的。现在看来，永胜哥回石昌晃村还真是好事。

张桐花伸手要打张梨花，张梨花嬉笑着躲开。

张梨花　不过，姐，你一定要记得，一定要循序渐进，不能操之过急。

23. 石昌晃村 / 自来水工程工地 / 日 外

一辆货车停在工地上，吴银子、吴禾子兄弟俩从车上跳下来，吴禾子开的车。阿贵迎了上去。

阿贵　你们来得太及时了，我们正等米下锅呢。

吴银子　这些水管都是名牌，质量没有问题，你们放心使用。

阿贵　你吴银子谁还信不过！唐顺，快来仔细验货。

唐顺　是，主任！

24. 石旮旯村 / 村民家 / 日 外

王莹、江虹等人拿着江虹从市里辛辛苦苦印制出来的卡片，入户登记。

王莹　你离开家的时候，孩子没有哭？

江虹　跟孩子分别的场面太让人难过了，我是趁穗穗上幼儿园去了，才离开的。不过，我发现了一样东西，把我感动死了！

说着，江虹的眼泪止不住往外流，她赶紧拿出纸巾擦拭。

江虹拿出穗穗画的《妈妈，我想你》的画。

王莹接过来，捧在手里细细地看。

王莹　穗穗太可爱了，村里的孩子们也很可爱，不知小五妹、小山猫怎么样了？

25. 高山镇 / 中心学校 / 教室 / 日 内

小五妹正认真地听老师讲课，今天老师讲的是《锄禾日当午》的故事，小五妹心想，我们哪来的粮食浪费，有吃的就不错了，浪费粮食是他们城里人的事，应该去教育他们。

小山猫出现在窗户外，不断向小五妹招手。

【小五妹内心独白】不会是爷爷出什么事了吧！

小五妹心里着急，赶紧举手。

老师　怎么了？

小五妹　老师，我弟弟来找我，可能是家里有急事！

老师　那你赶紧去问问。

小五妹谢谢老师后迅速走出教室，拉着小山猫就问。

小五妹　怎么了？是不是爷爷又不好了？

　　小山猫　姐，不是，你别紧张！你看！

　　小山猫扬起手中的信笺。

　　小山猫　王莹阿姨的信！

　　小五妹　（听说是王莹来信，十分高兴）王莹阿姨又来信了！快给我看看，都说了些什么？

　　小五妹　（接过小山猫手里的信，轻轻敲了一下小山猫的头）今后这种事别在上课的时间来找我，吓死我了，生怕爷爷有事。

　　小山猫　知道了，姐！我也是想让你高兴嘛。

　　两姐弟高兴地看信。

26. 石旮旯村／李九伯家／日 外

　　李九伯经过治疗，回到家中静养，气色看起来好些了。

　　三嫂提着两个猪脚走进屋来。

　　李九伯　三嫂来了，快来坐，跟我聊聊天。

　　三嫂　九伯叔，我一会儿陪你聊天。我特意赶早买了两个猪脚，先把它们炖上，好给你补补身子。

　　三嫂用盆打了水端到门口去洗。

　　说来也巧，王莹也来了。王莹来看李九伯本属正常，但三嫂却多心了。

　　三嫂　唷，王书记，这么巧，永胜哥不在家，你也来看九伯叔啊！

　　王莹似乎并没注意到三嫂话外有话。

　　王莹　是啊，三嫂，你真早。我就是想到永胜不在家，担心九伯叔和伯母有什么事没人帮忙，正好今早有时间，就赶紧过来看看。

　　三嫂　（话中带醋）王书记可真体贴人。

　　李九伯听到了王莹的声音，在屋内问。

　　李九伯　三嫂，是王莹书记来了吗，快请她进来坐！

　　王莹　九伯叔，好些了吧！我爸爸一直说来看您，不过，他也身体有病，出行困难了。我爸爸说让我好好照顾您，他说，他欠您的让我还！

王萤边说边走进屋里去。

三嫂　（在王萤背后不满地嘟哝）什么他欠的你还，你是在为自己找借口吧！哼！

李九伯　王书记，快请坐！

王萤在李九伯身旁坐下。

李九伯　代我谢谢你爸爸，都过去几十年的事了，他还一直这么挂心，让他不要再提什么报恩了。不过有一件事，我倒是真要拜托你。

王萤　九伯叔，什么事，您说！

李九伯　你心细，见识多，想问题周到，一定要多帮助永胜。

这时，三嫂端着洗好的猪脚进来。

王萤　九伯叔放心，这是我分内的事！不过，我也担心"帮助"永胜多了，会有人说闲话，是吧，三嫂。

王萤的"先发制人"，令三嫂有些尴尬。

27. 石旮旯村／自来水工程工地／日 外

阿贵正指挥村民们安装水管，水管突然断裂。

众人　（纷纷议论）怎么回事，这新的水管怎么就断了？

阿贵是个沉不住气的主，也不管有没有证据，开口就嚷嚷开了。

阿贵　肯定是被吴银子、吴禾子两兄弟玩了，以次充好，从中吃"黑钱"，真是良心被狗吃了！

有冷静些的村民提醒阿贵。

村民　主任，没有调查核实之前还是不要随便说吧，免得伤了和气，冤枉好人。

阿贵　（火了）什么好人，就是奸商一个！我马上给李永胜打电话！

阿贵气呼呼地拨通李永胜的电话，劈头盖脸就吼起来。

阿贵　永胜，你干的好事，新水管还没有装上就断了，一定是假货！你把眼睛擦亮一点，不要被你的所谓兄弟给害了！

阿贵说得很直白，李永胜已经明白了是什么事。

李永胜　阿贵主任，出这样的问题，我知道你很愤怒，我也很气愤，但没有调查研究就没有发言权，你冷静一点，把事情调查清楚。如果真是吴银子、吴禾子干的蠢事，不管他们是谁，跟我有什么关系，都绝不姑息，一要处分，二要赔偿！

28. 秀水市 / 宣传部办公室 / 日 内

宣传部部长正在安排工作给办公室的同志。

宣传部部长　我接到一封崇山县寄来的举报信，说穆欢欢在驻村工作期间，不辞而别，擅自离岗，造成脱贫攻坚任务不能如期完成。这是怎么回事？必须严查！穆欢欢现在在哪里？

办公室的同志　不知道。

宣传部部长　让王萤协助调查了解，驻村工作尚未结束，穆欢欢必须回到自己的岗位！

29. 高山镇 / 中心学校 / 日 外

小五妹和小山猫打开王萤的信，认真看着。

【王萤的画外音】小五妹、小山猫，你们一定要好好学习，知识改变命运，只有好好学习，你们才能考上大学，读研究生，读博士，才能有更高的本领和能力建设家乡。如果你们考试优秀，我就奖励你们去深圳旅游，去看看深圳的大学，那里一定有你们的梦想！

30. 十八洞村 / 展示厅 / 日 内

人们都在听介绍，李永胜看见一个人很像他过去带过的兵，原来是张兴黔的同班战友宋涛。

李永胜　宋涛！

使命
——"兵支书"投身乡村振兴电视文学剧本

宋涛　老排长,我不是听兴黔说你在深圳发展吗,怎么会在这里?

李永胜　说来话长。之前是在深圳,现在在石旮旯村当支部书记。

宋涛　啊,老板不当,来当村支书啊!你怎么想的?

李永胜　原因嘛,有机会再聊。你呢?

宋涛　在你的临县富水县下坝河村当支部书记,我们是同行,都是"兵支书"!

第十九集

1. 石旮旯村 / 村委会办公室 / 日 内

王萤、阿贵、蒋文化、朱三娃、三嫂、老焉等人正在听驻村工作组组长江虹的工作汇报。

江虹　经过我们驻村工作队和全村老百姓的共同努力,我们已经完成了第一阶段精准识别的入户登记。目前,全村779户人家,共计有村民3180余人,按识别标准,建档立卡的贫困户有197户,贫困人口1113人,贫困发生率为35%左右,要实现整村脱贫,任重道远啊!

阿贵　是啊,我们村是全镇乃至全县有名的"产业弱、基础薄、人均少、发展慢"的村,要打赢脱贫攻坚战,还有很多硬仗要打。

老焉　难啊,都不晓得这仗怎么打才打得赢啊!

王萤　脱贫攻坚是国家战略,再难也要上!再硬的仗也必须打!

蒋文化　王萤书记说得对,老焉你别净说泄气话。如今村情摸准了,我们就能够有的放矢,集中兵力各个击破,把问题一个一个解决。

王萤　对,我们下一步需要的就是实干!大伙都出出主意。

朱三娃　告诉大家一个好消息,土地快要测量完了,只差村上寨了,经过这次完整和更加准确的测量,总量可能比第一轮承包时多出500多亩呢。

三嫂　别瞎吹,哪来这么多土地,我看你是打麻将输昏了头。

阿贵　三嫂你这就冤枉三娃了,这土地还真是会测量多了呢。

2. 崇山县 / 县委书记办公室 / 日 内

调查组正在给县委书记范斌、副县长肖翔汇报红旗村有关情况的调查处理意见。

范斌阴沉着脸。

肖翔 范书记,我申请发个言。红旗村发展到今天这个地步,我有不可推卸的责任,作为分管农业农村和脱贫攻坚的副县长,我有领导不到位、失察、助长虚报之风等错误,我请求县委给我处分。另外,我建议撤换红旗村村支书章山峰,具体工作可以请高山镇党委进行处理,毕竟他们更熟悉情况。

张兴黔 撤换章山峰不是不可以,但是谁来当红旗村的党支部书记呢?

范斌 兴黔,你问这话我就要批评你了,你们的后备干部是怎么培养的?用"兵支书"啊,军人有战斗力,就要用像李永胜那样的退役军人!红旗村没有就到其他村选!

3. 石旮旯村 / 村委会办公室 / 日 内

王萤、江虹等都疑惑地看着阿贵。

阿贵 原先测量时,由于测量技术还相对落后,很多地块都是拉着皮尺估摸一个大概,难保不产生偏差;还有,一些地方在地貌地形上发生了变化,也会导致面积不同。当然,也不排除有人谎报面积而又没有核实的情况。

大伙恍然大悟。

三娃 (来了劲,拿手怼了怼三嫂)你看你,就喜欢冤枉我,还说我打麻将输昏了头。

大伙儿笑了起来。

王萤 (收起笑容,正色道)脱贫还要和摆脱坏风气结合起来,以后村里要立规矩,坚决禁止赌博,从干部做起!

大伙儿纷纷表示赞同,三嫂高高地举起双手。

三嫂 太好了,我举双手赞成!

4. 秀水市 / 宣传部办公室 / 日 内

宣传部办公室的同志向部长汇报对穆欢欢的调查情况。

办公室同志　我们的调查结论是：穆欢欢同志工作热情高，正直，敢于斗争，责任心强，受群众拥护。但由于年轻，工作经验不足，斗争经验不足，面对威胁和恐吓，选择了较为消极的处理方式。但是，在哪里跌倒，还可以在哪里爬起来，我们建议，让穆欢欢同志担任红旗村驻村第一书记，这样才能更好地发挥她的作用，并在实践中培养她！

宣传部部长　"受群众拥护"，这一点最重要，正所谓"金杯、银杯，不如老百姓的口碑"。我同意你们的建议！

5. 十八洞村 / 广场 / 日 外

宋涛向李永胜敬了一个军礼。

宋涛　老兵宋涛向老排长报到。

见此情形，其他十几名"兵支书"也围到李永胜身边，敬礼，喊"报到"。

李永胜　（十分激动）没想到在今天这样一个场合，能够碰上这么多跟我一样的老兵，我们虽然不是全部来自同一个排、同一个连队、同一个部队，但我们都同样曾经是一名军人！

宋涛　是啊，而且我们现在也同样是一名战士，脱贫攻坚战场上的战士！

李永胜　小宋，还记得我们常唱的那支歌吗？

宋涛　记得！

李永胜带头唱起来，宋涛跟着一起唱，十几个老兵跟着一起唱。

众人　（合唱）毛主席的战士最听党的话，哪里需要到哪里去，哪里艰苦哪儿安家。祖国要我守边卡耶，扛起枪杆我就走，打起背包就出发……

歌声感染了周边的人们，一片喝彩声。

一曲唱罢，李永胜心情十分激动。

李永胜 战友们，退伍不褪色，战士就应该在战场上！脱贫攻坚战是习近平总书记亲自指挥的重大战役，在十八洞村，总书记提出了精准扶贫的要求，我们一定要牢记总书记嘱托，积极投身脱贫攻坚主战场，在脱贫攻坚战场上建功立业！

众老兵 牢记嘱托，感恩奋进，在脱贫攻坚战场上建功立业！

6. 深圳 / 汽车市场 / 日 外

张梨花推着轮椅上的张桐花来到汽车市场。

张桐花不时指着各种车问张梨花。

张桐花 梨花，你看这辆合适不？梨花，你说你姐夫会喜欢这辆不？我觉得这辆跟他的气质很搭。

张梨花忍不住打趣张桐花。

张梨花 谁之前还说"就这么任着他，他要干什么就干什么"的，现在可好，比要车的人还积极呢。

张桐花 （故装责怪）还不是你出的馊主意！

张桐花拿起手机，拨通李永胜的电话。

张桐花 喂，永胜，还在十八洞村吗？我啊，我在汽车博览会上……你不是说想买车吗，这里什么车都有，就看你想要买哪种……什么，又能载人又能载货的，好，我看见有的，考虑什么品牌的？

【李永胜画外音】 桐花，买车的事你不用操心，我在秀水市就能买了，关键看老婆大人能支持我多少经费。

张桐花 （隔着电话白了一眼）现在知道叫"老婆大人"啦！不行，这车必须是我买，意义不一样。

张梨花 （嘲笑姐姐）你还知道意义不一样了啊！

7. 红旗村 / 村头 / 日 外

章山峰在村口焦急地等待，不时向村外的来路张望，但路上空无一人。

章山峰烦躁地点燃一根香烟，狠狠地吸了两口，嘴里嘟哝着。

章山峰　妈的，真是流年不利，本想把这个姓穆的丫头整走，结果不但没成，还把她给整成了驻村第一书记。

章山峰一脸的无奈和愤恨，把烟头丢在地上，用脚使劲磨熄。

8. 石旮旯村 / 自来水工程工地 / 日 外

吴银子又拖了一车水管来，车停稳后，吴银子叫来工人把水管从车上卸下来。

几位正在施工的村民窃窃私语。

村民甲　怎么还让他买水管啊，那天的劣质水管不就是他买来的吗？

村民乙　人家关系硬嘛，永胜支书的老同学。

村民丙　没依据的话还是少说吧，劣质水管的事到现在谁也没给个明确的结论，是不是人家吴银子干的，还说不清呢。

村民丁　对啊对啊，我们村修公路的时候，吴银子还是出了不少力的，应该不会干出这种事吧？

阿贵　（打断了大家的议论）都给我少说几句，赶紧做事！

阿贵随手拿起一根吴银子刚送来的水管审视了一通。

阿贵　吴银子，咱们可把丑话说在前头，你已经坑了我们一次，可不能再坑第二次，否则我可……

阿贵的话激怒了吴银子，吴银子打断他的话。

吴银子　是谁坑谁还不一定呢！我已经反复查实，上一次的水管是在装车前被调包，这幕后黑手是……

阿贵　（显得有些紧张）是……是谁？

吴银子　是谁还没有查出来。阿贵主任，放心了吧！

阿贵　吴银子，你这话什么意思，是怀疑我吗？你可得拿出证据！

9. 石旮旯村 / 农户家 / 日 外

王萤和江虹来到一户农户家，江虹热情打招呼。

江虹　你是腊梅花大嫂吧？上次我来没有见到你，听说你刚从省城打工回来。

腊梅花　对，我是腊梅花。你们是？

江虹　忘了介绍，这是我们石旮旯村的第一驻村书记王萤，我是驻村干部江虹。

腊梅花　太好了，我正想去找你们呢！

王萤　是嘛！请问大嫂找我们什么事啊？

腊梅花　我看到城里卖蜡染很抢手，其实有好多做得还不如我做得好。我听说村里准备大力推进产业发展，所以就想回来搞一个蜡染作坊，你们能支持我吗？

王萤　大嫂，你有这样的想法太好了，我们肯定支持！但你想要我们怎么支持？

腊梅花　给我10万，我至少可以挣13—15万，你们信不信？

王萤瞬间就认同了这个精明能干的腊梅花。

10. 红旗村 / 大棚 / 日 外

穆欢欢在给王萤打电话。

穆欢欢　王萤姐，我回来了，部里让我当第一书记，我这第二书记都没干过，怎么当第一书记？王萤姐，你是高手，可要多提点我。

王萤　我哪是什么高手，也是边学边干。对于红旗村现在的情况，倒是有一点建议可以供你参考，那就是所谓"不破不立"。

穆欢欢　好，那就"破"，我马上就破一破章山峰的威风！

11. 红旗村 / 村头 / 日 外

太阳都照到头顶了，穆欢欢还没出现，章山峰有点沉不住气了，正想走人，村里一名他的亲信气喘吁吁地跑来。

亲信 峰哥，你还在这儿啊，穆欢欢书记都已经到大棚了，专门让我来请章书记赶过去，研究产业发展的事情。

章山峰 （踢了亲信的屁股一脚）你以为老子愿意在这儿啊！走吧走吧，人家这是明摆着要给我下马威啊！

章山峰一咬牙向村里快步走去，亲信屁颠屁颠地跟在后面。

【章山峰内心独白】退一步海阔天空，忍一时风平浪静，章山峰啊章山峰，现在还不知道县里、镇里会怎么处理你，一定要低调，低调。

12. 红旗村 / 大棚 / 日 外

穆欢欢还在和王萤通电话。

王萤 你啊，就是得理不饶人，要破也要讲究个方法。

穆欢欢 （看见章山峰向她走来，对王萤说）姐，说曹操，曹操就到了。先不跟你聊了，改天再向你请教哈。

穆欢欢挂断电话。

章山峰来到穆欢欢面前。

章山峰的表情虽然极力表现得亲热而又恭敬，但嘴里的话却并没能完全藏住心里的不满。

章山峰 欢欢书记的敬业让章某敬佩，让我在村口一阵好等，没想到您却已经在这里忙开了。听说欢欢书记要研究产业发展的事，您有什么安排？请说。

穆欢欢没有理会章山峰的阴阳怪气。

穆欢欢 我们村这两个大棚已经建了五六年了吧，能不能下几个"崽"？

章山峰　穆书记这个想法好，请教一下穆书记，您觉得这个"崽"怎么个下法。

　　穆欢欢指着大棚周边的土地。

　　穆欢欢　我打算在这里下出20个大棚，种奶油草莓。我算过，一季草莓下来，卖得好可以有10万元的收入，怎么样？

　　章山峰　那当然好，可这建大棚需要投入的，钱在哪里？

　　穆欢欢　钱的问题你不用操心，你只要给我协调好农民的土地就行。

　　章山峰　既然穆书记神通，那我就努力当好助手。

13. 石旮旯村 / 李九伯家 / 日 外

　　李九伯每天上午都要起来走走，尽可能地恢复体力。卸下村党支部书记的担子后，他精神上的负担和压力少了许多，但他随时都关注着村里的脱贫攻坚工作。

　　李九伯远远地看见老焉从家门口走过，他估计老焉是来找李永胜认错的。

　　李九伯　老焉，这么早，是去哪里啊？

　　老焉　九伯叔早！我听说永胜今天要回来，便专门来给永胜认个错，我不该违反村里的规定，去打麻将赌博。

　　李九伯　永胜马上就到，你先进去陪我说会儿话吧。

　　老焉　好的，九伯叔。

　　老焉和李九伯一同走进院子。

　　李九伯　老焉啊，能认识到错误就好，村看村、户看户、群众看干部，你是村干部，要起带头作用。

14. 石旮旯村 / 村口 / 日 外

　　车子进村了，李永胜从车上下来，背上背着一个大包，手里拎着两只灰鹅。

一村民与李永胜打招呼。

村民　永胜书记回来了！唷，还买了两只大鹅给九伯叔补身体啊，九伯叔可真是好福气。

李永胜笑而不语。

15. 深圳 / 汽车市场 / 日 内

张桐花满意地看着眼前的一辆面包车。

张桐花　梨花，这个应该符合你姐夫的要求了吧，平时可以坐人，座椅拆掉就可以装货。

张梨花　姐，那就这款？我付钱喽。

张桐花点头。

张梨花替张桐花转款。

销售员　车价12.5万元，预付2万，提车时付尾款。

张梨花　什么时候能提车？

销售员　大约一星期，我们会及时通知您的。

16. 石旮旯村 / 李九伯家 / 日 外

李九伯和老焉正聊着，老焉看到李永胜又背又提地走来，忙出院子，接过李永胜手里的鹅。

李永胜　老焉，你是来看我爸的，还是找我有事？

老焉　（有些不好意思）永胜，我……是专门来向你认错的，为了打麻将那事。

李永胜　知错能改，就是好同志！做为村干部，我们一定要时刻注意自己的言行。

老焉　永胜，你放心，我会的！九伯叔，您可真是好福气啊，瞧，永胜买了这么两大只鹅给您补身体。

李九伯　永胜，你有这份孝心爸就心满意足了，大老远的，整这两个大家伙来，你也不嫌累。

李永胜有些哭笑不得。

李永胜 你们怎么个个都这么想，这鹅难道就只能买来吃吗？

李九伯 不拿来吃，难道还要拿来当财神爷供起啊。

李永胜 爸，你还真说对了，就是买来当"财神爷"的呢！

17. 石旮旯村 / 腊梅花家 / 日 内

王萤、江虹、腊梅花正在讨论发展蜡染产业的事。

腊梅花 王书记，我们村是有蜡染传统手艺的一个村，过去，家家户户的妇女都会蜡染，但这十几年来，出去打工的人多了，蜡染这事就没有人做了，如果我们把外出打工的妇女都招回来，人多力量大，这蜡染产业还怕不兴旺。

王萤 梅花嫂子的主意好，三嫂可以帮村里把人请回来！如果我们把人请回来，你能不能带这个头？

腊梅花 把人叫回来这个事儿，三嫂还真是最合适的人选。但你们要我怎么带这个头？

王萤 我们成立一个石旮旯村妇女蜡染联合会，就由梅花嫂子你当会长，怎么样？

18. 石旮旯村 / 李九伯家 / 日 外

李九伯 永胜，什么当财神爷啊，你这就是想着法子折腾我！你想吃鹅肉，买来吃就行，两只鹅你让我怎么养？

李永胜 （笑了）爸，我哪是折腾您，我啊，知道您就是闲下来浑身不舒服的性子，所以就买了两只灰鹅给您老先喂着，练练手，下一步我打算搞一个灰鹅养殖基地，让您老当鹅司令！

李九伯 看来是我自作多情喽，还以为有鹅肉吃，结果是李支书给我安排任务了。

李九伯玩笑着，脸上却露出欣慰和自豪。

老焉 （来了兴趣）永胜，你是怎么打算的，快说来听听。

李永胜 爸，老焉，我这次出去考察，学到的东西可多了，重要的一条就是要发展产业。我们石旮旯村不是路通了吗？我还准备买一辆车，你想，有路、有车，但没有货，这经济哪里发展得起来？事多，得一件一件地做。

李九伯 怎么个做法？

李永胜 如今，蒋文化他们搞的韭黄种植慢慢发展起来了，我们村的产业发展算是有了一条腿，但一条腿走路是走不稳、走不远的，我们还得有两条腿、三条腿，甚至更多条腿，这样才能站得稳。所以我想，由爸你带头搞一个灰鹅养殖，我的战友、邻县的村支书宋涛就养了不少灰鹅，我可不能比他差。

李九伯 你啊，就是争强好胜！

李永胜 爸，"永胜"可是你取的名字！

李伯母买菜回来，见三人在院子里说话。

李伯母 说什么呢，这么热闹，回来了也不进家？永胜啊，你今天回来，妈特地到镇上买了点好菜。老焉，别走了，就在这里吃饭哈。

19. 石旮旯村 / 三嫂家 / 日 内

朱三娃拉着脸坐在床边，三嫂不停地唠叨着。

三嫂 永胜回来了，你还不赶快去给他认个错！老焉就是比你头脑灵光，一大早我就看见老焉去永胜家了。

朱三娃 我不去，我打个麻将又不犯法，凭什么王莹一句话我就得停职检查？我检查个什么，一天到晚受苦受累，我讨到什么好了！什么村干部，听起来好听罢了。什么停职检查，我还不干了！

三嫂 你又要犯懒、犯浑是不是？好好的日子你不过，你又想当懒猪，又想当败家子？！

朱三娃 在你眼里，我就永远是懒猪，是败家子，对吧！我走，让你眼不见心不烦，可以了吧！

朱三娃赌气出门，三嫂气得直喘粗气。

20. 深圳 / 张桐花家 / 日 内

张桐花拄着双拐，努力想从轮椅上站起来，但明显力不从心。

张梨花在一旁一边搀扶，一边劝说。

张梨花　姐，我知道你是人逢喜事精神爽，买车的事情妥了，你的精神头也更足了，我也理解你的心情。但是姐，我反复提醒你，身体恢复是要循序渐进的，做不到的时候千万不要强求，否则会弄巧成拙。

张桐花放下双拐，轻轻叹了一口气，又伤感起来。

张桐花　好，我听你的。但是我真的好想现在就能重新站起来，像原来一样站在永胜面前，像那些身体正常的妈妈一样，带着震生和雨生在花园里散步，陪着他们一起打球、跳绳。

张梨花　会的，你一定会站起来的。

张桐花　（抹了一下眼睛，轻轻说道）就要提车了，真想跟你一起送车回去……不过还是算了，我得留下来陪两个孩子。而且你是办正事，我就不去拖你的后腿了……

听了姐姐的话，张梨花感到一阵心酸。

21. 石旮旯村 / 三嫂家 / 日 外

朱三娃刚走出门，迎面就碰上了李永胜。

李永胜　朱三娃，你想往哪里跑？做错了事就想当逃兵吗？

朱三娃　我没有错，都是你们看我不顺眼。李永胜，你从小就欺负我，我走，还不行吗！

李永胜　你是村干部，带头赌博，败坏风气，错大了。

朱三娃　一个村都在打，一个村都有错，为什么非跟我过不去！

李永胜　还强词夺理，我还不信刹不了这股歪风！朱三娃，你是村干部，就是要拿你来开刀！

22.【多镜头场景】

　　镜头一　吴银子拿着一截水管出神，突然站起身来，像是想到了什么。

　　镜头二　吴银子在建材市场跟一商户老板攀谈，老板的眼神有些闪烁不定。

　　镜头三　吴银子走出派出所，与民警握手道别。

23. 高山镇 / 镇党委办公室 / 日 内

　　张兴黔正在听红旗村班子建设的汇报，张梨花打电话来了。

　　【张梨花的画外音】兴黔书记，我姐给我姐夫买了一辆带货的面包车，我最近准备把它开回石旮旯村，你看看镇里还需要买点什么东西，我一并带来。

　　张兴黔　不劳烦你了，梨花，现在物资都很丰富，什么东西这边都可以买到，谢谢了！

　　【张梨花的画外音】上次见你，感觉你身体状况不是很好，是不是因为基层的工作太累。我给你买一台跑步机，你可以加强锻炼。

　　张兴黔　不用不用，我们乡下用不了这么高档的东西，满山遍野的什么地方都可以跑，我坚持跑就行。

　　【张梨花的画外音】那好吧。

　　张梨花的声音听起来有些失望。

　　张兴黔　（挂了电话，心头一热，自言自语道）有人关心还真好！我是不是有点辜负人家的好意啊？

　　张兴黔想了想，编了一条微信发给张梨花：梨花，谢谢你的关心！回来见！

　　张梨花回了一个"OK"的手势。

　　这时，张兴黔收到一条信息，是李永胜发来的：兴黔，你让我推荐干部，有一个人选，冯亚军，是我们团的，正好是红旗村的人……

24. 高山镇 / 中心学校 / 日 外

高山镇中心学校教师冯亚军正组织学生们"垦荒"，冯亚军给"垦荒队"的学生们做活动说明。

冯亚军　同学们，所谓"垦荒"，就是为了培养和锻炼你们爱劳动的品质。"垦荒"的地点就在学校后面的山坡上，把杂草除了，然后覆土，可以种上一些农作物。走，我们开动吧！

"垦荒队"的同学们拿着农具，跟着冯老师往后山走，小五妹和小山猫也在其中。

小山猫兴致勃勃，而小五妹似乎不太积极。

小山猫　姐，你怎么磨磨蹭蹭的，你是不是对垦荒不感兴趣？

小五妹　我们家几辈人都干农活，还要我们干下去啊？我现在只想考县里的重点高中，考大学，其他的我真不感兴趣。

小山猫　你考重点高中，我怎么办？

小五妹　好好学习呗，一起考！

这时有人叫："冯老师，镇里的领导请你去一下。"

冯亚军　正在挖地的立起身子，有些纳闷　镇里的领导叫我干什么？

25. 石旮旯村 / 自来水工程工地 / 日 外

吴银子来到工地，阿贵故意向外走，却被叫住。

吴银子　（针锋相对）怎么，阿贵主任是不是心中有鬼，看到我来就想躲开！

阿贵　（脸上闪过一丝不自然）你胡说八道什么呢！

干活的村民们感到有戏看，纷纷围过来。

吴银子　（步步紧逼）我们已经在派出所的帮助下控制了售货人，有证据指向你，是你指使售货人调换了水管，才冒出了这么多劣质水管。阿贵你的胆子也太大了,你去永胜那里说清楚!

阿贵 吴银子,你,你血口喷人!

26. 高山镇 / 中心学校 / 日 外

张兴黔来到中心学校,冯亚军远远地向张兴黔走来。

冯亚军走到张兴黔面前,两人对视了一会儿。

张兴黔 你就是冯亚军?我们团的吧,我是镇党委书记张兴黔。

冯亚军 (行了一个标准的军礼)我知道你,兴黔书记,我们在部队时是一个团的。冯亚军向你报到,请问找我有什么事吗?

张兴黔还了冯亚军一个军礼,他们用军人的礼节表达战友之情。

张兴黔 我今天找你来,是因为有人向我推荐了你,我想知道,你是否愿意在脱贫攻坚战场上带兵打仗?

冯亚军 兴黔书记有何指示,军人以服从命令为天职,你下命令吧!

27. 石旮旯村 / 村委会办公室 / 日 内

王萤、李永胜、江虹正在办公室商量工作。

李永胜 村级领导班子一些成员身上存在陋习,如此下去,不仅脱贫攻坚不能打胜仗,还会败坏了党在人民群众中的形象。确实到了不整顿不行的地步。

王萤 关键是要加强村级党组织的建设,加强党对村级组织的领导,让我们的党组织成为百姓信赖、肯定、拥护的党组织!

28. 石旮旯村 / 村委会会议室 / 夜 内

会议室的墙上挂着一条红色横幅,上面印着"石旮旯村妇女蜡染联合会成立会"。

村支两委干部、腊梅花和一些村民代表在现场。

王萤 (宣布)我宣布,石旮旯村妇女蜡染联合会正式成立,由腊梅花担任会长!

大家鼓掌祝贺，腊梅花起身向大家致意。

29. 深圳 / 张梨花家 / 夜 内

张桐花与张梨花边看电视边聊着。

张桐花　今天三嫂告诉我，村里成立了石旮旯村妇女蜡染联合会，发展蜡染产业。

张梨花　姐，看来姐夫这个村支书干得还是有声有色的嘛。

张桐花　（没好气地说）我看他是乐不思蜀吧。不过，梨花，我倒觉得你可以跟这个蜡染联合会联合一下，结合你们公司的业务，开发一些特色产品。

张梨花　姐，你这个想法好，如果做得好，也是支持脱贫攻坚。

30. 深圳 / 高速公路 / 日 外

张梨花开着一辆崭新的面包车，向着贵州方向驶去。

【张桐花画外音】希望这辆车能够助推石旮旯村脱贫的步伐，这样永胜就能早些回来，我们一家人就能早些团聚了。

第二十集

1. 高速公路 / 日 外

新面包车停在公路旁的停车带内,张梨花接电话。

张梨花 什么,非要我亲自到场他们才签合同!……是啊,这一单生意对我们公司下一步的发展非常重要,你先稳住对方,我赶最近的一班飞机回来!

2. 石旮旯村 / 村委会 / 日 内

李永胜在与张梨花通电话。

李永胜 什么?你马上就要赶回深圳去,有一单紧急业务要签合同。奶奶听说你要送车来,还让我准备了你最爱吃的菜呢!我现在还抽不开身,你把车停到县政府,把钥匙交给肖翔肖副县长,我明早就去开回来。对了,梨花,你姐怎么样?

张梨花 我姐……还好。她让我转告你,希望这辆车能够助推石旮旯村脱贫攻坚的步伐,早日打赢脱贫攻坚战……你就能早日回深圳了,你们一家人就能早团聚。

3. 高山镇 / 张兴黔办公室 / 日 内

镇委办公室秘书敲门进来。

秘书 张书记,冯亚军任职的事,已经跟中心学校对接好了,正在走流程,力争尽快到岗。

张兴黔 太好了,希望他能够带领红旗村,让红旗再一次高高飘扬!

张兴黔看了看时间,下意识地整理了一下衣服。

秘书　张书记，今天打扮得这么帅、这么精神，是有公务活动吗？

　　张兴黔　（脸上掠过一丝不易察觉的尴尬，故意板着面孔说）怎么，难道我平时都不帅，不精神吗？！

　　秘书一吐舌头，跑了出去。

　　张兴黔拿起手机，找到张梨花的号码，准备拨出去，想了一下，又停下了手。

　　【张兴黔内心独白】她应该快到县里了吧？……算了，还是不给她打电话了，开着车，不安全。

　　电话铃声突然响起，把张兴黔吓了一跳，张兴黔见是张梨花打来的，赶紧接通。

　　张兴黔　你到哪儿了？

　　（**电话那头**）**张梨花**　抱歉，这次我失约了！深圳那边公司有急事，我得赶回去，只能下次再见了。

　　张兴黔的脸上写着失望。

4. 高山镇 / 中心学校 / 日 外

　　学校的小操场上，站满了学生，大家听说冯亚军老师要走了，都来给他送行。

　　冯亚军从办公室出来，手里拿着课本和同学们的作业本，看见同学们都围上来，他很感动。

　　冯亚军　同学们，老师现在还不走，大家回教室去，老师还要给你们上课。

　　小五妹　冯老师，你真的不走了吗？他们都说你要当官去了，是吗？我们真舍不得你，你走了，我怎么考高中？

　　【冯亚军内心独白】是啊，是去当官，当村官，中国最小的官，但也是最重要的官！

　　冯亚军　同学们，老师也舍不得你们！老师只是暂时离开，因为有一场硬仗要打!

  小山猫 现在不是和平年代吗,为什么要打仗?

  冯亚军笑了 小山猫,不是你们说的那种"打仗",而是一场特殊的战役——脱贫攻坚战。

  一个小女孩 冯老师,我知道,如果打赢了这场仗,我爸爸妈妈就不用把我丢给奶奶带,自己出去打工了,奶奶的病也有钱治了,我也可以穿漂亮的衣服,背好看的书包,安安心心上学了。

  冯亚军走上前,爱怜地抚摸小女孩的头。

  冯亚军 你说得对,所以,老师必须去参加这场战斗!但我永远是一名老师,等打完这一仗,我就会回来,继续当你们的老师。我会永远站在讲台上,尽一切努力把知识传授给你们!

5. 深圳 / 张桐花家 / 黄昏 内

  张桐花抬头看了看墙上的挂钟,已是下午 6 点。

  张桐花 (自言自语)这个梨花,怎么还没打电话来,应该早就到了才对。该不会是出什么事了吧!

  张桐花赶紧拨打张梨花的电话,手机里传来电话畅通的声音,却一直没有人接。

  张桐花打了几次,还是这样。

6. 深圳 / 某饭店 / 黄昏 内

  一男客商(石总)拿出合约在张梨花面前晃了晃,张梨花伸手想接,男客商却收回了手。

  石总 张总不要这么急嘛,既然决定了跟你合作,你还怕我反悔不成,签个字不在这一时半会儿。来,咱们先举杯庆祝我俩牵手成功,我们今天一醉方休,不醉不归!

  石总两眼火辣辣地盯着张梨花。

张梨花不想接触那种目光，故意把头扭开。

张梨花　石总怎么就说起酒话来了？是我们两家公司牵手成功，可不是我俩牵手成功。

石总　都一样，都一样，在漂亮的梨花总面前，我这也是酒不醉人人自醉。来，干了！

石总频频与张梨花举杯，张梨花两颊浮起红霞，周围的声音和面孔已经有些模糊。

餐厅一角的沙发上，张梨花包里的手机已经响了几次。

7. 石旮旯村 / 村委会办公室 / 黄昏　内

王萤正与阿贵谈话。

王萤　阿贵主任，请你来，是关于劣质水管的事。

阿贵　王萤书记，这件事确实是我的责任，但我不是有意违反规矩，情况是这样的……

8.【闪回】崇山县 / 某建材商店 / 日　内

阿贵正与店老板说话。

阿贵　老板，不能再便宜点？

店老板　真的没办法了，一分价钱一分货，你们要的这种水管是名牌，材质优，使用寿命长，进价本来就要高些，再优惠我没赚头了。你要是嫌贵，就去别家吧！

阿贵　（脸上掩饰不住失望，下意识地捏了捏斜挎在身上的包，但仍锲而不舍）别这样嘛，老板，我们再商量商量。

老板暗暗观察着阿贵的神情和举动，若有所思。

阿贵　那其他的水管，又是什么价，跟这种的差价能有多少？

【镜头慢慢拉远】

阿贵继续与老板交谈……

【店老板画外音】成交！

【闪回结束】

9. 石旮旯村／村委会办公室／黄昏 内

阿贵　我只是想，我们村穷，有点钱不容易，能省一分算一分，谁知，这个狗东西曲解我的意思，用了劣质产品，我教训深刻啊！

王莹　阿贵，你也是老村主任了，怎么能犯这样的错误，谁给你的权力私自去改变购买计划？你说的每一句话，做的每一件事，都要体现规矩，要有规矩意识！因为你的擅作主张，不仅影响了工程进度，还影响到了村支两委的公信力。

阿贵　但是，请王书记明查，我真的没有吃回扣，没有违纪，不信你们可以去查。

突然，手机铃声响起，王莹和阿贵都下意识地拿出自己的手机，却都发现并不是自己的手机响，二人才发现，原来是李永胜的手机忘在了办公桌上。

王莹起身走向手机，边走边继续跟阿贵说话。

王莹　该调查的我们会调查，必要的工作程序还是要按规定办的。阿贵主任，你一方面要吸取教训，另一方面，必须继续把工作做好，千万不要懈怠。

阿贵点点头。

王莹拿起手机，忘了并不是自己的手机，习惯性地就接通了。

王莹　喂，请问是哪位？

电话那头是一个女人的声音："你是……"

对方挂断了电话，王莹这才意识到什么，一看电话屏幕上，显示的是"老婆"的字样。

王莹　这下麻烦了……

10. 石旮旯村 / 村头 / 日 外

清晨的第一缕阳光照射在石旮旯村的街头巷尾，人们陆陆续续起来，来到田间地头，开始新一天的劳作。

一辆崭新的面包车驶进了石旮旯村，村里的很多人虽也算是走南闯北、见多识广，但不知为什么，对这辆车却特别关注，就像看西洋镜，围着汽车评头论足。

村民甲　这可是我们石旮旯村人自己购买的第一辆车！

村民乙　好车，既能带人又能运货，以后我们进出石旮旯村可就更方便了。

村民丙　榜样有了，大家加油，力争年底我们石旮旯村有自己的运输队，那才是真的雄起了！

汽车的主人李永胜从车上下来。

李永胜　说得好，石旮旯村的未来就像这汽车，永远往前跑！这也是桐花两姊妹对家乡的美好祝福。

李永胜遥望远方。

11. 深圳 / 张桐花家 / 日 外

张梨花自己用钥匙开了门进屋，却发现张桐花还在床上躺着，脸朝着里面。

张梨花十分抱歉，走到床边，轻轻推了推张桐花的肩。

张梨花　姐，对不起，昨天临时赶回来处理公司的事，忘了告诉你。结果后来酒喝多了，没听到你打电话……

张桐花突然翻过身来，面色愤怒，又带着泪痕。

张桐花　（大声吼道）你们一个个都嫌弃我是个废人，一个的电话没人接，一个的电话别人接。你走开！走开！

张梨花从未见姐姐发这么大的脾气，一下子惊呆了，不明所以。

12. 石旮旯村／三嫂家／日 内

王萤和三嫂正在统计能返村的妇女。

三嫂 能返村的妇女，加上现在在村里的妇女，总共有百来号人，这个队伍太大了，腊梅花能管得住这些人吗？

王萤 三嫂，你思考问题的角度不对，这些妇女我们不是拿来管的，是组织起来发展生产的。只要她们获得了利益，看到了前景，自觉性就会增强。只是这一百多人的素质、能力的确需要提高，三嫂你有没有什么好办法？

这时，江虹走进来，正好听到王萤说的话。

江虹 我正好带来个好办法！

三嫂 什么办法？

江虹 刚才镇团委来电话，说团省委要求办青年志愿者脱贫攻坚夜校。

王萤 三嫂，你看，想什么来什么，我们就搞一个妇女素质能力的大培训！江虹，这办夜校的任务就交给你！

13. 石旮旯村／李九伯家／日 外

李九伯在屋后的一个小院坝周围扎篱笆，正好这院坝有一个凹地，李九伯就放了一点水，形成一个小水池，把两只灰鹅一放，还真有那么点小型养殖场的感觉。

李九伯 老太婆，你来看看，我这个"养殖场"还有什么不完善的地方吗？

屋里的李伯母和李老太太都听明白了，李九伯是想炫耀一下自己的成果。

李伯母 （开玩笑）很完善，非常好，你都可以在里面吃住了。

说完，两人忍不住哈哈大笑起来。

14. 村上寨 / 土地丈量处 / 日 外

几个人在太阳的照射下辛苦工作，朱三娃带着情绪工作，手下的人们都怕招惹他，不愿多说话。

这时，一个五十岁上下的村民老猫来到朱三娃面前，拉着朱三娃就往屋后走。

老猫　三娃，大太阳天的，我看你们很辛苦，特地带了两包茶和一条烟来慰问你们，拿去给兄弟们泡点茶喝，解解渴。只是……我家的地你们可一定要量准，可别亏了我。

朱三娃　好说，好说，我心里有数。

朱三娃正要伸手接烟，突然听到房前传来李永胜的声音。

李永胜　朱三娃呢，跑什么地方躲起来了？我找他有事。

朱三娃准备接烟的手变成了往回推。

朱三娃　先收起，先收起！

老猫　（十分"懂事"）我一会儿再拿来。

朱三娃　（惊恐失态）永胜书记，我在这儿！

说着，朱三娃赶紧走到房前。

15. 红旗村 / 村委会 / 日 外

穆欢欢和冯亚军的手紧紧地握在一起，这意味着红旗村新的领导班子组建起来，老村长把手伸过去，拉住穆欢欢和冯亚军的手。

老村长　看见你们，我就看见了红旗村的希望。

冯亚军给老村长敬了一个军礼。

冯亚军　老村长，我曾经是军人，不怕打仗，不怕打硬仗，就怕打没有准备的仗，您要多带着我们熟悉情况，多把经验传授给我们。

穆欢欢　是啊是啊，老村长，特别是要多提点我。

老村长　你们年轻人太谦虚了。后生可畏啊！

16. 村上寨 / 土地丈量处 / 日 外

朱三娃走到屋前，脸上还有一丝不自然。他故意提了提裤腰，以掩饰自己的惊慌。

朱三娃　实……在是憋不住了，到屋后解决问题去了。永胜哥找我什么事？

李永胜　村里准备整顿作风，组织一次"抓赌"行动，想听听你的想法。

朱三娃　什么，抓赌？！

李永胜意味深长地看了一眼朱三娃。

17. 崇山县 / 公路 / 汽车 / 日 内

范斌和肖翔同车而行，他们是去秀水市汇报村级党组织建设和整顿撤换党支部的情况。

肖翔　范书记，在红旗村和章山峰的事情上，我有工作不深入、了解情况不具体的问题，助长了弄虚作假之风，还出了安全事故，我要做深刻检讨。

范斌　红旗村的问题不是你一个人的问题，看上去是大棚的问题，暴露的是作风不实、工作漂浮等一系列问题。我们要抓住这个典型，把我们县的软弱涣散党组织整顿好！加强党的基层组织建设，提高战斗力和凝聚力，才能打胜仗！

肖翔　好在李永胜争气，给我们树立了一面新的旗帜。

范斌　旗帜不敢说，说榜样还行，市委书记已经开始关注李永胜的"兵支书现象"了，对这个模式，这次我们要做全面的汇报。

18. 石旮旯村 / 村上寨 / 夜 外

李永胜、蒋文化等带着退伍军人特战队出现在村口，王萤和江虹走得慢，远远地跟在后面。

　　江虹　王莹书记，我都说这次行动你就不要参加了，可就是劝不住你。

　　王莹　我担心李永胜鲁莽，掌握不好政策，激化干群关系，工作就难做了！

　　江虹　你什么时候这么关心李永胜了？李永胜"身经百战"，这种事拿捏得非常准，还需要你操心？

　　王莹　也是，他考虑问题确实很周到，他故意放风给朱三娃，其实也是为了通过朱三娃把村里"治赌"的风声放出去，好让大家主动收敛，以避免矛盾。

　　江虹　但愿他的好意能有好结果吧。

　　（另一头）李永胜　特战队集合！我们这次的战斗任务是抓赌，但是赌博的界限一定要把握好，千万不要激化矛盾，按照我们预定的目标，出发！

19. 秀水市 / 市政府招待所 / 夜 内

　　肖翔翻来覆去睡不着，他的脑子里总想着范斌白天在车上说的一段话。

　　【范斌画外音】我们邻县的县委书记在脱贫攻坚中因为工作作风不实被问责，我们崇山县的县长将去该县任县委书记，所以，肖翔，机会很多啊！

　　肖翔　（一直回味着范斌的这句话）机会很多，机会很多……

20. 石旮旯村 / 村上寨 / 民宅 / 夜 外

　　屋里透出灯光，传出稀里哗啦的打麻将声。

　　李永胜带着三名特战队队员敲响门。

　　门开了，特战队队员冲进门。

　　屋里的人猝不及防，桌上有麻将、有赌资，被抓了一个正着。

21. 石旮旯村 / 村上寨 / 土地丈量处 / 日 外

　　天气挺凉爽，大家干活儿的动作也比较快。

朱三娃　今天的任务剩得不多了,先坐下来休息一下吧。

朱三娃从荷包里掏出一包烟,给大伙散烟。

村民甲　三娃哥,最近发财了,都抽这种高档烟了。

朱三娃故意装得很随意。

朱三娃　怎么,没发财就不能抽咩,你三娃哥我好歹也在深圳大城市混了几年,偶尔抽一包好烟,还是买得起的。等我们石旮旯村发展了,大家都抽好烟。

朱三娃　(大声叫道)小山,把丈量的登记表给我看看。

小山应声而来,递过登记表。

朱三娃左看右看看了半天。

朱三娃　小山,你是不是登记错了,老猫家明明是6.3亩,你怎么写成5.3亩,把它改了!

朱三娃说的是给他送烟的老猫家的土地。

小山　(用疑惑的眼神看着朱三娃,嘴里嘟哝着)没有错啊!

22. 石旮旯村 / 小学 / 日 内

腊梅花等一群妇女陪着江虹来到小学校舍。

腊梅花　镇中心学校建成后,我们村小学校舍就基本上闲置了,现在碰上你跟王萤书记这帮能干的年轻人,这里又可以派上用场了。只是看把你辛苦的,又要写什么计划,又要准备教室,可惜啊,我们文化低,也没法帮你写写画画的,有什么出力气的粗活,尽管喊我们。

江虹　我不辛苦,王书记把任务交给我,我就必须把它完成好。梅花嫂,你们太谦虚了,你们可是帮了我大忙了,要不是你们帮着挨家挨户地去凑桌椅,我连这上课的教室都没法布置好呢。

腊梅花　(走出教室,搬进来一条长凳)来,还有这个,我结婚时的,至少可以坐三个人。

江虹　梅花嫂,我记得之前在你家时听你说过,这条长凳还有故事哩,说给我们听听好不好？

腊梅花 当年结婚，城里人说要"二十四条腿"①，我们石旮旯村穷得要命，哪来"二十四条腿"。我家那口子脑筋转得快，抱着这条凳子来，说有四条腿。后来我才知道，他的木匠活做得好，连夜赶做的！就这样，四条腿就换到了我这个两条腿的。

腊梅花的话引来哄堂大笑。

23. 红旗村 / 村委会办公室 / 日 内

穆欢欢和冯亚军正热烈地讨论着。

穆欢欢 我们红旗村光靠20个大棚种奶油草莓是不够的，还要把产业好好规划起来，否则脱贫攻坚任务是完不成的。

冯亚军 你有什么好办法？

穆欢欢 石旮旯村干得红红火火的，我们去学习学习。

冯亚军 我们想到一块了！

24. 秀水市 / 市委小会议室 / 日 内

市委书记高锟正在听部分县的县委书记汇报工作。

轮到范斌发言了。

范斌 我们崇山县选配了一批退伍军人担任村支书，老百姓都叫他们"兵支书"，干得很不错。比如石旮旯村的李永胜，不到一年，石旮旯村已经有了很大的改变，"兵支书"现象值得关注，"兵支书"模式值得推广。另外，在整治软弱涣散基层党支部方面，我们撤换了红旗村原支书章山峰，现任支书冯亚军也是一名"兵支书"。目前，我们县一共配了20名"兵支书"，

---

① "二十四条腿"：当地民间习俗，结婚时，女方要求婚房内要有"二十四条腿"，分别是大立柜（四条腿）、高低柜（四条腿）、梳妆台（四条腿）、北京饭桌（四条腿）、两把椅子（八条腿）。

形成了"兵支书"群体。

高锟一边听，一边看汇报材料，他的目光久久停留在"兵支书"三个字上。

高锟 退伍军人当"兵支书"，也是一种战法，全市都要推广，并且将其作为一条加强农村基层党组织建设的措施来落实。相信有这批"军人"做前线指挥官，我们的脱贫攻坚战一定能够打赢！

25. 石旮旯村／村委会办公室／日 内

李永胜在主持召开村支两委会议，王莹、阿贵、蒋文化、朱三娃、三嫂、老焉都在。

李永胜表情严肃。

李永胜 昨晚我在村上寨去了20户人家，竟有12户在打麻将，这个比例实在太高了，全村有多少人在打啊！听说有一家还把老婆赌跑了，这还得了！

李永胜有意无意地看了朱三娃一眼。

李永胜 我本以为村民知道了村里整治赌博的决心和举动，大家会心存敬畏、主动收敛，没想到仍是如此肆无忌惮，看来不用重拳都不行！从今天起，石旮旯村全面禁赌，从共产党员、村干部做起，写进村规民约，违者严惩，你们做得到吗？在座的每一个人都要表态！

王莹 建议以教育为主，以惩戒为辅，出一个告示，限期改正，执迷不悟者重罚，共产党员和村干部要做表率。

三嫂 我表态，我同意！

其余几人面面相觑，谁都不愿先表态。

三嫂 （急了，指着朱三娃说）就是你的头没有带好，还不赶紧表态！

李永胜用冷峻的目光环视了一下大家。

朱三娃 （嗫嚅开腔）我……同意。

虽然并不爽快，但其他人终于全部跟着表态同意。

26. 石旮旯村 / 自来水工程工地 / 日 外

李永胜和唐顺在工地上砌砖，李永胜显得笨手笨脚。

李永胜 唉，这活多久不干就生疏了，手艺荒废了！

唐顺 你只要脑子不锈就行了，砌砖的事有人干。永胜书记，自来水工程马上就要结束了，你来砌砖不是为了上新闻吧！

李永胜 唐顺大哥，你开玩笑吧，我们小村小庄的有什么新闻可上。我来砌砖，就是想请你带着我们村的建筑队杀出一条血路，把战线拉到其他县，甚至是其他市。你说能行吗？

唐顺 事在人为，但是要找对路子。

李永胜 那就请师师做主，路子你来找！

27. 石旮旯村 / 村委会 / 日 外

一位村民来到村委会，还没进门就嚷嚷开了。

村民 李书记呢？王书记呢？请他们出来评评理，为什么我们家的土地少了一亩，老猫家多了一亩，这是怎么一回事！

三嫂正好路过。

三嫂 这是什么事？怎么闹到村委会来了？

村民见是三嫂，更来劲了。

村民 怎么闹到村委会，你还好意思问我，我怀疑你家朱三娃以权谋私，把屁股坐歪了！今天要是不给我个说法，我就不走了！

三嫂 又是朱三娃，这次老娘绝对饶不了他！

王萤听到外面的声音，从屋里出来。

王萤 朱三娃又怎么了？

28. 石旮旯村 / 自来水工程工地 / 日 外

唐顺 既然村里信得过我唐顺，那我就带着建筑队闯一闯，要是闯不出结果，你们也别怪我。

李永胜　那就看你怎么"千里挺进大别山"了！

这时，李永胜接到冯亚军的电话。

冯亚军　永胜书记，我是冯亚军。明天我和我们村第一书记穆欢欢想到你们村去学习、取经，可以吗？

李永胜　亚军，你好，欢迎欢迎！多年不见，我们还可以好好干一杯！

一位村民急匆匆跑来。

村民　李书记，丈量土地的事，有人闹到村委会去了，你快回去看看吧。

李永胜　走！

李永胜　（边走边问）是怎么回事？

村民　人家怀疑朱三娃得了好处，办事不公。

李永胜　又是朱三娃，真让人不省心！你去找他，让他马上到村委会，我这就回去。

29. 村上寨 / 农户家 / 日　内

朱三娃正在和农户喝酒，已经喝得满脸通红，说话含混。

朱三娃　咱……们明人不……说暗话，这次我给……了你好处，你……怎么感谢……我？

农户　自然要谢，这里还有一瓶酒，你拿回去喝。

朱三娃斜了酒瓶一眼，撇了撇嘴，似乎并没看上这瓶酒，正想开口，有人找他。

来人　永胜书记要你赶快回村委会，村民闹事了！

朱三娃歪歪斜斜地走出农户家。

30. 石旮旯村 / 小学 / 黄昏　内

青年志愿者脱贫攻坚夜校开课了，王莹做动员讲话。

王莹 这次夜校是为了提高广大妇女的素质和技能而举办的，第一讲是请县里的蜡染专家给我们讲蜡染的基本原理。

妇女一 什么是原理？

妇女二 来这里上课有没有工分？

妇女三 我要喂奶怎么办？

一群妇女你一言我一语，教室里一片嗡嗡声。

王莹 姐妹们静一静！大家能积极地提问，这很好。有些问题，一会儿听了专家讲课，你们就会明白了。关于上课有没有工分的问题，我想告诉大家，现在的确是不多，但等你们的技能提升了，做出了产品，有了销路，赚到了钱，可就不是几个工分的事了，可以抵上几百个、几千个，甚至几万个工分！

王莹的话戳中妇女们的关注点，大家慢慢安静下来。

31. 石旮旯村 / 村委会 / 黄昏 外

后面村民未走，朱三娃踉踉跄跄地走来。

朱三娃 永……胜，你……找……我？

朱三娃已经站不稳，身体左右摇晃。

李永胜上前拉他一把，朱三娃竟醉得一下扑在李永胜身上。

第二十一集

1. 石旮旯村 / 云上寨 / 晨 外

这是一个丰收的季节,蒋文化站在田埂上,看着地里长势良好的韭黄,心里别提有多高兴。

【蒋文化内心独白】把韭黄卖了就可以赚得"第一桶金"了,农户们看到实际效益,积极性就能调动起来,下一步继续发展韭黄种植就会更顺当了。

2. 石旮旯村 / 村委会办公室 / 晨 内

朱三娃从会议室的沙发上坐起身来,双手揉着太阳穴。

朱三娃　我……我怎么会在这里?

李永胜走到沙发前,表情阴沉,递了一杯水给朱三娃。

李永胜　终于醒了?真的什么都不记得了?

朱三娃咕咚咕咚灌下那杯水,抬手摸了摸后脑勺,痛得龇牙咧嘴,终于想起了前一天的事情。

3.【闪回】石旮旯村 / 村委会 / 日 内

王莹正在安抚为了土地丈量之事闹到村委会的村民,三嫂站在一旁,一脸的尴尬和气愤。

王莹　你先别冲动,消消气!你放心,一旦村里查实朱三娃确实干了违反纪律的事,绝不会姑息。

朱三娃满脸醉意来到村委会院外,边往里走,边结结巴巴地说着。

朱三娃　谁……谁找我?什么……什么事?

村民一见朱三娃，更是气不打一处来，冲上前就推了朱三娃一把。

朱三娃酒喝多了，脚下本就不稳，等王萤和三嫂反应过来，想要去劝阻村民，已经来不及，朱三娃一屁股重重地跌坐在地上，然后倒了下去，头撞在地上。

村民　（正嚷嚷）你们看，喝成这样，肯定又是吃了哪家的好处。

看见朱三娃倒在地上闭着眼睛不说话了，他有些被吓到。

村民　不……不关我的事哈，我就是轻轻推了他一下……

王萤见朱三娃倒起不起，生怕出问题，赶紧蹲下身查看，三嫂也赶紧蹲下，用手推了推朱三娃。

三嫂　三娃，死鬼，你醒醒！你没事吧？

朱三娃没有反应。

王萤　（也着急了）会不会是头撞得重了，赶紧……

王萤的话还没说完，大家却听到呼噜声响起，朱三娃竟然睡着了。

【闪回结束】

4. 石旮旯村 / 云上寨 / 晨 外

王萤向蒋文化走来，还有一段距离就打起招呼来。

王萤　文化，早啊！

蒋文化　王书记早！一大早您就过来，是有什么要紧事吗？

王萤　是有点事需要请你帮忙。

蒋文化　有事打个电话安排我就行了，怎么还劳您专门跑一趟。

王萤　听说你们的首茬韭黄就要开镰收割了，我前几天就想来，结果事情太多，一直没来成。今天正好红旗村的村支书和驻村第一书记过来搞交流，我也想带他们来看看你这里，到时候要请你给他们介绍一下情况。

蒋文化　就这事儿啊，没问题！他们什么时候来？

王萤　10点左右，永胜书记会到村口接他们，接到就直接带过来。

5. 石旮旯村 / 村委会办公室 / 晨 内

李永胜 还知道痛啊！收了别人的好处，做出损害群众利益的事情，你不会否认吧？

朱三娃似乎还想狡辩，李永胜没给他机会开口。

李永胜 村民们信任我们，推选我们当村干部，我们的本职是要为人民服务、维护村民利益的，你却为了一己私利，置群众利益于不顾，如何对得起村民的信任！昨晚村支两委讨论决定，从现在起，你停职检讨，每天到村委会"关禁闭"，做书面检讨。检讨不深刻、得不到群众原谅，就不能算数！还有，如果发现有其他违纪行为，将按相关规定，严惩不贷！我要去接人了，你自己好好反省反省！

6. 石旮旯村 / 云上寨 / 日 外

王莹 永胜他们还有些时候才能到，我们正好聊聊。我想听听你对我们村下一步发展的想法。

蒋文化 王书记，说一千道一万，农业是根本，这田不能荒，地不能闲！我们村闲置的土地实在太多，无论如何也要想办法把大伙组织起来，把田、把地种上，手中有粮，心中就不慌了。

王莹 你说得没错，文化！我和永胜书记商量一下，我们可以采取大承包的方式，把外出务工的劳动力请回来，把闲置的土地都承包起来，组建种植队，这个问题就好解决了。

蒋文化 永胜的心思目前主要在抓建设规划上，发展种植的事需要您多费心。您安排，我就去落实。

王莹 好！那就先搞清楚荒下来的土地有多少。

7. 石旮旯村 / 村口 / 日 外

李永胜接到冯亚军和穆欢欢，冯亚军习惯性地向李永胜行军礼。

冯亚军　打扰永胜书记了！

李永胜回礼，又与穆欢欢握手。

李永胜　欢迎欢迎！

穆欢欢　李书记，我们来向你们学习、取经！

李永胜　学习不敢当，我们才刚刚起步，也希望能听到你们的好想法、好建议，大家共同交流、共同进步。走，先带你们去看看我们的韭黄种植基地，王萤书记在那里等着我们。

冯、穆二人点头，三人向着云上寨方向走去。

8. 石旮旯村 / 村委会会议室 / 日　内

朱三娃坐在桌旁，手里捏着一支笔，面前放着一沓稿纸，地上已经扔了不少的废纸团。

朱三娃　（忿忿地自言自语）不就是得了一两条烟一两瓶酒，又不犯法，为什么要停职检讨？什么叫检讨深刻？不懂！

说完，朱三娃把笔一扔，靠在椅背上。

9. 深圳 / 张桐花家 / 日　内

张桐花做着康复训练，已经满头大汗、气喘吁吁。

她抬头看了一眼墙上挂着的她和李永胜的合影，咬咬牙，继续做训练。

她双手拉着固定在墙上的助力杠，努力想站起来。经过多次尝试，终于使自己的身体有了极其短暂的直立，但尚未来得及松开一只手，又重重地跌坐回轮椅。

10. 一组镜头

镜头一　云上寨韭黄种植基地旁，蒋文化正在给冯亚军、穆欢欢介绍情况，冯、穆二人饶有兴趣，不时提问。

镜头二　山头上，李永胜指点着山下的山水林田，为冯、穆介绍石旮旯村的发展规划。

　　镜头三　山路上，穆欢欢踩到一处湿滑地险些摔倒，王莹眼疾手快扶住了穆欢欢，但自己却踩到一块石头，扭伤了脚。

　　镜头四　石旮旯村村口，冯亚军、穆欢欢与李永胜、王莹握手告别，冯亚军和穆欢欢表示此行受益匪浅，过两天要再来，进一步学习。

11. 石旮旯村 / 道路上 / 日 外

　　王莹一瘸一拐地走着，李永胜想要搀扶，却被王莹轻轻推开。

　　终于，王莹撑不住了，找了一块路边的大石头坐下。

　　李永胜不由分说，蹲下身轻轻抬起王莹扭伤的脚，看见脚踝已肿得发亮。

　　李永胜　你不能再自己走了，我背你吧。

　　王莹　不行，还是我自己走吧。

　　李永胜　别逞能了，再走，会越来越严重，影响恢复的。

　　几位村民路过，跟他们打招呼，目光有些好奇，有些疑问。

　　村民走了。

　　王莹　永胜，有件事一忙忘了跟你讲，上次你把手机忘在办公室，嫂子正好打电话来，我不小心接了……

　　李永胜　你就是为了这个不肯要我背？

　　王莹　也不是，我只是……希望你和嫂子永远幸福。

　　李永胜　你也是当兵的人，怎么变得婆婆妈妈，现在是你的脚伤要紧，别管那么多了，走！

　　说完，李永胜不顾王莹的反对，背起王莹就走。

12. 石旮旯村 / 田坝上 / 黄昏 外

　　几名妇女正在聊天。

　　妇女甲　（神神秘秘地说）你们不知道，我今天看见永胜书记背着王莹书记。

　　妇女乙　背就背，能怎么吗？估计是王书记受伤了吧，你可别在这里乱说乱讲。

　　妇女甲　反正我看着人家两个挺亲热的。

　　三嫂正好走过来。

　　三嫂　你们在说什么？

13. 石旮旯村 / 村委会 / 日 内

　　李永胜正在看规划图，嘴里唠唠叨叨说着话。

　　李永胜　村上寨有10户要修新房，云上寨有13户要修新房，我们寨子有8户，照这个速度下去，我们村就要变成一个农民新村了。

　　小马　永胜书记，您说的数目不准，是老皇历了，按照最新统计，要建房的人家已经超过40户了！

　　李永胜　呵呵，小马，你这是在批评我官僚主义是吧！建设发展越是形势好，越要有序，必须按规划来建设，小马，一是要守住这个原则和底线。

　　小马　永胜书记放心，我们一定严格执行规划。

14. 石旮旯村 / 云上寨 / 日 外

　　唐顺带着几个人来到村里准备建房的几户人家进行走访。

　　唐顺　李大叔好，永胜书记让我来了解一下你们准备建新房的情况。

　　李大叔　是唐顺啊，进来坐坐，喝口水。

　　唐顺等走进院子坐下，李大叔倒水给大家喝。

　　唐顺　李大叔好福气，几个娃在外混得都不错。

　　李大叔　是啊，我运气不错，几个孩子都很孝顺，在外打工挣了点钱，说一定要把我们的老房子翻新，结果一算，翻新还不如盖新房，这不，我们才起了盖房子这个念头。

　　唐顺拿出规划图，展示给李大叔看。

唐顺　大叔，你看，这是村里统一规划的图，有五个样式的结构，你可以选选。

　　李大叔　这个我不懂，要孩子们才看得懂。

　　唐顺　大叔，这个不难，我给你说说你就懂了，如果还有拿不准的，可以再跟孩子们商量。

15. 石旮旯村 / 村委会办公室 / 日 内

　　村委会的一间偏房内，朱三娃继续被"关禁闭"。按李永胜的话说是停职反省、闭门思过，但从朱三娃的表情上看，他还没有认识到错误，没有悔过之心。

　　外面有人喊　朱三娃，吃饭了！

　　朱三娃应了一声，便打开门往外走，抬头一看门外是三嫂，三嫂手里拿着鸡毛掸子，怒气冲冲地看着朱三娃。

　　三嫂　朱三娃，你知道错了没有，还不赶紧认错，不认错没饭吃。

　　朱三娃　知错了！知错了！

　　朱三娃嘴上说着"知错了"，脸上却写着不服气的表情。

　　三嫂　知错了，那你写的检讨呢？

　　朱三娃　（掩不住自己的不满）我不会写字！

　　三嫂　我看你是还带着抵触情绪吧，看来我不打你，你不开窍。

　　三嫂说罢，拿着鸡毛掸子打得朱三娃满屋子跑，看热闹的人越来越多。

　　有人　都说"打是亲，骂是爱"，三嫂这怕是做戏给我们老百姓看吧！

16. 云上寨 / 宋大伯家 / 日 内

　　李永胜和李九伯来到宋大伯家，宋大伯喜出望外，赶紧把李九伯父子让进屋。

　　李永胜　宋大伯，您今天看上去精神不错，身体好些了吧？

　　宋大伯　多亏有你们父子俩，永胜的1000元钱、九伯大哥给的修路工分，我一辈子都会记在心里。我接着吃了几副草药，好了一些，谢谢九伯大哥，谢谢永胜。如今自来水也通了，我觉得生活更有盼头了。

  李九伯 乡里乡亲的，就别说什么谢不谢的了，身体好起来了，就是天大的好事。

  宋大伯 等着，我烧水给你们泡茶。

  宋大伯打开水龙头，自来水流了出来，宋大伯高兴极了，就像一个小孩子，冲着门外大喊。

  宋大伯 自来水来咯，以后不用去河沟挑水咯！你们快来我家看自来水！

  一妇女 宋大伯，我们家自来水也通了！

  王萤和阿贵站在户外，听见四处的欢笑声。

  王萤 阿贵主任，你听听村民的声音，他们的满意就是我们的满足。阿贵，你是自来水工程的总指挥，你为乡亲们做了一件大好事，大实事！

  阿贵面露尴尬。

  阿贵 王书记，你就别取笑我了，我差一点铸成大错，后悔都来不及啊！有了教训，以后不敢乱干了。

  王萤 能够及时认识问题、改正问题，就是好的，正所谓"知错能改，善莫大焉"。

  王萤用手机拍下自来水修通后村民们的幸福场景。

17. 深圳 / 张梨花办公室 / 日 内

  张梨花正在公司办公，手机里传来一张照片，是张兴黔发来的，照片是石旮旯村老百姓吃上自来水的兴奋场面。

  照片下张兴黔附上了一句话：千言万语都不如一句感谢！

  张梨花感觉心暖暖的，看着看着，眼泪流了下来。

  【张梨花内心独白】太不容易了，石旮旯人终于也喝上了自来水。

  这时，张梨花的手机响了，是李永胜打来的。

【李永胜画外音】梨花，我代表石旮旯村感谢你们，你们为石旮旯村做了一件大好事！

张梨花　姐夫，李永胜书记，你不用跟我说这些漂亮话，我也是石旮旯人，这些事也是我应该做的。我只希望你不要忘了自己还有妻子儿女在深圳，希望你回深圳看看他们！要谢，你就亲自上门来感谢我，感谢在深圳打拼的石旮旯村的姐妹们！

【李永胜画外音】好，我知道，我一定亲自去感谢！

这时有人敲门，张梨花赶紧挂断了电话，她知道是吕妹来了。

【张梨花内心独白】不知道吕妹这个"包打听"又有什么石旮旯村的最新"八卦"。

18. 云上寨 / 韭黄地 / 日 外

蒋文化正在给几个村民安排收割韭黄的事情。

蒋文化　明天我们正式开镰收割，然后第一时间发货，用最快的速度把我们的韭黄端上城里人的餐桌，逐步打出我们石旮旯村的韭黄品牌！品牌创出来了，市场打开了，就不愁我们的农村产业发展不起来。

19. 石旮旯村 / 村委会 / 日 内

李永胜和王萤交流工作。

王萤　冯亚军和穆欢欢准备明天带着红旗村的村干部再来我们石旮旯村考察。

李永胜　那好啊，多交流是好事。王萤书记，有一些工作我想抽时间和你商量一下，但最近闲言碎语多，我都不好去宿舍找你。

王萤　什么闲言碎语让你这么为难？有闲言碎语很正常，否则搬弄是非的人怎么会有市场呢？不过我提醒你，堡垒是从内部攻破的，后院不能起火，嫂子和孩子需要关怀，不如你抓紧时间去一趟深圳，后方也很重要啊！

李永胜一下子佩服起王萤的坦坦荡荡，反而觉得自己的格局不够了。

李永胜耳边回响起张梨花的话。

【张梨花画外音】希望你不要忘了自己还有妻子儿女在深圳，希望你回深圳看看他们！

李永胜　是啊，是该回去看看他们了。等我们把村干部作风整顿会开了，我就出发。对了，我去十八洞村考察的情况也要给支委汇报。

王　莹　那就这么定了，明天一早就开会，开了会你就走！

李永胜　那明天红旗村的考察怎么安排？

王　莹　我们开村干部作风整顿会，正好请他们观摩。

20. 石旮旯村 / 小学 / 夜 内

青年志愿者脱贫攻坚夜校正在进行，腊梅花坐在最后一排数人，数完人数不禁摇头叹气。

【腊梅花内心独白】唉，来夜校上课的人越来越少了，看来上夜校一次4元钱的误工补贴，也吸引不住人啊。还有不少人说听不懂，这怎么办？

王莹来了，看见腊梅花的神情，关心地询问。

王　莹　上课的人还是不多？

腊梅花点点头。

王　莹　要多上实践课，光讲理论不行，还得让老百姓学到技术。

腊梅花　王莹书记，请你出个主意吧！

王　莹　这样，我给你介绍一个人，明天你去秀水市找他，把你的蜡染布卖了，然后，你回来给大家讲你是怎么卖蜡染的，一定会很精彩，大家一定会感兴趣。

腊梅花用疑惑的眼光看着王莹，王莹递给腊梅花一张名片。

21. 石旮旯村 / 李九伯家 / 夜 外

李九伯正把灰鹅赶进院里，李永胜来了。

李永胜　爸，喂鹅有意思吧！我预定的200羽鹅苗，最近就要到了，到时您就是名副其实的鹅司令了。

李九伯板着个脸不说话，李永胜觉得有些奇怪。

李永胜　爸，怎么不高兴了？

李九伯　永胜，你心里还有这个家吗？到处都是流言蜚语，你也能装不知道，你真的要做一个负心汉吗？

李永胜　爸，原来是为了这事。谣言您也信？

李九伯　爸不是不知道你的品性和为人，但人言可畏的道理你是知道的。为了桐花他们，为了你自己，为了这个家，你都应该有所作为，来证明你的清白，让谣言不攻自破！

蒋文化来电话，李永胜接通。

【蒋文化画外音】老排长，我们的韭黄明天开镰收割，请您来开第一镰。

22. 石旮旯村／村上寨／唐顺家／夜 内

天有不测风云，眼看天就要亮了，屋外突然狂风大作，吹得门窗"哐哐"作响，几个炸雷响起，暴雨倾盆而下，唐顺一下被惊醒。

唐顺本能地起身穿衣就准备出门，被妻子叫住。

唐妻　唐顺，你要干什么？

唐顺　我们寨地势低洼，我担心那些已经挖开了的地基被水毁，我要去看看。

妻子急了，起身冲到门边死死地拉住唐顺。

唐妻　唐顺，现在打炸雷下暴雨，你不要命啦！而且就算你去了，能有什么用？那地基可不是家什物件，能够拿进家里。地基被毁还可以重来，命没了就什么都没了！

唐顺回过神来，望着门外的暴雨，一阵心凉。

唐顺　完了完了，工地这下损失大了！

23. 石旮旯村 / 李九伯家 / 夜 内

李永胜被雷雨惊醒，一下子坐起身来，嘴里蹦出一句话。

李永胜 不好，韭黄！

他迅速起身穿好衣服和胶鞋，披上雨衣，手执电筒，冲出家门。

李九伯夫妇俩发现李永胜起来，想要提醒他什么，却发现李永胜已经消失在夜色之中。

24. 石旮旯村 / 山路 / 夜 外

李永胜在山路上疾行，这时雷声已停止，但雨势并未减弱，李永胜拿出手机，拨通蒋文化的电话。

李永胜 文化，赶紧召集"特战队"的同志们紧急抢收韭黄！……你已经带着一些人快到了，那就好，我正在赶来的路上！

雨中，李永胜隐约觉得身后有一束手电光在晃动，回身一看，发现一人手持电筒，一路几乎是小跑而来，走近一看，原来是王莹。

李永胜 / 王莹 你来了。

两人心有灵犀，相视一笑，继续向韭黄地赶去。

25. 石旮旯村 / 云上寨 / 韭黄地 / 晨 外

雨小了，天已经慢慢亮开，李永胜和王莹赶到时，蒋文化他们几个先赶到的人已经收割了一些韭黄堆在地边。

一些人继续抢收，一些人忙着用塑料膜遮盖堆在地边的韭黄。

眼前的景象令人目不忍睹，韭黄地已经被毁得不成样子，低洼处的韭黄被浸泡在水里。

看到李永胜和王莹，蒋文化声音有些哽咽。

蒋文化 眼看就要大丰收，就能让村民们看到希望，就能更好地调动起大家的积极性了，但就被一场雨毁了。唉……

蒋文化冲进积水的地里，拼命想要抢救更多的韭黄，但一把，又一把，很多都已经被雨水拍烂。蒋文化一下子跪在地里，拍打着胸脯，仰天大喊。

王莹想要上前去劝慰蒋文化，被李永胜拉住。

李永胜　20亩韭黄最少损失10万元人民币，这都是云上寨老百姓一分一厘（入股）的血汗钱，蒋文化亏不起啊！

阿贵、老焉、三嫂、江虹等陆续赶来了，"特战队"队员们陆续赶来了，大伙踩进水里、踏进泥浆，全力抢收韭黄。

李永胜　大伙抓紧干啊，损失减少一分是一分！

多么感人的场面，蒋文化被深深感动。

26. 深圳 / 张桐花家 / 日 内

张梨花带来两根筒子骨，准备给张桐花炖汤。

张梨花　姐，都说吃哪补哪，多喝点骨头汤，对你恢复有好处。

张桐花　是啊，我一定要多吃，多喝，早点恢复，要不然这下半辈子还不知道靠谁呢！

张桐花的话中带着怨气。

张梨花　姐，你也别东想西想的，吕妹到我办公室聊了一阵，关于我姐夫和王莹书记都是一些捕风捉影的事，别再打听了，你这是自寻烦恼。我听兴黔说，石旮旯村最近要开村干部作风整顿会，开完会，永胜哥就能回来看你们了。

张桐花　真的能来吗？说几次了都没有来，这些"可能"实在不可信。

张梨花的手机进来一短信，是张兴黔发的：今天凌晨，石旮旯村遭受大暴雨，李永胜正带着大伙救灾。

张梨花　姐，石旮旯村遭水灾了！

张桐花没有说话，脸上的表情有些复杂，不知是因为石旮旯村受灾的消息，还是因为别的原因。

【张梨花内心独白】老天爷，你为什么偏偏这个时候下这场雨，永胜哥的深圳之行肯定又泡汤了。

27. 秀水市 / 某公司总经理室 / 日 内

腊梅花来到经典黔文化发展有限公司，总经理范晓毅已经在等候。

范晓毅 欢迎梅花大嫂光临，王莹书记已经把你们的情况跟我说了，我非常愿意帮助你们，但我们有我们的程序，能否订货，要先看你们的作品，待公司专业人员拿出意见之后，我才能答复你。

腊梅花 谢谢范总！

腊梅花很不自信地将带来的 10 幅蜡染作品交给了范晓毅。

腊梅花 范总，大概什么时候有结果？

范晓毅 三天吧！

腊梅花 三天啊，我们可能等不了这么长的时间，今天行吗，这个结果对我们村很重要！

28. 云上寨 / 宋大伯家 / 日 内

暴雨也惊动了宋大伯，急得他在屋里走来走去想主意。

宋大伯 （自言自语）大伙帮了我这么多，如今碰上天灾，我这把不中用的老骨头，能做点什么呢？

宋大伯一下看到了水龙头。

宋大伯 对了，大伙儿抢收韭黄，我烧点开水给他们送去。

这时黄光先来了，两位老人烧起了开水。

29. 云上寨 / 韭黄地 / 日 外

雨已经完全停了，干了好一阵，大伙都累了，冯亚军和穆欢欢也在抢收的队伍中。

宋大伯和黄光先两位老人送来了热气腾腾的茶水，王莹招呼大伙儿。

王莹 冯书记、穆书记，大家休息一下，喝口茶，宋大伯和黄大伯给大

第二十一集

家送了热茶来。

李永胜 （对冯亚军他们说）亚军书记、欢欢书记，真是太感谢你们了，你们村也受到暴雨影响，还想着来帮助我们，我代表全体石旮旯村村民感谢你们！

冯亚军 远亲不如近邻嘛，相互帮助是应该的。我们村地势高些，受灾情况不严重，很快就处理完了。想到你们地势低，情况一定不乐观，就带着人来了，能帮上一点忙也是好的。

李永胜和王莹不约而同地向冯亚军他们行了一个军礼。

王莹 我和永胜书记商量过，准备近期开一个村干部作风整顿会，今天村干部到得齐，"择日不如撞日"，我们现在就开吧！

李永胜 同意！一是灾难当前，干部的作风显得尤为重要，这个时间召开这个会议，更有积极意义；二是碰巧亚军和穆欢欢两位书记在，还可以多给我们指导，多提宝贵建议！

冯亚军、穆欢欢 很高兴有这个现场学习的机会。

会议开始，王莹率先开场。

王莹 最近，村里的事多，修自来水、丈量土地、村民建房、种植农作物、办夜校，等等，越是事多，越要讲规矩，干部作风越要整顿。大家说说，我们的工作作风和工作纪律怎么整顿才行，才能达到组织的要求？

阿贵 我先检讨，我说话不慎重，引起售货老板误会，给村里造成了经济损失，我检讨，个人愿意赔偿购买水管的损失。

老焉 我发誓，我再也不去打麻将了！麻将打散了人心，打垮了队伍，建议村委会正式下发一个《禁赌令》，有规矩我们严格执行。

江虹 党的纪律要加强，要讲政治纪律和政治规矩，党的领导作用才能发挥，党支部一定要建成坚强堡垒。还有廉洁纪律，不准干部收老百姓的烟酒。

三嫂 江虹组长是说我家三娃吧，三娃真丢脸！但我发誓，那绝不是我的意思，我也一定会更好地监督他！

大家七嘴八舌，发言很踊跃。

李永胜　我的意见，搞一个七八条吧，就是七八个不准，谁碰了这个"红线"，就坚决处罚谁！阿贵，这事就请你来办。

冯亚军　这个办法好，回去我们红旗村也这么做！

30. 村上寨 / 建房工地 / 日 外

大雨之后，工地一片狼藉，唐顺正指挥大伙抢救木材、水泥等物资。

唐顺　大伙一定要尽可能抢救物资，木材不能被冲走，水泥不能被浸泡，这些东西都是老百姓的血汗钱买来的！

众人　好，大家一起加油，降低损失！

唐顺扛着一块木料不小心滑倒，一个存折从包里掉了出来，当人们去扶唐顺的时候，一只手拾到了存折。

31. 云上寨 / 韭黄地 / 日 外

被抢救出来的韭黄逐渐堆积起来，大雨对韭黄产生的影响降到了最低。

村干部的会议也开完了，王莹提醒李永胜。

王莹　永胜书记，回深圳一趟吧，再不回去说不过去了。我也是女人，我最懂女人的心。

李永胜很感动。

李永胜　谢谢！感谢你的理解和支持！你知道，我是军人，不善言辞，只能用军人的方式来表达我的谢意。

李永胜给王莹敬军礼。

王莹还了一个标准的军礼。

送热水来的宋大伯、黄光先两位老人以及在场的人们，用敬佩欣赏的目光看着两位"兵支书"。

32. 石旮旯村 / 小学 / 夜 外

妇女们三三两两向夜校走去，边走边聊着。

妇女甲 说实话，真的不想去了，但坐一坐就能得 4 块钱，还是去吧。

妇女乙 那些什么理论我是听不懂，能学点技术本来是好事，可学了又没地方用，又觉得有点浪费时间。

妇女丙 （取笑道）还不如在家陪着老公孩子……

妇女们叽叽喳喳、嘻嘻哈哈走进夜校。

不管出于什么动机，还是有人来了。

33. 石旮旯村 / 村口 / 夜 外

腊梅花在村口下了车，手里挥舞着订单，风一样向小学跑去，一路高喊。

腊梅花 王萤书记，成了！办成了！大好消息要告诉你们！

34. 石旮旯村 / 小学 / 夜 内

王萤正准备给妇女们讲几句，老远就听到腊梅花的声音。

腊梅花冲进教室，兴奋加上跑得急，腊梅花不住地咳嗽。

王萤赶紧倒了一杯水给她。

王萤 梅花姐，你喘口气，慢慢说。

腊梅花 告诉大家一个好消息，经典黔文化发展公司的范总说我们的蜡染品质好、设计好、民族特色浓，每年要向我们订 2000 幅作品。姐妹们，好好干吧！

这下，妇女们高兴得炸锅了。

王萤收到一条消息，是范晓毅发的：王萤姐，兄弟够朋友吧！

35. 贵阳机场 / 候机厅 / 日 内

李永胜在给阿贵打电话。

李永胜 阿贵，朱三娃罚款 300 元，让他有个教训，可以解除禁闭，但要戴罪立功！

36. 深圳 / 张桐花家 / 日 内

震生 妈，爸爸这回真的能回来了吧？

张桐花 但愿今天不是愚人节！

雨生 妈妈，什么是愚人节？

第二十二集

1. 秀水市 / 市委宣传部会议室 / 日 内

宣传部部长正在主持召开会议，会议的主要内容是安排部署秀水市迎接党的十九大胜利召开的宣传报道工作。

宣传部部长　为了迎接党的十九大胜利召开，市委按照省委的统一部署，要评选和报道一批在脱贫攻坚一线的先进模范人物，我们要做好评选的前期工作，大家有什么好建议，请发表。

新闻办负责人　我们市"兵支书"的事迹比较突出，可以作为宣传报道的重点。

宣传部部长　这个建议很好！市委书记高锟同志也十分关心"兵支书"的事，你们新闻办制订一个采访报道方案。

2. 云上寨 / 蒋文化家 / 日 内

蒋文化、黄光先、宋大伯，还有其他一些人正在摘拣抢救回来的那些被水浸过的韭黄。

一村民正准备将自己拣好的韭黄装袋，被蒋文化叫住。

村民　怎么了，文化哥？

蒋文化拿起一根拣好的韭黄，仔细看了看，表面的那层叶子有比较明显的浸损。

蒋文化　不行，重新摘拣，外面这一层浸损比较严重的叶子要去掉。

村民有些不愿意。

村民　文化哥，本来就没抢救出多少韭黄，再这样撕掉几层，还能剩下几斤啊！那不就更是血本无归！

——"兵支书"投身乡村振兴电视文学剧本

蒋文化 虽然我也想少亏一点，但我们绝不能昧着良心做事，不能卖次品给别人。而且，这是我们种植的第一批韭黄，一定不能因为想少亏一点，就砸了自己的招牌，断了自己的后路。

3. 石旮旯村 / 村委会 / 日 内

阿贵坐在桌旁，双手撑着脑袋，眼睛望着天花板，满面愁容，右手上还握着笔。在他面前的桌面上，摆着一沓信笺纸。

老焉走进屋，见阿贵望天发呆，轻轻走到阿贵身后，瞄了一下桌上的信笺，发现信笺上只有寥寥几个字"石旮旯村七八条"。

老焉忍不住笑出声来。

阿贵一直望着天花板出神，没有注意老焉进屋，直到听见笑声，被吓了一跳才醒过神来。

老焉 （打趣道）怎么了，阿贵主任，是不是有满肚子的好点子，就是倒不出来？

阿贵回头看见老焉，像是见到了救命稻草，站起身来抓住老焉的手。

阿贵 兄弟，别取笑我了，你知道我文化水平低，赶紧帮帮哥哥吧！

老焉 是永胜交代的那个七八条的事？不是我不想帮啊，哥，我就一个高中生，水平也不够啊。

阿贵 就是永胜去深圳之前说的那个事儿嘛，让我写个什么七八条。别说七八条了，我想了半天，就是想不出个道道，一条都没写出来。兄弟，要不你去帮我求一下江虹组长，请她帮帮我，她是研究生，我写这个半年也写不出个样子，但她可能半天就写好了。

门口传来王莹的声音。

王莹 阿贵主任遇到什么困难了，要去搬救兵？

王莹走进屋，阿贵满脸堆笑，十分殷勤地去帮王莹泡茶。

阿贵 哟，王书记来了，快坐快坐，我给你泡杯茶。

王莹 （笑了）阿贵主任怎么这么客气呀，是不是要我帮忙搬救兵？

阿贵 王书记你这么忙，我哪好意思麻烦你，但我真的是黔驴技穷啊。永胜不是让我搞一个七八条吗，我想来想去也想不出该怎么写，所以想请江虹组长来指导指导。

　　王莹 请江虹组长指导，你就找对人了！老焉，快去请江虹。

　　老焉应声出去。

　　阿贵（长长舒了一口气）太好了，永胜交给我的这个任务，终于可以完成了。

　　王莹 不过，阿贵主任，你可要想清楚，我们重点要反对哪些事，整顿哪些问题。一旦写成规定，就必须做到，违反者就必须惩处。

4. 贵阳机场 / 日 外

　　李永胜登机。

　　飞机腾空而起，飞上蓝天。

5. 石旮旯村 / 公路 / 面包车 / 日 内

　　蒋文化沮丧地坐在车上，车厢放着那些清理过的韭黄，虽然蒋文化他们尽可能地进行了整理，但韭黄的品相仍然受到了很大影响。

　　【蒋文化内心独白】就凭这品质，今年肯定卖不起价，如果今年亏了，明年就难了！

6. 高山镇医院 / 日 内

　　医生给唐顺处理完扭伤的脚。

　　唐顺 医生，我的脚怎么样？可以回去了吗？

　　医生 还好没有骨折，是软组织损伤。虽然问题不算严重，但至少需要静养两个星期左右，才能完全恢复。建议今天留在医院治疗、观察。

　　唐顺 既然问题不算严重，我就回去吧，工地上还有事情等着我处理。医生，你给我开点药吧，我就不在医院了。

唐顺的电话响了，是工地上打来的。

唐顺　好的，买一点钢材，我马上安排。

唐顺下意识地摸了摸衣服上口袋，脸色有些变。他又摸了衣服的其他口袋以及裤兜，神情突然紧张起来。

【唐顺内心独白】完了，存折不见了，我清楚地记得是放在上口袋的啊，难道被偷了？工地的事急着用钱，如果挂失补办，肯定要耽误时间，怎么办？

唐顺冷静下来回想。

【叠画】村上寨建房工地，唐顺带着大伙儿抢救木材、水泥等物资，唐顺扛着一块木料，不小心滑倒。

唐顺　（自言自语）会不会是摔倒的时候，存折掉出来了？

7. 深圳 / 机场到达大厅 / 日 内

李永胜走向到达大厅出口，看到了在外等候的张梨花。

李永胜快步走到张梨花面前，下意识地向张梨花身后望了望。

张梨花明白李永胜的想法。

张梨花　别看了，姐夫，今天就我一个人来接你，他们都不敢来，生怕接不到你，又一次失望。

李永胜满脸歉疚。

8. 崇山县 / 集贸市场 / 日 外

蒋文化来到集贸市场的老摊位，找到菜老板。

蒋文化　老兄，今年水灾，韭黄受影响，还请你担待一点。

菜老板　不好意思啊，哥，今年本地韭黄我们一律不收，都从广西进。

蒋文化如五雷轰顶。

9. 崇山县 / 集贸市场门口 / 日 外

蒋文化失落地走出集贸市场，拨通李永胜的电话。

蒋文化 永胜，今年菜商不收本地韭黄，我这一车韭黄卖不出去，怎么办啊？再卖不出去，就要烂了，急死人，你快帮忙想想办法吧！

【李永胜画外音】文化，先别着急，你赶紧去贵阳，贵阳市场大，总有一家需要的。另外，贵阳有一家酒楼，叫老朋友酒店，你去试试，看看能不能帮我们。

蒋文化有些犹豫，脑海里浮现出过往的画面。

【插入一组镜头】

镜头一 蒋文化带着几名村民开垦撂荒的土地，虽然累得满头大汗，但脸上写满期望。

镜头二 蒋文化与村民一起种下第一批韭黄，脸上写满期望。

镜头三 蒋文化与村民们看着地里即将成熟的韭黄，脸上写满期望。

镜头四 村民们将从水灾中抢救回来的摘拣好的韭黄装上车，目送蒋文化离去，经历了暴雨侵袭的脸上写满了期望。

【蒋文化内心独白】乡亲们，兄弟们，等着我，就算再难，我也要尽力为你们尽可能减少损失！

10. 深圳 / 张桐花家 / 日 内

厨房里，张梨花正在做菜，张桐花打下手，帮张梨花择菜。

客厅里，李永胜在给两个孩子检查作业。两个孩子一左一右依偎在爸爸身边，雨生更是紧紧地挽着爸爸的手臂。

李永胜 （玩笑着对雨生说）雨生，把爸爸抓这么紧做啥，爸爸又不是逃犯。

雨生 爸爸当然不是逃犯，但我怕爸爸会逃走，怕爸爸一有工作又要离开我们了。

李永胜一时不知该说什么,他用脸贴着雨生的小脸蛋,举起手中正在检查的作业本。

李永胜 雨生,你看,你写的"脱贫功坚立新攻",把"功"和"攻"两个字写反了,这两个字的意思差别可大了。

张梨花 (正好走过来,瞧了一眼)是啊,差别的确很大。雨生,你爸爸喜欢"攻",不喜欢"功"。是吧,姐夫?

李永胜和张梨花都没注意到张桐花坐着轮椅来到厨房门边,听到他们的对话,表情有些复杂,有赞许、骄傲,也有失落和淡淡的哀伤。

李永胜 梨花,你倒是挺了解我的!

张梨花无可奈何地笑了笑。

雨生 爸爸,这两个字到底有什么差别啊?

11. 贵阳市 / 街道 / 日 外

蒋文化开着面包车,奔走在贵阳市的大街小巷。

镜头一 某批发市场已经关市,明天早上才营业。

镜头二 某小菜市场,问了半天,除了一个大娘向蒋文化买了3斤韭黄,再无人问津。

镜头三 蒋文化来到一个叫"老朋友酒店"的店前,好不容易见到管厨房的经理。

经理 抱歉哈,蒋同志,我们店有固定的蔬菜来源渠道,昨天该买的菜已经买足了,你留一个电话,我们需要时和你联系。

蒋文化很失望,正要转身离去,大厨出来了。

大厨 别走,等一下!

蒋文化满怀期待地停下脚步。

大厨 今天你可真是"及时雨",真是我们的救星,有20桌客人的酒席,专门点明要吃韭黄,还不止一样菜用到,不巧昨天我们又没有买到韭黄,正准备跟客人协商换菜呢,你这里就雪中送炭了。来来来,你的韭黄我们都要了!

　　蒋文化抑制不住内心的激动,上前握住大厨的手。

　　蒋文化　太好了,多谢大师傅,你才是我们的救星啊!

　　终于卖出去了,蒋文化一下放松了心情!

12. 深圳 / 张桐花家 / 日 内

　　张梨花做好了菜,端到桌上,一家人围坐在桌前,准备吃饭。

　　李永胜的手机响了,是唐顺打来的。

　　【唐顺画外音】永胜,你记不记得,那天我和你分手的时候,我是把银行存折放在我的上衣口袋了吧?

　　李永胜　没错,我亲眼看见你放在上衣口袋里的。怎么了?

　　唐顺　存折不见了。

　　李永胜　你再想想,是不是拿出来放到别的地方了。

　　唐顺　可能是掉在工地上了。这事你别管,我会处理的。我主要是告诉你,那个"千里跃进大别山"的计划我已经做了一个初步方案,等你回来了就可以向你汇报。

　　刚挂电话,短信提醒音响起。

　　李永胜　(尴尬地笑了笑)抱歉,事情比较多。

　　张桐花的脸色有些难看。

　　李永胜点开短信一看,露出开心的笑容,忍不住把喜讯分享给大家。

　　李永胜　太好了,文化发消息说,我们的第一批韭黄终于全部卖出去了。

　　张梨花顺势缓解有些尴尬的气氛。

　　张梨花　那太好了,这也意味着我们石旮旯村的农业产业大规划迈出了可喜的一步。来,我们举杯庆贺!

　　张梨花为李永胜和张桐花斟上葡萄酒,为震生和雨生倒上果汁。

　　张梨花　来,我们共同举杯!

13. 贵阳 / 老朋友饭店 / 日 内

蒋文化和大厨在交谈。

蒋文化　大师傅，你们老朋友饭店是不是有一位张经理？他是我们李永胜书记的朋友。

大厨　你可能搞混了，你说的张经理我认识，他不是我们饭店的经理，而是老朋友酒店的经理，酒店在老东门。蒋同志，今天我们既然认识了，就是朋友，对吗？你们的韭黄，下次还送到我们这里来。

蒋文化　谢谢师傅，你真是一个热心肠的人。

大厨　我也是乡里人，知道你们不容易。

伙计把韭黄过称完毕，大厨又热情地带蒋文化去取卖菜的钱。

蒋文化谢过大厨，离开老朋友饭店。

14. 深圳 / 张桐花家 / 日 内

大家刚刚举起杯，李永胜的手机铃声再次响起。

李永胜放下酒杯，歉意地笑了笑。他看了张桐花一眼，意思是"我真的忙"。

李永胜　是阿贵的电话。

李永胜接通电话。

李永胜　阿贵，什么事？写了九条，好啊！你请王萤书记先看，她见多识广，她同意，我就同意。

接完电话，李永胜举起酒杯。

李永胜　事儿确实有点多，吃个饭也难得清静。好久没能在一起吃顿饭了，来，我们一家人好好干一杯。

两个孩子　（兴奋地举杯，嘴里喊着）干杯，干杯。

张梨花一边举杯，一边暗暗看了一眼张桐花。

张桐花也举起了酒杯，但脸阴沉着。

张桐花　确实要祝贺我们李大支书，不但工作有人分担，这家都已经有人当了！

李永胜不知该如何回应。

两个孩子似懂非懂，看看妈妈，看看爸爸，又看看小姨。

张梨花赶紧缓和气氛，帮大家盛汤，夹菜。

期盼已久的一顿团圆饭，却吃得并不那么开心。

15. 石旮旯村 / 小学 / 夜 内

村夜校当天开的课是蜡染实训课程，来的人明显比之前多了，每个人都从自己家里带来了工具、原料，一边在布上画着图案，一边请老师指导，气氛热烈，跟以往大不一样。

王萤和江虹在教室里走动着，查看妇女们绘制图案的情况，脸上露出欣慰的表情，看到一些妇女熟练的技艺，她俩不时赞许点头。

王萤　（对江虹说）我们可以搞一个蜡染图案设计比赛，激发一下大伙的创作激情，奖金可以从将来的销售收入里来提成。

江虹　这个主意好，咱们说干就干，我和腊梅花来落实。

江虹做事雷厉风行，招呼妇女们暂时停下手中的活儿。

江虹　姐妹们，告诉大家一个好消息，王萤书记提议搞一个蜡染图案设计比赛，你们每个人都可以参加，优胜者有奖励，大家觉得怎么样？

妇女们兴奋起来，有认真询问的，也有半开玩笑半认真的。

妇女甲　王书记、江组长，如果获胜了奖励什么啊，不会是发张奖状了事吧？

妇女乙　我们村里不少姐妹搞蜡染真是有几手的，如果获了奖，我们的东西不会就变成村里的东西了吧？

妇女丙　获奖的图案做成蜡染卖给公司，价格是不是会高一些？设计人是不是能多得些提成？

…………

16. 深圳 / 小区花园 / 夜 外

李永胜推着张桐花在花园里散步，不停地跟张桐花说话。

轮椅上的张桐花始终一言不发。

李永胜推着张桐花来到一处池塘边，池塘的一边修建有一条可容两人并肩行走的木栈道。

李永胜停下脚步，走到张桐花面前，蹲下，握住张桐花的双手，抬头看见夜色下张桐花的眼里有泪光闪动。

李永胜　桐花，心里有什么话你就说出来，知不知道你这样一句话不说，我有多难受。

张桐花终于忍不住了，挣脱李永胜握住的手，声音哽咽。

张桐花　还有什么好说的，你现在身边有了志同道合的王书记，我这个废人也不想再缠着你，该怎么办就干干脆脆吧！

张桐花的话深深地刺痛李永胜的心，他一下怔住了，但很快，他立起身来，紧紧地把张桐花拥入怀中，这个钢铁的战士忍不住落泪，泪水滑落到张桐花的脸上。

李永胜　桐花，我不想解释什么，但我不许你这样说！我只想告诉你，不论你是什么样子，不论我身在哪里，你都是我唯一的妻子，是我永远的妻子！

张桐花慢慢伸出双手，又有些犹豫。最终，夫妻俩紧紧地拥抱在一起。

17. 石旮旯村 / 小学 / 夜 内

参加培训的妇女们七嘴八舌，问这问那，过了一会，终于慢慢平静下来。

江虹　（笑着说）姐妹们，有问题一个一个问，你们一下子问了这么多，我们怎么回复才好呢。下面有请王萤书记给大伙儿说说吧。

妇女们热烈鼓掌。

王莹　说实在的，看到大家这么热烈的反应，我真的很感动。都有问题问，就是好事，说明大家在意这件事，愿做这件事，那么，我就对大家所关心的一些主要问题先进行一下回应：首先是关于奖励，绝不可能发张奖状了事，而是精神奖励加物质奖励，物质奖励就是真金白银，从将来的销售收入里提成。

妇女甲　怎么个提成法？

王莹　村里会制订一个蜡染生产经营的管理办法，对相关问题做出规定，并面向大家征求意见，正式通过后，就按办法执行。

妇女甲　有依据就好。

王莹　我们再来说说获奖作品的归属，以及获奖图案做成产品卖给公司，提成是不是能多一些的问题。现在是市场经济时代，越优秀的产品，就越会受到市场青睐，销路自然也更好，价格也会更高，提成自然也就会多嘛。

妇女乙　这就是"水涨船高"嘛，我们懂，王书记，但关于获奖作品归谁的问题，你还没讲嘞。

王莹　大家别急，听我说。现在的时代，是注重知识产权的时代。关于知识产权，在座的有些姐妹可能听说过，有些姐妹可能还不知道，简单地以大家参加比赛的作品来讲，就是说你自己构思自己画出来的图案，就像你们自家的房子、自家的牛羊、自家的衣物一样，是属于你们自己的，如果别人想要拿去用或者归他们所有，需要按照相关规定或者跟设计者协商，通过支付费用或者其他方式获得。总之，相关问题我们都会严格按照国家有关规定，以及我们与大家共同确定的"管理办法"来执行。

妇女丙　王书记，你说的什么知识产权，我确实不懂，但你刚才说的意思我听明白了，都是为大家好。我们懂得好歹，就算我们再有技艺，能做出不错的蜡染产品，但如果卖不出去，就相当于一文不值。人家公司一年能订我们2000件蜡染，这都是托了王书记的福，你能带领大家致富，我们跟定你了！

王萤 不是托我的福，而是因为你们有这门传统技艺，能做出好的产品，公司才会给我们村这个机会。只要大家愿干、肯干，我就愿意跟大家一起努力，真正干出点名堂来！

众妇女 （互相加油鼓劲）对，干出点名堂来！

培训结束，妇女们离开，江虹竖起大拇指为王萤点赞。

江虹 没想到妇女们对设计比赛的反应这么热烈。

王萤 我们做基层工作，一定要注意工作方法，只要大伙的积极性调动起来，就没有什么做不成的事！

18. 石旮旯村 / 公路 / 日 外

一辆运送灰鹅的货车行驶在公路上，车上的鹅伸长脖子欢快地叫着。

货车驶过鹰头崖，向石旮旯村方向驶去。

19. 石旮旯村 / 李九伯家 / 日 内

阿贵终于理出了九条规定，但他还吃不准，便带着"九条"去请教李九伯，还带着老焉、小马一起去。

阿贵见了李九伯，一个劲地问好。

阿贵 九伯叔最近身体怎么样？一直惦记着您，您要多保重，您的健康是我们的福气。

李九伯 阿贵主任客气了，今天领着村里这么多同志登门，有何公干？

阿贵 村里搞作风大整顿，永胜让我拟几条规定，昨天跟王萤书记和江虹组长讨论以后，我写了九条，今天专程来请您老指点，您知道的，我是个大老粗，写东西不行。

李九伯 指点谈不上，只是看能不能提出一些意见和建议。给我看看。

阿贵把写好的初稿递给李九伯，这时门外传来鹅的叫声。

李九伯 肯定是永胜买的鹅到了。

20. 村上寨 / 建筑工地 / 日 外

唐顺把所有民工集中起来,开始问话。

唐顺　前天,我的存折掉了,我仔细回想了这两天的活动情况,确定存折肯定是我在工地上受伤摔倒的时候掉的。那时候大家的注意力都在送我去医院上,我也没有发现存折丢了。是谁捡到,请还给我,否则,每个人扣三个月的工钱!

众人　扣三个月工钱,凭什么啊,又不是我们偷了你的存折!你这是想让我们喝西北风吗?

一个名叫王武的民工站起来。

王武　是谁偷了唐队长的存折就赶紧交出来,我们不追究,如果让我们查出来,那可就不客气了,该罚就罚,罚得他知道"锅儿是铁打的",如果罚还不够,就送到派出所,关他几个月!

民工们面面相觑。见大家都不吭气,王武又开口了。

王武　不主动交出来是不是,那我就挨个搜身!

村民们还是你看我、我看你,没有动静。

王武　(又大喊一声)再不交出来,我真的动手了!

21. 深圳 / 张桐花家 / 日 内

张梨花　(有些调皮地对李永胜说)姐夫,难得回来一趟,我带你到处逛逛吧。

李永胜　不去逛了,我还是在家多陪陪你姐。

张梨花看了张桐花一眼,偷偷笑了笑,张桐花微微点头。

张桐花　(笑着说)别在这儿假殷勤了,该干啥干啥去吧。

张桐花话里有话。

22. 村上寨 / 建筑工地 / 日 外

王武见大伙都没有动静，耐不住性子了，他伸手抓住一个 20 岁上下的小伙子就要动手，这时其他的人围上来了

民工甲　王武，你不能随便动手搜身，这是非法的。

王武　我讲法律，你们能交出存折吗？

民工乙　我们可以回想一下，当天谁离唐队长最近。

民工甲　就是王武最近。

王武一听这话，气得挥舞着手指着民工甲。

王武　你怀疑我？你这是污蔑！

王武太激动，不小心把手指戳到了民工甲的脸上，民工甲被激怒了。

一场混战开始，唐顺东拉一个，西拉一个，已经控制不住局面。

23. 石旮旯村 / 小学 / 日 内

教室的墙上挂着十几幅蜡染的设计图，都是村里的妇女们设计的，多数设计图从水平上来看的确不高，但看得出大家是认真的，态度和能力毕竟是不等同的。

王莹、江虹、三嫂和腊梅花一幅一幅认真地看，不时点评几句。

三嫂不懂，就是看个热闹。

三嫂　王书记，真想不到，我们村的妇女这么能干，花啊，鸟啊，画得真不错！

王莹　三嫂，你要多关心妇女们，你是妇女主任，要让大伙都知道你的存在。

三嫂　书记，抱歉哈，最近我管三娃管得多，管妇女的事就管得少了点，我检讨！

三嫂的话逗得大家哈哈大笑。

这时，一个村民气喘吁吁跑进来。

村民　不好了，王莹书记，唐顺他们打起来了！

24. 村上寨 / 建筑工地 / 日 外

十几个人你拉我扯，谁也不让领谁，好在没有真正地动手打架，还没有出现流血等场面。

围观的人越来越多，不明事理的人跟着起哄。

唐顺　住手、住手，有话好好说！

唐顺喊了半天，没有人理他。

唐顺看见王莹书记等远远地跑了过来。

唐顺　王莹书记来了，你们还不住手！

这时，王武在人堆里突然发现了什么。

王武　（大吼一声）住手，存折找到了！

王武这一声挺管用，人们都停住了手，往地下一看，存折就在地上。

村民甲　奇了怪了，这存折难道会长腿！

村民乙　有什么奇怪的，我看啊，这存折应该是从某人的口袋里"跑"出来的吧。

唐顺　（似乎明白了什么，打了个圆场）王书记真是神了，您一来存折就找到了！

25. 石旮旯村 / 小学 / 日 内

村上寨打架，王莹走了，但江虹没有走，她还在看设计图，脑子里全是女儿穗穗的画和"妈妈，我好想你"的呼喊，触景生情，江虹禁不住掉下眼泪。

腊梅花见状，赶紧递给江虹两张纸巾。

腊梅花　江组长，你怎么了？

江虹擦去泪水。

江虹　哦，没什么，我只是想起了我女儿的画，一幅天真幼稚但充满真情的画。

江虹虽然止住了眼泪，但鼻子仍是红红的，让人怜惜。

腊梅花用自己的方式安慰江虹。

腊梅花　江组长可否把画借给我，我把它创作成蜡染作品。

江虹很感动，没有说话，只是点点头。

26. 石旮旯村 / 村委会办公室 / 日 内

阿贵兴奋地跑回村委会办公室，小马跟在后面。

阿贵　这姜还是老的辣，经过九伯叔点拨，这九条规定可以成型了。小马，我们赶紧打出来，好给永胜书记发去。

阿贵一边念，小马一边打字。

阿贵　第一条，不得不参加村里的公益事业；第二条，不准赌博；第三条，不准乱办酒席，铺张浪费；第四条，不准不交卫生费……

小马　阿贵主任，这九条好是好，但执行得了吗？

阿贵　这就看李永胜的了！

27. 深圳 / 建材市场 / 日 外

张梨花、吕妹陪着李永胜来到建材市场，对于建材市场李永胜并不陌生，他心中十分感慨。

李永胜　时间过得真快啊，一晃就快 10 年了。想当年离开部队刚到深圳时，我还在这里打过工，如今，这个市场无论是规模、数量，还是建材的质量、品种，都已经跟当年大不一样了，发展神速。

张梨花　这就是深圳速度嘛！姐夫，还想干老本行吗？

李永胜　梨花，我是军人，我现在正在脱贫攻坚战场上，你想让我当逃兵？

张梨花　姐夫，不要上纲上线嘛，我可不是这个意思。难道干建材行业就不能打脱贫攻坚战了？

李永胜 知道你这丫头头脑灵光，说说看，又有什么新点子？

吕妹忍不住插话了。

吕妹 我们可以在石旮旯村或高山镇搞一个销售点，现在农村建房的人多了，建材用量也不小。

张梨花 便宜又方便，做得吗？

李永胜 原来让我来看建材市场是"鸿门宴"啊，谁出的主意，谁请我吃饭！

张梨花和吕妹调皮地笑了。

吕妹 我请你！

28. 深圳 / 张桐花家 / 傍晚 内

李永胜、张桐花和两个孩子在吃饭，李永胜好像有心事，被张桐花看出来了。

张桐花 永胜，是不是坐不住，想回去了？

李永胜欲言又止。

张桐花 有什么就说吧，反正我和孩子们都习惯了。

张桐花故意想把话说得很轻松，脸上始终笑着，但那笑容却让人有些心酸。

李永胜 桐花……白天在建材市场接到一个通知，说为了迎接党的十九大召开，市里要采访一批在脱贫攻坚中涌现出来的先进典型，市委高锟书记点了我的将，我不能不回去。

张桐花 去吧！留得住你的人，留不住你的心！

29. 石旮旯村 / 鹰头崖 / 日 外

电视台的记者在采访李永胜。

镜头一

记者 请问李永胜书记，你们是怎样炸开鹰头崖，在短短的半年时间里修通这条公路的？

  镜头二

  记者 请问你们是怎么样修通自来水，让老百姓喝上安全水的？

  镜头三

  记者 石旮旯村是如何发展蜡染产业的，发展前景怎样？请李书记介绍介绍。

  镜头里，李永胜侃侃而谈。

30. 石旮旯村 / 村委会 / 夜 内

  大伙在看电视，电视机里正在播放专题报道：为了迎接党的十九大胜利召开，我台特别录制了系列报道《脱贫攻坚一线》，今天的话题是"兵支书李永胜"。

第二十三集

1. 石旮旯村 / 村委会办公室 / 日 内

李永胜、王莹、阿贵正在研究工作。

李永胜 党的十九大胜利召开了，习近平总书记代表党中央作了十分重要的工作报告，这个报告为我们描绘了未来五年的发展蓝图和奋斗目标，太振奋人心了！我认为，只要我们按照习近平总书记指引的路走下去，石旮旯村就一定会建成美好、文明、幸福的新农村！

王莹 是啊，总书记的报告催人奋进，全面建成小康社会，未来可期！我们必须做好当前的事，尤其是要打赢脱贫攻坚战。虽然这一年多石旮旯村发生了很大的变化，但贫穷落后的面貌还没有得到根本改变，我们还要加倍努力！

阿贵 两位书记，你们说怎么干，我阿贵就怎么干！

李永胜 穷则思变，我们就是要思变。

王莹 加强党组织的建设，提高战斗力，这是根本。

李永胜 另外，高锟书记给我说，集体力量越大，战胜和克服困难的力量也越大。我想，我们村可以积极探索建立巩固农村集体所有制，顺着十九大的"轨"，闯出我们石旮旯村自己的脱贫之路！

2. 云上寨 / 乡间路上 / 日 外

寨子里的村民们三三两两走在路上，边走边聊。

村民甲 今天让我们去开什么会啊？眼看就要丰收的韭黄被暴雨毁了，投入的钱和劳力都泡汤了，村里不想想办法怎么替大家找回点损失，尽整开会这些虚的，有什么用！

村民乙　是啊，也不知道这蒋文化在弄哪样玄虚，开个会还要喊到被水毁了的田坝里。

村民丙　我听说，今天的会还专门请了村里的王萤书记来参加，应该会解决点实际问题吧？

村民丁　如果真是这样就好了。

…………

3. 石旮旯村 / 山间小道 / 日 外

三嫂领着朱三娃等人走在山间小道上，他们正在开展林地丈量工作。

三嫂　三娃，知道自己的错了吧！才罚你300元钱，永胜算是心软，要是我，非罚你个倾家荡产。

朱三娃　（皮了一句）罚个倾家荡产了，你养我啊？

三嫂伸手敲了一下朱三娃的头。

三嫂　还敢多嘴！在深圳，好不容易把你"改造"得不错了，还主动回来要求参加脱贫攻坚战，没想到有点权力你就昏头了！狗改不了吃屎。

朱三娃　一时糊涂嘛，下不为例哈！

三嫂　别净讲好听的，思想上不改，光说不练是不行的。三娃，这一次，我们一定要为村里把好土地关。

朱三娃　按老婆大人说的办！

4. 石旮旯村 / 云上寨 / 田坝头 / 日 外

田坝头，蒋文化把寨子里的老老少少请到了尚未恢复的地头，他准备开一个田坝会议，邀请了王萤参加。

蒋文化　今天请大家来，是想给大家吃颗定心丸。同时，选择在这里开会，也是为了让我们大家记住这次惨痛的教训，今后做事考虑更周全，最大限度避免类似的情况发生。

蒋文化的开场白引发了村民们的一阵议论。

村民甲　什么定心丸啊,是要给我们发钱吗?

村民乙　教训又怎么样,惨痛又怎么样,这是天灾,我们有办法避免吗?

村民丙　是啊,是福不是祸,是祸躲不过。

村民丁　别讲那些没用的,快告诉大家是什么定心丸吧!

…………

5. 高山镇 / 中心学校 / 日 内

马上就要到期中考试了,小五妹这段时间的成绩稳中有进,一直在班级前五名,她希望期中考试能取得好成绩,打好考高中的基础。

小山猫就不一样了,成绩下滑得厉害,快不及格了。

李永胜正好有事到学校,小五妹看见李永胜,赶忙上前去"告状"。

小五妹　永胜叔,你帮我管管小山猫吧!

李永胜　怎么了?是不是小山猫调皮捣蛋,惹姐姐生气了?

小五妹　他不好好读书,成绩下降得厉害,还经常逃学,我说他,他根本不听我的!

小五妹气得噘着嘴巴。

李永胜　你知道他逃学的原因吗?

小五妹睁着大大的眼睛看着李永胜,一脸茫然,她没有答案。

李永胜　是不是宋大伯的身体不好呢?

小五妹　是啊,我真是读书读成书呆子了,怎么就没有想到这个问题!

6. 云上寨 / 山崖上 / 日 外

小山猫背着一个背篓,拿着一把小铲子,走在山路上,眼睛在山间野草上搜寻,他在挖草药。最近宋大伯上火厉害,小山猫去给他找黄连。

【闪回,宋大伯家】

宋大伯　小山猫,我觉得最近上火得厉害,是不是这身体又哪里不对劲啊？

  小山猫 爷爷，你别胡思乱想了，肯定就是天气热了，有点火重而已。我听老师说黄连去火效果好，我去给你挖点。

  宋大伯 黄连很普通，去药店买就行，不要耽误了你的学习。

  小山猫 我们家钱不多，要用在刀刃上，能省一分是一分，还是我去挖吧，黄连我认识。

  【闪回结束】

7. 石旮旯村 / 云上寨 / 田坝头 / 日 外

  蒋文化示意村民们停止议论。

  蒋文化 我首先想告诉大家的是，我们搞韭黄种植是成功的！我们还要继续干！

  村民里又有人沉不住气了。

  一村民 都血本无归了，还怎么干啊！

  人群中出现一小阵骚动。

  蒋文化 这一次我们遭遇了天灾，但由于大家齐心协力，尽管有损失，但是我们把损失降到了最低！

  黄光先 文化，你们是好样的，我就担心你们的肩膀被水灾压垮了。

  蒋文化 光先大伯请放心，有了这次抗灾的经历，我们也有一些经验了，还是集体的力量大。

  王莹 对，就是要发挥集体的力量！今天请大家来有一件事，就是要把大家闲置的土地进行登记，土地集中使用，发挥的作用就更大。

  蒋文化 还有一个关键问题，也是大家很关心的问题，我很快就会把韭黄土地的承包款兑现给大家！

  众村民 （一阵欢呼）太好了！太好了！

  蒋文化 这就是今天给大家的"定心丸"，加上王莹书记刚才告诉大家的下一步计划，大家说，这日子有没有盼头？！

8. 云上寨 / 宋大伯家 / 日 内

宋大伯躺在床上，因为上火，什么东西都不想吃，没有精神，心里惦记着小五妹、小山猫，一直唉声叹气。

这时，门开了，小五妹和李永胜走进屋来。

小五妹看到床上无精打采的宋大伯，心疼得赶紧上前坐在床边，问这问那。

小五妹　爷爷，你这是怎么了，脸色这么难看，还没有精神。你吃了东西没有？我去给你做。

看到小五妹急成这样，宋大伯赶紧安慰。

宋大伯　别急，我没事，就是有点上火，吃不下东西，等降降火，能吃东西了，就会好的。

小五妹起身去给宋大伯烧水，做吃的。

李永胜　宋大伯，你的身体怎么样了？

宋大伯　我的身体没问题，谢谢李书记关心。

小五妹　（一边做事一边问）小山猫在家吗？他已经有好几节课没上了。

9. 云上寨 / 山崖上 / 日 外

背篓里已经装了不少黄连，小山猫十分兴奋，越走越远，越走路越危险，他并没有意识到自己已经身处险境。

走着走着，小山猫突然眼前一亮，他发现不远处有一朵灵芝，于是想办法把这朵灵芝采摘了下来。这时，他发现山崖上有一朵更大的灵芝，小山猫被这朵灵芝诱惑了。

【小山猫内心独白】乖乖，这么一大朵灵芝，把它采回去，小的一朵留给爷爷治病，大的这朵拿去卖了，应该能卖个好价钱吧，这样就有钱给爷爷买好吃的补补身体了。

小山猫激动地走到崖边，准备去摘灵芝，却不料一脚踩空，跌进了山沟里。背篓里的草药洒落在地上。

10. 石旮旯村 / 小学 / 日 内

腊梅花正在用蜡染笔勾画江虹女儿穗穗的画——《妈妈，我想你》。

江虹坐在腊梅花身边，聚精会神地看腊梅花勾画，眼睛里充满了爱意。

江虹　梅花姐，你完成这一幅画大约需要多少时间？

腊梅花　画草图的话，花不了多少时间，但是蜡染的工序就多了。怎么，江组长是不是等不及了？

江虹　我有点想女儿了，如果她看见自己的画变成蜡染作品，一定会很高兴。

江虹凝视着远方，仿佛已经看到了女儿高兴的样子。

腊梅花　我一定尽快满足你的心愿！

11. 云上寨 / 山沟里 / 日 外

山沟里，小山猫静静地躺在地上，脸上有被挂伤的痕迹。背篓跌落在一边，采来的黄连散落在地上。

12. 云上寨 / 农户家 / 日 内

王萤、蒋文化和村民们正在登记闲置的土地，一村民在念，蒋文化在记，结果出来了，蒋文化向王萤书记报告。

蒋文化　云上寨闲置的土地一共有576亩，这是一个不小的数字。王书记，我们可不可以成立一个农业生产合作社，把全村的闲置土地集中起来，以此为基础，把农业产业发展起来。

王萤拿着统计表认真地看，发现了问题。

王萤　宋大伯怎么没有报呢，我晓得他们家还有六七亩土地。

蒋文化　抱歉，王书记，忘了给您汇报，听说宋大伯生病了，我想亲自去他家登记，顺便去看看他。

王莹　走，现在就去宋大伯家。

13. 云上寨 / 宋大伯家 / 日 内

小五妹弄了一点米，给宋大伯煮稀饭。

太阳快要落山了，小山猫还没有回来，李永胜有点着急。

李永胜　小五妹，上山采药的路，小山猫应该是熟悉的吧？

小五妹　熟，小山猫就是在这山沟沟里长大的嘛。

14. 云上寨 / 山沟里 / 黄昏 外

小山猫慢慢睁开眼睛，发现天快要黑了，赶紧站起身来，伸了伸懒腰，感到脸上有点疼，伸手摸了摸，才发现自己被挂伤了，他抬头看了看自己踩空摔下来的地方。

小山猫　（自言自语）多亏这沟不深，要不然非把我摔死不可。（他自嘲地笑了笑）哈哈，我居然在这里睡着了。不行，天就要黑了，我得赶紧回家去。

15. 云上寨 / 宋大伯家 / 黄昏 内

王莹和蒋文化也来到宋大伯家。

在大家的劝说下，宋大伯勉强喝了一碗稀饭。天色渐黑，小山猫未归，宋大伯忧心忡忡，心提到了嗓子眼上。

李永胜看出宋大伯的担忧，他把王莹叫到一边商量。

李永胜　王书记，我担心小山猫出了什么意外，我们必须分头去找小山猫。

王莹　行，你带一组，我带一组，去山崖搜索。

李永胜　你路不熟，不能带队，会有危险！这样，我和你一路，让蒋文化带一路，10点以前在山口汇合。

——"兵支书"投身乡村振兴电视文学剧本

16. 云上寨 / 山沟里 / 入夜 外

夜幕降临,待小山猫把散落的草药装进背篓,爬上之前踩空的地方准备回家时,天已经黑了下来,小山猫分不清东西南北,他迷路了。

小山猫走了几步,大山里的寂静让他害怕了,他找到一根木棍拿在手里,为自己壮胆,并大声呼喊。

小山猫　有人吗?有人吗?

回答他的只有阵阵回声。

走了一会儿,小山猫发现远处有灯光,可能是农户家。

小山猫　(欣喜地朝着远方的灯光走去,边走边唱着歌为自己壮胆)小鸟在前面带路……

17. 石旮旯村 / 林间小道 / 入夜 外

三嫂和朱三娃带着几个村民丈量完山崖旁的一片山林,准备收工回家。

朱三娃　今天干到天黑,累死了,回去好好喝两口解解乏。

三嫂　你的坏毛病太多,不是赌,就是喝,什么时候你才能像模像样地做个人!永胜这么器重你,你争口气吧!

朱三娃　你别瞧不起我,我朱三娃不是怂包,关键时刻我是可以当独当一面的。

三嫂　你就吹吧!

这时,三嫂接到王莹的电话。接完电话,三嫂的语气紧张起来。

三嫂　走,往回走!

朱三娃等人不知是怎么回事。

朱三娃　怎么了,王书记对我们的工作不满意啊。天都黑了,也没法干啊。

三嫂　别话多了!王书记说小山猫去山崖采草药,到现在还没回家,担心小山猫出意外,让我们也一起找人。

18. 深圳 / 张桐花家 / 夜 内

客厅里，震生和雨生正在写作业。雨生从口袋里拿出两块米花糖，递给震生一块。

震生 我现在不吃，我才不像你，小馋猫。

雨生 馋猫就馋猫，这是爸爸给我们买的，不吃拉倒，我自己吃！

说完，雨生打开包装纸，津津有味地吃起来。

19. 云上寨 / 山崖上 / 夜 外

小山猫走累了，唱累了，远处的灯光还是那么遥远，小山猫越走越没了信心，慢慢地他向大自然妥协了。

小山猫 （自言自语）这灯光怎么这么远啊，走了这么久还没到。不行了，累死了，走不动了！

小山猫找到一小块平地，坐下，双手抱腿，蜷成一团。寒气袭来，小山猫开始发抖，肚子也饿得"咕咕"响，心里开始害怕了。

小山猫 （嘴里嘟哝着）爷爷、姐姐，我想你们了，想家了，你们快来带我回家吧。

极度的疲惫，加上恐惧和饥饿，小山猫将头靠在膝盖上，手里握着一根木棍，不知不觉地睡着了。

远处传来野猪的嚎叫声。

20. 贵阳 / 某医院病房 / 夜 内

穗穗斜躺在病床上，输着液，身体看上去很虚弱。

路大明端着一小碗粥，舀了一勺，吹冷，喂到穗穗嘴边。

穗穗轻轻歪开头。

穗穗 爸爸，我不想吃。

路大明 穗穗乖，你都两天没吃东西了，身体会吃不消的。来，努力吃一点。

　　穗穗　爸爸，我想妈妈了，如果我努力吃东西，你是不是就可以让妈妈回来看我？

　　路大明的声音哽了一下，眼睛有些湿润，没有正面回答穗穗的问题。

　　路大明　穗穗想要见妈妈，就更要好好地吃东西啊，这样身体才能恢复，才能让妈妈看见一个健康、快乐的穗穗。

　　乖巧的穗穗一口一口吃着爸爸喂的粥，看得出她十分努力。

21. 石旮旯村 / 江虹住处 / 夜 内

　　王莹还没有回来，江虹不知道原因也着急起来，她给王莹打电话。

　　江虹　王书记，这么晚还不回来，太辛苦了吧！

　　王莹　小山猫白天到崖头上去采草药，到现在还没回来。我和永胜担心他出事，正组织大伙搜寻，一时半会儿肯定回不来。

　　江虹　啊，小山猫不见了！需要我做什么？

　　王莹　大家已经分头在找了，你先休息吧，你工作那么多，肯定也累了。

　　江虹　好吧，那你们注意安全。

　　挂了电话，江虹想到了自己的孩子穗穗，就给路大明打电话。

　　江虹　大明，穗穗睡了吗？好想她，我想和她说说话。

　　路大明犹豫了一下，把电话给了穗穗。

　　电话那头传来穗穗虚弱的声音。

　　穗穗　妈妈，我乖乖吃东西了！爸爸真的没骗我，我吃了东西虽然还没有见到妈妈，但已经接到你的电话了！

　　江虹　穗穗，你怎么了？你的声音怎么听起来这么虚弱？

　　穗穗　妈妈，我都在医院里躺三天了，爸爸不让我给你打电话，说你很忙，怕耽误你工作。但是，我好想你，妈妈。

　　江虹　穗穗，你怎么了，怎么会在医院？

穗穗 我发高烧了，昨天烧到 40 度……

江虹的眼泪夺眶而出。

22. 深圳 / 张桐花家 / 夜 内

张梨花正在帮姐姐擦身子，这么多年，张桐花一直得到妹妹的悉心照料。

张桐花 梨花，回去休息吧，总让你这么照顾我，我心里真的很亏欠。你和卢山离婚两年了吧，也该找个合适的人。

张梨花 合适的人这么好找吗？你还没有完全康复，永胜哥又忙着脱贫攻坚，我哪有心思去谈恋爱，我就一辈子照顾你吧，我的姐姐。

张桐花 贫嘴，我哪里需要你照顾一辈子，我还有震生和雨生，他们长大了，我就有依靠。

这时，震生急匆匆跑过来。

震生 妈妈，小姨，雨生吐了！

张桐花 怎么突然吐了，是吃了什么不干净的东西吗？

震生 没吃不干净的东西啊，她刚刚只吃了爸爸寄来的米花糖。

张桐花 快把米花糖拿给我看看。

震生跑去拿了一块米花糖来递给张桐花，张桐花一看保质期，过期了，气得说不出话来。

张梨花见状，把米花糖拿过来一看，心里明白了问题所在。想了想，问震生。

张梨花 震生，这个米花糖是不是放久了，都过期了怎么还吃？

没等震生回答，张桐花抢过话头。

张桐花 梨花，你别故意替他李永胜找理由开脱了，这个米花糖昨天才寄到的。什么放不放久的，我看啊，他就没有真正把我和孩子放在心上！

张梨花 （赶紧圆场）姐，别气了，快去看看雨生怎么样了。这个稀里糊涂的姐夫，我一定打电话好好批评他。

23. 云上寨 / 山崖上 / 夜 外

小山猫实在太累了，睡得很沉，还做起了梦。

24.【小山猫梦境】

小山猫高高兴兴地背着一背篓的黄连回到家里。

屋里，宋大伯坐在破旧的桌旁，气色看起来好多了。

小五妹把热腾腾的饭菜端上桌子，见小山猫回来，招呼他赶紧吃饭。

小山猫高兴地放下背篓，取出黄连递给宋大伯。

小山猫　爷爷，你看，我挖到了好多黄连，你吃了就不会上火了，胃口就会好了，就能吃得下东西，身体就会很快恢复的。

宋大伯高兴地接过黄连，招呼小山猫吃饭。

宋大伯　来，小山猫，你看，今天寨子里的人打到一头野猪，给每家分了些肉，你姐特意给你炒了野猪肉。

小山猫　（凑上前闻了闻，陶醉地说）嗯，好香啊！

突然，小山猫听到野猪的嚎叫声……

25. 深圳 / 张桐花家 / 夜 内

雨生终于停止了呕吐，靠在妈妈的怀里。

张梨花给雨生冲了一杯淡盐水。

张梨花　来，雨生，喝点温热的淡盐水会好受些。

雨生坐起身来喝水，张桐花正好看到了桌上的米花糖，气不打一处来。

张桐花　震生，把那些米花糖拿去扔了！

震生有些犹豫。

雨生推开小姨递来的水杯，起身冲到桌边，把那袋米花糖抱在怀里，眼泪一下子就流了出来。

雨生　不能丢，不能丢，这是爸爸给我们买的，我不许你们丢掉……

26. 云上寨 / 山路 / 夜 外

李永胜、王莹等高一脚低一脚地向山崖走去。

一行人 （边走边喊）小山猫、小山猫……

天又黑，路又不熟，王莹不小心脚扭了一下，李永胜赶紧扶住王莹，王莹下意识地把手收了回来。

王莹 没事，没事，我能走。小五妹，你来扶我一下吧。

李永胜的手还保持着扶住王莹时的姿势，被扶的人却已经走开，令他有些尴尬。正在此时，李永胜的手机铃声响起。

27. 云上寨 / 山崖上 / 夜 外

原来，小山猫梦境里听到的野猪嚎叫，是真的。他被不远处传来的一阵脚步声惊醒，睁眼一看，一个黑乎乎的东西正向他走来。

小山猫耳边响起今天上山采药前宋大伯对他说的话。

【宋大伯画外音】小山猫，这山上野猪多，你可千万要小心。

小山猫站起身来，双手握紧木棍，眼睛紧盯着黑影走来的方向，紧张得似乎可以听到自己的心跳。

28. 深圳 / 张桐花家 / 夜 外

张桐花打通李永胜的电话。

张桐花 李永胜，你只知道忙工作，不知道关心孩子。

李永胜 桐花，你批评得对，过去我是不关心孩子，但现在我在努力改正，正在关心孩子。

张桐花 你是很努力，把孩子都关心得呕吐了！

李永胜正担心着小山猫的安危，听了张桐花的话，有点摸不着头脑。

李永胜 我都还没有找到他，你怎么知道他呕吐了？

张桐花 什么啊！你在找谁？你说的是谁啊？

李永胜　小山猫啊！

张桐花　我说的是雨生！

李永胜　雨生怎么了？

张桐花　真是无语！雨生吃了你买来的米花糖，上吐下泻！

29. 云上寨 / 山崖上 / 夜 外

黑乎乎的野猪距离小山猫越来越近，小山猫不住地往回退。

50 米、30 米、25 米，只有 10 米了，这时小山猫已退到一面石壁前，已经没有退路。

眼看野猪就要到跟前，小山猫吓得紧闭双眼，大喊起来。

小山猫　救命！救命！

30. 云上寨 / 山路上 / 夜 外

李永胜等听见了前面的动静，听出是小山猫的声音。

李永胜还在跟张桐花通电话。

李永胜　（匆忙说了一句）对不起，桐花，小山猫有危险，我先挂了！

电话那头传来一声"你……"，就被李永胜挂断了。

31. 云上寨 / 山崖上 / 夜 外

眼看野猪就要伤到小山猫，突然，一个人猛然跃起，拿着一根大树枝向野猪打去，是赶到的朱三娃。

朱三娃　打死你这个黑野猪，看你敢伤人！

朱三娃一边打，一边念念有词。

野猪受到攻击，转头向朱三娃冲去，由于野猪的劲太大，朱三娃被冲下了一个小山沟，昏了过去。

小山猫吓得还没回过神来，靠在石壁上瑟瑟发抖。

李永胜等人冲向小山猫所在之处，边跑边喊。

小五妹　小山猫，别害怕，我们来了！

王莹　小山猫，我们来了！

野猪吓跑了。三嫂惊叫着扑向朱三娃。

三嫂　这么危险，你是真想当英雄，还是故意做给我看的啊！

蒋文化带的一队人也赶到，李永胜、蒋文化所带的两队人"会师"了。

小五妹终于找到小山猫，冲上前抱住小山猫，两姐弟紧紧地抱在一起，哭成一团。

小山猫　姐，你们终于来了，我以为再也见不到你们了。

小五妹　弟弟，你怎么这么傻，爷爷生病，为什么不告诉我？

小山猫　爷爷不让我告诉你，他怕影响你学习，他希望你考一个好成绩！

第二十四集

1. 崇山县/县委会议室/日 内

崇山县委常委会组织召开贯彻落实党的十九大精神专题学习会，学习贯彻落实习近平总书记在党的十九大上的工作报告。

高锟 党的十九大是我们党历史上具有里程碑意义的一次大会，大会号召全党和全国人民，不忘初心、牢记使命，高举中国特色社会主义伟大旗帜，决胜全面建成小康社会，夺取新时代中国特色社会主义伟大胜利，为实现中华民族伟大复兴的中国梦而不懈奋斗。为了决胜全面建成小康社会，必须按时打赢脱贫攻坚战，我们崇山县绝不能掉队，要按照总书记的要求，坚持精准扶贫、精确扶贫，注重扶贫同扶志、扶智相结合，解决区域性整体贫困问题，做到脱真贫、真脱贫！

肖翔 就目前的情况来看，我县脱贫攻坚工作已经取得一定的成绩，干部、群众的积极性日益高涨，但还存在不少的困难，主要原因是人员缺乏，脱贫的措施和办法不多，易地扶贫搬迁还有不少障碍，离2019年实现脱贫摘帽差距不小。前两天我刚去了一趟石旮旯村，看到经过近年的攻坚克难，村容村貌有了一定的改善，农村产业发展也初见成效，村级经济有了一定积累，村民的收入有所增加，但谈到下一步的发展，大家纷纷感觉后劲不足，也正在思考如何"破局"。

高锟 我省是全国脱贫攻坚的主战场，贫困面广、贫困程度深、贫困任务重，而我县又是全省的重点贫困县，脱贫摘帽任务艰巨，困难多、挑战多。但无论如何，我们都必须贯彻落实好十九大精神，按照总书记的指示，举全县之力，聚各方之智，下克难之功，咬紧牙关、一鼓作气，在2019年实现摘掉贫困县帽子的目标，为贵州省撕掉千百年来绝对贫困的标签做出崇山县的积极贡献!

2. 石旮旯村 / 村委会会议室 / 日 内

会议室内气氛热烈,李永胜、王莹、阿贵等正在讨论石旮旯村下一步的工作重点。

李永胜 我们村前一段的实践和探索证明,走集体经济的路子是对的。不论是道路建设、自来水工程,还是蒋文化承包土地种韭黄、唐顺带头搞建筑队、腊梅花牵头搞蜡染作坊等,都发挥了集体的力量,成效显著。

王莹 没错,集体经济的提升是强农业、富农民的重要基础,也是增强农村基层党组织服务功能的重要基石,事实证明,发展壮大集体经济,已经成为我们村推进脱贫攻坚的重要引擎。基础有了,我们就应该思考如何打造发展集体经济的升级版。

阿贵 是啊,这两年石旮旯村的发展变化真正是旧貌换新颜,村民们都打心眼里高兴,盼望着日子越来越好。但你们也看到了,村里还有不少青壮年劳动力在外务工,留在家里的多是老弱妇幼,集体经济发展后劲不足啊。

王莹 那就把外出打工的劳动力请回来!

李永胜 对,把他们请回来,穷则思变,抱团发展!我们要成立村级股份经济合作社,实施产权制度改革,由村集体和农户共同出资发展生产,将"资源变资产,资金变股金,村民变股东",进一步发挥好我们村自然资源、优质农产品资源、人力资源等方面优势,打造集体经济发展升级版!

王莹 说干就干!永胜,你来做个分工,大家分头行动。

李永胜 那我和阿贵共同牵头产业规划和成立合作社事宜;王莹书记牵头乡村综合治理事宜;老焉、三嫂等对村里的情况熟悉,要具体做好外出务工人员的返乡联络以及乡村综合治理各项工作的落实。对了,我主动请缨,外出深圳那边的务工人员我负责联络。

王莹 好,我们就一件一件地落实!对了,老焉,那个村规民约"红九条"弄好了吧?

——"兵支书"投身乡村振兴电视文学剧本

老焉　弄好了，王书记。

王莹　那我们就公布执行！

3.【多镜头场景】

镜头一　李永胜、阿贵讨论起草"规划"。

镜头二　李永胜与蒋文化交流"规划"相关事项落实事宜。

镜头三　阿贵与腊梅花交流"规划"中相关事项落实事宜。

镜头四　王莹走入农户倾听意见建议，认真修改完善石旮旯乡村综合治理系列方案。

镜头五　李永胜与张梨花联络返乡支持产业发展事宜。

镜头六　老焉、三嫂等积极联系村里的外出务工人员。

4. 石旮旯村／云山寨／农户／日　内

蒋文化正在和一群村民讨论成立农业生产合作社的问题。

蒋文化　昨天永胜书记跟我谈到了石旮旯村下一步的产业发展规划，准备由村委和村民共同出资成立村级股份经济合作社，合作社投入资金建设两百亩特色农产品种植养殖基地，采取租赁的方式发展生产。

（村民）大江　就是说我们也可以入股合作社吗？

蒋文化　对！我们不但可以入股当股东，还可以组建农业生产专业合作社，租赁基地进行生产。

（村民）小海抓抓脑袋，似乎不太明白。

小海　文化哥，我有点整糊涂了，不是村里组建合作社吗，怎么又变成了我们建合作社。

（村民）临光　小海，你那脑筋是不是一下子短路了啊，村里成立的是股份经济合作社，就相当于是一个公司，村民出资入股，就是公司的股东之一，如果公司赚了钱，大家就可以得到分红。公司可以开展多种经营，比如说种韭黄、养灰鹅、做建筑、搞蜡染，这些都需要有相应本事的人来做，我们有搞种植的经验，就可以成立种植专业合作社，然后承包经营公司的这块业务，如果赚了，又能多挣一份钱。文化哥，我说得对不？

临光一口气说了这么多，说得太激动，都有点上气不接下气，于是端起杯子喝了一大口水，逗得大家笑起来。

蒋文化　你这个"临光"小脑袋还真是灵光，不愧是在省城里给老板打过工的。今天把大家叫来，就是想好好商量一下这个事……

这时门口传来王萤的声音。

王萤　是啊，这样的好机会，大家可不要错过！

5. 石旮旯村 / 村委会办公室 / 日 内

李永胜正在修改石旮旯村股份经济合作社的组建方案，江虹和村里的会计抱着一摞报表走进来。

江虹　书记，报表拿来了，刚才没来得及问您做什么用。

李永胜　是这样，我准备开一个村里的经济调度会，请你们来一起查看一下报表，准备准备。

三人坐下，开始查看报表。

6. 石旮旯村 / 云山寨 / 农户 / 日 内

王萤走进屋里，蒋文化等让座、倒茶。

蒋文化　抱歉，王书记，都没注意到您来了。

王萤　（笑了）你这个老兵的警惕性可是有点放松啦，我都听你们讨论快10分钟了！还好你们不是谈军事机密，我也不是间谍，否则敌人保准开心死。

蒋文化有点脸红，临光忍不住插话。

临光　主要是听文化哥带来的好消息有点兴奋嘛，大家讨论热烈，就没注意到有人来。我给王书记说声对不起！

说完，临光一本正经地给王萤鞠了一躬，逗得大伙又笑了起来。

王萤招呼大家坐下。

王萤　前段时间，村里对闲置的土地进行了登记，大约有576亩，结合村里的品种、资源等优势，村里准备建两百亩特色种养基地，刚才文化哥说的建专业合作社的提议，大家觉得怎么样？还有，怎么把其他闲置的土地利用起来，大家有没有什么好的想法？

大江　王书记，村里怎么发展，你们干部决定了，我们跟着干就是，就我们肚子里这点墨水，能说得出些啥呀？

小海　刚才文化哥不是已经说了嘛，成立专业合作社。我特佩服像王书记、永胜书记、文化哥你们这种当过兵的人的军人作风，我信你们，你们说行，我就干。文化哥，你也用不着问我们了。

蒋文化　我这不是民主嘛！

临光　我跟小海一样，听你们的！村里的合作社，我还准备想办法多筹点钱，多入点股呢。

蒋文化　对了，承包土地种韭黄的承包费，我这就兑现给大家！

大伙儿　（高兴道）有钱入股了！

王萤　大伙得到实惠，高兴了吧！如果没有集体力量，我们就不能战胜水灾，大伙也就没有手中的人民币了！

7. 石旮旯村 / 村委会办公室 / 日　内

江虹拿着统计结果给李永胜汇报。

江虹　永胜书记，上半年的统计报表出来了，脱贫成果不太理想，人均增长不大，贫困发生率仍然在9%以上，精准程度不高，你看怎么办？

李永胜　穷则思变，思变首先是思想观念要变，这样才能找到脱贫致富的方法和路子。现在村里的老百姓思变、想变的意识是有的，但内生动力还不足，我们的任务就是要发动和组织大家，打好三个攻坚战，也就是办好农业合作社，搞好建筑业，发展蜡染产业。

江虹　永胜书记，你和王萤书记说的一模一样，你们是不是商量好的啊?

这时,王莹走进来,脸上有一丝倦意。

王莹 没错,我们是商量好的,石旮旯村的产业不大发展,脱贫就是空话,"摘帽"就难以实现。我刚去云上寨,正巧碰上文化他们在讨论组建专业合作社,发展种养业。永胜书记,大伙都在厉兵秣马,你就吹响"冲锋号"吧,我这个老兵一定带头向前!

8. 石旮旯村/村委会院子/日 外

简朴而隆重的石旮旯村股份经济合作社成立仪式正在举行,张兴黔代表镇里前来致辞。

张兴黔 希望合作社成为石旮旯村村民抱团发展的桥梁和纽带,成为石旮旯村打赢脱贫攻坚战、走上致富路的"桥头堡",成为召回咱们村外出打拼的"能人"们的橄榄枝。路子选对了,大家就要咬定青山不放松,撸起袖子加油干,不获全胜绝不收兵。大家说是不是?

众村民 (纷纷回应)是!不获全胜绝不收兵!

9. 石旮旯村/村委会院子/日 外

一堆村民聚集在村委会院子的公告栏前,七嘴八舌地议论着,公告栏里贴出大尺寸的新公告,鲜红的标题十分显眼——石旮旯村村规民约"红九条"。

阿贵、老焉等人站在一旁,观察着村民们的反应。

村民甲 (念着公告上的内容)……除婚丧嫁娶外,不得操办其他任何酒席……

村民乙 (长长地舒了一口气)太好了,终于不用再吃那么多"人情酒",背那么多"人情债"了。

村民丙 谁说不是,我前年一年光送礼就送了一万二千多,其中还有将近五千是靠贷款,好在这两年收入增加了,总算把贷款还完了。

村民丁　（对村民丙）杨孃，如今除了这几样酒席，别的酒席都不能办了，你送出去的钱不就打了水漂了！

村民丙　改掉了过去的恶习俗，开了新风气，就算打了水漂我也愿意！更何况，省下的礼钱我还可以拿来入股我们石旮旯村股份经济合作社，那钱还能下出崽来呢！

临光走过来，被围观的村民们挡住视线看不到究竟，他急得左蹿右跳，钻孔觅缝，终于挤到公告栏跟前看了个清楚，转过身来跟阿贵大声讨论。

临光　阿贵主任，这"红九条"好是好，但能做到吗？

阿贵　当然能做到！石旮旯村树新风，改变思想观念，就要从"红九条"做起。这"红九条"可是征求了全村各户的意见，大家按了手印认可的，是不能违反的。谁要是不信邪，尽管试试！

一村民　（顺势起哄，将起老焉的军）老焉，听说你家姑娘就要出嫁了，这喜酒还办不办啊？我们可等着喝喜酒呢。

老焉对着村民虚做了一个敲头的动作。

老焉　你小子是想等着看枪打我出头鸟是不！

村民调皮地吐了下舌头。

老焉　（正色，对着村民们说道）各位父老乡亲，姑娘出嫁，我这个当爹的不想她留遗憾，这喜事肯定要办，但要喜事新办。永胜书记算了一笔账，说我们村一年光喝喜酒就喝掉了不少钱，所以，喝喜酒这一条要改，我们的喜事村里办，集体婚礼，到时请乡亲们都来捧场！如果有想一起举行集体婚礼的，欢迎跟村里的红白喜事理事会联系。

老焉向村民们拱手抱拳，村民们有的鼓掌，有的伸出大拇指。

众村民　要得！

10. 石旮旯村 / 小学 / 日 内

墙上挂着越来越多的蜡染设计图，腊梅花看着这些成果，脸上露出欣慰的笑容。

小李妹 （指着墙上的作品激动地说）腊梅嫂，你看，大家参加比赛的热情很高，设计稿的质量和设计的水平也在提高，如果能够找到好买家，大家一定能够收入不少吧！

腊梅花轻轻抚摸了一下小李妹的头。

腊梅花 看把你高兴的！多亏了王萤、江虹两位领导鼎力相助，支持我们，才有了我们蜡染合作社不错的发展。

两人走到绘制台前，台上放着腊梅花制作、就要完工的作品《妈妈，我想你》，小李妹看着作品啧啧赞叹。

小李妹 腊梅嫂，你的手艺真是太好了，我什么时候能赶上你的一半啊！

腊梅花 只要功夫深，铁杵磨成针。你这么年轻，只要肯学、肯练，将来一定能超过我。对了，小李妹，你去告诉江虹姐，《妈妈，我想你》就要完工了，请她来看看还需要修改不。

腊梅花转向另一个女孩小张妹。

腊梅花 小张妹，请你统计一下，到月底要交货的 500 件作品完成得怎样了，一定要按期完成、如数运出，我们不能失信。

小李妹、小张妹 （同时应道）好的。

两个女孩各忙各的去了，腊梅花看着一幅幅作品，心里默默盘算着 完成这 500 件作品后，合作社又能增加近两万收入……

11. 深圳 / 吕妹家客厅 / 日 内

张梨花兴奋地跟吕妹说着话。

张梨花 你知道吗，村里已经成立了股份经济合作社，你有什么想法？

吕妹 （故意打趣张梨花）知道了，我的张总！你一个驰骋商海的女强人，至于这么激动吗？

张梨花 别讲那些没用的，跟你商量正事儿呢……

12. 石旮旯村 / 村委会 / 日 内

李永胜、王莹面对面坐着，一向风风火火的李永胜低着头，像个做错了事的孩子，王莹正在批评李永胜。

王莹 李永胜同志，你看你是怎么当爸爸的，买几包米花糖给孩子，也会整出过期的来，真是不用心，难怪嫂子对你意见这么大。你还不好好想想，该怎样弥补弥补。

李永胜 是我这个当爸爸的做得不好，一定吸取教训，重新买。

这个回答让王莹有些哭笑不得，正想再"教训"一下李永胜，这时唐顺风风火火跑来，气喘吁吁。

唐顺 两位书记，县里易地扶贫搬迁移民小区马上要开工了，施工方正在准备遴选施工队伍，这是我们的强项，永胜，你说我们干不干？

李永胜、王莹 （异口同声）当然要干！

唐顺 就等你们这句话，我马上做好准备去投标，这可是我们"千里跃进大别山"的第一步。

李永胜、王莹 （再次异口同声）祝你成功！

13. 石旮旯村 / 云上寨 / 农户 / 日 外

韭黄地前的一片空地上聚集着一群村民，李永胜郑重地将一块印有"石旮旯村农业生产专业合作社"字样的牌子交到蒋文化手中。

蒋文化把牌子高高举起，这意味着石旮旯村农业生产专业合作社正式成立，大伙热烈鼓掌。

李永胜 咱们的农业生产专业合作社终于成立了，大伙要努力干，科学地干，把村里的贫困户和其他群众带动起来，朝着特色农业的方向发展，集中精力，打好韭黄生产突击战。

蒋文化 有永胜书记带头，我们就不怕困难，我们的目标500亩韭黄基地，分三年实施。现在我宣布，向500亩韭黄进军！

村民们一片欢呼。

14. 崇山县 / 易地扶贫搬迁移民小区招标会现场 / 日 内

招标结束，人们散去，唐顺激动地拿出手机，拨通李永胜的电话。

唐顺　永胜，我们成功了！

15. 深圳 / 张桐花家 / 日 内

张桐花依依不舍地拉着吕妹和张梨花的手，神色有些悲戚，语气有些埋怨。

张桐花　你们真过分，说走就要走，之前也不跟我商量。你们都回去了，扔下我一个人在深圳，你们也太狠心了。

张梨花　姐，你这话说到哪里去了，我们怎么会把你一个人扔在深圳？石旮旯村正在决战脱贫攻坚，作为石旮旯人，我们怎么能袖手旁观？

张桐花　难道我不是石旮旯人？！

张梨花　你当然是石旮旯人，你也一直在默默支持着石旮旯村的脱贫攻坚。但你身体状况特殊，现在又是康复的关键阶段，医生说了，你极有可能创造奇迹，能够重新站起来，所以你一定要持续接受康复训练，否则就会半途而废。况且，震生和雨生还在上学，也需要你的陪伴。

张桐花　可我也想回去出一分力。

张梨花　放心吧，姐，我们一定会把你的一分力量带到，助他们一臂之力。

张桐花的心情已经恢复，似玩笑又似认真地怼了张梨花和吕妹一句。

张桐花　他们？他们是谁？我看你是被张兴黔洗脑了！你们可不要回去添乱。

吕妹轻轻晃着张桐花的肩。

吕妹　我的好姐姐，现在我们的家乡都在建农民新村，建材市场很有前景的。我们跟永胜哥商量了，回去开一个建材直营店，算是回乡创业，以实际行动支持脱贫攻坚。

张桐花看着这两个激动的人，摇摇头轻叹一下，知道一切已成定局。

16. 贵阳 / 江虹家 / 日 内

穗穗已经痊愈，她拉着路大明，不停地撒着娇。

穗穗　爸爸，我明天就要放假了，我已经有两个多月没有见到妈妈，你带我去看妈妈嘛，我想妈妈了！

路大明　宝贝，爸爸知道你想妈妈了，但爸爸的工作暂时还走不开。这样，我们商量一下，我的课题还有五天就结题，你就等一等爸爸好不好？就五天，再过五天爸爸一定带你去石旮旯村见妈妈！

穗穗懂事地点点头。

穗穗　爸爸，你告诉我，妈妈最喜欢吃什么？我去给妈妈买。

路大明　妈妈最喜欢"吃"的呀，是穗穗的"小苹果"小脸蛋！

父女俩会心地笑。

17. 石旮旯村 / 小学 / 日 内

腊梅花在蜡染作品《妈妈，我想你》上完成最后一道工序，脸上露出满意的神情。

腊梅花　（自言自语）这可是我最满意的一幅作品，江虹姐一定会喜欢，穗穗也一定会喜欢。

腊梅花左看右看、左等右等，却始终不见江虹来，也不见小张妹来，她越等越着急，终于耐不住了。

腊梅花　（不停地嘟哝）怎么还没来？

一旁的小李妹打趣腊梅花。

小李妹　腊梅嫂，从来没见你这个样子，像急着要见心上人一样。

腊梅花　你这小丫头，没大没小，别说笑了，赶紧去看看小张妹是不是走错地方了，按说江虹姐早该到了。

小李妹答应着转身出门，却与急急忙忙跑来的小张妹撞了个满怀。

小张妹　腊梅嫂，不好了，江虹姐出事了！

18. 崇山县 / 医院 / 日 外 内

　　一辆救护车疾驰而来，车上躺着不省人事的江虹，李永胜和王萤守护在江虹身旁，表情凝重。

　　江虹被送进手术室。

　　李永胜、王萤来到手术室门口。

　　阿贵、老焉、三嫂、蒋文化、朱三娃等陆续赶到，来到手术室门口。

　　腊梅花疯了一般冲进医院，怀里紧紧抱着刚刚制作完成的蜡染作品《妈妈，我想你》。

　　看到手术室门口等待的人们，腊梅花感到自己的头"嗡"的一声，眼泪已忍不住涌出，声音哽咽。

　　腊梅花　江虹姐怎么啦，我要见江虹姐！

　　腊梅花一边说着，一边不顾一切想要冲进手术室的门。

　　李永胜、王萤拉住腊梅花。

　　李永胜　医生在做最大的努力，不要打搅他们。

　　三嫂转身偷偷擦拭着眼泪。

19. 贵阳 / 江虹家 / 主卧 / 日 内

　　江虹的梳妆台前，穗穗正在精心地打扮自己，不时露出得意的表情。

　　穗穗面前摆放着好几样发饰，她拿起这个试试，放下，拿起另外一个试试，又放下，终于选定了一条彩虹色的发带，灵巧地在自己的头发上系出一个漂亮的蝴蝶结，嘴里还念念有词。

　　穗穗　妈妈，你一定最想穗穗扎这条发带吧……

20.【闪回】贵阳 / 穗穗学校外的一间小店 / 日 外

　　穗穗拉着江虹走进小店。

江虹 （歉意地对穗穗说）对不起，宝贝，今天妈妈只能来接你，把你送回家，不能跟你和爸爸一起吃饭了，我得赶回石旮旯村去。

　　穗穗 （十分沮丧）妈妈，你才回来，怎么又要回去？

　　江虹 因为妈妈还有很要紧的工作，关系到好多村里的贫困孩子，你是不是也希望他们能过得更好？

　　穗穗点头。

　　穗穗 妈妈，那你给我买样礼物吧，我这次期中考试考了班上第一名。

　　江虹俯身亲了一下穗穗的小脸蛋。

　　江虹 妈妈的宝贝真棒！想要什么礼物，自己挑。

　　穗穗认真地挑选着，终于，她指着一条彩虹色的发带。

　　穗穗 妈妈，我就要这个！

　　江虹一看，是一条标价8元的发带，笑着问穗穗。

　　江虹 宝贝，考了第一名就要一条小发带，不后悔吗？

　　穗穗 （认真地说）不后悔！因为这条发带是彩虹的颜色，就是妈妈名字里的"虹"，我想妈妈的时候，就可以系上这条发带。

　　江虹的眼里闪着泪光，她把头扭到一边，不敢让穗穗看到。

　　【闪回结束】

21. 崇山县 / 医院 / 日 内

　　手术室的门缓缓打开，医生走出来，脚步有些沉重。

　　等待的人们没有出声询问，似乎怕吵到手术室里的江虹。

　　看着大家询问的目光，医生叹息一声，轻轻地摇了摇头。

22. 贵阳 / 江虹家 / 日 内

　　穗穗蹦蹦跳跳地走出爸爸妈妈的卧室，来到路大明跟前，轻盈地转了一个圈。

　　穗穗 爸爸，你看我的发带好不好看？这是妈妈奖励我的礼物，她看了一定会喜欢的。

路大明正要回答穗穗的话,手机铃声响起,路大明接通电话。

路大明　是,我是路大明……江虹是有心脏病……她一直不肯告诉组织……啊!

路大明控制不住自己的情绪,手上的玻璃杯跌落在地上,玻璃的破碎声吓坏了穗穗。

穗穗　爸爸,怎么了?

穗穗看见爸爸的眼角涌出泪花。

23. 崇山县 / 医院 / 日 外

小张妹捂着嘴跑出医院,失声痛哭起来。

【闪回】

江虹在自己的桌前紧张地统计着,小张妹推门而入。

小张妹　江虹姐,你休息一会儿吧,你都好多天连轴转了,身体会吃不消的。

江虹　没关系,我挺得住。这次统计工作时间紧任务重,不仅关系到石旮旯村下一步的科学发展,而且关系到全县的脱贫攻坚大计,必须尽快完成。对了,你来是有什么事吗?

小张妹倒了一杯水,心疼地递给江虹。

小张妹　江虹姐,腊梅姐已经完成了《妈妈,我想你》,请你过去看看。

江虹　完成了呀,太好了,穗穗一定会很喜欢!腊梅花真是能干,村里让她带着你们搞蜡染真是英明!要不你在这儿休息一下,等我一会儿,还有几个数据,算完我们就走。

小张妹点头,在一旁静静地坐着等候,生怕打扰到江虹。

几分钟后,江虹站起身来,抑制不住内心的激动。

江虹　小张妹,我们走吧,我都等不及想要马上看到腊梅花的杰作了。

小张妹答应着起身。

突然，江虹摇晃着跌坐在椅子上，脸色苍白，但面部还带着微笑。

小张妹赶忙冲上前扶住江虹。

小张妹　江虹姐，你怎么了？！

江虹毫无反应。

小张妹　（惊呼）快来人啊，江虹姐晕倒了！

【闪回结束】

24. 崇山县 / 殡仪馆 / 日 外

"脱贫攻坚英雄辈出世人崇敬，壮志未酬百姓楷模为民示范"。

人们前来为牺牲在脱贫攻坚一线的英雄江虹送别。

悲痛的人们，继承遗志的人们，不获全胜绝不收兵的人们，为江虹献上白菊花，寄托他们的哀思。

穗穗双手捧着腊梅花的作品《妈妈，我想你》来到江虹的灵前。

穗穗鞠躬，把《妈妈，我想你》轻轻举在江虹遗像前。

穗穗　（对着妈妈的遗像轻声说道）妈妈，你看，这是穗穗给你画的《妈妈，我想你》，腊梅花阿姨把它做成了漂亮的蜡染，穗穗特别喜欢……妈妈，可惜你永远也看不见了……妈妈，你放心，穗穗会一直听话，好好学习，不会让爸爸操心的……穗穗长大后，也要做一个像妈妈这样的人。

穗穗的声音越来越哽咽，说完已经泣不成声。

25. 石旮旯村 / 建材直营店 / 日 外

鞭炮声噼噼啪啪响个不停，石旮旯村建材直营店隆重开张。

张梨花和吕妹喜气洋洋，迎接前来祝贺的人们。

张兴黔来到张梨花面前，欲言又止，终于还是犹犹豫豫地伸出手与张梨花握手。

吕妹故意问张梨花。

吕妹　梨花，这位领导是谁啊？怎么不给我介绍介绍。

张梨花的脸上泛起红云，从张兴黔的手中抽出手来打了一下吕妹。

张梨花　去你的！

26. 石旮旯村 / 小学 / 日　内

石旮旯村妇女蜡染专业合作社举办的蜡染图案设计大赛落下帷幕，李永胜、王萤、阿贵等村干部为获奖的选手颁奖。

腊梅花代表合作社发言。

腊梅花　姐妹们，我们今年一定要突破产值 50 万元大关，大家有没有信心？

众妇女　有！

大家热烈鼓掌。

27. 秀水市 / 市委办公室 / 日　内

【字幕】半年后

高锟带领市委一班人走出市委大院，前往石旮旯村。

高锟　今天我要带你们去看看穷则思变的样板、抱团发展的典型、攻坚克难的榜样。

高锟停顿了一下，神情肃穆望向远方。

高锟　同时，我们也是去缅怀英雄，去看看脱贫攻坚的英雄江虹为之奋斗的地方。我们要站在破茧成蝶的石旮旯村，吹响全市决战决胜脱贫攻坚的冲锋号！

28. 秀水市 / 公墓 / 日　外

小山猫、小五妹来到江虹的墓前，对着江虹的遗像三鞠躬。

小五妹　江虹阿姨，我考取市中学了，您看，这是录取通知书。您放心，我决不会辜负您的期望，学好知识，将来建设好家乡。

小山猫　江虹阿姨，虽然我的学习成绩不像姐姐那么好，但您放心，我

——"兵支书"投身乡村振兴电视文学剧本

一定会努力的。高中毕业后,我会像永胜叔叔那样去当兵,在军营锻炼成长,把军旗高高举起。

29. 石旮旯村 / 村委会 / 日 内

石旮旯村美丽乡村建设规划论证会正在进行。

专家组组长 (宣布论证结果)经过专家组严肃、认真地分析讨论,一致同意通过《石旮旯村美丽乡村建设规划》。

人们热烈鼓掌,庆祝规划通过。

专家组组长 (感慨道)你们石旮旯人用实际行动解读了只有"攻"才有"功"。

李永胜、王莹紧紧握手。

30. 石旮旯村 / 广场 / 日 外

老焉女儿等几对年轻人的集体婚礼正在石旮旯村广场举行,婚礼简朴而隆重,肖翔作为县领导,应邀为新人们证婚。

致完新婚祝福的肖翔信步走在广场上,望着眼前这个崭新的石旮旯村,心里无限感慨。

王莹来到肖翔身边,两人停下身来,王莹有意无意地望了一眼几对新人,语气有些调侃。

王莹 肖大县长,近来过得怎么样啊?

肖翔故意回避王莹的目光。

肖翔 什么怎么样?每天工作啊。脱贫攻坚战打赢了,乡村振兴还任重道远呢。

王莹 别顾左右而言他了,县长大人,你知道我问的是什么。

肖翔尴尬一笑。

肖翔 我……我,能怎么样?还是一个人……

王莹的脸上掠过一丝不经意的开心,望着新人们对肖翔说。

  王萤 脱贫攻坚战打赢了，肖团长准备什么时候打赢爱情保卫战？我姐姐可和你一样，也是一个人哦！

  王萤说完，笑一笑挥手离开。

  阳光洒满广场，映照在人们洋溢着幸福笑容的脸上。

31. 北京 / 全国脱贫攻坚总结表彰大会会场 / 日 外

  李永胜胸佩奖章，怀抱证书和奖牌走出会场，迈着坚定的步伐，迎着阳光前行。

全剧终

后记

最初听闻"兵支书"这个称谓,我们直观地以为其特指担任农村基层党支部书记的退役军人。随着采访和创作的不断深入,我们对这一称谓有了更多的了解和更深的认识。

在2020年度"最美退役军人"集体——贵州安顺"兵支书"脱贫攻坚代表队的先进事迹展示活动中,一篇以《不忘"兵之初",建功"兵支书"》为题的文章中写道:(他们)脱下戎装又奔赴脱贫攻坚"新战场",以敢打硬仗的决心、敢打必胜的血性,带领党员群众埋头苦干、攻坚克难,成为决战脱贫攻坚、决胜全面建成小康社会的"排头兵"。

创作电视文学剧本《使命》,是我们致敬"兵支书"、致敬从事退役军人事务的同志们的具体行动。在创作过程中,我们得到贵州省退役军人事务厅的悉心指导和帮助,得到安顺市有关党政领导和退役军人事务部门的大力支持,得到贵州一叶轻舟文化传播有限公司的支持,得到各"兵支书"采访对象的全力配合,在此深表感谢!

作者

2022年10月30日